Mainleid

Anja Mäderer wurde 1991 geboren und wuchs in Unterwurmbach, einem kleinen Dorf in Mittelfranken, auf. Nach dem Abitur zog sie nach Würzburg, wo sie studiert, schreibt und an der Julius-Maximilians-Universität als Tutorin arbeitet. Nebenbei engagiert sie sich ehrenamtlich bei Amnesty International.

ANJA MÄDERER

Mainleid

FRANKEN KRIMI

emons:

Bibliografische Information der Deutschen Nationalbibliothek
Die Deutsche Nationalbibliothek verzeichnet diese Publikation in der Deutschen Nationalbibliografie; detaillierte bibliografische Daten sind im Internet über http://dnb.d-nb.de abrufbar.

FSC www.fsc.org
MIX
Papier aus verantwortungsvollen Quellen
FSC® C083411

Umschlagmotiv: Andreas Strauß/LOOK-foto
Umschlaggestaltung: Tobias Doetsch
Gestaltung Innenteil: César Satz & Grafik GmbH, Köln
Lektorat: Hilla Czinczoll
Druck und Bindung: CPI – Clausen & Bosse, Leck
Printed in Germany 2016
Erstausgabe 2015
ISBN 978-3-95451-656-8
Franken Krimi
Überarbeitete Neuausgabe

Für meine Mama,
die in mir die Liebe zu Büchern geweckt hat

PROLOG

Es war wie immer viel zu früh, um in die Schule zu gehen. Tobi beneidete seinen großen Bruder, der noch im Bett lag und frühestens mittags mit dem Fahrrad in die Bibliothek fahren würde. Student müsste man sein!

Missmutig kickte er einen der Kiesel vor sich her, die zahlreich auf dem Weg lagen. Er nahm wie jeden Morgen die Abkürzung durch den Park. Zwischen den Bäumen war es noch kühl, und er war froh, dass seine Mutter auf der Trainingsjacke bestanden hatte. Heute Abend beim Fußballspiel würde es sicher ziemlich warm werden. In den Stollenschuhen schwitzte er immer so, aber er wusste, dass er das während der neunzig Minuten gar nicht wahrnehmen würde. Beim Fußballspielen war er hoch konzentriert. Diesmal würde er versuchen, nach vorn zu kommen, die Verteidiger täuschen und, zack, den Ball ins Tor. Tobi holte aus und traf den Kiesel kraftvoll mit dem rechten Fuß. Der Stein flog über den Weg und streifte eine Frau, die auf einer Bank zwischen den Eichen saß.

Erschrocken rief Tobi eine Entschuldigung. Dann stutzte er. Die Frau hatte sich nicht bewegt, sie war nicht einmal zusammengezuckt, als sie von dem Kiesel getroffen worden war. Dabei musste es ziemlich wehgetan haben. Tobi ging langsam auf die Bank zu. Er sah, dass die Frau die Augen geschlossen hatte und dass ein Träger ihres kurzen Kleides abgerissen war. Noch einmal versuchte er, sie anzusprechen, doch als er beim Näherkommen die blutverkrustete Wunde an ihrem Kopf sah, wusste er, dass sie nie wieder jemandem antworten würde.

EINS

Die Glocken der Kapelle läuteten erbarmungslos in Nadjas Träume hinein. Sie drehte sich seufzend auf die andere Seite und öffnete nur widerstrebend die Augen. Vor sich sah sie einen Schrank, einen Schreibtisch und einen Stuhl. Alle Möbel waren aus dem gleichen hellen Holz gefertigt. Sauber und funktional. Sie betonten die Klarheit, die die Besucher an diesem Ort in sich selbst finden sollten. Das Morgenlicht schimmerte durch die nicht ganz geschlossenen Vorhänge und malte krumme Streifen über den chaotischen Inhalt von Nadjas Koffer, der mitten im Raum stand. Von Klarheit war sie noch weit entfernt.

Seufzend schwang sie ihre Beine aus dem Bett und trat, nur mit den üblichen Schlafshorts bekleidet, ans Fenster. Draußen sah sie die Schwestern in ruhigen Reihen aus der Kirche ausziehen und in den Kreuzgang einbiegen. Ganz am Ende des Zuges glaubte Nadja Schwester Hortensia zu erblicken, die zu ihr hinaufsah. Schnell trat sie vom Fenster weg, um mit ihrem nackten Oberkörper nicht für Unmut im Kloster zu sorgen. Brüste am Morgen bringen Kummer und Sorgen, kam es ihr in den Sinn, und mit einem Blick auf die Uhr beschloss sie, das morgendliche Joggen heute ausfallen zu lassen.

Sie war um halb acht mit Peter zum Frühstück verabredet. Später wollten sie gemeinsam in die Innenstadt fahren, sich den neuen Kollegen im Präsidium vorstellen und nachmittags einige Wohnungsbesichtigungen absolvieren. Peter hatte ein kleines Häuschen mit Garten in einem der Vororte Würzburgs im Auge, und Nadja spekulierte auf eine Zwei-Zimmer-Wohnung mit Balkon – angeblich äußerst zentral. Sie hoffte auf eine stark frequentierte Straße mit Eiscafés und Studentenkneipen, alles, nur keine ruhige Umgebung, wo man seinen Gedanken nachhängen konnte. Davon hatte sie hier im Exerzitienhaus Himmelspforten schon genug. Und es bekam ihr überhaupt nicht.

Während sie unter der Dusche stand und sich das angenehm heiße Wasser über das Gesicht rieseln ließ, fragte sie sich, ob sie nicht doch einen großen Fehler gemacht hatte. Ein Neuanfang – das Wort klang zu theatralisch, als dass es in ihrem Wortschatz überhaupt vorkommen durfte, und doch hatte sie es ausgesprochen. Während eines kurzen und peinlichen Gesprächs vor einigen Wochen, als klar geworden war, dass es so nicht weitergehen konnte.

Krönig hatte sie nur schuldbewusst angesehen – so wie immer in der letzten Zeit, wenn sich ihre Blicke trafen – und genickt. Sie hatte das Zimmer mit hocherhobenem Haupt verlassen, und Peter hatte hinter seinem Schreibtisch das Victory-Zeichen gemacht. Er schien ehrlich erfreut, dass sie gemeinsam mit ihm von Nürnberg nach Würzburg wechseln wollte, auch wenn er die Gründe nicht verstand. Die konnte er auch nicht verstehen, denn wenn Nadja eines hasste, dann war das, über ihr Privatleben zu sprechen.

Und Peter, der Einzige, den sie wirklich als einen Freund bezeichnen würde, war da keine Ausnahme.

Jetzt war sie hier, in dieser Stadt mit kaum hundertdreißigtausend Einwohnern, dafür aber mit der höchsten Kirchturmdichte in ganz Bayern. Das Glockengeläut heute Morgen war ein kleiner Vorgeschmack darauf gewesen, was sie von jetzt an zu erwarten hatte.

In diesem Moment fiel ihr wieder ein, dass sie es eigentlich eilig hatte. Sie seifte sich mit dem Inhalt eines der Fläschchen ein, die auf dem Badezimmersims aufgereiht standen, und rasierte sich oberflächlich die Achseln. Dieses Zugeständnis an das weibliche Schönheitsprogramm musste sie mindestens machen, wenn sie heute kurzärmlig herumlaufen wollte. Und bei diesen Temperaturen waren alle anderen Kleidungsstücke Masochismus.

Sie trocknete sich schnell ab und fischte ein sauberes Top und sportliche Jeansshorts aus ihrem Koffer. Endlich konnte sie hinunter zum Frühstück. Ohne einen großen Kaffee würde sie den Tag nicht überstehen. Neue Kollegen kennenlernen, was für eine Farce. Alle würden sie skeptisch mustern und sich leise oder sie laut fragen, warum sie denn nicht in Nürnberg geblieben war.

Sie hasste es jetzt schon.

Ihr Kollege war bereits im Speisesaal und schaufelte eine Unmenge an gebratenen Würstchen, Spiegeleiern und Honigtoast in sich hinein. Er war nicht einmal davor zurückgeschreckt, einen Käseteller mit Senf und Tomaten zu garnieren, und bediente sich zwischendurch an dieser abenteuerlichen Kreation.

Nadja hängte ihre Tasche über einen Stuhl ihm gegenüber, begrüßte die übrigen Gäste am selben Tisch mit einem freundlichen »Guten Morgen« und machte sich erst einmal auf den Weg zum Kaffeeautomaten. Kaffee und Alkohol waren die einzigen Getränke, die es im Kloster für Gäste nicht umsonst gab. Auch eine Art, zum gesunden Leben zu erziehen, dachte Nadja, während sie in ihrer Hosentasche nach Kleingeld kramte und die Münzen in den Schlitz zählte.

Als sie mit einem dampfenden Becher in der Hand an den Tisch zurückkehrte, drehte sich das Gespräch zwischen Peter und seinem Tischnachbarn gerade um die Tagesplanung.

»Also auf dem Programm steht heute: das perfekte kleine Häuschen in der perfekten Nachbarschaft für einen unschlagbar niedrigen Preis finden«, ließ sich Peter mit vollem Mund vernehmen.

Nadja nahm ihm die Broschüre des Maklerbüros aus der Hand. »Klingt gruselig«, meinte sie spöttisch, »aber schlimmer als hier kann es ja nicht werden.«

»Leider muss ich Ihre interessanten Anmerkungen zu unserer bescheidenen Unterkunft unterbrechen, liebe Frau Oberkommissarin«, ertönte plötzlich eine sanfte Stimme hinter ihr. Nadja drehte sich um und zog den Kopf ein. Schwester Hortensia war unbemerkt in den Raum gekommen und schien ihren letzten Satz noch gehört zu haben.

Mit unbewegtem Gesicht fuhr sie nun fort: »Soeben habe ich einen Telefonanruf für Sie bekommen. Es wäre besser, Sie kämen sofort mit in mein Büro. Man hat mir mitgeteilt, dass es sich um eine Sache von höchster Wichtigkeit handelt, ansonsten hätte ich Sie natürlich nicht beim Essen gestört.«

Nadja tauschte einen überraschten Blick mit Peter und erhob sich.

Schwester Hortensia wandte sich zum Gehen, drehte sich

dann aber noch einmal zum Tisch um. »Herr Steiner, vielleicht kommen Sie besser auch gleich mit.«

Nun war Nadja vollends alarmiert. Peter stand auf, sah bedauernd auf seinen nicht einmal zur Hälfte leer gegessenen Teller und folgte der Schwester, die bereits die Saaltür ansteuerte. Nadja ging langsam hinterher und fühlte die Blicke der anderen Gäste nur zu deutlich im Rücken.

Schwester Hortensias Büro war klein und sehr einfach eingerichtet. Über dem Computermonitor hing ein hölzernes Kruzifix, an dem Palmzweige steckten. Die Nonne bot ihnen Plätze an und reichte Nadja einen Zettel, auf dem sie in fein säuberlicher Handschrift eine Nummer notiert hatte. »Der Polizeidirektor hat um Rückruf gebeten. Hier ist das Telefon. Ich lasse Sie jetzt allein«, erklärte sie und schloss leise die Tür hinter sich.

»Weißt du, was los ist?«, fragte Peter. »Krönig hat uns offiziell jetzt ja nichts mehr zu sagen. Unsere Versetzung ist doch längst durch, und wir sind außerdem noch gar nicht im Dienst. Zur Abwechslung suche ich mal eine neue Bleibe statt Diebe und Mörder.«

Nadja zuckte die Achseln. »Wir werden es gleich erfahren«, sagte sie und wählte die Nummer, die sie auch ohne Zettel auswendig gewusst hätte.

»Polizeidirektor Dr. Krönig«, meldete sich ihr ehemaliger Chef mit heiserer Stimme.

»Guten Morgen, hier ist Nadja Gontscharowa, mir wurde gesagt, dass Sie mich sprechen wollen?« Nadja schlug nervös die Beine übereinander.

Am anderen Ende blieb es kurz still. »Du bist nicht allein, nehme ich an?«, fragte er dann.

Nadja antwortete knapp: »Kollege Steiner ist ebenfalls anwesend. Soll ich die Lautsprechertaste drücken, damit er mithören kann?«

Peter blickte sie von der Seite mit gerunzelter Stirn an. Krönig murmelte genervt vor sich hin, stimmte dann aber zu.

Als Nadja das Gespräch auf laut geschaltet hatte, klang sein Ton plötzlich formell: »Guten Morgen auch an Sie, Herr Steiner. Es tut mir leid, Sie aus Ihrer kontemplativen Stille reißen zu müssen. Aber ich habe gerade einen Anruf der Würzburger Polizei bekommen. Im Ringpark ist eine Leiche gefunden worden, und es sieht ganz so aus, als sei das Mädchen ermordet worden. Ihr neuer Chef lässt ausrichten, dass Sie jetzt doch gleich von Anfang an Vollzeit arbeiten müssen. Mit der Klosterleitung ist bereits abgesprochen, dass Sie für die Dauer der Ermittlungen dort wohnen bleiben können. Schließlich werden Sie jetzt keine Zeit haben, nach einer anderen Unterkunft zu suchen.«

»Warum geht das Ganze denn überhaupt über Nürnberg?«, fragte Peter verwirrt. »Die Würzburger hätten uns doch auch direkt Bescheid geben können?«

Krönigs Stimme klang leicht spöttisch, als er antwortete: »Das haben die werten Kollegen wohl auch versucht. Aber es konnte schließlich niemand ahnen, dass Sie sich für die paar Tage ausgerechnet hinter dicke Klostermauern begeben würden, wo selbst Funkwellen keine Chance haben, zu Ihnen durchzudringen.«

Nadja warf Peter einen vorwurfsvollen Blick zu. Sie hatte ihrem Kollegen freie Hand bei der Unterkunftswahl gelassen und wusste, dass sie dies nicht noch einmal tun würde.

Peter hob nur die Schultern. Ihm gefiel der Gedanke, noch ein wenig länger zu bleiben. Er hatte seit einigen Monaten ein Kleinkind im Haus und eine unausgeschlafene Ehefrau noch dazu, dagegen war der Aufenthalt bei den Schwestern regelrechter Urlaub. Rasch sagte er: »Ja, das ist wahrscheinlich die beste Lösung, dass wir noch eine Weile hierbleiben. Ich bin mit dem Auto da, wir können uns also gleich auf den Weg machen.«

»Lassen Sie sich von der Schwester eine Wegbeschreibung geben. So groß ist Würzburg nicht, da werden Sie schon hinfinden. Professor Nauke müsste bereits vor Ort sein und wird Ihnen alles Weitere mitteilen. Und die Würzburger Kollegen erwarten Sie schon mit Spannung.«

Hier unterbrach Nadja, der es nun doch etwas zu schnell ging, den Polizeidirektor: »Und was ist mit meinen Sachen? Ich habe Kleidung für ein langes Wochenende dabei, aber nicht für eine Woche oder länger. Außerdem ist meine Katze zu Hause. Der Umzug war erst in ein paar Wochen geplant. Bis dahin wollte ich pendeln.«

Dr. André Krönigs Stimme wurde milder: »Da haben Sie natürlich recht, Frau Gontscharowa. Ich schlage vor, dass Sie morgen kurz nach Nürnberg zurückkommen, packen und vielleicht auch für Ihren Kollegen weitere Kleidung mitnehmen. Und möglicherweise erklärt sich eine Nachbarin bereit, ein paar Tage auf Jacky aufzupassen. Wenn Sie schon einmal da sind, schauen Sie doch bitte noch kurz in meinem Büro vorbei und berichten mir, wie es in Würzburg so läuft. Wären Sie damit einverstanden?«

Nadja fiel kein Einwand gegen dieses Vorgehen ein, sodass sie sich schließlich höflich verabschiedete und das Telefonat beendete.

Peter wippte ein wenig mit dem Stuhl. Nadja schob zerstreut den Zettel in die Tasche. Sie merkte, dass er sie genau beobachtete. Ihm war sicherlich nicht entgangen, dass der Chef den Namen ihres Katers Jack the Ripper kannte und ihn sogar bei seinem Spitznamen nannte. Außerdem gab es keinerlei vernünftigen Grund, warum Krönig über diesen neuen Fall informiert werden sollte. Hier war eindeutig die Kripo Unterfranken zuständig, und auch Peter würde vermuten, dass sie sich nicht gern in die Karten schauen ließen. Doch falls er eine Erklärung erwartete, würde er von Nadja keine bekommen.

Peter stand auf. »Ich hole jetzt meinen Stadtplan aus dem Zimmer und lasse mir von Schwester Hortensia eine Wegbeschreibung geben. Vielleicht solltest du noch mal kurz in den Speisesaal zurück und dir einen neuen Kaffee holen. Der Tag sieht dann gleich viel besser aus. Wir treffen uns in fünf Minuten am Auto.«

Nadja lächelte ihn dankbar an – er hatte gesehen, dass sie nicht ganz bei der Sache war – und machte sich auf den Weg. Mit einem dampfenden Becher in der Hand wartete sie kurz darauf vor Peters Opel Zafira. Die Sonne entfaltete langsam ihre Kraft, und sie war froh, sich für die leichten Shorts entschieden zu haben.

Als sie Peter mit einer wüst zusammengefalteten Landkarte, der unerlässlichen Pilotensonnenbrille und einem entspannten Lächeln auf sich zukommen sah, beschloss sie, das Telefongespräch zu vergessen und sich ganz auf ihre Arbeit zu konzentrieren. Jetzt waren ihre beruflichen Fähigkeiten gefragt, und im Gegensatz zu zwischenmenschlicher Problemlösung war logisches Denken etwas, das Nadja gut beherrschte. Sie dachte sogar daran, während der Fahrt die Maklerin anzurufen und ihr auf Band zu sprechen, um die Wohnungsbesichtigungen für den heutigen Tag abzusagen. Peter bettelte so lange, bis sie sich auch seiner Termine annahm.

***

Dank Schwester Hortensias präziser Beschreibung fanden sie den Hauptfriedhof sofort. Sie stellten das Auto ab und schlugen denjenigen Parkweg ein, der abgesperrt war und von einem Polizisten bewacht wurde. Neben ihm stand Karlheinz Bär, Erster Kriminalhauptkommissar und Kommissariatsleiter des K1.

Nadja und Peter hatten ihn bereits kennengelernt, da er von heute an ihr unmittelbarer Vorgesetzter war. Für einen Polizisten war er nicht besonders groß, und zusätzlich hatte er ein kleines Wohlstandsbäuchlein, das er auch zu dieser Jahreszeit mit Hemd und gestricktem Pullunder in Szene setzte. Mit seinen grauen Haaren und der Lesebrille auf der Nase wirkte er wie der nette Opi von nebenan, doch Peter wusste, dass man ihn nicht unterschätzen durfte. Auf einer Fortbildung hatte er einmal ein Video über seine Verhörmethoden gesehen, die ihn sehr beeindruckt hatten.

Als eingefleischter Würzburger würde er die mittelfränkischen Kollegen wohl nicht gerade mit offenen Armen willkommen heißen. Umso mehr galt es, ihn von ihrem Können zu überzeugen.

Bär schien auf die beiden gewartet zu haben, denn er ließ seinen Kollegen stehen und kam ihnen auf dem Parkweg entgegen. »So, da hamma gleich ein besonderes underfränkisches Schmankerl für Sie. Den ersdn Daach bei uns, und scho ä Leiche«, begrüßte er sie mit einem ermunternden Lächeln.

Peter konnte sich ein Grinsen nicht verkneifen, als er Nadjas verwirrtes Blinzeln bemerkte. Die Oberkommissarin hatte Probleme damit, allzu ausgeprägten fränkischen Dialekt zu verstehen.

»Was ist passiert?«, fragte sie vorsichtig.

Karlheinz Bär faltete die Hände vor dem Bauch und antwortete: »Es is Ihre Aufgab, des rauszufinde. Sie sin nach mir jedz die ranghöchsde Ermiddlerin im K1 und dürfen mich damid auch verdredn, wenn ich ämal im Urlaub bin – was selden genuch vorkommd. Ich schaff ja Daach und Nachd. Wenn ich aber wirklich ämal ned hier bin, dann will ich mei Kommissariad in gude Händ wiss. Ich will dann kein Gedangn dran verschwend müss, ob Se hier ohne mich zurechdkomme. Hier is also Ihre Schangse: Offiziell leid ich die Ermiddlungen, inoffiziell dun Sie's. Sie koordiniern die Arbeid der andern, entscheidn, welche Ermiddlungsschwerpunkde gesetzt wern und wie vorzugehn is. Sie sin der Chef.«

Peter hatte mit wachsender Überraschung zugehört und blickte seine Kollegin nun erwartungsvoll von der Seite an. Er war sich sicher, dass sie die Herausforderung annehmen würde, und er wusste auch, dass sie die Fähigkeiten dazu hatte. Nadja war gut in ihrem Job.

Sie atmete tief ein und aus und schien sich das Gehörte erst einmal übersetzen zu müssen. Ihr Gesichtsausdruck ließ nicht auf ihre Gedanken schließen, als sie sagte: »Das ist eine interessante Idee, aber auch anspruchsvoll. Ich sehe da schon einige Probleme. Wie wollen Sie selbst sich während der Ermittlungen verhalten? Und was sagen Ihre Mitarbeiter dazu? Ich möchte nicht, dass es da zu Kompetenzstreitigkeiten kommt.«

Bär nickte, als hätte sie den ersten Test schon bestanden. Breit lächelnd erklärte er: »Ich hab scho mid allen vom K1 kurz gsprochn und se über die neue Rollenverdeilung informierd. Da seh ich gar kei Problem, mei Leut sin sehr umgänglich. Da werd Ihne keiner blöd komm. Ich würd sozusachen parallel zu Ihnen arbeid und den Abgleich Ihrer Ermiddlungsergebnisse mid den Erkenndnissen des K7, der Spurensicherung, übernehm. Des werd wie 'n Puzzlespiel. Sie bringe mir den Personenbeweis, das K7 lieferd den Sachbeweis, und ich füch die Teile zusamm. Ich muss gschtehn, dass ich mich darauf sogar scho a weng freu. Und mei Fraa werd glücklich sei, wenn ich in den nächsdn Dahch mal net so viel Überstundn mach. Die überlass ich gern Ihne.«

Er wirkte so eifrig und gut gelaunt, dass Nadja unwillkürlich davon angesteckt wurde. Sie lächelte und streckte ihm die Hand entgegen: »Auf eine gute Zusammenarbeit!«

Karlheinz Bär schlug ein und verabschiedete sich dann gleich, da er den Tatort bereits inspiziert hatte.

Sobald er außer Hörweite war, klopfte Peter seiner Kollegin auf die Schulter. »Gratulation, das ist ja mal ein guter Einstieg. Sag Bescheid, wenn ich dich von jetzt an siezen soll.«

Nadja gab ihm einen Schubs, sodass er beinahe im Gebüsch gelandet wäre, stolzierte an ihm vorbei und rief über die Schulter: »Ich bitte um Professionalität, Herr Steiner, sonst müssen Sie mit disziplinarischen Maßnahmen rechnen!«

ZWEI

Schon von Weitem drang ihnen das fröhliche »Moin moin« des Gerichtsmediziners entgegen. Lars Nauke war groß, blond und bärtig und hätte besser auf einen Kutter gepasst als in den weißen Anzug des Arztes. Seine gute Laune zu jeder Tages- und Nachtzeit war legendär, ebenso seine Vorliebe für eine blumige Ausdrucksweise, in deren Genuss vor allem die weiblichen Mitarbeiter kamen. Nadja und Peter hatten schon ein paarmal mit ihm zusammengearbeitet, wenn er als auswärtiger Experte zu einem Nürnberger Fall mit hinzugezogen worden war.

Er stand neben der Bank und wartete geduldig, bis der Polizeifotograf seine Arbeit erledigt hatte. »Ah, Frau Gontscharowa, die Sonne geht auf, wenn ich Ihrer strahlenden Erscheinung gewahr werde. Ich wusste doch, dass Sie Ihren verborgenen Gefühlen irgendwann nachgeben und zu mir ins schöne Würzburg wechseln. Ich freu mich sehr, in der Tat«, begrüßte er Nadja, die ihn belustigt anlächelte.

Peter drückte er immerhin die Hand und gab dann einen ersten Überblick: »Ein Kind hat die Leiche auf dem Schulweg gefunden. Der Junge sagte, er habe sie nicht angefasst, sie hätte genauso dagesessen, wie wir sie jetzt auch sehen.«

Nadja trat näher an die Tote heran, deren Erscheinung durch das Blitzlicht des Fotografen immer wieder aus dem Halbschatten der Bäume gerissen wurde. Es war eine junge Frau, wohl um die zwanzig, mit langem blonden Haar und schlanker Figur.

»Hübsch«, ließ sich Peter anerkennend vernehmen. Er war neben seine Kollegin getreten und musterte die Leiche mit Kennerblick. Sie hatte ein ovales Gesicht mit geschwungenen Lippen und zarten Sommersprossen auf dem Nasenrücken. Lebend war das Mädchen wohl tatsächlich sehr attraktiv gewesen, auf eine gewisse morbide Weise war sie es auch jetzt noch.

»Sie hätte ihre Beine besser zusammenhalten sollen«, sagte Nadja, als sie auf die Tote hinabblickte. Als sie Peters entsetzten Gesichtsausdruck sah, erschrak sie selbst, und sie ärgerte sich, dass sie den Satz, der falsch und verachtungsvoll war, laut geäußert hatte.

Ihre Mutter hatte das immer zu ihr gesagt: »Kind, halt bloß deine Beine zusammen!« Die kleine Nadja hatte die Mahnung so oft gehört, dass sie im Sitzen automatisch die Beine übereinanderschlug und auf der Toilette trainierte, beim Pinkeln eine Klopapierrolle zwischen den Knien festzuhalten. Sie hatte lange gebraucht, um zu erkennen, dass der Satz eigentlich eine Warnung vor den Männern war. Noch länger hatte sie gebraucht, diesen Gedanken wieder aufzugeben. Sie fühlte den Zettel mit Krönigs Telefonnummer in ihrer Hosentasche und zerknüllte ihn.

Was mit diesem Mädchen geschehen war, hatte nichts mit ihrem Privatleben zu tun. Es mochte so aussehen, als hätte sich die junge Frau auf den Falschen eingelassen, aber es war nun einmal nicht immer so, wie es aussah. Sie schämte sich für ihr voreiliges Urteil und nahm sich vor, gerade deshalb möglichst objektiv zu bleiben.

Peter hing ganz anderen Gedanken nach. Der Tod junger Menschen war immer tragisch. Gerade setzte er an, Nadja seine eben gewonnene Erkenntnis, dass man einen Mord als Superlativ des Todes bezeichnen könnte, mitzuteilen. Doch dann sah er, wie sie mit einem müden Zug um den Mund dastand und die Tote musterte, als müsse sie sie um Verzeihung bitten. Was war an diesem Mordopfer anders, dass sie die übliche Distanz fallen ließ?

Waren es private Probleme, die seine Kollegin aus dem sonst so stoischen Gleichgewicht brachten? Hatte es etwas damit zu tun, warum sie seinem Beispiel gefolgt und ihre Versetzung beantragt hatte?

Peter hatte Nadja als Kollegin von Anfang an sehr geschätzt. Sie verließ sich häufig auf ihre Intuition, und häufig lag sie damit richtig. Sie war zuverlässig, und auch mit ihrer humorvollen Art war sie in Nürnberg sehr beliebt gewesen, doch wirklich nahegekommen war ihr bisher keiner – zumindest soweit er das wusste. Dafür trat sie nach außen hin zu distanziert und diszipliniert auf. Aber ab und zu fiel sie völlig aus der Rolle, buk Kuchen für die

Kollegen oder schleppte Blumen an, um die Büros zu dekorieren. Diese Spontaneität schien sie in den letzten Wochen allerdings verloren zu haben. Er nahm sich vor, während der Ermittlungen zu diesem Fall besonders gut auf seine Kollegin aufzupassen.

»Ist sie vergewaltigt worden?«, fragte er Professor Nauke.

Der runzelte die Stirn. »Ich konnte sie leider noch nicht näher untersuchen, die Fotos müssen erst gemacht werden, bevor ich mich der jungen Dame zuwenden kann. Aber ihr Kleid ist auf der einen Seite offenbar zerrissen, und ich gehe nicht davon aus, dass sie das selbst war.«

Nun war der Fotograf tatsächlich fertig, und der Gerichtsmediziner eilte schnurstracks auf die Bank zu, um endlich mit seiner Arbeit beginnen zu können.

Während er sich daranmachte, die Temperatur zu messen, plapperte er munter weiter: »Gestorben ist sie höchstwahrscheinlich nicht an der Kopfverletzung, obwohl das im ersten Moment brutal aussieht. Jemand hat ihr mit einem stumpfen Gegenstand einen Schlag auf den Hinterkopf versetzt. Präziser: Ich tippe auf eine Flasche. So wie das glitzert, sind wohl noch kleinste Glasscherben in der Wunde. Aber an einem Schädelbruch stirbt man nicht unbedingt, vor allem, wenn man noch jung ist. Wahrscheinlich ist sie infolge der Bewusstlosigkeit an ihrem Erbrochenen erstickt.«

Mittlerweile stand er hinter der Bank und leuchtete mit einer Taschenlampe in die geronnene, blutige Masse, wobei er vorsichtig einige blonde Haarsträhnen aus dem Weg strich.

Nadja hatte genug Übung darin, ihm nicht bei seiner Arbeit zuzusehen und dennoch an die vorläufig wichtigsten Informationen zu kommen. Statt der Kopfwunde musterte sie daher die merkwürdige Haltung der Toten. In ihrem geblümten Kleid saß sie auf der Parkbank, als warte sie auf einen Verehrer, der sich verspätet hatte. »Ist sie nach ihrem Tod noch bewegt worden?«, fragte sie.

Lars Nauke blickte kurz auf und blinzelte Nadja zu: »Ihre Cleverness steht Ihrer Schönheit in nichts nach. Das Mädel ist tatsächlich nicht hier gestorben. Zu wenig Blut, keine Glasscherben, und von allein wäre sie sicher auch nicht so sitzen geblieben. In aufrechter Haltung mit hängendem Kopf wäre sie vielleicht auch gar nicht erstickt. Sie muss zuerst irgendwo gelegen haben. Da hat jemand nachgeholfen. Schauen Sie sich das mal an.«

Er bedeutete den Kommissaren, neben ihn zu treten, und zeigte ihnen, dass die Leiche mit einem Tuch an einer der Holzstreben festgebunden war. Nadja hatte den dunklen Stoff bisher einfach für einen zum Kleid gehörigen Gürtel gehalten und beobachtete nun überrascht, wie der Gerichtsmediziner den Knoten löste und der Körper sofort vornüber in sich zusammensackte.

»Der Täter hat sein Opfer geradezu hindrapiert«, sagte sie nachdenklich. »Er wollte, dass wir sie so finden: allein im Sommerkleid zwischen grünen Bäumen auf einer Parkbank sitzend. Es wirkt fast idyllisch.«

»Man könnte auch sagen, er hat sie sitzen lassen«, wandte Peter ein.

Nadja blickte ihn an, unsicher, ob es sich um einen Scherz handeln sollte. Offenbar dachte Peter aber tatsächlich in diese Richtung.

»So ein hübsches Mädchen hatte sicher einen Freund, oder mehrere«, fügte er hinzu, »vielleicht hat sie ihn verlassen, und er wollte sich rächen.«

»Das werden wir sehr schnell herausfinden, bis dahin brauchen wir gar nicht weiter zu spekulieren«, beendete Nadja das Rätselraten. Sie wandte sich an einen jungen Streifenpolizisten, der an einem der Wege postiert war, und fragte, ob man die Identität der Toten schon festgestellt habe.

»Wir haben in der Nähe eine Handtasche gefunden. Sie wird gerade im Bus der Spurensicherung untersucht«, antwortete er mit überraschend tiefer Stimme.

Während sie das SpuSi-Mobil ansteuerte, drehte sich Nadja noch einmal nach dem jungen Mann um und musste sich dafür Peters Sticheleien gefallen lassen.

Von den Beamten im Auto erhielten sie eine Liste mit den Gegenständen, die die Tote in ihrer Tasche, einem geblümten Leinenbeutel, bei sich getragen hatte. Nadja sah sich die Aufstellung an, konnte jedoch nichts Ungewöhnliches entdecken. Geldbörse, Taschentücher, Schlüssel, Bonbons, Haargummis; das waren Dinge, die jede Frau mit sich herumtrug. Das kleine

Vorhängeschloss war wohl für einen Spind oder einen Reisekoffer gedacht.

Peter beugte sich über ihre Schulter und kommentierte die Liste: »Das Auffälligste daran ist wohl, dass etwas fehlt: ihr Handy.«

Frau Braun, die besonders attraktive Beamtin von der Spurensicherung, bestätigte, dass kein Mobiltelefon gefunden worden sei, und Nadja machte sich im Geiste eine Notiz, dass sie die Angehörigen danach fragen mussten. Dann zog sie sich Gummihandschuhe über und schnappte sich die rote Geldbörse, die auf dem Tisch lag. Sie war aus Leder mit eingesticktem Rankenmuster, klein und handlich, und enthielt nur das Nötigste: einen Zehn-Euro-Schein, ein wenig Kleingeld, eine Bankkarte und einen Studentenausweis. »Connie Lember«, las Nadja laut vor, »Gymnasiallehramt: Englisch und Spanisch im fünften Fachsemester.«

Peter betrachtete das kleine Foto auf dem Kärtchen und meinte: »Wie eine Lehrerin sieht sie aber nicht aus.«

Nadja fragte sich, wie seiner Meinung nach eine Lehramtsstudentin auszusehen hatte, hakte aber lieber nicht nach.

Frau Braun von der Spurensicherung gab weitere Informationen: »Connie Lember wohnte in der Rosengasse 25, das ist sehr zentral in der Innenstadt gelegen. Keine Vorstrafen, sie hat vor Kurzem ein polizeiliches Führungszeugnis angefordert, weil sie das als Nachweis für einen Ferienjob gebraucht hat. Ihre Eltern wohnen in Ochsenfurt. Sie werden von einer Würzburger Beamtin gerade über den Tod ihrer Tochter informiert.«

Damit war ihr weiteres Vorgehen geklärt: Sie würden zuerst der Wohnung der Toten einen Besuch abstatten, um ein wenig mehr über sie zu erfahren. Und dann musste jemand zu den Eltern fahren und ihnen die üblichen Routinefragen stellen. Peter ahnte, wer dieser Jemand sein würde.

Nadja lächelte ihn schelmisch an. »Auf in den Kampf, Kollege Steiner!«, rief sie und verließ den Tatortbus als Erste. Sie ging noch einmal zu Professor Nauke hinüber, um zu erfahren, wie weit er mit seiner Untersuchung mittlerweile gekommen war.

Nauke fasste die vorläufigen Ergebnisse rasch zusammen: »Das Mädchen ist seit ungefähr zehn Stunden tot. Gestorben ist sie infolge eines Schlags auf den Hinterkopf, wobei der Täter hinter ihr stand. Kraftaufwand und die Platzierung der Wunde lassen auf einen Mann schließen. Zumindest muss derjenige größer gewesen sein als sein Opfer. Allerdings war Fräulein Lember selbst eher klein, und die meisten Menschen hätten ihren Kopf von schräg oben erwischt. Ansonsten gibt es keine Hinweise auf bewusste Gewalteinwirkung, bis auf das zerrissene Kleid, aber sie hat Kratzspuren am Oberarm und leichte Schürfwunden an beiden Knien. Wahrscheinlich hat der Täter sie festgehalten, sie hat versucht, sich loszureißen, und ist auf der Flucht gestolpert. Als sie weiterrennen wollte, da hat er sie erwischt.«

Nadja blickte sich in dem Park um, der so idyllisch wirkte, und versuchte sich die Szene vor ihr inneres Auge zu rufen. »Sind die Wege nachts beleuchtet?«, fragte sie.

Auch hierüber hatte sich der Gerichtsmediziner bereits informiert: »An jeder Wegkreuzung steht eine Laterne, und teilweise gibt es auch welche direkt an den Pfaden entlang. Die brennen im Sommer aber nicht und winters nur bis Mitternacht. Ganz stockdunkel wird es hier aber wohl nie, denn die Straße ist nicht allzu weit entfernt, und die Beleuchtung kann man von dieser Stelle aus wahrscheinlich noch sehen. Falls die Gedanken in Ihrem hübschen Köpfchen gerade in Richtung Sexualdelikt gehen: Über eine Vergewaltigung kann ich noch nichts mit Sicherheit sagen, halte es aber für unwahrscheinlich.«

»Warum das?«, mischte sich Peter ein, der noch einmal hinzugekommen war.

Der Arzt kramte in der Tasche seines Kittels nach einer Zigarette und tat genießerisch einen Zug, bevor er antwortete: »Erstens hat das Mädchen keine der Spuren an sich, die man normalerweise davonträgt, wenn man im Park vergewaltigt wird: Erde und Blätter in den Haaren, Hämatome an den Unterarmen, wo der Täter das Opfer festgehalten hat, Stoffrückstände im Mund von einem Knebel …«

»Und zweitens?«, wollte Peter wissen.

»Zweitens ist mir aufgefallen, dass es keine Schleifspuren auf dem Boden gibt und ihr Kleid nicht schmutzig ist. Der Mörder scheint sie also zur Bank getragen zu haben, nachdem sie tot war. Gut, man könnte einwenden, dass die junge Dame kein Schwergewicht war und es für einen normal kräftigen Mann kein großer Aufwand wäre, sie zu tragen …« Nauke hatte sich für das Thema erwärmt und setzte nun alles daran, sie von seinem Standpunkt zu überzeugen. »Dennoch, für einen Vergewaltiger ist eine Frau wertlos, sobald sie tot ist. Egal, wie leicht sie war, er hätte sich nicht die Mühe gemacht, sie vom Boden aufzuheben und an einen anderen Ort zu tragen.«

Peter fand die These plausibel; sie entsprach dem, was er bisher bezüglich Sexualdelikten erlebt hatte.

Nadja dagegen fasste nüchtern zusammen: »Also haben wir praktisch keinen Anhaltspunkt. Es war wahrscheinlich ein normal großer, normal kräftiger Mann, der sie getötet, aber vermutlich nicht vergewaltigt hat.«

Lars Nauke zwinkerte ihr zu. »Eine kleine Freude kann ich Ihnen vielleicht noch machen, ich kann es doch nicht ertragen, Sie so niedergeschlagen zu sehen.«

Er führte Nadja und Peter den Weg entlang und blieb nach ungefähr fünfzig Metern auf dem Rasen stehen. »Hier ist der eigentliche Tatort. Wenn Sie genau hinschauen, dann sehen Sie auf dem Gras Blutspuren und ein paar winzig kleine Scherben zwischen den Blättern. Der Täter hat Connie Lember mit einer Flasche erschlagen und war klug genug, die größeren Scherben aufzusammeln, sodass eine Fingerabdruckanalyse kaum möglich sein wird.«

Die Kommissare beobachteten befremdet, wie Nauke sich auf die Knie niederließ und nach vorn beugte, bis sein Gesicht fast den Boden berührte. Auf seine Aufforderung hin gingen sie ebenfalls in die Hocke und musterten das zertretene Gras.

Der Gerichtsmediziner jubelte: »Und nun kommt das Beste. Die Flasche war keinesfalls leer, nein, sie enthielt eine Flüssigkeit, und diese Flüssigkeit ist vermutlich teils in den Haaren und der Kleidung des Opfers getrocknet, teils in der Erde versickert oder verdunstet. Aber ein geringer Teil davon befindet sich noch in flüssigem Aggregatzustand hier auf diesem Ahornblatt!«

Nauke genoss Nadjas volle Aufmerksamkeit. Er schloss die

Augen und brachte seine Nase bis auf wenige Zentimeter an das Blatt heran, wo er ausgiebig schnupperte. »Sie wissen vielleicht, dass ich in meiner Freizeit gerne dem Luxus fröne. Zu einem gelungenen Freitagabend gehören eine schöne Frau, ein guter Braten und –«

»Nun machen Sie's nicht so spannend«, unterbrach ihn Peter, »Ihre Wochenenden können Sie verbringen, mit wem oder was Sie wollen, aber hier geht es schließlich um Mord!«

Nauke war nicht aus der Ruhe zu bringen und korrigierte ihn ungerührt: »Wahrscheinlich eher um Totschlag. Aber ich will Sie nicht länger auf die Folter spannen. Nun, natürlich macht erst ein feines Weinchen das Quartett perfekt. Frau Gontscharowa, mit Ihnen könnte ich mir ein derartiges Arrangement durchaus vorstellen.«

Nadja zog die Augenbrauen hoch – eine ganze Menge Wein also, aber keine Flecken – und ging gar nicht auf Lars Naukes Flirtversuche ein. »Er hat sie also mit einer vollen Flasche Weißwein erschlagen? Das ist zwar ungewöhnlich, aber hilft es uns weiter? Weißwein gibt es in jedem Supermarkt zu kaufen.«

Nauke strahlte sie an. »Diesen hier nicht. Wenn mich meine Feinschmeckernase nicht trügt, so handelt es sich hierbei nicht um einen profanen Supermarktswein. Vielleicht ist es sogar ein Würzburger, beispielsweise der berühmte Wein vom Stein, ein trockener Silvaner.«

Nadja und Peter blickten sich ratlos an.

Der Arzt hatte sich wohl ein wenig mehr Begeisterung ob dieser Eröffnung erhofft und erklärte nun gönnerhaft: »Ihr als Nürnberger kennt euch mit so etwas natürlich nicht aus. Aber dieser Würzburger Wein vom Stein ist ziemlich bekannt, sogar Goethe wusste den zu schätzen.«

Nun wurde Peter von seiner Begeisterung angesteckt. Er zog sein Smartphone aus der Tasche und begann hektisch darauf herumzutippen. »Hier haben wir es. Goethe schrieb an seine Frau Christiane: ›Kein anderer Wein will mir schmecken, und ich bin verdrießlich, wenn mir mein Lieblingsgetränk abgeht.‹«

Die beiden Männer blickten sich mit leuchtenden Augen an, als hätten sie den Fall bereits gelöst.

»Und diesen Wein gibt es nur in einem bestimmten Geschäft zu kaufen?«, fragte Nadja noch einmal nach.

Lars Nauke wedelte sich ein letztes Mal genießerisch das Aroma des Weinrestes in die weit geöffneten Nasenflügel und stand dann endlich wieder auf. »Das nicht, der Wein vom Stein wird in verschiedenen Spitälern angeboten, aber ich werde eine Probe nehmen und versuchen herauszufinden, welche Sorte genau vorliegt. Vielleicht haben wir Glück, und es ist etwas Ausgefalleneres. Und so wie das duftet, liegt der Schluss nahe, dass es sich hier tatsächlich um einen ganz besonders edlen Tropfen handelt!«

Als die beiden Kommissare auf dem Rückweg zum Auto waren, runzelte Nadja ungläubig die Stirn. »Wer erschlägt denn eine Studentin im Park mit einem Luxusartikel?«

»Was für eine Vergeudung«, murmelte Peter zustimmend, ließ dabei aber offen, ob er den Wein oder das Mädchen meinte.

DREI

Nadja und Peter waren in der Gasse angelangt, in der Connie gewohnt hatte, und betätigten die Klingel von »Schlaufuß, Mengo, Lember« am Eingang eines beigefarbenen Hauses. Während sie warteten, blickte Nadja sich um.

Die Straße war schmal und von zwei- bis dreistöckigen Wohnhäusern gesäumt. Es war zwar kein besonders hübscher Wohnort, aber zentral gelegen und sauber, und am Straßenende gab es eine Musikkneipe, die vor allem von Studenten frequentiert zu werden schien. Nadja konnte sich gut vorstellen, selbst einmal in dieser Gegend zu wohnen. Sie würde den Straßennamen im Hinterkopf behalten.

In diesem Moment summte der Türöffner. Peter hielt ihr einladend die Tür auf und folgte ihr dann ins Halbdunkel des Treppenhauses, das ein wenig muffig roch. Nadja blickte ihn fragend an, woraufhin er die Schultern hob und stumm mit dem Kopf in Richtung Treppe wies. Also stiegen sie hinauf. Und stiegen und stiegen. Nach der fünften Treppe sahen sie eine Gestalt auf dem nächsten Absatz warten: ein zierliches Mädchen mit Kapuzenpulli, Jogginghose und einer großen Kaffeetasse in der Hand.

Da Peter erst seine Atmung unter Kontrolle bringen musste, übernahm Nadja die Vorstellung. »Guten Morgen, ich bin Nadja Gontscharowa von der Kripo Würzburg, und das ist mein Kollege Peter Steiner.« Routinemäßig zog sie ihren Geldbeutel aus der Tasche und zeigte das Ausweiskärtchen: »Sind Sie eine Mitbewohnerin von Connie Lember?«

Das Mädchen trat einen Schritt näher und musterte den Ausweis. »So sieht das also aus, ich habe noch nie einen gesehen«, sagte sie interessiert, dann fügte sie hinzu: »Ja, Connie wohnt hier mit uns in einer WG, aber ich glaube, sie ist gerade nicht da.«

»Wir würden gerne etwas mit Ihnen besprechen«, ließ Peter sich nun mit seiner sanften Stimme vernehmen. »Entschuldigen Sie die frühe Störung, aber es ist wichtig.«

Der Gesichtsausdruck des Mädchens wechselte von Interesse zu Besorgnis. »Dann gehen wir besser hinein. Ich bin übrigens Sophie Mengo. Bitte kommen Sie doch.« Mit diesen Worten wies sie die beiden Polizisten in die Wohnung und führte sie durch einen gelb gestrichenen Gang voller Schuhe in die Küche. Dieser Raum war weiß gehalten, nur eine Wand war marineblau, was die helle Küchenzeile davor gut zur Geltung brachte. An den Wänden klebten alte Emailleschilder mit Kaffee-, Schokoladen- und Waschmittelwerbung.

Sophie ließ sich auf der Eckbank nieder, die mit blau kariertem Stoff überzogen war, und begann sofort nervös mit den Fingernägeln auf den Tisch zu klopfen. Anscheinend hatte sie zuvor schon dort gesessen, denn es waren nasse Ringe auf dem Tisch, die die Tasse hinterlassen haben musste.

Die Kommissare setzten sich dem Mädchen gegenüber auf zwei Klappstühle. Nadja blickte Peter an – er sah nicht so aus, als würde er beginnen wollen. Es war wohl besser, nicht lange herumzureden: »Ihre Mitbewohnerin Connie ist tot. Man hat sie heute Morgen im Ringpark gefunden. Es tut uns sehr leid.«

Sophie stöhnte vor Schreck leise auf. Dann schloss sie die Augen und blieb bewegungslos sitzen. Für mehrere Sekunden herrschte absolute Stille, nur die Küchenuhr tickte überlaut.

Nadja fragte sich, ob sie etwas tun oder sagen sollte, aber diesmal kam ihr Peter zuvor. Er beugte sich über den Tisch und legte eine Hand auf Sophies Arm. »Frau Mengo, geht es Ihnen gut?«, fragte er.

Sophie öffnete die Augen wieder und blickte so lange auf seine Hand hinunter, bis er sie wegzog. »Wie ist das passiert?«, wollte sie schließlich wissen.

Peter wählte seine Worte mit Bedacht, als er erklärte, dass Connie ermordet worden war. Fast schüchtern fragte er: »Sie verstehen, dass wir Ihnen jetzt einige Fragen stellen müssen?«

Sophie nickte. »Es ist wohl am besten, Sie befragen zuerst mich. Unsere dritte Mitbewohnerin, Julia Schlaufuß, schläft noch, aber ich werde sie dann wecken, wenn wir fertig sind.«

Nadja war überrascht von der sachlichen Art, mit der die Studentin plötzlich mit der Situation umging. Entweder sie konnte ihre Gefühle gut verbergen oder Connies Tod bedeutete ihr nicht allzu viel.

»Vielleicht erzählen Sie uns zunächst etwas über sich, über Ihre Lebensumstände und wie es zu dieser WG kam«, schlug sie vor. »Dann würde ich gern wissen, was für ein Mensch Connie war. Vielleicht wissen Sie auch, was sie gestern vorhatte?«

Sophie hielt den Blick starr auf die alte Lindt-Werbetafel hinter Nadja gerichtet. »Ich bin dreiundzwanzig Jahre alt, zwanzig Jahre habe ich in Deutschland verbracht. Meine Eltern haben sich in Bulgarien kennengelernt, und mein Vater hat uns dann hierhergeholt. Sie leben in der Nähe von Essen, aber ich wollte zum Studieren lieber in eine schönere Stadt. So bin ich hier gelandet.«

»Was studieren Sie denn?«, fragte Nadja.

Statt einer Antwort nahm Sophie ein Buch, das neben ihr auf der Bank gelegen hatte, und zeigte es den Kommissaren. Nadja las den Titel: »Dialektik der Aufklärung« von Horkheimer und Adorno.

Peter lächelte: »Sie sind also quasi die Philo-Sophie?«

Das Mädchen lächelte nun auch. »Sie werden überrascht sein, genauso hat Connie mich oft genannt. Meistens dann, wenn ich ihrer Meinung nach zu lange über meinen Büchern saß. Morgens sind wir oft zusammen aufgestanden und haben es uns hier gemütlich gemacht. Sie mit ihren Spanischhausaufgaben und ich mit dem jeweiligen Theoretiker. In der Früh kann ich mich besser konzentrieren.«

Nadja fiel unangenehm auf, dass Sophie keinerlei Probleme zu haben schien, in der Vergangenheitsform von ihrer Mitbewohnerin zu sprechen. Dieses kleine, zierliche Ding mit den streng gescheitelten Haaren besaß wohl eine ziemlich harte Schale. Aber wer wusste schon, wie es drinnen in ihr aussah?

»Aber heute war Connie morgens nicht da, um mit Ihnen zu lernen. Hat Sie das nicht gewundert?«, fragte sie die Studentin.

Sophie legte die Hände in den Schoß und sah ihr genau in die Augen. »Ich dachte, sie hätte spontan bei David Bauer übernachtet, das ist ihr Freund, ein Musikstudent. Julia und ich haben gestern Abend zusammen gekocht und uns gar nichts dabei gedacht, als Connie nicht zurückkam.« Sie wandte den Blick wieder dem Emailleschild zu.

»Sie lügt«, dachte Nadja überrascht, »aber warum? Weiß sie, wo Connie stattdessen war?« Nachdenklich hörte sie zu, wie Peter das Mädchen zum letzten Abend befragte.

Es war ein Donnerstag gewesen. An diesem Wochentag fand um neunzehn Uhr dreißig immer der Spanisch-Stammtisch im Theatercafé statt. Connie hatte sich nach einem langen Unitag nicht wohlgefühlt und überlegt, ob sie ihre Teilnahme an dem Treffen absagen sollte. Dann hatte sie sich aber einen Tee gekocht und war mit Hustenbonbons und Schal bewaffnet doch losgegangen.

»Was war das für ein Schal?«, schaltete Nadja sich ein.

Peter warf ihr einen fragenden Blick zu, doch Sophie antwortete ohne Zögern: »Eigentlich war es eher ein Tuch, ein dunkelgraues mit Fransen. Ich habe es ihr geliehen, weil ihre eigenen Schals nicht zu dem Sommerkleid passten.«

Nadja hatte das Bild deutlich vor Augen, wie Connies Leiche damit an der Bank festgebunden gewesen war, damit sie aufrecht sitzen blieb. Nun wussten sie jedenfalls, warum das Opfer trotz der Hitze einen Schal dabeigehabt hatte.

Erklären wollte sie Sophie dies aber nicht. Sie schlug deshalb vor: »Könnten Sie jetzt bitte Ihre Mitbewohnerin aufwecken? Während wir mit ihr sprechen, wäre es gut, wenn Sie eine Liste der Freunde und Bekannten von Connie machen und auch ihre Telefonnummern und Adressen dazuschreiben, soweit Sie die kennen. Das wäre sehr hilfreich für unsere Arbeit.«

Sophie verschwand im Flur, wo man sie vorsichtig an eine Tür klopfen hörte. Kurz darauf kam sie zurück.

»Julia geht noch schnell ins Bad und kommt dann her. Ich habe ihr noch nichts gesagt. Um ehrlich zu sein, ich glaube nicht, dass sie Ihnen weiterhelfen kann, wenn sie erfährt, was passiert ist.« Sie kramte aus einer Küchenschublade einen Kugelschreiber hervor und begann mit sorgfältiger Schrift eine Liste anzufertigen. Das Papier hierfür hatte sie kurzerhand aus Peters Notizbuch gerissen, das er während des Gesprächs auf den Tisch gelegt hatte.

Nun vernahm Nadja das leise Geräusch nackter Füße im Flur.

Kurz darauf steckte eine weitere junge Frau den Kopf zur Tür herein. Sie trug einen Satinschlafanzug mit Bärchen darauf und machte einen sehr verschlafenen Eindruck. Die ganze Erscheinung krönte ein knallroter verwuschelter Haarschopf, an dem eine pinke Schlafmaske baumelte.

Nadja und Peter begannen unwillkürlich zu schmunzeln, als Julia gähnte, zur Kaffeemaschine tappte und sich erst einmal eine Tasse einschenkte, bevor sie sich mit an den Tisch setzte. Sophie war das Zeremoniell anscheinend gewohnt, sie arbeitete schweigend weiter an der Liste und hatte keinen Blick für das lustige Bild, das die Mitbewohnerin in ihrem Schlafanzug abgab.

Nach einigen Schlucken von dem Kaffee schien Julia nun plötzlich zu registrieren, dass etwas passiert sein musste. Sie räusperte sich, sagte »Guten Morgen« und blickte die ihr fremden Menschen erwartungsvoll an.

Bei ihrem Anblick war sie Nadja sofort sympathisch gewesen, sodass es ihr schwerfiel, Julia vom Tod ihrer Mitbewohnerin zu erzählen. Sie war froh, als Peter diesmal in die Bresche sprang und das Geschehene zusammenfasste. Julia stellte keine Fragen, sie brach in keine Entsetzensrufe aus und versteinerte nicht, wie Sophie das getan hatte. Sie begann einfach zu weinen. Ihr Gesicht lief rot an, und stoßartige Schluchzer schüttelten ihren pyjamabekleideten Körper. Tränen tropften in ihren Kaffee, doch weder das noch die Anwesenheit der Polizisten konnten den Gefühlsausbruch aufhalten. Im Gegenteil, es schien immer schlimmer zu werden, sodass sie kaum noch Luft bekam.

Peter tätschelte hilflos ihre Schulter, und Nadja versuchte sich an einigen Sätzen, die tröstlich gemeint waren, aber ihre Wirkung verfehlten. Sophie beobachtete die Szene mit starrer Miene. Schließlich unterbrach sie die Arbeit an der halb fertigen Liste, nahm Julia in die Arme und wiegte sie sanft hin und her – als würde ein Vogelküken im Nest von der Mutter beschützt, dachte Nadja. Ebenso hielt Sophie ihr Gesicht an Julias wirren Haarschopf gedrückt und sprach leise und beruhigend auf sie ein. Tatsächlich wurden deren Schluchzer leiser, die Abstände dazwischen größer. Schließlich blickte Julia mit verquollenem Gesicht auf und entschuldigte sich leise.

Nadja atmete erleichtert auf und sagte: »Frau Schlaufuß, wir haben vollstes Verständnis für Ihre Reaktion. Sicherlich ist es besser, wenn wir zu einem anderen Zeitpunkt miteinander sprechen. Ich melde mich bei Ihnen, um einen Termin zu vereinbaren. Ich muss Ihnen beiden aber mitteilen, dass Sie vorläufig mit keiner anderen Person außer hier im Raum Anwesenden über den Fall sprechen dürfen. Die ersten achtundvierzig Stunden nach einem Gewaltverbrechen sind häufig die wichtigsten. Vielleicht wäre es am besten, Sie blieben heute und morgen von der Uni daheim und erholen sich erst einmal von dem Schock.«

Julia und Sophie nickten.

Peter ergänzte: »Wir haben bei der Polizei Kontakt zu ausgebildeten Seelsorgern speziell für Menschen, die den Verlust von Freunden oder Verwandten hinnehmen müssen. Bitte schämen Sie sich nicht, Hilfe in Anspruch zu nehmen, wenn Sie das Gefühl haben, dass Sie professionellen Beistand brauchen. Dafür sind die Therapeuten ja da.«

Sophie begleitete ihre Mitbewohnerin in deren Zimmer zurück und kündigte an, einen Kamillentee zuzubereiten. Während sie neben dem Wasserkocher wartete, erklärte sie halblaut: »Julia ist sehr empfindsam. Wenn Menschen ihr einmal ans Herz gewachsen sind, dann fühlt und leidet sie mit ihnen, als ginge es um ihr eigenes Schicksal. Sie spürt auch die Stimmung anderer sehr schnell und wird nicht selten davon beeinflusst. Diese emotionale Intelligenz ist eine Art von Hochbegabung, denke ich, aber keine, für die man Stipendien und Auszeichnungen bekommt. Es lauern stattdessen wohl eher mehr Abgründe im Leben.«

Nadja wunderte sich zum wiederholten Mal über die ruhige und sachliche Art, mit der die Studentin sich mit der Situation auseinandersetzte. Sie selbst war mit Anfang zwanzig sicher nicht so erwachsen gewesen. Peter offensichtlich auch nicht. In seinem Gesichtsausdruck glaubte sie Interesse für die Studentin wahrzunehmen und einen Hauch von Bewunderung. Gegen das Brodeln des kochenden Wassers ansprechend, fragte sie: »Wie lange wohnen Sie drei schon zusammen?«

»Julia und ich kennen uns seit der Schulzeit, wir sind nach dem Abi gemeinsam hierhergezogen. Ursprünglich war eine Psychologiestudentin die Dritte im Bunde, aber sie lebt seit einem Jahr mit ihrem Verlobten zusammen. Also haben wir ein Casting veranstaltet, und unsere Wahl fiel auf Connie. Julia und ich waren der Meinung, dass sie sehr gut zu uns passt«, antwortete Sophie, während sie das Kaffee-Tränen-Gemisch in den Ausguss leerte und die Tasse unter fließendem Wasser spülte.

»Warum ist Connie denn nicht auch mit ihrem Freund zusammengezogen?«

Sophie drehte sich zu Nadja herum und verschränkte die Arme vor der Brust. »David und Connie waren sehr unterschiedlich. Vielleicht wollten sie die Belastungsprobe einer gemeinsamen Wohnung nicht wagen? Vielleicht wollten sie die schönen Dinge des Lebens teilen, aber die Alltagsschwierigkeiten nicht? Vielleicht wollten sie diesen Schritt nach zwei Jahren Beziehung einfach noch nicht machen? Das sind alles plausible Gründe, die man nachvollziehen kann, finde ich.«

Peter nickte, als würde zumindest er das ebenfalls sehr gut nachvollziehen können, und kritzelte eifrig in seinem Notizbuch herum.

Nadja war noch nicht überzeugt: »Aber eine zweijährige Beziehung lässt doch durchaus auf etwas Ernstes schließen. Haben die beiden sich denn häufig gestritten, sodass in der Wohnungsfrage nur weitere Konflikte zu erwarten waren?«

Sophie zögerte. »Nein, direkt gestritten haben sie selten. Wie gesagt, die beiden waren sich charakterlich nur einfach nicht sehr ähnlich. Wenn David eine Taube ist, dann war Connie ein Schmetterling.«

Nadja ließ sich ihr Befremden über diesen Vergleich nicht anmerken. Doch bevor sie eine weitere Frage stellen konnte, fuhr Sophie fort: »Connie hätte so oder so nicht mehr besonders lange bei uns gewohnt. Sie wollte im Februar nach Madrid, ein Auslandssemester machen, und für diese Zeit hat sie einen Zwischenmieter für das Zimmer hier gesucht.«

»Und gefunden?«, fragte Peter nach.

»Na ja, so schnell geht das nicht. Sie haben so etwas sicher noch nie gemacht, oder? Wohnungsangebote für nächstes Frühjahr stellt man vor Dezember eigentlich nicht ins Internet. Connie hat nur schon mal in ihrem Bekanntenkreis davon erzählt, dass ein Zimmer frei werden wird. Und den Bekanntenkreis finden Sie zu großen Teilen hier.« Damit deutete sie auf die Liste, die auf dem Tisch lag. Die Aufforderung war klar.

An diesem Punkt erhob sich Nadja. »Vielen Dank für die vielen Informationen, Frau Mengo. Wir werden mit den einzelnen Personen sprechen und uns sicherlich auch noch einmal bei Ihnen melden. Sollte Ihnen noch etwas einfallen, das mit Connies Tod zu tun haben könnte, so lassen Sie uns das bitte unverzüglich wissen. Ich lege Ihnen mein Kärtchen hierher. Unter der Handynummer sind entweder mein Kollege oder ich eigentlich immer erreichbar.«

Sie entnahm ihrer Geldbörse eine Visitenkarte, platzierte sie gut sichtbar auf dem Tisch und reichte Sophie die Hand zum Abschied. Diese ergriff sie mit nun doch deutlich erleichterter Miene, schenkte Peter noch ein Lächeln und begleitete sie beide zur Tür.

»Sie war es!«, rief Nadja in altbewährter Manier, kaum dass sie und Peter auf der Straße angekommen waren.

Peter schmunzelte. »Welche von ihnen?«

»War die Frage ernst gemeint?«, meinte Nadja ungläubig, »Philo-Sophie natürlich. Sie ist kalt wie ein Fisch, und außerdem hat sie gelogen, als ich sie fragte, warum sie Connie gestern Nacht nicht vermisst hatte. Das war das einzige Mal, dass sie mich direkt angeschaut hat!«

»Das ist vielleicht ein Indiz dafür, dass sie die Unwahrheit gesagt haben könnte, aber es ist erstens kein Beweis, und zweitens fällt mir kein Grund ein, warum sie gelogen haben sollte. Es ist doch ganz normal, dass eine Studentin ab und zu bei ihrem Freund übernachtet. Außerdem hat Sophie ein Alibi, sie hat zusammen mit Julia gekocht«, entgegnete Peter ungerührt.

Sie nannten dieses Spiel »Cluedo«. Einer der Kommissare stellte eine Vermutung auf, wer der Täter sein könnte, und der andere musste versuchen, Beweise für dessen Unschuld zu liefern.

Nun war Nadja wieder an der Reihe: »Ein Kochabend ist doch kein Alibi. Die beiden werden sicher nicht die ganze Nacht über Truthähne tranchiert oder jede Rosine einzeln in den Kuchen gesteckt haben. Selbst wenn sie spät angefangen haben, hätte Sophie jede Zeit der Welt gehabt, zum Ringpark zu laufen und ihrer Mitbewohnerin aufzulauern.«

»Und das Motiv, wo ist das Motiv?«, warf Peter ein, »du weißt genauso gut wie ich, dass Frauen deutlich seltener mit roher Gewalt morden als Männer. Und eine Weinflasche über den Schädel einer Freundin zu schlagen, das ist nun wirklich rohe Gewalt par excellence!«

Nadja gab vorerst auf und stieg ins Auto.

Während Peter in der schmalen Gasse vorsichtig ausparkte, sagte er: »Übrigens solltest du eines nicht vergessen: Wenn es Sophie gewesen sein kann, dann kann es Julia genauso gut gewesen sein.«

»Hast du schon mal jemanden so weinen sehen?« Nadja hatte das Gefühl, für das Mädchen in die Bresche springen zu müssen. »Die Kleine hatte einen Schock, als wir ihr von Connies Tod erzählt haben. Die wusste sicher nichts davon, und außerdem ist sie richtig, richtig traurig darüber.«

»Vielleicht ist sie einfach nur eine gute Schauspielerin«, meinte Peter achselzuckend, »aber du hast recht, sie wirkt überhaupt nicht wie eine Mörderin. Sie ist einer von den Menschen, die man auf den ersten Blick sympathisch findet.«

Nadja dachte, dass auch Hitler von seiner Sekretärin als sympathisch empfunden worden war, hütete sich aber, diesen Gedanken auszusprechen.

VIER

Im Auto breitete Nadja den Stadtplan auf ihren Knien aus und lotste ihren Kollegen durch die Straßen der Altstadt Richtung Musikhochschule. »Woher weißt du eigentlich, dass er jetzt Unterricht hat?«, fragte sie, während sie den Kopf verrenkte, um einen schräg gedruckten Straßennamen lesen zu können.

»So so, die Frau Oberkommissarin ist heute wohl nicht sehr aufmerksam«, sagte Peter mit gutmütigem Spott. »Sein Stundenplan hing neben dem der drei Mädels am Kühlschrank. Der gute alte Krönig hätte lieber mal mich befördern sollen.«

Nadja lachte, stichelte aber nicht zurück, wie sie es sonst immer tat. Sie hielt sich den Plan so nah vors Gesicht, dass man hätte meinen können, sie sei halb blind. Den Weg fanden sie trotzdem problemlos.

Als Peter die Schranke passiert, den Wagen geparkt und die Umgebung gemustert hatte, wurde es ihm schlagartig bewusst: »Das ist doch gleich neben unserem Tatort! Hier fängt der Ringpark an, und auf der anderen Seite muss der Friedhof liegen. Das ist aber ein seltsamer Zufall. David Bauer studiert nur hundert Meter von dem Ort entfernt, wo seine Freundin ermordet aufgefunden wurde.«

Nadja holte noch einmal die Karte aus dem Auto und betrachtete sie stirnrunzelnd. Tatsächlich hatte Peter recht. Sie ärgerte sich ein wenig, dass ihr das entgangen war. Momentan war sie einfach nicht ganz sie selbst. Männer! Nichts als Ärger, dachte sie und ließ ihren Zorn am Stadtplan aus, den sie einfach zusammengeknüllt ins Handschuhfach stopfte, als er sich nicht in die korrekte Form zusammenfalten lassen wollte.

Peter ließ dieses typisch weibliche Aggressionsverhalten klugerweise unkommentiert und schlenderte pfeifend neben Nadja auf den Eingang des Hochschulgebäudes zu. Aus einem geöffneten Fenster im zweiten Stock hörten sie helle Trompetentöne, die plötzlich verstummten, sobald sich die elektrische Schiebetür hinter den beiden Kommissaren geschlossen hatte.

Nadja steuerte zielstrebig auf den Empfangskasten zu, in dem ein alter Mann mit erloschener Pfeife im Mund saß. Er kaute heftig auf dem Stiel herum, während er ihre Ausweise musterte.

Da er keinerlei Anstalten machte, ihnen Hilfe anzubieten, steckte Peter seinen Geldbeutel schließlich in die Tasche zurück. »Wir suchen David Bauer. Laut seines Stundenplans müsste er jetzt gerade im Chor mitsingen. Könnten Sie uns bitte den Weg dorthin zeigen?«

Der Mann schien plötzlich lebendig zu werden. Er schloss die Tür des Empfangsraumes hinter sich. »Den David? Ja, den kenne ich. Ist ja jeden Tag da. Was wollen Se denn von dem? Ist ja ein fleißiger Junge. Ich zeig Ihnen den Raum jetzt, ja?«

Sprachlos angesichts dieses plötzlichen Entgegenkommens folgten die Kommissare ihm stumm einen längeren Gang entlang. Nach und nach erfuhren sie, dass die Musikhochschule samt Studierenden einen hohen Stellenwert beim Pförtner einnahm. Er erklärte im Laufen, dass die Vorläuferinstitution der heutigen Musikhochschule, das Collegium Musicum Academicum Wirceburgense, schon vor 1800 gegründet worden sei, wie viele Studenten dieses Semester immatrikuliert waren und welche Preise diese gewonnen hatten – eine beachtliche Menge, wenn man ihm Glauben schenken wollte. Schließlich blieb er in einer Art kleiner Halle stehen und verkündete stolz: »Ja nun, das ist unser Aufenthaltsraum! Hat eine Stange Geld gekostet, aber das hat sich ja wohl gelohnt, oder?«

Die Kommissare blickten sich um. Tatsächlich sah es hier nicht wie in einem altehrwürdigen Universitätsraum aus. Es gab ein Glasdach, das Tageslicht hineinließ und immergrüne Pflanzen in Echtholzkübeln dazu veranlasste, an ihren Stangen emporzuranken. Darunter waren cremefarbene Sofas mit kuscheligen Kissen darauf zu einem Viereck zusammengestellt. Ebenso luden die einzelnen Sitzgruppen, die den anderen Teil des Raumes einnahmen, zum Entspannen ein. Kaffee-, Süßigkeiten- und Getränkeautomaten in verschiedenen Ausführungen vervollständigten das Wohlfühlensemble.

Nadja blickte Peter mit hochgezogenen Augenbrauen an. Man konnte ihm förmlich ansehen, wie er sich fragte, warum er sein Studium aufgegeben hatte, um Polizist zu werden. Ja, warum hatte er das eigentlich? Nadja konnte sich nicht erinnern, ihn jemals darüber reden gehört zu haben. Bisher hatte sie die Entscheidung auch nie in Frage gestellt, aber vielleicht sollte sie doch einmal nachhaken. Schon allein, weil er ihr Partner war und damit diejenige Person, mit der sie seit eineinhalb Jahren am engsten zusammenarbeitete.

Peters Stimme riss sie aus ihren Gedanken. Er schien der Meinung zu sein, dass sie das Atrium nun ausreichend bewundert hatten: »Das ist wirklich sehr schön hier. Welche dieser Türen führt denn nun zum Chorprobenraum? Man hört gar keine Stimmen, sind die Türen so gut isoliert?«

Der Pförtner antwortete ungerührt: »Nein, nein, der Chor probt ja gar nicht hier. Die sind auf der anderen Seite des Gebäudes. Aber das hier muss man ja schon mal gesehen haben, finde ich.«

Nadja ging der übermäßige Gebrauch der Interjektionen langsam auf die Nerven, und auch sonst konnte sie diesem Möchtegernfremdenführer wenig abgewinnen. Vor allem jetzt, da sie ihren ersten eigenen Fall leitete und dringend Ergebnisse vorweisen wollte. »Ich glaube, Sie verstehen nicht ganz!«, rief sie erbost, »wir ermitteln in einem Mordfall. Da zählt jede Sekunde, und ich möchte keine einzige davon verschwenden, indem ich nacheinander die sogenannten Attraktionen dieses Gebäudes aufsuche. Wenn Sie uns jetzt nicht sofort zu David Bauer führen, dann sehen wir uns im Präsidium wieder und Sie bekommen eine Anzeige wegen Behinderung der Polizeiarbeit!«

Kaum waren die Worte heraus, bereute Nadja ihr übertrieben autoritäres Auftreten auch schon. Ihr wurde bewusst, wie sehr sie sich unter Druck fühlte. Sie atmete tief durch und versuchte, ihren Puls wieder unter Kontrolle zu kriegen.

Peter, der wusste, dass die Drohung völlig aus der Luft gegriffen war, grinste still in sich hinein, doch bei dem Pförtner wirkte sie Wunder.

So schnell ihn seine kurzen Beine trugen, eilte er mit den Polizisten im Schlepptau durch die weiß getünchten Gänge und kam schließlich atemlos vor einer Doppeltür aus hellem Holz zum Stehen. »Hier finden Proben und kleinere Konzerte statt«, schnaufte er, »der Saal wurde von einem Würzburger Architekt so entworfen, dass die Akustik …«

Was genau das Besondere an der Akustik war, sollten die Kommissare nie erfahren, denn ein warnender Blick von Nadja brachte ihren Führer zum Schweigen. Kummervoll steckte er seine Pfeife in den Mund zurück und verschwand mit einem kaum verständlichen »Dann lasse ich Sie jetzt mal allein« um die nächste Ecke.

Peter blickte ihm lachend nach. »Da hat die Frau Oberkommissarin ja mal durchgegriffen«, stellte er fest. »Tut mir fast leid für das Hochschulmaskottchen.«

Nadja boxte ihm gegen die Schulter und sagte mit gespieltem Ernst: »So, Herr Kriminalkommissar Steiner, dann sind Sie jetzt dran. Ich erwarte eine Befragung des Zeugen und potenziellen Verdächtigen nach allen Regeln der Kunst!«

Peter erwiderte, dass ihm das sogar eine Ehre sei, und klopfte an die Tür zum Musiksaal.

Die fröhliche Melodie, die zu ihnen herausdrang – offensichtlich ein Fischerlied –, setzte keine Sekunde aus. Wahrscheinlich war der Gesang einfach zu laut, als dass drinnen jemand das Klopfen gehört hätte. Peter öffnete daher kurzerhand die Tür, und sie traten ein.

Vor sich sahen sie einen kleinen Saal mit stufenförmig ansteigenden Publikumsplätzen. Auf der Bühne standen einige junge Männer in einem Halbkreis angeordnet und fixierten eine ältere Dame mit kurzen grauen Haaren, die die Gruppe einhändig dirigierte und mit der anderen Hand auf dem Klavier begleitete.

»Sechs Jungspunde und sonst nichts? Das nennt sich Chor?«, flüsterte Nadja ihrem Partner zu.

»Schon mal was von den Comedian Harmonists gehört?«, antwortete er ebenso leise und stellte sich direkt vor die Bühne. Die Musiker sangen weiter und nahmen keinerlei Notiz von ihnen.

In einer Atempause rief Peter schließlich: »Ich muss Sie bitten, Ihre Probe kurz zu unterbrechen. Wir würden gerne mit David Bauer sprechen. Es ist wichtig.«

Die Lehrerin hörte auf zu spielen und wandte sich um, um die Polizisten kritisch zu mustern.

Einer der Studenten trat aus dem Kreis hervor. »Ich bin David, aber ich habe jetzt keine Zeit. Sie sehen ja, dass wir gerade mitten in der Arbeit stecken. Wenn Sie bitte draußen warten würden, dann komme ich ungefähr in einer halben Stunde nach.«

Das war nun doch zu viel für Peters Gutmütigkeit. Er hielt seinen Ausweis ins Licht und antwortete mit eisiger Stimme: »Ich denke, Schuberts Forelle wird auch ohne Ihr Zutun gefangen, Herr Bauer. Wir dagegen sind von der Mordkommission, und Sie können mir glauben, dass unsere Arbeit wichtiger ist als Ihr sängerischer Beitrag hier!«

Nadja freute sich einmal mehr über die kulturelle Bildung ihres Kollegen, denn jetzt hatten sie plötzlich die volle Aufmerksamkeit aller Musiker.

David sprang mit einem Satz von der Bühne, nahm seinen Instrumentenkoffer und führte sie zu einem anderen Ausgang hinaus. Im Gehen erklärte er: »Wir können in einen der Übungsräume gehen, die momentan nicht belegt sind. Da lässt es sich besser reden als hier auf dem Gang.«

Er hielt ihnen eine weitere Tür auf. Sie betraten ein kleines Zimmer, in dem sich nichts befand als ein Flügel, ein Notenständer und ein paar Stühle, die um einen niedrigen Tisch gruppiert waren. David schloss die Tür und reichte erst Nadja und dann Peter die Hand.

»Entschuldigen Sie bitte, dass ich Sie so unhöflich begrüßt habe. Wir wollen am Wochenende ein kleines Konzert geben, und momentan klappen einige Stücke noch nicht so, wie sie sollten. Da stehen wir ein wenig unter Druck.«

Nach dieser Erklärung herrschte kurze Zeit Stille. Nadja und Peter ließen sich auf den Stühlen nieder, David setzte sich wie selbstverständlich auf den Klavierhocker.

»Was ist passiert?«, fragte er mit ernstem Gesicht.

Nadja musterte seine braunen Augen, die zerzausten Haare und den Kapuzenpulli, der ihn sehr schlank wirken ließ. Er sah jünger aus, als er tatsächlich war. Sie hätte ihn auf achtzehn oder neunzehn geschätzt.

»Ihre Freundin Connie ist heute Morgen tot aufgefunden worden. Es tut uns sehr leid«, sagte sie leise.

Davids Lippen öffneten sich in sprachlosem Unverständnis. »Connie? Connie ist tot?«, stammelte er, »das kann doch gar nicht sein!« Sein schmerzerfüllter Blick war starr auf Nadja gerichtet, als könnte sie ihre Worte zurücknehmen und die Tat ungeschehen machen.

Nadja fühlte sich dieser ungläubigen Trauer gegenüber machtlos. Sie wollte die nötigen Fakten schnell loswerden: »Sie ist heute Nacht ermordet worden. Ein Kind hat sie auf dem Weg zur Schule gefunden, gleich hier vorne im Ringpark.«

David trat ans Fenster. Er presste seine Hände so stark gegen die Scheibe, dass die Knöchel weiß hervortraten. Als er sie wieder wegnahm, blieb der Umriss für einen kurzen Moment auf dem Glas sichtbar. »Ich war heute schon ziemlich früh hier an der Hochschule. Ich habe den Krankenwagen gesehen und auch die Polizeiautos. Aber ich hätte doch niemals gedacht …« Er schlug sich mit geballter Faust an die Schläfe.

Nadja hatte Angst, dass er sich selbst verletzen könnte. Sie trat neben ihn, um seinen Arm festzuhalten, als müsse sie ein Kind vor sich selbst beschützen.

David hatte angefangen zu weinen, und Peter reichte ihm schweigend eines seiner stets blütenweißen Taschentücher. So verharrte die Gruppe eine Zeit lang regungslos. Peter im Stuhl nach vorn gelehnt, David weinend wieder auf dem Hocker und Nadja neben ihm stehend mit der Hand auf seiner Schulter. Sie strich ihm behutsam über den Rücken, bis er seine zusammengekauerte Haltung aufgab und sich aufrichtete.

»Was genau ist passiert?«, fragte er.

»Das wissen wir noch nicht«, antwortete Nadja sanft, »wir würden Ihnen deshalb gerne einige Fragen stellen. Fühlen Sie sich dazu in der Lage?«

David wischte sich mit dem Ärmel seines Pullis über das Gesicht und sagte, dass er sich vor dem Gespräch noch schnell einen Tee holen würde.

Sobald er den Raum verlassen hatte, äußerte Peter Bedenken: »Was ist, wenn er uns jetzt abhaut?«

»Er war es nicht«, sagte Nadja bestimmt.

»Ach komm schon, Nadja, denk mal dran, wie sorgfältig die Leiche an der Bank angebunden war, fast liebevoll sah das aus. Das schreit doch nach einer Beziehungstat! Du willst das nur nicht glauben, weil du ihn magst«, meinte Peter.

Nadja dachte darüber nach. Sie kam zu dem Ergebnis, dass sie den jungen Mann tatsächlich mochte. Auf eine mütterliche Art fühlte sie sich fast ein wenig für ihn verantwortlich. Aber das würde sie Peter gegenüber niemals zugeben.

In die angespannte Stille hinein kam David zurück, der einen dampfenden Plastikbecher in der Hand balancierte. Wohl um das Instrument zu schonen, stellte er das heiße Getränk nicht auf das Klavier, sondern wechselte es von einer Hand in die andere. Zu Nadjas Beruhigung sah er schon ein wenig gefasster aus.

Peter zog sein Notizbuch aus der Tasche und begann die Befragung mit der Standardfrage: »Wann haben Sie Ihre Freundin zuletzt gesehen?«

David antwortete, ohne zu zögern: »Das war vorletzte Nacht. Sie hat bei mir übernachtet, und ich bin morgens zum Üben gegangen, als sie noch schlief. Sie war am Abend nicht so ganz fit gewesen, weshalb ich sie nicht geweckt, sondern nur einen Zettel geschrieben habe.« Er blickte auf den Grund seines Bechers, als könne er dort noch einmal das Bild der schlafenden Connie heraufbeschwören.

»Und letzte Nacht? Warum hat sie da nicht bei Ihnen übernachtet oder Sie bei ihr?«, fragte Peter weiter.

»Wir haben das nicht jeden Tag gemacht, jeder hatte auch sein eigenes Leben. Und Connie hat am Donnerstagabend immer Spanisch-Stammtisch. Da müsste sie gestern gewesen sein.«

Nun mischte Nadja sich ein: »Sophie hat uns erzählt, dass sie sich keine Sorgen um Connie gemacht hat, weil sie dachte, dass sie bei Ihnen schlafen würde.«

»Sophie hat das gesagt?« Davids Gesichtsausdruck bei dieser Frage war schwer deutbar. »Na ja, es kam relativ häufig vor, dass Connie sich erst spontan entschieden hat, über Nacht zu bleiben. Gestern hätte das auch der Fall sein können. Sie war aber nicht da, leider war sie nicht da.«

»Und Sie waren wo genau?«, fragte Peter, den Stift drohend über seinem Notizbuch erhoben.

David schenkte ihm kaum Aufmerksamkeit. Er nippte an seinem Tee und starrte auf seine Hände. Nur Nadja warf er ab und zu einen Blick zu und gab sich sichtlich Mühe, ihr aufmunterndes Lächeln zu erwidern.

»Ich war gestern Abend hier. Unter der Woche kann man die Übungsräume bis Mitternacht nutzen. Man kann sich vorab online für einen Zeitraum eintragen. Ein Raum ist immer für zwei Stunden am Stück reservierbar. Allerdings ist die Hochschule abends ja offiziell geschlossen, jeder Student hat aber einen Studierendenausweis mit Matrikelnummer und Passwort. Vor dem Haupteingang ist ein kleines Kästchen angebracht, wo man sein jeweiliges Passwort eingibt, um trotzdem hineinzukommen. Ab zwölf Uhr nachts funktioniert das aber nicht. Und morgens um sieben kommt dann sowieso der Hausmeister und schließt hier alles auf.«

Nadja war sich nicht sicher, ob sie das System richtig verstanden hatte: »Es gibt also die Möglichkeit, mit Hilfe gespeicherter Daten nachzuprüfen, wann Sie gestern Abend die Musikhochschule aufgesucht und wieder verlassen haben?«

David nickte nur.

Nadja ertappte sich dabei, wie sie hoffte, dass sich daraus tatsächlich ein Alibi ergeben könnte. Aber sie würden zunächst einmal Lars Naukes Bericht über den genauen Tatzeitpunkt abwarten.

»Könnten Sie ein wenig von sich erzählen?«, fragte sie daher, um etwas über seine Beziehung zur Toten zu erfahren. »Seit wann waren Connie und Sie ein Paar?«

David hielt seinen Teebecher umklammert, als wäre er sein einziger Trost. »Nächste Woche sind es einundzwanzig Monate, die wir zusammen sind. Wir haben uns auf einem Konzert kennengelernt«, begann er mit rauer Stimme zu erzählen, »wo auch sonst? Musiker bleiben unter Musikern, sie haben fast nur Musiker in ihrem Freundeskreis, besuchen die gleichen Kneipen und verbringen sowieso den ganzen Tag in der Musikhochschule.«

»Das klingt fast ein wenig inzestuös«, warf Peter stirnrunzelnd ein.

David setzte ein ironisches Lächeln auf. »Ja, so kam mir das auch immer vor, aber eigentlich ist es Selbstschutz. Nur ein Drogensüchtiger kann verstehen, wie es einen anderen Drogensüchtigen zum Stoff hinzieht. Ebenso kann auch nur ein Musiker verstehen, warum man fünf Stunden am Stück übt und alles um sich herum vergisst, wenn es um Melodien, Noten, Rhythmus geht. Auf Außenstehende wirkt das möglicherweise ein wenig verschroben.«

Nadja fragte sich, wie nahe Davids Beschreibung der Realität tatsächlich kam. Es wirkte fast so, als wären Musikstudenten kleine grüne Marsmännchen, die kaum etwas mit der normalen Erdbevölkerung gemeinsam hatten. »Aber Connie war ja eine solche Außenstehende, wie sind Sie denn dann zusammengekommen?«, fragte sie.

»Wie gesagt, das war auf einem Symphoniekonzert hier in der Hochschule. Connie war mit Sophie da, die eine große Klassikliebhaberin ist. Sophie spielt selbst sehr gut Klavier, hat sich aber nicht getraut, das auch zu studieren. Die Konkurrenz ist sehr groß. Trotzdem oder gerade deswegen kommt sie aber zu fast allen unseren Konzerten. Für Studenten ist der Eintritt meist ziemlich günstig.«

David starrte ins Leere, als spiele sich die Begegnung vor seinen Augen noch einmal ab. »An dem Abend spielten wir Schostakowitsch, und Sophie hatte Connie überredet mitzugehen. In der Pause lief Connie mit einem Glas Sekt die Treppe hinauf und war so sehr damit beschäftigt, die Umgebung und alle Leute anzuschauen, dass sie nicht auf ihren Weg achtete und genau in mich hineinlief. Wir verschütteten beide unseren Sekt, sie über meine Hose, ich über ihre weiße Bluse, die vorn ganz durchsichtig wurde. Ich fand es unglaublich liebenswert, wie sie lachend dastand und mit einer Hand den nassen Fleck zuzudecken versuchte. Also gab ich ihr mein Jackett und spielte den Rest des Abends im Hemd weiter.«

An diesem Punkt traten David wieder Tränen in die Augen. Die Kommissare blickten taktvoll zur Seite, als er Peters Taschentuch hervorholte und sich mehrmals schnäuzte.

Dann wagte Nadja es, ein wenig nachzubohren. »Herr Bauer, Connie war ein sehr hübsches Mädchen, und Sie sagen selbst, dass sie eigentlich nicht in Ihre Welt passte. Hatten Sie denn keine Angst, dass sie einen anderen Mann kennenlernt und mit ihm glücklicher ist?«

David blickte sie mit einem nachdenklichen und zugleich tieftraurigen Ausdruck in den Augen an. Dann sagte er leise: »Eigentlich war eher Connie die Eifersüchtige, wenn Sie darauf hinauswollen. Allerdings nicht auf andere Frauen, sondern auf meine Violine. Sie nannte sie Brunhild, nach der bösen Königin aus dem Ring der Nibelungen, und beklagte sich im Spaß häufig, dass ich mit ›der anderen‹ viel mehr Zeit verbrächte als mit ihr.«

Nadja bezweifelte, dass sich das Mädchen tatsächlich nur im Spaß darüber beklagt hatte. Es war auf Dauer sicher frustrierend, mit einem Instrument konkurrieren zu müssen. »Gab es Auseinandersetzungen deswegen?«, fragte sie.

David konnte ein Schluchzen nicht unterdrücken. »Nein, eigentlich fast nie. Connie war kein besonders streitfreudiger Mensch, und ich bin das sowieso nicht. Wenn ich das Gefühl hatte, sie fühlt sich vernachlässigt, dann habe ich ihr Blumen mitgebracht oder ein Buch. Sie mochte Bücher.«

Nadja hätte sich an Connies Stelle mit Blumen oder einem Buch nicht zufriedengegeben. Aber David schien von der Wirkung seiner Geschenke überzeugt zu sein.

»Danke für Ihre Mitarbeit, das genügt erst mal«, sagte sie.

Peter klappte sein Notizbuch zu. Ungewöhnlich zuvorkommend bot er an: »Wir können Sie gerne nach Hause fahren, Herr Bauer, sicherlich wollen Sie heute nicht mehr weiterproben?« Er schaute David mit lauerndem Blick an, als warte er nur darauf, dass dieser widerspräche und damit seine Gefühlskälte offenbare.

David tat ihm diesen Gefallen jedoch nicht. Er nahm dankend an, trank seinen Tee aus und führte die Kommissare zum Ausgang zurück. Im Auto überließ Nadja ihm den Platz auf der Beifahrerseite, damit er Peter den Weg weisen konnte.

Als David Peter Richtung Mainviertel gelotst hatte, drehte er sich zu Nadja um. »Wie werden Sie denn jetzt weiter vorgehen? Und was passiert mit Connie?«, fragte er.

»Connie wurde in die Gerichtsmedizin gebracht, wo die Obduktion stattfinden wird. Wir hoffen, den Todeszeitpunkt noch genauer eingrenzen zu können. Dann werden wir mit allen sprechen, die Connie in letzter Zeit gesehen haben, und ihre Alibis überprüfen. Wir werden Connies gestrigen Tagesablauf rekonstruieren und uns fragen, wie es dazu kam, dass sie nachts ihrem Mörder begegnet ist.«

Nadja begegnete Davids Blick im Rückspiegel. Er sah sie fest an, als er sagte: »Sie müssen ihn finden! Connie war ein Engel. Derjenige, der sie umgebracht hat, muss ein Teufel sein.«

Nadja lehnte sich im Autositz zurück und sah geistesabwesend aus dem Fenster. Noch konnte sie die Tote nicht fassen, wusste nicht, was für ein Mensch sie gewesen war, welche Fehler und Schwächen sie gehabt hatte. Augenscheinlich war sie eine hübsche und fleißige Studentin gewesen. Ihre Mitbewohnerin hatte sie als Schmetterling bezeichnet; David nannte sie einen Engel, aber auch eine eifersüchtige Kriemhild. Wie passte das zusammen?

Sie fuhren eine breite Straße mit kleinen Geschäften links und rechts entlang, als David plötzlich ausrief: »Das da vorne ist die Buchhandlung der Schwestern Hernandez. Sie sind die Organisatorinnen des Spanisch-Stammtisches und auch jede Woche dabei, sicherlich auch gestern. Connie mochte sie sehr. Vielleicht sollten Sie einmal mit den beiden reden.«

»Wenn wir unser Büro im Polizeipräsidium bezogen haben, kann ja einer von uns hierher zurückkommen«, meinte Nadja zu Peter und bat David, ihr Peters Notizbuch zu reichen, damit sie sich die Adresse des Ladens aufschreiben konnte.

Nachdem sie den Straßennamen notiert hatte, überflog sie die Mitschriften ihres Partners. Sie war inzwischen so geübt darin, seine winzige Schrift zu entziffern, dass sie kaum noch über unlesbare Hieroglyphen stolperte. Auf der Seite, auf der Davids Befragung notiert war, hatte er eine kleine Zeichnung eingefügt. Nadja erkannte eine Taube, die einen Schmetterling im Schnabel trug. Eigentlich sah es witzig aus, wenn da nicht die Blutstropfen gewesen wären, die vom Kopf des Schmetterlings in die Wolken tropften.

Nadja schloss das Buch energisch und nahm sich vor, sich mit Peter noch einmal genauer über Davids Schuldfähigkeit zu unterhalten. Vielleicht würden seine logischen Argumente ihr Bauchgefühl überzeugen können, das hartnäckig jeglichen Tatverdacht gegen David leugnete.

Nachdem sie David vor seinem Wohnheim abgesetzt hatten, fuhren Nadja und Peter zur Kriminalpolizeiinspektion, um sich mit ihren unterfränkischen Kollegen abzusprechen. Außerdem war geplant, das Büro in Augenschein zu nehmen, das man ihnen in Würzburg zur Verfügung stellte.

Peter war während der Fahrt ungewöhnlich schweigsam. Ihm war eingefallen, dass er seine Frau noch anrufen und ihr erklären musste, dass er auf unbestimmte Zeit nicht nach Hause kommen konnte. Begeistert würde sie nicht gerade sein, wahrscheinlich sogar sauer oder – noch schlimmer – enttäuscht. Er wusste ja, dass es anstrengend war, den ganzen Tag mit einem schreienden Baby zu verbringen. Aber er war eben Kriminalbeamter und konnte nicht immer über seine Arbeitszeiten bestimmen. Mörder hielten sich nicht an die üblichen Arbeitstage. Er seufzte. Nein, so konnte er Rebekka das keinesfalls sagen.

»Was ist denn los?«, fragte Nadja und sah ihn von der Seite an.

Peter hielt an einer roten Ampel. »Ach, ich habe nur gerade überlegt, wie ich Rebekka möglichst schonend beibringen kann, dass ich nicht nur dieses Wochenende weg bin, sondern deutlich länger als geplant. Außerdem sollte ich heute ja eigentlich Wohnungen besichtigen.«

Nadja, unverheiratet und kinderlos, konnte sich in diese Problematik nicht so ganz hineinversetzen. Aber sie kannte Rebekka und wusste, dass sie keinesfalls ein geduldiges Hausmütterchen war, das zu allem Ja und Amen sagte.

»Erklär ihr halt einfach die Situation. Sobald der Fall abgeschlossen ist, haben wir dann ja sicherlich Anspruch auf ein paar freie Tage. Schließlich war es nicht so geplant, dass wir hier gleich im Dauereinsatz sind. Die Wohnungssuche verschieben wir einfach auf die Woche nach dem Abschluss der Ermittlungen. Das wird dann stressfreier als jetzt zwischen Tür und Angel. Nimm dir ein Beispiel an David. Überrasch Rebekka doch einfach mit etwas Schönem. Schick ihr Blumen oder eine Postkarte mit dem Versprechen, sie schick zum Essen auszuführen, wenn der Fall abgeschlossen ist«, schlug sie schließlich vor.

Peter schätzte Nadjas Ratschläge. Andererseits hatte sie sicher noch nie versucht, einen feuerspeienden Vulkan mit roten Rosen zu besänftigen. Und sie verwendete das Wort *einfach*, wenn es um Rebekka ging. Seine Frau hatte viele Vorzüge, aber dass sie *einfach* zu beruhigen war, das konnte man nun nicht gerade behaupten.

FÜNF

Die Kriminalpolizeiinspektion befand sich in der Zellerau und war gar nicht besonders weit von ihrer Unterkunft entfernt. Das war einer der Gründe gewesen, warum Peter sich für das Exerzitienhaus des Klosters als zeitweiligen Wohnort entschieden hatte.

Er parkte seinen Opel auf dem Parkplatz vor dem lang gezogenen Backsteingebäude und stieg aus. Ein wenig enttäuscht musterte er die grauen Bürogebäude ringsum. »Warum muss die Kripo ausgerechnet in diesem abgelegenen Viertel sein? Der Rest von Würzburg ist viel schöner.«

Nadja lachte. »Du bist zum Arbeiten hier und nicht, um die schöne Aussicht zu genießen. Außerdem finde ich es gar nicht so schlimm. Da drüben bei der Straßenbahnhaltestelle ist sogar ein kleiner Park, und das alte Gebäude des Fraunhofer-Instituts nebendran ist auch sehr hübsch. Und die Luft ist gut.« Sie nahm einen tiefen Atemzug, um das zu demonstrieren.

Peter warf die Autotür zu. »Dir ist aber schon aufgefallen, dass wir uns hier neben einer dicht befahrenen Kreuzung befinden, oder?«

Nadja beharrte darauf, dass die Luft trotzdem viel gesünder sei als in Nürnberg, und diskutierend gingen sie an einer modernen Bronzefigur vorbei auf das Gebäude zu.

»Ich gebe auf, die Luft ist hier tatsächlich um Welten besser«, sagte Peter spöttisch, »das ist der wahre Grund, warum ich mit meiner Familie hierherziehen wollte.«

Er wollte die Eingangstür öffnen, doch Nadja hielt ihn am Arm zurück. »Wo willst du hin?« Sie sah ihn scharf an.

»Na wohin wohl, wir wollten uns doch bei den neuen Kollegen melden.«

Nadja begann zu seinem Erstaunen zu grinsen. »Falsch, ich werde mich bei den neuen Kollegen melden und sagen, dass du nachkommst. Du wirst jetzt nämlich erst einmal Rebekka anrufen. Sie wird dir den Kopf schon nicht abreißen.« Sie drehte sich um und stieg mit einem freundlichen Winken die Treppen empor.

»Und wenn doch, hab ich dann Anspruch auf eine vorzeitige Pensionierung?«, rief Peter ihr nach.

Grummelnd holte er sein Handy aus der Tasche und tippte die Nürnberger Festnetznummer ein. Rebekka meldete sich sofort. Sie klang ehrlich erfreut, dass er von sich hören ließ. Klar, sie saß den ganzen Tag mit Marie zu Hause, und dann dachte er nicht einmal daran, sie zumindest regelmäßig anzurufen. Schuldbewusst erkundigte er sich, wie es ihr ging.

»Eigentlich ganz gut«, sagte sie.

»Und uneigentlich?«Peter hörte deutlich heraus, dass seine Frau etwas auf dem Herzen hatte.

Plötzlich klang ihre Stimme müde: »Uneigentlich bin ich heute Nacht fünfmal aufgestanden, weil Mariechen geschrien hat. Sie bekommt Zähne und ist auch tagsüber ziemlich unruhig. Ich wollte vormittags mit den Zeichnungen für eines der Bärenbücher anfangen, aber daraus ist nichts geworden.«

Peter versuchte sie mit einem Witz aufzuheitern: »Gib doch Mariechen mal den Stift in die Hand. Wer weiß, vielleicht hat sie deine Begabung als Illustratorin geerbt und malt uns eine schöne Mona Lisa für die Wohnzimmerwand.«

»Sie würde die Mona Lisa eher direkt an die Wohnzimmerwand malen«, lachte Rebekka, »wenn du morgen Abend zurückkommst, kannst du das ja mit ihr üben, und ich komme vielleicht endlich dazu, mich mal um Papa Bär zu kümmern.«

Peter schluckte. »Schatz, es tut mir leid. Ich kann morgen noch nicht nach Hause kommen. In Würzburg gab es einen Mord, und Krönig hat es in die Wege geleitet, dass wir jetzt schon mit der Arbeit beginnen. Er meinte, es sei ein guter Einstieg. Es wird sicher bis Ende der Woche dauern.«

Am anderen Ende blieb es still, beunruhigend still. »Ist das dein Ernst?«, sagte Rebekka schließlich.

Peter hielt es für eine rhetorische Frage und antwortete lieber nicht darauf.

»Und wie soll ich das machen? Am Mittwoch habe ich ein Abendessen mit einem Verleger; soll ich Marie mitnehmen und dann am Tisch stillen, wenn sie anfängt zu schreien? Oh ja, das ist sehr professionell, das wird ein super Abend!«, brach es aus Rebekka heraus.

Peter begann zu schwitzen. Er hatte ganz vergessen, dass er seiner Frau versprochen hatte, an dem betreffenden Abend daheim zu sein, damit sie ausgehen konnte. Aber es gab ja noch andere Möglichkeiten: »Du könntest deine Mutter fragen, ob sie Zeit hat, auf Mariechen aufzupassen. Die Flasche geben kann sie ihr doch genauso gut wie ich.«

»Da wird mir auch nichts anderes übrig bleiben«, antwortete Rebekka kurz.

Peter merkte, dass sie keineswegs besänftigt war. »Bekka, ich habe mir das nicht ausgesucht. Ich würde jetzt auch lieber Häuser besichtigen und mir überlegen, wo wir demnächst wohnen wollen, ob es dort einen Spielplatz für Marie gibt und ein hübsches helles Arbeitszimmer für dich. Außerdem könnte ich mir nichts Schöneres vorstellen, als euch morgen wieder in die Arme zu schließen. Aber es geht nun einmal nicht. Ich bin Polizist. Der Mörder hat mich nicht gefragt, ob er jetzt morden darf.«

Jetzt hatte er es doch gesagt. Dabei mochte es seine Frau in solchen Situationen gar nicht, wenn er sarkastisch wurde.

Erstaunlicherweise reagierte sie relativ gelassen: »Ja, Peter, du bist Polizist«, meinte sie nachdenklich. »Aber du bist auch mein Mann, und du bist Vater. Ich bitte dich nur darum, das nicht zu vergessen, auch wenn es dir ohne uns manchmal leichter erscheinen mag.«

Er wollte ihr versichern, dass das überhaupt nicht der Fall sei, aber er fand nicht die richtigen Worte. Und dann hatte sie auch schon aufgelegt.

Peter kam so deprimiert den Flur entlanggetrottet, dass Nadja es unterließ, ihn aufzuziehen. Sie stellte ihn der Würzburger Belegschaft ihrer Abteilung vor, die aus den Kommissaren Steffen Neumann, Kurt Heideckert und Maximilian Braun sowie der Sekretärin Gretchen Morungen bestand.

Peter merkte bei dem letzten Namen auf und wandte sich mit einem erfreuten Händeschütteln zuerst an sie. »Sie sind nicht zufällig eine Ururenkelin von Heinrich von Morungen, dem mittelhochdeutschen Dichter?«

Gretchen wurde ganz rot im Gesicht, als sie zugeben musste, dass sie von diesem Poeten noch nie etwas gehört hatte.

Sie war um die fünfzig, klein und ein wenig rundlich. Ihr Haar hatte eine merkwürdig undefinierte Farbe, die man wohl nur als mausgrau bezeichnen konnte. Als sie so vor ihm stand und auf den Boden blickte, musste Peter an ein gescholtenes Kind denken. Er stellte sich vor, wie sie nach der Arbeit in ein kleines Häuschen mit Kätzchenfußmatte vor der Tür zurückkehrte, wo sie dann Obstkuchen buk, und fragte sich, wie lange sie die Arbeit in der Abteilung für Tötungsdelikte schon aushielt. Unter seinem forschenden Blick errötete die Sekretärin noch stärker.

Zum Glück kam Kollege Neumann zu Hilfe. Er übernahm es, den Nürnbergern die Kaffeemaschine, die nicht in einem der Büros, sondern diplomatisch auf dem Gang platziert war, zu zeigen und ihre neuen Räumlichkeiten. Viel gab es da nicht zu besichtigen. Nadja und Peter bekamen ein Büro mit zwei Schreibtischen zugewiesen, auf denen gähnende Leere herrschte. Das würde bald anders werden, denn Nadja hatte die Angewohnheit, Akten, Teetassen, Stifte und Notizen so um sich her zu verstreuen, dass es nach Chaos aussah, insgeheim aber einer höheren logischen Ordnung folgte. Zumindest behauptete sie, dass es eine Ordnung gäbe.

»Hauptkommissar Bär kennen Sie ja schon. Er vergräbt sich normalerweise viel in seinem Büro und managt von dort aus alles«, erklärte Neumann. »Er ist aber noch nicht zurück, hat sich wahrscheinlich mit dem Chef der SpuSi verplaudert, die beiden sind eng befreundet. Wir haben im Großen und Ganzen eine sehr gute Arbeitsatmosphäre hier, und mit den Kollegen vom K8 und K7 kann man auch gut zusammenarbeiten.«

Nadja fragte ihn, wessen Plätze sie mit ihrer Versetzung einnahmen.

»Sie sind der Ersatz für unser Kripoehepaar. Vor ein paar Wochen hat sich eine Kollegin in den Mutterschutz verabschiedet, und ihr Mann wollte in eine andere Abteilung, sodass jetzt alles ein bisschen umstrukturiert worden ist. Ihr früherer Chef hat es geregelt, dass Herr Steiner und Sie weiterhin zusammenarbeiten. Er sagte, dass Sie sich sehr gut ergänzen.«

Was auch immer das bedeuten mochte, dachte Nadja. Sie wartete auf ein verstecktes Grinsen oder eine anzügliche Bemerkung von einem der Beamten, doch dies blieb aus. Neumann hatte anscheinend gar nichts andeuten wollen. Vielleicht war sie fremden Menschen gegenüber mittlerweile einfach zu misstrauisch.

Die neuen Kollegen schienen sehr umgänglich zu sein, und sie wollte nicht von Anfang an eine Distanz zu ihnen aufbauen, nur weil sie Klatsch und Tratsch fürchtete. So lächelte sie und sagte: »Das ist schön, ich freue mich darüber.« Das tat sie wirklich, auch wenn sie Krönig seine Einmischung insgeheim vorwarf.

Tatsächlich war es ein absoluter Glücksfall, wie unkompliziert die ganze Versetzungssache bisher abgelaufen war. Dass in Würzburg gleich zwei Stellen im Bereich Todesermittlungen frei geworden waren, grenzte fast an ein Wunder. Zudem entschieden die Personalabteilungen der einzelnen Behörden darüber, wer wann wohin versetzt wurde, aber anscheinend hatten die Nürnberger und Würzburger in diesem Fall problemlos kooperiert. Nadja fragte sich, inwieweit Krönig auch hier seine Finger im Spiel gehabt hatte. Es war ein komisches Gefühl, dass er noch aus der Ferne seine Hand über sie zu halten schien, auch wenn es in diesem Fall praktisch war und ihr den Einstieg erheblich erleichterte.

Neumann fuhr fort: »Bär hat uns schon gesagt, dass Sie diese Ermittlung leiten und wir Ihnen zuarbeiten sollen und natürlich helfen, wenn es irgendwelche Fragen gibt. Ich schätze mal, die Würzburger Polizei tickt nicht so grandios anders als die Nürnberger, aber es ist halt eine andere Stadt mit anderer Klientel. Es gibt viele Studenten hier, also auch viele junge Leute, die gerne mal was rauchen. Gewaltverbrechen sind dagegen eher selten. Sie werden sehen, es lässt sich hier sehr angenehm arbeiten.«

Braun, ein mittelgroßer, etwas kräftiger Endvierziger, hatte bisher geschwiegen. »Haben Sie Bully denn schon getroffen?«, fragte er jetzt mit einem Grinsen im Gesicht.

Nadja ging davon aus, dass es sich um einen internen Scherz handeln musste, und nahm es zum Anlass, sich gleich über die

Insidergeschichten aufklären zu lassen. »Bully? Nein, ist mir noch nicht untergekommen. Sollte ich seine Bekanntschaft machen?«, fragte sie daher.

Jetzt grinste auch Neumann. »Bully ist der Oberboss hier, Dr. Bullmann, um korrekt zu bleiben.«

Nadja und Peter tauschten Blicke. Sie hatten gerüchteweise gehört, dass mit dem Leiter der Würzburger Kripo nicht gut Kirschen essen war; sein Spitzname bestätigte ihre Befürchtungen.

Peter gab sich diplomatisch: »Stimmt, wir müssen uns natürlich noch vorstellen. Aber ich würde sagen, dass der neue Fall jetzt vorgeht. Oder was denken Sie?«

Braun wiegte bedächtig den Kopf hin und her. »Bully wird Ihnen den Kopf schon nicht abreißen, wenn Sie heute nicht mehr vorbeikommen. Eigentlich ist auf oberster Ebene ja alles geklärt. Am besten, Sie gehen morgen gleich in der Früh hin und stellen sich kurz und knapp vor. Bully ist kein Freund großer Worte.«

Nadja merkte, dass sie sich mit jeder Minute mehr entspannte. Die Würzburger schienen wirklich nette Kollegen zu sein. Niemand hatte danach gefragt, warum sie aus Nürnberg weggegangen war, und niemanden schien das auch nur im Ansatz zu interessieren. Darüber hinaus behandelte man Peter und sie nicht wie unwillkommene Fremdlinge, sondern war sogar so kollegial, sie auf charakterliche Besonderheiten in der Chefetage hinzuweisen.

An Neumann gewandt, sprach sie eine Einladung an alle aus: »Dann trinken wir doch den ersten gemeinsamen Kaffee auf unsere Zusammenarbeit. Sie können mit Ihren Stühlen in unser Büro kommen, und wir machen eine kleine Teambesprechung.«

Als sich die fünf Kommissare versammelt hatten, öffnete sich nochmals die Tür, und Gretchen trat ein. Sie hielt eine große Packung Kekse so zärtlich im Arm, dass man meinen konnte, sie trage ein Baby.

Während sie Peter feierlich das Gebäck überreichte, meinte sie mit wichtiger Miene: »Also diesen Heiner von Morungen kennen wir hier nicht. Aber es gibt in Würzburg einen anderen mittelalterlichen Dichter. Also, es gab einen«, verbesserte sie sich schnell. »Walther von der Vogelweide hieß der. Sein Grab liegt ganz versteckt in einem kleinen Garten in der Nähe des Domes.« Sie war offensichtlich froh, doch noch etwas Kulturelles beigetragen zu haben, und verließ das Zimmer mit leichtem Schritt, ohne auf eine Antwort zu warten.

Braun und Neumann grinsten sich an, und Braun erklärte an Peter gewandt: »Sie sind wohl der neue Auserwählte. Gretchen steht nämlich auf schlanke, glatt rasierte, dunkelhaarige Männer. Vor Ihnen war eine Zeit lang Steffen der Favorit.« Er deutete auf Kommissar Neumann. In der Tat entsprach auch dieser dem Schönheitsideal der Sekretärin.

»Und sie geht getreu dem Motto ›Liebe geht durch den Magen‹ vor«, behauptete Neumann. »Als ich zum dritten Mal eine Tafel Schokolade zwischen meinen Akten versteckt fand, habe ich tatsächlich mit dem Gedanken gespielt, mir einen Schnauzbart wachsen zu lassen.«

Die Runde brach in Gelächter aus. Einen besseren Einstieg in die Zusammenarbeit hätte es gar nicht geben können, dachte Nadja und leitete die nachfolgende Besprechung mit einem Lächeln auf den Lippen.

Sie legten schließlich fest, dass Maximilian Braun sich um die Liste kümmern würde, die Sophie angefertigt hatte. Er sollte die Adressen der genannten Personen in Connies Bekanntenkreis recherchieren, sie telefonisch über ihren Tod informieren und ein etwaiges Alibi erfragen. Damit die umfangreichen Befragungen so schnell wie möglich erledigt werden konnten, würde er weitere Polizisten aus anderen Kommissariaten einweisen.

Es war auch nötig, die Anwohner am Ringpark zu befragen, um herauszufinden, ob es etwaige Zeugen gab. Das sollte Kollege Heideckert übernehmen, ein älterer Beamter, der sich bisher sehr im Hintergrund gehalten hatte. Mit den wichtigsten Personen würden Peter und Nadja dann persönlich sprechen. Am Anfang in die Breite, später in die Tiefe, rief sich Nadja in Erinnerung. Dieser erste Fall in Würzburg musste gut laufen. Sie würde sich und Karlheinz Bär beweisen, dass sie kompetent war. Kompetent und fähig, einen Schlussstrich unter ein früheres Arbeitsverhältnis zu ziehen.

Hauptkommissar Bär stieß nun zur Besprechung dazu, verzog

sich jedoch gleich mit seinem Stuhl in eine Ecke und machte klar, dass er seine Rolle als unbeteiligter Beobachter zu spielen gedachte. Nadja gab sich Mühe, ihn zu ignorieren und die Arbeit ihres Teams sinnvoll zu koordinieren.

Steffen Neumann sollte noch einmal zur Musikhochschule fahren, um in Erfahrung zu bringen, wie das elektronische Türschließsystem genau funktionierte und ob die gespeicherten Daten David eventuell entlasten konnten. Danach sollte er ins Präsidium zurückkehren und in den Akten nachforschen, ob es in Würzburg oder an einem anderen Ort schon einmal ein vergleichbares Verbrechen gegeben hatte. Vielleicht waren sie ja einem Serientäter auf der Spur.

Man musste die Möglichkeit in Betracht ziehen, dass Opfer und Täter einander gar nicht gekannt hatten und zufällig aufeinandergetroffen waren. Zwar ließen die Würzburger Kommissare erkennen, dass sie das für unwahrscheinlich hielten, aber außer Acht lassen wollte Nadja diese Eventualität trotzdem nicht.

Pünktlich am Ende der Teamsitzung begann Nadjas Magen zu grummeln. Da sie kein Frühstück gehabt und nahrungsmitteltechnisch bisher nur Kaffee und Kekse zu Gesicht bekommen hatte, beschloss sie, eine Pause einzulegen. Sie wollte in Ruhe etwas essen und sich erst danach auf den Weg zur Buchhandlung der Schwestern Hernandez machen, um die Frauen über den Verlauf des gestrigen Abends zu befragen.

Peter schließlich erhielt wie vorhergesehen den Auftrag, sich auf den Weg nach Ochsenfurt zu Connies Eltern zu machen. Sie waren über den Tod ihrer Tochter zwar schon informiert worden, aber Peter sollte sie eingehend zum Charakter Connies befragen und eine möglichst aktuelle Fotografie von ihr mitbringen. Er verließ als Erster den Raum, doch Nadja folgte ihm auf dem Fuße.

Als er am Schreibtisch der Sekretärin vorbeikam, verabschiedete ihn Gretchen Morungen kokett, »Bis recht bald, Herr Kommissar«, und strahlte ihm glückselig hinterher.

Nadja schüttelte grinsend den Kopf, erfragte den Weg zur Kantine und ging dann ebenfalls. Noch im Hinausgehen hörte sie Gretchen seufzen: »So ein gebildeter Mann!«

Der gebildete Mann zündete sich zunächst einmal eine Zigarette an, als er das Polizeipräsidium verlassen hatte. Eigentlich rauchte er gar nicht, aber er hatte immer eine Schachtel für Notfälle im Auto. Dies war ein Notfall.

Rebekkas Unmut beschäftigte ihn noch immer, vor allem, da er das Gefühl nicht loswurde, dass er ihr gegenüber im Unrecht war. Und dann waren da noch die Lembers. Es ging ihm immer an die Nieren, den Schmerz der Eltern zu sehen, wenn das Leben ihrer Kinder gerade ausgelöscht worden war. Seit Mariechen geboren war, konnte er diese hoffnungslose Trauer umso besser nachvollziehen. Das half ihm nicht gerade, die professionelle Distanz zu wahren.

Während der Autofahrt drehte er die Musikanlage laut auf und sang mit den Rolling Stones um die Wette. Zum Glück gab es Dinge, die einen in jeder noch so miesen Laune aufmuntern konnten.

Ochsenfurt war ein schmuckes kleines Städtchen, das sich damit rühmte, die wirtschaftlich bedeutendste Stadt zwischen Würzburg und Ansbach zu sein. Peter dachte, dass das ein zweifelhaftes Verdienst sei, konnte jedoch nicht umhin, die Ochsenfurter für diesen Lokalstolz zu bewundern.

Auf der Suche nach Connies Elternhaus kurvte er eine Weile durch die Innenstadt. Die Häuser waren ebenso gepflegt wie die zahlreichen Vorgärten, und das Kopfsteinpflaster trug zur ländlich anmutenden Idylle bei. Während sein Opel langsam über die Straße hoppelte, hatte Peter ausreichend Zeit, sich umzusehen. In der ganzen Stadt verteilt standen lebensgroße Ochsen aus Hartplastik, die schillernd bunt bemalt waren. Wahrscheinlich handelte es sich um ein Kunstprojekt – oder um einen etwas ausgefalleneren Beitrag zu »Unser Ort soll schöner werden«.

Schließlich hielt er vor einem weißen Einfamilienhaus mit grünen Fensterläden an. Auch hier fand sich eine bemalte Skulptur im Garten. Der Lembersche Ochse trug stolz ein Design aus verschiedenfarbigen Herzen und Peace-Zeichen zur Schau. Peter glaubte, dass das Rebekka gefallen würde, und machte mit seinem Handy schnell ein Foto, damit er es ihr irgendwann einmal zeigen konnte. Irgendwann, wenn er wieder daheim war und sie sich ausgesprochen hatten.

Kaum hatte er das Gartentor hinter sich geschlossen, öffnete ein Mann die Haustür und kam die wenigen Stufen herunter. Er war groß und breit, hatte die Schultern jedoch so weit nach vorn gezogen, dass er kleiner wirkte. Seine grauen Haare und die Nickelbrille, die ein wenig schräg auf der langen Nase saß, gaben ihm einen sehr intellektuellen Touch. Peter versuchte sich an den Beruf von Connies Vater zu erinnern, kam jedoch nicht darauf. Bibliothekar würde zu ihm passen.

Der Mann reichte ihm die Hand und stellte sich als Thorsten Lember vor. Man sah ihm an, dass er geweint hatte, und Peter sprach ihm sein Beileid aus, um dann zum eigentlichen Anliegen seines Besuches zu kommen. Er fand, dass es für die Angehörigen immer leichter war, wenn man ihnen eine Aufgabe gab, statt allzu lange in der Wunde zu bohren.

»Herr Lember, ich würde gerne mit Ihnen und Ihrer Familie über Connie sprechen. Was für ein Mensch sie war, ob sie Feinde hatte, wie ihr Tagesablauf aussah. Das könnte uns helfen, den Mörder zu finden. Fühlen Sie sich dazu in der Lage?«

»Natürlich werden wir alles tun, was nötig ist. Ich fühle mich so furchtbar nutzlos. Wenn ich helfen kann, indem ich mit Ihnen spreche, dann ist das eine Selbstverständlichkeit.« Mit diesen Worten geleitete Herr Lember ihn ins Haus und bat ihn, auf dem Sofa Platz zu nehmen.

Sofort erschien auch seine Frau mit einem Tablett und stellte ein Glas, eine Flasche Orangensaft und ein Tellerchen mit Salzgebäck vor Peter ab. Er war ein wenig überfordert von so viel Gastfreundschaft, die einem Polizisten im Normalfall nicht unbedingt entgegenschlug, und bedankte sich unbeholfen. Dann kramte er erst einmal nach seinem Notizbuch und Kugelschreiber. Connies Mutter setzte sich derweil auf einen der karierten Sessel und zupfte nervös an den Fransen der Tischdecke herum. Eine gedrückte Stille herrschte im Raum, die Herr Lember schließlich unterbrach, indem er seine Frau offiziell vorstellte.

Auch sie reichte Peter die Hand und blickte ihn aus großen Augen an, in denen Tränen glitzerten. Inge Lember war deutlich jünger als ihr Mann, wahrscheinlich erst Anfang vierzig, und trug Jeans und eine Bluse, an der ein Knopf fehlte. Vermutlich hatte sie sich vor Peters Eintreffen noch schnell umgezogen und keinen Blick mehr in den Spiegel geworfen. Mit ihrer schmalen, feingliedrigen Gestalt und den kurzen braunen Haaren wirkte sie hilflos und schutzbedürftig. Wie um diesen Eindruck zu verstärken, trat Thorsten Lember hinter ihren Sessel und legte die Hand beruhigend auf ihre Schulter.

Einen kurzen Moment lang hatte Peter ein Déjà-vu, doch es fiel ihm nicht ein, wo er diese Situation schon einmal erlebt haben könnte. Er räusperte sich und bat das Ehepaar, zunächst einen Blick auf die Liste der Gegenstände zu werfen, die bei Connies Leiche gefunden worden waren. Lember nahm das Blatt entgegen und hielt es so, dass seine Frau mitlesen konnte. Nachdem er die kurze Aufstellung aufmerksam studiert hatte, sagte er: »Das sind alles ihre Sachen. Allerdings fehlt ihr Handy.«

Peter nickte. »Das bestätigt unsere Vermutung. In ihrer Wohnung wurde es auch nicht gefunden. Die Spurensicherung war schon dort. Möglicherweise hat der Täter es verschwinden lassen.«

Connies Vater runzelte die Stirn. »Es muss also etwas Belastendes daran gewesen sein. Bedeutet das nicht, dass sie den Mörder gekannt haben muss? Wer sonst hätte ein Interesse daran, ihr Mobiltelefon mitzunehmen?«

Peter gab der Vollständigkeit halber zu bedenken, dass das Handy nachträglich gestohlen worden sein könnte oder dass der Täter es eventuell nur mitgenommen hatte, um es später zu verkaufen. »Wie dem auch sei, wir haben bereits Kontakt mit dem Mobilfunkanbieter aufgenommen und versuchen nun, das Handy orten zu lassen oder zumindest Informationen über die letzten Verbindungen zu bekommen. Vielleicht verschafft uns das einen Anhaltspunkt.«

Wieder hielt eine kurze Stille Einzug, während der Peter sein Notizbuch zurate zog. »Haben Sie eine aktuelle Fotografie von Connie? Ich würde gern eine mitnehmen«, sagte er schließlich.

Thorsten Lember nahm ein gerahmtes Bild, das zwischen Klassikern im Bücherregal stand, in die Hand und betrachtete es wehmütig. Dann gab er es Peter. Dieser blickte auf eine junge

Frau, die eine überdimensionale Eistüte in der Hand hielt und schelmisch in die Kamera lachte. Ihre ungewöhnlich blauen Augen wurden durch das aquamarinfarbene Sommerkleid betont. Sie strahlte eine Natürlichkeit und Lebensfreude aus, die sehr anziehend wirkten.

Auch Connies Mutter hatte einen Blick auf das Foto geworfen und brach plötzlich in Tränen aus. Ihr Mann trat sofort wieder hinter sie und umfasste sie, wie um ihr Schluchzen zu unterdrücken. Inge Lember schien ihn jedoch gar nicht wahrzunehmen.

Nach einem kurzen Moment wandte sie sich an Peter: »Sie war noch so jung. Ich kann einfach nicht verstehen, was jemand dazu getrieben haben könnte. Connie war immer beliebt, auch in der Schule schon. Sie hatte viele Freundinnen, half den anderen Kindern bei den Hausaufgaben, spielte in der Theatergruppe mit. Im Studium hat sich das nicht verändert. Sie hatte gute Noten und wollte nächstes Jahr für ein Semester nach Spanien. Wenn sie am Wochenende heimkam, hörte man ihr Lachen im ganzen Haus. Man musste sie einfach mögen.«

Sie kreuzte die Arme vor der Brust und atmete zitternd aus. Ihre dunklen Haare ließen ihr Gesicht mit dem empfindsamen Mund noch blasser wirken. »Ich kann mir nicht vorstellen, dass sie Feinde hatte, dass jemand sie so sehr gehasst hat, dass …«

Peter wurde plötzlich klar, an wen sie ihn erinnerte. Sie hätte gut und gerne Davids Mutter sein können. Die Ähnlichkeit irritierte ihn, aber er zwang sich, an dieser Stelle weiterzufragen: »Sie sagen, dass sie viele Freundinnen hatte. Wie sieht es denn mit ihrem Freund aus? Wie stand sie zuletzt zu David Bauer?«

Herr Lember zuckte die Schultern. »Er war ein paarmal hier, ich hatte den Eindruck, dass er sehr für sie geschwärmt hat. Er konnte die Augen nicht von Connie wenden, wenn wir gemeinsam am Tisch saßen. Aber in die Details hat mich meine Tochter nicht eingeweiht. Ist ja auch normal, schließlich war sie schon eine junge Frau und kein Kind mehr, das dem Vater jede Kleinigkeit erzählt.«

Seine Frau dachte offensichtlich ein wenig anders darüber. »Connie hat David sehr geliebt«, sagte sie leise, »er war die Liebe ihres Lebens, das hat sie mir vor Kurzem gesagt. Ich habe damit gerechnet, dass sie vielleicht bald heiraten.«

Von dieser Eröffnung schien Thorsten Lember ernstlich überrascht zu sein. Er schüttelte ungläubig den Kopf und warf einen raschen Seitenblick auf das Bild seiner Tochter, die ihn über ihre Eistüte hinweg gleichbleibend fröhlich anlachte. Vielleicht fragte er sich gerade, ob er tatsächlich wusste, was in ihrem Kopf vor sich gegangen war. Auch Peter stellte sich diese Frage.

Inge Lember hatte aber noch etwas auf dem Herzen: »Bitte unterstellen Sie David nicht, dass er etwas mit dem Mord zu tun hat. Er wäre niemals fähig gewesen, ihr etwas anzutun. Sicherlich geht ihm Connies Tod ebenso nahe wie uns, und es wäre grausam, ihn auch noch zu verdächtigen.«

Peter wusste nicht, was er darauf erwidern sollte. Er machte seine Arbeit, und seine Arbeit sah nun einmal vor, dass er Verdächtige befragte. Außerdem war David in seinen Augen höchst verdächtig. Er verschwieg etwas; oder zumindest war etwas Seltsames am Verhalten des Studenten gewesen, das Peter nicht recht fassen konnte.

Plötzlich drehte sich ein Schlüssel im Schloss, und die Haustür wurde aufgestoßen. Ein junges Mädchen kam ins Wohnzimmer gestürmt, legte einen gut gefüllten Schulordner auf dem Schreibtisch ab und wandte sich an die Lembers: »Was ist passiert? Der Direktor hat mich ausrufen lassen und dann gleich heimgeschickt, obwohl doch heute die Facharbeitspräsentation ist.«

Peter saß bewegungslos auf dem Sofa und starrte abwechselnd auf das Mädchen und dann wieder auf das Bild in seiner Hand. Einen Moment lang dachte er, es sei Connie, die da vor ihm stand, und alles sei nur eine schreckliche Verwechslung.

Aber Connie hatte er tot im Park liegen sehen. Das hier konnte nur ihre Schwester sein. Sie trug das Haar achtlos zu einem Pferdeschwanz zusammengebunden. Bei genauerer Betrachtung sah sie ein wenig jünger aus, doch die Ähnlichkeit war verblüffend.

»Das ist unsere Tochter Alina«, erklärte Thorsten Lember. Seine Frau war aufgestanden und führte Alina aus dem Zimmer, um ihr vom Tod ihrer Schwester zu berichten. Es würde schlimm für die Eltern sein, in der lebenden Tochter ständig auch die tote zu erblicken.

Peter erhob sich ebenfalls und überreichte Connies Vater eine Visitenkarte. »Ich danke Ihnen und Ihrer Frau«, sagte er. »Fällt Ihnen spontan noch jemand ein, mit dem wir sprechen sollten?«

Herr Lember überlegte kurz. »Ich denke, am meisten kann Ihnen Julia Schlaufuß über Connie erzählen. Die beiden haben sich von Anfang an sehr gut verstanden, als Connie in die WG eingezogen ist. Wenn es etwas gab, das Connie Angst machte, oder wenn sie Sorgen hatte, dann hat sie sich sicherlich Julia anvertraut.«

Peter nahm den Hinweis auf und wandte sich zum Gehen. Als er schon wieder auf der Treppe stand, drehte er sich noch einmal um. »Der Weg von hier nach Würzburg ist doch nicht allzu weit. Warum hat Connie nicht einfach weiterhin zu Hause gewohnt?«, fragte er.

Herr Lember sah ihn stumm an. Dann gab er sich einen Ruck. »Sie wollte gerne einmal raus hier, etwas Neues sehen, auch wenn es nur die nächstgrößere Stadt ist. Vielleicht wäre sie noch am Leben, wenn sie hiergeblieben wäre. Aber man muss die Kinder gehen lassen, wenn sie gehen wollen, auch wenn man sie insgeheim immer nur beschützen will.«

***

In der Polizeikantine ließ sich Nadja den vegetarischen Brokkoliauflauf schmecken. Er war besser als erwartet, auch wenn sie es überkandidelt fand, einen Gemüseauflauf zusätzlich mit dem Adjektiv »vegetarisch« zu versehen. Wie immer aß sie Schicht für Schicht, statt normale Gabelportionen zu nehmen. Peter blickte sie jedes Mal mit einem unglaublich gequälten Gesichtsausdruck an, wenn sie das in seiner Gegenwart machte. Aber ihr Kollege war ja nicht da, um ihr Essverhalten zu kommentieren. Er würde in Ochsenfurt sicher einen Metzger finden, der ihm seine geliebte Leberkässemmel zubereitete.

Als sie nun einen Löffel voll Béchamelsoße genoss, musste sie unwillkürlich an André Krönig denken. Angewidert legte sie das Besteck mit der weißen Soße auf ihre Serviette und widmete sich lieber dem harmlosen grünen Gemüse. Was ging eigentlich in ihrem Gehirn vor, dass sie derartig absurde Assoziationen hatte? Sie hatte keine Lust, ständig an diesen letzten Abend zu denken, der so schmerzlich geendet hatte.

Energisch stieß sie das Messer in den Auflauf. Als sie es wieder herauszog, ertönte ein widerliches Schmatzen. Sie wiederholte den Vorgang, bis sie bald ihre ganze Portion durchlöchert hatte. Es sah aus, als wäre ein Irrer über ihren Teller hergefallen.

»Ich störe Sie doch hoffentlich nicht, wenn ich mich zu Ihnen setze?«, fragte da eine heisere Männerstimme neben ihr.

Nadja hob den Blick von ihrem Teller und schaute auf eine graue Anzughose mit schwarzem Ledergürtel, ein weißes Hemd und das passende Jackett. Er stand so nahe neben ihrem Tisch, dass sie den Kopf in den Nacken legen musste, um ihm ins Gesicht sehen zu können. Aus ihrer Perspektive fielen vor allem das kantige, sorgfältig glatt rasierte Kinn auf und ein grauer Schnauzbart, wie sie ihn schon lange nicht mehr gesehen hatte. »Nein, natürlich nicht«, antwortete sie höflich und rückte ihr Tablett ein Stück zur Seite.

Der Mann ließ sich ihr gegenüber nieder und streckte ihr sofort die Hand entgegen, wobei er sorgfältig darauf achtete, den Anzugärmel von Nadjas Tablett fernzuhalten. Er selbst schien nicht zum Essen gekommen zu sein, da er keinen Teller bei sich hatte.

»Entschuldigen Sie, dass ich Sie ausgerechnet in Ihrer Pause störe. Aber Kommissar Bär hat mir gesagt, dass ich Sie hier finden kann. Mein Name ist Viktor de Mancini, Oberstaatsanwalt.«

»Sehr erfreut. Nadja Gontscharowa«, stellte sie sich ihrerseits vor und schüttelte die ihr dargebotene, überraschend kühle Hand. Sie musterte ihr Gegenüber. Mancini war groß und schlank und wirkte sehr distinguiert mit seinen grau melierten Haaren, die er seitengescheitelt trug.

»Sie sind Russin?«, fragte er nach einer kurzen Pause.

»Ich bin Deutsche«, antwortete die Kommissarin, »und Sie? Italiener?«

Der Staatsanwalt lächelte amüsiert. »Sie hängen an Ihrem Vaterland wohl auch nicht mehr als ich an meinem. Aber die Muttersprache ist Ihnen doch hoffentlich geblieben?«

»Ich bin kein Familienmensch, Herr Mancini«, sagte Nadja.
Er wiegte sacht den Kopf hin und her und strich sich über den Schnurrbart. Seine Finger waren ebenso lang und hager wie sein Gesicht.

»Vielleicht werden Sie anders darüber denken, wenn Sie älter sind«, sagte er, »aber wir schweifen ab. Es ging mir vor allem darum, mich Ihnen vorzustellen, da wir in nächster Zeit wohl zusammenarbeiten werden. Herr Bär hat mir das beabsichtigte Vorgehen bereits erläutert, und ich bin einverstanden. Ich denke, Sie werden den Fall schon richtig anpacken. Da wir sehr eng zusammenarbeiten werden, sollten wir vielleicht vorab einiges klären. Ich erwarte nicht, dass Sie mich wegen jeder Kleinigkeit informieren, aber ich möchte, dass Sie sich regelmäßig melden und mit mir neue Erkenntnisse besprechen. Es dürfte auch in Ihrem Sinne sein, das möglichst formlos zu gestalten.«

Nadja erklärte sich einverstanden. Als Oberstaatsanwalt war Mancini sozusagen Herr des Ermittlungsverfahrens und deshalb weisungsberechtigt. Wenn sie ihn auch nicht besonders sympathisch fand, hatte sie bisher die Erfahrung gemacht, dass es für die Ermittlungen ganz sinnvoll sein konnte, mit einer außen stehenden Instanz noch einmal die wichtigsten Ermittlungsergebnisse zu besprechen. Sie war dadurch gezwungen, die Fakten präzise zusammenzufassen und sich nicht in Spekulationen zu verlieren.

Mancini schien ihre Gedanken erraten zu haben. Er legte seine Visitenkarte neben ihren Teller und lächelte ein unerwartet freundliches Lächeln. »Dann bis demnächst, Frau Gontscharowa.«

Während er sich erhob, knöpfte er sein Jackett wieder korrekt zu und murmelte, schon im Weggehen begriffen: »Wenn Sie die Verdächtigen bei Befragungen ebenso konsequent durchlöchern wie Ihre Lasagne, dann dürfen wir wohl Großes von Ihnen erwarten.«

Er verließ den Raum und ließ nur eine Spur Tabakduft hinter sich zurück. Nadja schmunzelte. Wie befreit aß sie noch ein paar Bissen und stellte das Geschirr danach in den Servierwagen. Nun war sie bereit für die Arbeit.

SECHS

Mit einem der Dienstwagen, einem Renault Laguna, machte sich Nadja auf den Weg zur Buchhandlung der Schwestern Hernandez. Sie stellte das Auto am Bahnhof ab und lief das letzte Stück, wie ihr Kollege Heideckert geraten hatte. Sicherlich wirkte sie mit dem Stadtplan in der Hand wie eine allein gelassene Touristin, aber zumindest wie eine zielstrebige.

Nach einer Viertelstunde stand sie schließlich vor dem Laden. Der Name des Geschäftes prangte in großen goldenen Lettern über der Eingangstür: »Zum Bücherwurm – Buchhandlung & Antiquariat«. Nadja öffnete die Eingangstür, und eine altmodische Glocke ertönte. Sie schloss die Augen, als ihr ein Duft entgegenkam, der zu den besten gehörte, die sie jemals gerochen hatte. Es war eine Mischung aus alten Büchern und neuer Druckertinte, aus warmem Apfelstrudel und Kaffeebohnen. Und dann war da noch eine Nuance, die sie nicht identifizieren konnte.

Sie schnupperte in der Luft herum, als sich der Geruch plötzlich verstärkte und eine amüsierte Stimme sagte: »Sie können sich hier gern olfaktorisch vergnügen, aber Sie dürfen auch unsere Bücher ansehen und dazu in Ruhe einen Kaffee trinken.«

Nadja schlug die Augen auf. Vor ihr stand eine ältere Dame mit schwarzem Haar, das von feinen Silberfäden durchzogen und am Hinterkopf zu einem Dutt hochgesteckt war. Sie trug einen langen Rock und eine Seidenbluse, an der sie eine Jugendstilbrosche befestigt hatte. Ihre dunklen Augen waren von Lachfältchen umgeben.

»Poison, nicht wahr?«, fragte Nadja übergangslos. »Christian Dior?«

Señora Hernandez zog überrascht die Augenbrauen nach oben: »Sehr gut, meine Liebe! Ich bleibe diesem Parfum seit Jahrzehnten treu. Egal, in welchem Alter, für mich bedeutet es Abenteuer und Hingabe.«

Nadja lächelte. »Als das Parfum herauskam, war ich noch ein Kind. In gewisser Weise ist es ja auch ein sehr erwachsener Duft, aber jedes Mal wenn ich an einer Parfümerie vorbeikam, habe ich an dem Flakon geschnuppert. Das jetzt wieder zu riechen fühlt sich ein bisschen an, als wäre ich noch einmal ein kleines Mädchen.«

»Wir alle brauchen dieses Gefühl ab und zu. Sonst vergessen wir, wer wir sind«, erklärte die ältere Frau leise und verständnisvoll.

Nadja wurde bewusst, wer sie war und warum sie eigentlich in diesem Laden stand. Es gefiel ihr nicht, aber sie musste mit der Dame über den Mord reden. Sie nannte ihren Namen und brachte ihr Anliegen vor.

Emanuela Hernandez, wie sie sich vorstellte, blieb vollkommen gefasst, auch wenn sie ein wenig überrascht wirkte: »Ihr Kollege hat uns vor einer halben Stunde telefonisch von Connies Tod informiert. Ich habe ihm die Namen und Telefonnummern unserer Stammtischleute durchgegeben. Aber ich habe nicht damit gerechnet, dass so bald jemand vorbeikommt. Und eine Polizistin habe ich mir immer anders vorgestellt. Nehmen Sie doch bitte Platz, einen Kaffee kriegen Sie trotzdem.«

Damit verschwand sie hinter einem Vorhang, und Nadja hatte Zeit, sich im Geschäft umzusehen. Es war nicht besonders groß, aber liebevoll und mit Sinn fürs Detail eingerichtet. Die Wände waren mit Bücherregalen bedeckt, doch ab und an gab es eine Lücke, wo die Inhaberinnen Porträts berühmter Schriftsteller platziert hatten. Goethe auf seiner italienischen Reise erkannte sie sofort, ebenso García Márquez und Annette von Droste-Hülshoff, die früher auf dem Zwanzig-Mark-Schein abgebildet gewesen war. Schade, dass Peter nicht dabei war. Er hätte seine Freude daran gehabt, alle Bilder zu identifizieren. Auch der Ohrensessel, in dem Nadja augenblicklich saß, hätte seinen Geschmack getroffen.

Entspannt lehnte sie sich in die geblümten Kissen zurück und streckte die langen Beine aus, die sie zunächst ganz automatisch übereinandergeschlagen hatte. In diesem Moment kam Emanuela zurück und stellte eine dampfende Tasse vor ihr ab. Auf den Unterteller hatte sie einen Schokokeks gelegt. Nadja überlegte kurz, wie viele Tassen Kaffee sie heute schon getrunken hatte. Erst drei — dann konnte sie sich diesen hier ruhig noch gönnen.

Emanuela zog einen alten Ledersessel heran und ließ sich darin nieder. Während sie eine Unmenge Zucker in ihren Kaffee löffelte, sagte sie: »Meine Schwester Mercedes hat sich eine Weile hingelegt. Die Nachricht von Connies Tod hat sie schwer getroffen. Die beiden konnten stundenlang zusammensitzen und sich gegenseitig aus ihren Lieblingsbüchern vorlesen oder einfach die Leute beobachten, die draußen vorbeigingen. Connie war ein lieber Kerl, es machte ihr gar nichts aus, dass Mercedes manchmal ein bisschen sonderbar ist.«

»Inwiefern sonderbar?«, fragte Nadja nach.

»Sie ist sehr abergläubisch. Schwarze Katzen sind ihr ein Gräuel, der Flug der Vögel verrät die Zukunft, und unter einer Leiter würde sie niemals hindurchgehen. So ist das mit meiner Schwester. Sie meint es aber nicht böse. Ich sage Ihnen das nur, damit Sie später nicht erschrecken, wenn sie kommt und Ihnen als Erstes aus der Hand lesen will.«

Auf diese Eröffnung hin biss Nadja erst einmal in den Keks. Das klang schon äußerst verschroben. Sie wollte sich jedoch kein Urteil erlauben, bevor sie der Frau nicht persönlich begegnet war.

»Vielleicht können Sie mir jetzt von dem Stammtisch berichten, den Sie regelmäßig abhalten. Wie ist der Ablauf, und wer sind die Teilnehmer?« Nadja hatte ein leeres Blatt in ihrer Tasche gefunden und war bereit, alles Wichtige mitzuschreiben.

»Normalerweise treffen wir uns immer am Donnerstagabend im Theatercafé. Es kommt aber auch vor, dass einer der Teilnehmer die anderen zu sich nach Hause einlädt und dann etwas kocht. Hier bei uns im Laden fand das Treffen schon mehrmals statt, wir haben ja auch genug Platz. Einmal, vor ein paar Wochen, waren wir bei Connie in der WG, einmal bei Nathalie und dreimal bei Julian.«

Nadja schrieb eifrig mit, und Emanuela fügte hinzu: »Bei den erwähnten Personen handelt es sich um Nathalie Rosa, die einen spanischen Verlobten hat und sich deshalb in der Sprache üben möchte, und der andere ist Julian Kröger, ein Jurastudent. Meistens sind wir nur zu fünft, also mit Mercedes und mir, aber ab und zu bringt jemand noch Freunde mit, oder ein Uniprofessor schaut vorbei. Dr. Kattenbach beispielsweise diskutiert sehr gerne über spanische Literatur.«

»Und wie war das gestern?«, fragte Nadja.

Die Señora schlug die Augen nieder. »Gestern haben wir uns allesamt im Café getroffen. Die Runde löste sich bald auf, weil Julian noch für eine Prüfung lernen wollte und kurz darauf auch Connie aufbrach, der es nicht so gut ging. Sie hatte sich wohl erkältet und trank den Abend über nur Kräutertee. Maurizio Kattenbach war übrigens auch mit dabei. Er hatte bei einer Auktion eine wunderschöne Ausgabe des ›Don Quijote‹ erstanden und wollte sie uns unbedingt zeigen. Trotz des Meisterwerkes kam keine wirklich ausgelassene Stimmung auf. Das lag vielleicht daran, dass Connie in Dr. Kattenbachs Anwesenheit immer ein wenig befangen ist. Er ist schließlich ihr Lehrer.«

»Er war ihr Lehrer? Wie meinen Sie das?«, fragte Nadja. Das klang nach einem interessanten Detail.

»Nun ja, er unterrichtet am Lehrstuhl für Romanische Philologie spanische Literatur und Didaktik. Auch dieses Semester hatte Connie einen Kurs bei ihm, da ist es dann natürlich ein wenig komisch, wenn man sich abends zufällig privat sieht.«

Nadja hielt das für einen merkwürdigen Zufall, wollte dies jedoch nicht laut sagen. Stattdessen fragte sie nach einigen noch fehlenden Angaben: »Wann löste sich die gestrige Runde auf? Beziehungsweise wissen Sie vielleicht noch genau, wer wann ging?«

Emanuelas Stimme war sehr sanft, als sie antwortete: »Bei Connie weiß ich es genau. Im Café hört man die Domuhr schlagen, und ab und zu machen wir uns einen Spaß daraus, auf Spanisch mitzuzählen. Einer fängt an mit ›uno‹, der Nächste macht weiter mit ›dos‹, sein Nachbar sagt ›tres‹ und so weiter. Wenn jemand einen Fehler macht, dann muss er zum nächsten Treffen eine Tafel Schokolade mitbringen. Connie nahm an der Zählrunde noch teil, wir kamen bis zehn, und dann stand sie auf, winkte zum Abschied und ging. Sie hat das Café also um Punkt zweiundzwanzig Uhr verlassen. Es ist komisch, wenn wir sie noch ein wenig aufgehalten hätten, dann wäre sie jetzt eventuell noch am Leben. Vielleicht hätte ihr das noch ein wenig Zeit verschafft, bevor der Mörder sein Vorhaben in die Tat umgesetzt hätte. Ein paar Tage können so wertvoll sein.«

Zum ersten Mal hatte Nadja das Gefühl, dass Emanuela Hernandez sehr um Connie trauerte. Offenbar sah sie das jedoch als etwas Privates an, das sie nicht nach außen dringen ließ. Ihre Haltung war aufrecht und ihr Gesichtsausdruck freundlich. Nur in den Augen sah man ihre Verlorenheit.

»Sie glauben, dass Connie nicht zufällig zum Opfer geworden ist«, stellte Nadja fest. Sie hatte den Drang, Emanuela tröstend eine Hand auf den Arm zu legen und mit ihr von Frau zu Frau zu sprechen, nicht von Polizistin zu Privatperson. Sie wollte verstehen, was Connie an sich gehabt hatte, dass sie dafür sterben musste. Señora Hernandez schien ein gutes Gespür für Menschen zu haben, und sie hatte kein einziges Mal von einem tragischen Unglücksfall oder einem Mörder gesprochen, der in einem Busch gehockt und auf ein zufällig vorbeikommendes Opfer gewartet habe. Also schien sie sich durchaus vorstellen zu können, dass jemand einen Grund gehabt hatte, das Mädchen zu töten.

In diesem Moment raschelte der Vorhang, der den Verkaufsraum mit dem restlichen Teil des Hauses verband. Zunächst bahnte sich nur eine Hand den Weg durch die Stoffschichten. Die ringgeschmückten Finger sahen starr und bleich aus, sodass Nadja unwillkürlich schauderte.

Auch Emanuela hatte sich umgedreht, um zu sehen, was ihren Gast so erschreckte. Unwillig blickte sie auf den reglosen Arm und die Gestalt, die man hinter dem Vorhang bestenfalls erahnen konnte. »Mercedes!«, rief sie, »bitte lass die Spielchen und komm herein.« An Nadja gewandt fügte sie erklärend hinzu: »Meine Schwester versucht gerade, Ihre Aura zu erspüren. Die Objektivität ist größer, wenn man die betreffende Person noch nicht gesehen hat.«

Gehorsam lüftete Mercedes Hernandez den Stoff und kam mit ernstem Gesicht auf den Teetisch zu. Sie war kleiner als ihre Schwester und wohl um einiges älter, was Nadja aus dem vorherrschenden Grau ihres Haares schloss. Ob sie wegen Connie Trauerkleidung angelegt hatte oder einfach gern Schwarz trug, vermochte Nadja nicht zu unterscheiden. Um den Hals trug

Mercedes eine Kette mit auffälligem Silberanhänger in Form eines Auges. Nadja glaubte sich erinnern zu können, dass dieses Symbol gegen den bösen Blick schützen sollte.

Sie stand auf, um der Frau die Hand zu reichen. Mercedes ergriff sie mit festem Druck und musterte ihr Gegenüber prüfend. Dann lächelte sie zufrieden und zog sich einen weiteren Stuhl heran. Sie besaß die typisch papierene Haut älterer Menschen. Nadja schätzte, dass sie die siebzig bereits überschritten hatte.

»Soll ich dir einen Tee holen?«, fragte Emanuela. Mercedes nickte dankend. Bis jetzt hatte sie noch kein einziges Wort gesprochen.

Während die jüngere Señora aufstand und in die Küche ging, stellte Nadja sich kurz vor und fragte auch sie nach dem gestrigen Abend. Mercedes räusperte sich mehrmals, als hätte sie das Sprechen verlernt, und bestätigte dann in kurzen Worten die Aussage ihrer Schwester. Ihre Gedanken schienen jedoch in eine ganz andere Richtung zu gehen. »Hoffentlich denken sie daran, ihr zwei Münzen auf die Augen zu legen«, sagte sie.

»Was meinen Sie genau?«, fragte Nadja höflich nach.

Mercedes musterte sie, als fehle ihr elementarstes Wissen. »Die Griechen haben ihren Toten Münzen mitgegeben, damit sie den Fährmann bezahlen können, der die Verstorbenen ins Totenreich hinüberrudert. Wenn man das nicht tut, dann kehren sie vielleicht als Wiedergänger auf die Erde zurück. Und ebenso, wenn ihnen Gliedmaßen fehlen.«

»Da müssen Sie sich keine Sorgen machen, was Connie angeht. Sie befindet sich gerade noch in der Gerichtsmedizin. Unser Gerichtsmediziner ist sehr tüchtig und wird sorgfältig mit ihr umgehen.« Nadja war froh, die alte Dame in dieser Hinsicht beruhigen zu können. Sie nahm sich vor, Lars Nauke von der Wiedergängergeschichte zu erzählen. Bei dem Gedanken musste sie unwillkürlich grinsen. Vielleicht sollte sie ihm vorschlagen, den Verstorbenen künftig einen Euro in den Brustkorb einzunähen. Da war das Geld doch viel sinnvoller investiert als in seine Luxusweine.

Mercedes blinzelte ihr zu. »Ja, ja, Sie finden mich lustig, aber das ist gut. In Ihrem Alter sollte man viel lachen, dann bleibt man länger jung.«

Nadja fühlte sich ertappt, war aber gerührt von der charmanten Art der Señora. Sie fing sich und fragte: »Hatte Connie Feinde?«

Mercedes Hernandez schloss die Finger um ihr Amulett und drückte es an sich. Leise sagte sie: »Connie hatte vielleicht Feinde, aber ihr größter Feind war sie selbst. Manchmal wenn sie in den Laden kam, war ihre Aura ganz dunkel. Ich hatte das Gefühl, sie wusste dann instinktiv, dass sie Hilfe brauchte. Wenn sie ging, war sie immer um ein paar Nuancen heller. Sie hat mir aber nie erzählt, was sie bedrückte.«

Bisher hatten alle Beteiligten berichtet, was für ein fröhlicher Mensch Connie doch gewesen war. Nadja fragte sich, ob Mercedes verrückt oder doch hellsichtiger war als andere.

»In den letzten Wochen hat sie mich nicht so häufig besucht«, fuhr Mercedes fort. »Irgendetwas hatte sich plötzlich verändert. Ich war sehr erstaunt, als ich sie wiedersah und ihre Grundfarbe plötzlich von Orange zu Violett gewechselt hatte. So etwas passiert ziemlich selten.«

»Und was heißt das genau?«, fragte Nadja, während sie sich interessiert vorbeugte. »Wie erklären Sie diesen Farbwechsel?«

Die alte Dame schien erfreut, dass Nadja sich so für ihr Lieblingsthema interessierte. »Die Aurafarben hängen mit dem Wesen eines Menschen zusammen. Magenta steht für Spiritualität, Blau für Einfühlung und Ruhe, Grün für Harmonisierung, Gelb für Intellekt, Rot für Energie und Orange für Lebensfreude sowie Kreativität. Violett weist auf Sensibilität hin. Ich denke, Connie machte gerade eine schwierige Phase durch, so schwierig, dass ihre Selbstdefinition darüber ins Wanken geriet.«

Nadja hatte alles mitgeschrieben und fragte sich insgeheim, welche Aura Mercedes wohl an ihr entdeckt zu haben glaubte. Allzu negativ konnte sie nicht sein, sonst säßen sie sich jetzt wohl nicht so entspannt gegenüber. Zitronengelb mit silbernen Sternchen, das wäre sicher schön anzuschauen. Laut sagte sie: »Sie erwähnten, dass Connie vielleicht auch andere Feinde hatte. Wie kommen Sie auf diesen Gedanken?«

»Schöne Frauen haben immer Feinde«, antwortete Mercedes, »andere Frauen, die sie beneiden, Männer, die sich abgewiesen fühlen …«

»Können Sie das auch ein wenig konkretisieren?« Nadja ging es mit dem allgemeinen Philosophieren nun doch ein wenig zu weit. Sie glaubte ein kurzes Zögern wahrzunehmen, ehe die Antwort kam.

»Ich kann Ihnen jetzt nur weitergeben, was Connie mir erzählt hat. Es gab wohl ab und zu Streit mit ihrer jüngeren Schwester, wenn sie zu Hause war. Es scheint ein gewisses Rivalitätsverhältnis zwischen den beiden bestanden zu haben. Und mit Dr. Kattenbach ging sie immer sehr kühl um, sie mochte wohl seine zynische Art nicht. Aber als Feindschaft kann man das wohl kaum bezeichnen.« Das Thema schien ihr nicht sehr zu behagen.

Emanuela war bei den letzten Sätzen in den Raum zurückgekommen und stellte die Tasse nun so heftig vor ihrer Schwester ab, dass Tee auf das Spitzendeckchen schwappte. »Maurizio war doch nicht ihr Feind, wie kannst du so etwas sagen? Es ist doch ganz normal, dass sich zwischen Dozent und Studentin keine allzu herzliche Beziehung entwickelt, das ist sogar besser so!«

Nadja fragte sich, was hier gerade vor sich ging. Die vorher so ruhige Emanuela setzte sich voller Herzblut für einen Mann ein, der nur ab und zu an dem Stammtisch teilnahm? Mochte sie ihn etwa mehr, als sie zugeben wollte?

Mercedes hatte den Ausbruch ihrer Schwester mit einer hochgezogenen Augenbraue zur Kenntnis genommen. An Nadja gewandt sagte sie: »Ich präzisiere meine Aussage. Man kann keineswegs von einer Feindschaft zwischen Dr. Kattenbach und Connie sprechen, aber das hatte ich ja auch gar nicht behauptet.«

Nadja trank ihren Kaffee aus, bevor sie eine letzte Frage stellte: »Kennen Sie David? Wie beurteilen Sie die Beziehung zwischen den beiden?«

Die Schwestern tauschten Blicke, und Mercedes übernahm die Antwort: »Ich habe ihn nur ein einziges Mal gesehen, denn er hat wohl sehr wenig Freizeit. Connie brachte ihn zu einem der Treffen mit. David besitzt eine beeindruckend ultramarinblaue Aura. Ich denke, er ist sehr ruhig und verlässlich, neigt aber auch zur Melancholie. Tatsächlich war der junge Mann relativ still an dem Abend. Aber auf eine positive Art ruhig. Connie hat er zweifelsohne sehr geliebt. Die beiden haben auch gut zusammengepasst, sie haben sich ergänzt, verstehen Sie?«

Nadja sah vor ihrem geistigen Auge eine blau und eine orange leuchtende Kugel tanzen. An der Stelle, wo sie sich berührten, sprudelten Herzchen hervor und verteilten sich im ganzen Raum. Es war ein schönes Bild, nur was war mit den Kugeln passiert, als die eine plötzlich ihre Farbe geändert hatte? Wenn irgendetwas Wahres an Mercedes' Erzählung war, dann musste zumindest David Connies Veränderung bemerkt haben. Nur hatte er keinen Ton davon gesagt.

Sie stand auf und bedankte sich bei den Damen Hernandez für die Gastfreundschaft. Als sie die Tür öffnete, rief ihr Mercedes noch hinterher: »Übrigens, Ihre Aura ist rot. Das ist eine energetisch sehr starke Farbe. Und sie zeigt, dass Sie ein großes sexuelles Potenzial besitzen. Sie Glückliche!«

Nadja glaubte die Damen kichern zu hören, als sie auf die Straße hinaustrat.

***

Als Nadja ins Revier zurückkehrte, erwartete Steffen Neumann sie bereits in seinem Büro. Er fasste seinen Besuch in der Musikhochschule kurz zusammen. Anhand des elektronischen Türschließsystems ließ sich tatsächlich beweisen, dass David am vorherigen Abend dort gewesen war. Allerdings erfasste es keine genauen Uhrzeiten, sondern rechnete in dreistündigen Intervallen ab. David hatte irgendwann zwischen zwanzig und dreiundzwanzig Uhr die Musikhochschule betreten und sie vor Mitternacht wieder verlassen. Ein Alibi ergab das bei Weitem nicht. Im Gegenteil – es bedeutete, dass er um den Zeitpunkt des Mordes herum auf alle Fälle in der Nähe des Tatorts gewesen war.

Nadja wusste, dass das Wasser auf Peters Mühlen sein würde, aber sie wollte sich David einfach nicht als Mörder vorstellen. Er wirkte so feinfühlig, überhaupt nicht wie jemand, der seiner Freundin eine Flasche über den Kopf schlagen könnte. Es war ihr klar, dass solche Überlegungen alles andere als professionell waren, aber schließlich musste man sich ab und zu auch auf seine Intuition verlassen.

Kurz überlegte sie, Krönig anzurufen. Er hatte eine besondere Art gehabt, ihre Gedanken in die richtige Richtung zu lenken, die sie in diesem Moment vermisste. Aber Krönig war ein Schwein. Wenn sie ihn jetzt um Hilfe bat, würde er das als Versöhnungsgeste verstehen. Und Versöhnung war das Letzte, was sie sich in Bezug auf diesen Mann vorstellen konnte.

Endlich kam auch Peter zurück. Die Kommissare versammelten sich abermals zur Besprechung im großen Büro. Nadja hatte das Whiteboard dort schon vorbereitet. In der Mitte stand Connies Name, darum herum waren die verschiedenen sozialen Gruppen verteilt, zu denen sie gehörte: Familie, Wohngemeinschaft, Spanisch-Stammtisch, Kommilitonen. Jede Gruppe war mit den Namen der dazugehörigen Personen versehen. Davids Name war nahe Connies angeheftet.

Peter trat an die Wand und befestigte das Foto, das er von Connies Eltern bekommen hatte, in der Mitte. Dann berichtete er den Kollegen von seinem Ausflug nach Ochsenfurt und welchen Eindruck die Familie auf ihn gemacht hatte.

Als er auf Connies Schwester zu sprechen kam, unterbrach Nadja ihn: »Mercedes Hernandez hat mir gerade erzählt, dass es Spannungen zwischen Alina und Connie gegeben habe. Hast du davon etwas mitbekommen?«

Peter runzelte die Stirn. »Nein, davon war gar keine Rede. Im Gegenteil, die Mutter hat mir lang und breit versichert, wie fröhlich und beliebt ihre Tochter war. Allerdings habe ich mit der kleinen Lember auch nicht persönlich sprechen können. Sie kam in dem Moment erst aus der Schule zurück und wusste noch nichts vom Tod ihrer Schwester.«

Nadja machte eine Notiz unter der Überschrift »Familie«, dass man sich darum noch kümmern müsse. Dann bat sie Kommissar Neumann, noch einmal zu wiederholen, was er in der Musikhochschule erfahren hatte. Peter enthielt sich erstaunlicherweise jeden Kommentars. Er konnte sich wohl denken, dass er Nadja damit nur auf die Palme gebracht hätte. Sie vermerkte »kein Alibi« hinter Davids Namen.

Es klopfte, und Gretchen Morungen steckte den Kopf zur Tür herein. »Professor Nauke hat angerufen. Er lässt ausrichten, dass er mit der Obduktion gleich morgen beginnen kann. Falls die Frau Kommissarin übermorgen Nachmittag vorbeischauen wolle, dann, Moment, die Formulierung war ganz komisch …«

Gretchen blickte verwirrt auf den Zettel in ihrer Hand. Schließlich hatte sie den Faden wiedergefunden und las erleichtert vor: »Falls die Frau Kommissarin übermorgen vorbeischauen will, dann wird der Tag an Perfektion nicht zu überbieten sein, da ich meine hochgeschätzte Kollegin sowohl mit allen obduktionsrelevanten Informationen als auch mit selbst gebackenen Schoko-Eclairs zu erfreuen hoffe.«

Braun, Heideckert und Neumann, die den Gerichtsmediziner gut kannten, lachten laut, Peter schnaubte heiter durch die Nase. Nadja lächelte still in sich hinein und dankte der Sekretärin für ihre detailgetreue Wiedergabe der Nachricht. Energisch wandte sie sich dann wieder dem Whiteboard zu und forderte Braun auf, von seinem Telefonjob zu berichten.

Er hatte mit den sieben Kommilitonen gesprochen, die auf Sophie Mengos Namensliste vermerkt waren. Alle hatten bestürzt und ungläubig auf die Nachricht von Connies Tod reagiert und waren gern bereit, in den nächsten Tagen noch einmal ausführlicher mit der Polizei zu sprechen. Fünf von ihnen hatten Alibis genannt, die aber noch überprüft werden mussten.

Dann gab es noch die Teilnehmer des Spanisch-Stammtisches. Mercedes und Emanuela Hernandez hatten nach dem Treffen im Theatercafé zusammen einen Krimi im Fernsehen angeschaut. Julian Kröger war nach Hause gegangen, um wie angekündigt für seine Prüfung zu lernen, und Nathalie Rosa hatte sich mit ihrem Verlobten getroffen. Nur Dr. Kattenbach war bisher nicht zu erreichen gewesen.

Nadja malte ein Fragezeichen hinter seinen Namen. »Wir sollten Julian, Nathalie und diesen Kattenbach morgen einmal aufs Präsidium kommen lassen. Ich würde gerne mit ihnen sprechen. Vor allem dieser Uniprof interessiert mich.« Und sie erzählte, was Mercedes über ihn und Connie gesagt und wie ihre Schwester Emanuela darauf reagiert hatte.

»Läuft da was zwischen den beiden?«, wollte Maximilian Braun wissen.

»Zwischen wem?«, schaltete sich Peter ein, »zwischen Kattenbach und Emanuela Hernandez oder zwischen ihm und Connie?«

»Ich meinte die ersten beiden, sonst hätte ich in der Vergangenheitsform gesprochen«, antwortete Braun, »aber prinzipiell ist deine Idee nicht so abwegig. Er wäre sicher nicht der erste Prof, der mit seiner Studentin ins Bett geht.«

»Angeblich haben sich die beiden nicht besonders gemocht«, meinte Nadja nachdenklich.

»Das würde ich nach außen hin auch behaupten«, widersprach Neumann, der während des ganzen Gesprächs stetig mit seinem Stuhl gekippelt hatte und nun fast umgefallen wäre.

Braun hielt ihn an der Rückenlehne fest und sagte: »Ich werde also alle drei noch einmal anrufen und für morgen Vormittag hierherbestellen. Und wie soll es ansonsten weitergehen?«

Nadja dachte nach. »Also ich werde übermorgen kurz nach Nürnberg fahren und alles Nötige einpacken, damit ich hier noch ein paar Tage überlebe. Und dann werde ich mal mit Hauptkommissar Bär sprechen, wann Peter und ich die nötige Freizeit bekommen, um die Wohnungssuche zu starten. Dafür müssen wir noch eine Regelung finden.«

Peter nickte ihr dankbar zu. Er war froh, dass Nadja sich darum kümmerte, und wusste, dass das nicht zuletzt ihm zuliebe geschah.

Nadja fuhr fort: »Was unsere Ermittlungen angeht, werde ich natürlich Lars Nauke einen Besuch abstatten und mir anhören, was er bis dahin herausgefunden hat. Bei der Obduktion morgen sollte aber auch jemand von uns anwesend sein. Wer könnte das übernehmen?«

Sie hatte nicht erwartet, dass es einen Freiwilligen geben würde, doch Heideckert hob sofort die Hand. Als er die überraschten Gesichter der Nürnberger sah, erklärte er: »Ich wollte früher eigentlich Medizin studieren. Vielleicht mach ich's ja sogar noch, sobald ich in Rente bin.«

»Hört, hört!« Der Einwurf kam von Braun.

»Es heißt, dass es an den Unis immer mehr Spätstudenten gibt«, verteidigte Heideckert sich, »da wäre ich dann ja ganz gut aufgehoben. Und eine Obduktion mitzuerleben ist wie Privatunterricht. Professor Nauke erklärt immer alles sehr ausführlich, da kann man viel lernen.«

Nadja dankte ihm und nahm sich vor, in nächster Zeit ein wenig mehr über ihre Mitarbeiter, deren Vergangenheit, Ziele und familiäre Situation in Erfahrung zu bringen. Sie wollte wissen, mit wem sie zusammenarbeitete und wo deren individuelle Stärken lagen. So könnte sie in Zukunft die Aufgaben sinnvoller verteilen.

Sie schrieb Heideckerts Namen neben das eingekreiste Wort »Obduktion« an die Tafel.

»Ich selbst würde morgen nach der Befragung der drei Hispanier gern noch einmal mit Peter zur WG fahren und mir Connies Zimmer anschauen. Ich möchte mich besser in das Mädchen einfühlen. Mercedes Hernandez hat etwas Komisches erzählt. Sie ist sehr esoterisch angehaucht und behauptet, Auren sehen zu können und Ähnliches. Eigentlich halte ich von so etwas gar nichts, aber sie sagte, dass Connie sich in den letzten Wochen verändert habe, dass etwas mit ihr nicht stimmte. Und sie klang sehr überzeugt. Ich möchte wissen, ob ihren Mitbewohnerinnen auch etwas aufgefallen ist. Vielleicht hat Connie ja etwas herausgefunden, das jemand um jeden Preis geheim halten wollte.«

Nadja sah die Zweifel in Peters Gesicht. Er mochte es nicht, wenn sie gar zu intuitiv vorpreschte und auf Basis eines Gefühls Vermutungen äußerte. Klare Fakten waren ihm eindeutig lieber. Um seinem Einwand zuvorzukommen, fügte sie schnell hinzu: »Wir brauchen außerdem handfeste Informationen. Was ist eigentlich mit dem Handy? Konnte es geortet werden?«

Steffen Neumann fasste sich an den Kopf. »Das habe ich ja ganz vergessen«, sagte er entschuldigend. »Also, ich habe vorhin mit einem Vertreter ihres Telefonanbieters gesprochen – war übrigens ein Horrortrip, bis ich da mal durchgestellt worden bin … nach drei verschiedenen Pieptonversionen von Mozarts ›Kleiner Nachtmusik‹. Das Handy konnten sie nicht orten, aber der freundliche Mann hat mir eine Liste der empfangenen Anrufe und gewählten Rufnummern geschickt. Ich habe sie ausgedruckt. Moment, ich hole sie.«

Er sauste hinüber in sein Büro und kam sofort zurück, die Liste triumphierend über seinem Kopf schwenkend.

»Man könnte meinen, du hättest gerade das Rad neu erfunden«, zog Braun ihn auf, »dabei musstest du nur deinen Drucker einschalten, um an diese wertvollen Dokumente zu kommen.«

»Oh nein, ganz so leicht habe ich es mir nicht gemacht. Ich habe nämlich bereits alle verzeichneten Nummern mit unserer Namensliste verglichen und die jeweiligen Personen dahintergeschrieben. Die Verbindungsdauer steht auch dabei. Schaut euch das Meisterwerk mal an.« Offensichtlich mit sich zufrieden legte er das Blatt auf Nadjas Schreibtisch.

Alle Köpfe beugten sich neugierig darüber. Peter hatte sofort den vorherigen Tag und die Mordnacht überflogen. »Na so was«, rief er, »David hat Connie gestern Abend sieben Mal angerufen, und sie hat kein einziges Mal abgenommen. Das sieht nicht gerade nach einer harmonischen Beziehung aus.«

Nadja prüfte die entsprechenden Einträge und musste ihm recht geben. »Er hat sie aber auch noch mal angerufen, als sie schon tot war«, stellte sie fest.

Peter ließ sich nicht beirren: »Na und, das beweist gar nichts. Das kann auch nur eine schlaue Finte von ihm sein, damit wir denken, er habe nichts von dem Mord gewusst.«

»Wie wäre es, wenn wir ihn einfach fragen?«, schlug Neumann vor.

Wortlos griff Nadja nach dem Telefon und wählte Davids Nummer.

Er meldete sich sofort, als habe er bereits auf ihren Anruf gewartet. Die Kollegen hingen an Nadjas Lippen, während sie dem Studenten den Grund ihres Anrufes erläuterte. Braun drückte vorsichtig die Lautsprechertaste, sodass alle mithören konnten.

Eine Weile herrschte Schweigen auf der anderen Seite, dann sagte David: »Ich hatte am Abend mit Sophie telefoniert, um zu fragen, ob sie für eines der Chorstücke die Klavierbegleitung spielen kann. Da hat sie mir erzählt, dass Connie krank ist. Ich wollte sie fragen, ob alles in Ordnung ist.«

»Wegen einer Erkältung rufen Sie Ihre Freundin sieben Mal hintereinander an?«, fragte Nadja ungläubig.

David stieß ein unglückliches Lachen aus. »Ich habe mir eben Sorgen gemacht, und, wie sich jetzt herausgestellt hat, ja auch zu Recht.«

»Das klingt für mich nicht sehr plausibel, Herr Bauer«, sagte sie.

Peter runzelte wild die Stirn und fuhr sich mit dem Finger über die Kehle, woraufhin Neumann in stummes Lachen ausbrach und eine Weile unter den Tisch abtauchen musste.

Nadja versuchte es noch einmal: »Connie hat keinen einzigen Ihrer Anrufe angenommen, wie erklären Sie sich das?«

Am anderen Ende hörte sie David seufzen. »Sie war ja zuerst beim Stammtisch. Da hat sie ihr Handy meistens lautlos geschaltet«, antwortete er schließlich, »und danach ... danach fand ich es auch komisch, deswegen habe ich es ja immer wieder probiert.«

»Aber dann ganz plötzlich haben Sie doch aufgegeben? Warum?«, hakte Nadja nach.

Diesmal kam die Antwort prompt: »Ich habe mir das Ganze so erklärt, dass sie nach dem Stammtisch gleich ins Bett ist, ohne noch einmal auf ihr Handy zu schauen. Das ist ja verständlich, wenn man sich nicht gut fühlt.«

Nadja blickte ihre Kollegen fragend an, aber niemand schien noch etwas hinzufügen zu wollen. Neumann war immer noch unter dem Tisch verschwunden, und die anderen beiden zuckten nur die Achseln. Also dankte sie David für das Gespräch und verabschiedete sich.

Sofort erschien Steffen Neumanns Kopf über der Tischkante. Sein Gesicht war ganz rot, und in den Augen standen Lachtränen. »Entschuldigung«, brachte er hervor, »das hat mich so sehr an unsere Telefonstreiche erinnert, die wir als Kinder immer gemacht haben. Und wenn es um ein ernstes Thema geht und ich eigentlich keinesfalls lachen sollte, dann wird es erst recht schlimm!«

Maximilian Braun klopfte seinem Kollegen gutmütig auf die Schulter. Nadja beschloss, alle nach Hause zu schicken. Es war schon nach sieben, und sie hatten für heute wirklich genug gearbeitet. Die nächsten Tage würden anstrengend werden. Die Würzburger Kollegen waren wirklich ein Fall für sich – und diese Ermittlungen sowieso.

SIEBEN

Julia Schlaufuß schlief schlecht in dieser Nacht. Der Mond beschien das breite, mit Kuscheltieren gesäumte Bett, in dem sie sich hin und her wälzte. Ab und zu stieß sie einen wimmernden Laut aus. Ein Stoffhase war unter ihre rechte Schulter geraten, sodass sie mit Rückenschmerzen aufwachen würde.

Plötzlich drang ein Geräusch in ihre Träume, das dort nicht hineingehörte. Es war das Klacken, das die Wohnungstür machte, wenn sie vorsichtig ins Schloss gezogen wurde. Julia hatte diesen Laut selbst oft genug verursacht. Immer dann, wenn sie spätnachts nach Hause kam und ihre fleißigen Mitbewohnerinnen schon schliefen. Doch jetzt war eine davon tot, und die andere übernachtete bei einer Freundin. Ihr Unterbewusstsein befahl ihr, sofort aufzuwachen.

Julia wachte auf. Sie lag ganz still und fragte sich, was nicht in Ordnung war. Da hörte sie schleichende Schritte im Gang. Schritte, die vor ihrer Zimmertür stoppten. Julia erstarrte und hielt den Atem an, und ebenso schien es der fremde Mensch zu tun, der vor der Tür auf ein Geräusch von drinnen wartete.

Schließlich schien er überzeugt zu sein, dass niemand wach geworden war. Er betrat das Zimmer neben Julias. Die Polizei hatte die Tür mit einem Aufkleber versiegelt, aber das schien ihn nicht zu stören. Julia hörte, wie er mit leisen Schritten in Connies Zimmer auf und ab lief. Sie lag da wie erstarrt.

Es musste Connies Mörder sein, der sich nachts Zutritt zu ihrer Wohnung verschafft hatte. Das hieß, dass sie allein mit einem Mörder in der Wohnung war. Noch war er beschäftigt, aber sie konnte nicht sicher sein, dass er einfach wieder gehen würde.

Nun war sie dran. Sie musste etwas tun. Julia sprang aus dem Bett und rannte zur Tür. Im Dunkeln tastete sie nach dem Schlüssel, als sie auch schon hörte, dass der Eindringling durch den Gang auf ihre Tür zukam. Sie drehte den Schlüssel und drückte dann sofort auf den Lichtschalter. Die Halogenlampe erhellte den

Raum. Blinzelnd starrte Julia auf die Türklinke, die sich langsam senkte.

Der andere schien zu merken, dass sie ihn ausgesperrt hatte. Er rüttelte an der Tür. Julia rannte zu ihrem Nachttisch zurück und klappte das Handy auf. 110, das wusste jedes Kind. Zitternd drückte sie die Tasten. Schon nach dem zweiten Klingeln meldete sich eine freundliche Frauenstimme.

»Er ist hier, in meiner Wohnung!«, flüsterte Julia. Draußen herrschte plötzlich wieder Stille. Er schien auf das Gespräch zu lauschen.

»Bitte sprechen Sie lauter, ich kann Sie schlecht verstehen«, sagte die Frau. »Wo befinden Sie sich, und wie heißen Sie?«

»Ich heiße Julia Schlaufuß«, schluchzte Julia, »meine Freundin wurde umgebracht, und jetzt ist er hier, Rosengasse 25 in Würzburg!«

Plötzlich ertönte ein lautes Krachen, als sich jemand mit voller Wucht gegen die Tür fallen ließ. Julia schrie auf. Die Stimme am Telefon redete beruhigend auf sie ein. Julia hörte nichts davon: »Bitte kommen Sie, kommen Sie doch bitte«, war das Einzige, was sie über die Lippen brachte, »er tritt die Tür ein!«

***

Als sie in der Rosengasse ankamen, war es vier Uhr dreizehn. Nadja hatte einfach eine Strickjacke über ihr Schlafshirt gezogen, und Peter steckte in einer merkwürdigen Kombination aus kurzer Hose und Rollkragenpulli. Ihre Gesichter zeigten den typisch blassen, hoch konzentrierten Ausdruck von Menschen, die man mit schlechten Nachrichten aus dem Bett geholt hatte. Diesmal beklagte sich niemand über die zahlreichen Stufen bis hinauf zur Wohngemeinschaft der Mädchen.

Julia saß mit einer Decke über den Schultern in der Küche. Neben ihr hatte eine Polizistin Platz genommen und tunkte einen Teebeutel in eine dampfende Tasse. Zwei Leute von der Spurensicherung waren auch schon da und stäubten Connies Zimmer mit Pulver ein. Peter besah sich die Wohnungstür, während Nadja sofort in die Küche eilte.

Sie begrüßte die Polizistin und ging dann vor Julia in die Hocke, damit sie nicht zu ihr aufblicken musste. Das Mädchen war blass, die Pupillen weit geöffnet, und die Lippen hatten eine leicht bläuliche Farbe, so als würde sie schlecht Luft bekommen. Sie hatte wohl einen Schock, was nach dieser Nacht auch nicht verwunderlich war.

Nadja drückte ihre Hand und hielt sie so lange fest, bis ein schwacher Gegendruck kam. Aufmunternd sagte sie: »Sie waren sehr tapfer! Die wenigsten hätten in einer solchen Situation die Nerven behalten. Sie hätten gar nichts Besseres tun können, als sich im Zimmer einzuschließen und die Polizei zu rufen. So war der Täter gezwungen, die Wohnung schnell wieder zu verlassen.«

Julia brachte ein vorsichtiges Lächeln zustande. »Danke, aber eigentlich war ich nicht mutig. Ich habe ganz automatisch gehandelt. Die Angst kam erst, als ich wusste, dass er auf der anderen Seite steht. Ich bildete mir ein, seine Atemzüge hören zu können. Und dann hat er plötzlich versucht, die Tür aufzubrechen, als ich die Polizei angerufen habe.«

Das war in der Tat ein Punkt, den Nadja überhaupt nicht nachvollziehen konnte. Der Täter hatte offensichtlich etwas gesucht. Er hatte sich Zutritt zur Wohnung verschafft und Connies Zimmer durchstöbert. Doch warum war er nicht einfach abgehauen, als er mitbekam, dass Julia wach war und er jeden Moment damit rechnen musste, dass ein Polizeiwagen vorbeikam? Warum hatte er erst noch versucht, die Tür einzutreten?

Ganz in Gedanken stand sie auf und ging zum Küchenschrank, um sich ebenfalls einen Tee zu machen. Die Auswahl war gigantisch. Nadja zählte allein vier Sorten schwarzen Tees, dazu unzählige Früchteteemischungen und Arzneitees gegen Erkältung oder Husten. Sie entschied sich schließlich für einen Beutel mit der Aufschrift »Arabischer Sommer«.

Während sie darauf wartete, dass der Wasserkocher seine Arbeit tat, wandte sie sich noch einmal an Julia: »Wo ist eigentlich Sophie? Warum hat sie Sie heute Nacht allein gelassen?«

Julia starrte auf den Boden. Das Thema schien ihr unangenehm zu sein. »Ich wollte eigentlich auch, dass sie hierbleibt. Wir haben uns deswegen gestritten. Sie sagte, sie halte es in der Wohnung nicht mehr aus, sie könne diese Nacht nicht hier schlafen.«

»Warum hält sie es nicht aus?«, fragte Nadja erstaunt. Ihrem Eindruck nach war Sophie keineswegs ein labiler Mensch, der vor Problemen davonlief.

»Wir wollten heute beide früh ins Bett gehen, und als ich im Bad war, um mich fertig zu machen, stieß ich aus Versehen gegen Connies Zahnbürste. Sie landete auf dem Boden, und ich hob sie wieder auf und legte sie an ihren Platz zurück. Sophie hat das gesehen und ist ausgerastet. Sie hat mich angeschrien, ob ich denn nicht checke, dass Connie tot ist und diese Zahnbürste sowieso nie wieder benutzen wird. Ich habe angefangen zu weinen, und Sophie hat die Zahnbürste in den Müll geworfen und gesagt, dass sie von hier wegmuss.«

Was ging in Sophie vor, dass sie wegen einer Kleinigkeit eine solche Reaktion zeigte?, fragte sich Nadja. Konnte das nur an der Trauer über den Tod ihrer Freundin liegen?

Der Wasserkocher stellte sich automatisch ab, als das Wasser zu kochen begann. Nadja goss es über den Teebeutel und verließ den Raum. Mit der Blümchentasse in der Hand stellte sie sich im Flur zu Peter, der die Untersuchung der Tür mittlerweile abgeschlossen hatte und nun darauf wartete, dass die Leute von der Spurensicherung in Connies Zimmer endlich fertig wurden.

Er wies in Richtung Eingangstür. »Da war jemand mit dem Dietrich zugange, nicht unbedingt ein Profi, aber gar nicht schlecht. Das Schloss ist nicht beschädigt worden. Und leider auch kein einziger Fingerabdruck weit und breit.«

»Das wäre auch zu schön gewesen«, seufzte Nadja und nippte an ihrem Tee.

Peter hielt die Nase misstrauisch über ihre Tasse. »Was ist das denn für ein Gebräu? Du weißt schon, dass man früher Frauen der Hexerei verdächtigte, wenn sie komische Tees tranken? Und gerade Würzburg war eine Hochburg der Hexenverfolgungen. Ich wäre ja vorsichtig an deiner Stelle …«

Nadja zog die Tasse aus seiner Reichweite und stieß ihn in die Seite. »Das ist kein Gebräu, das ist die Sommersonne Arabiens höchstpersönlich, du Banause!«

»Trotzdem – nicht dass Schwester Hortensia dein Zimmer durchsucht und am Ende einen Besen findet.«

Bei dem Gedanken musste Nadja lachen und verschüttete Tee über ihre Hand. »Au, verflixt!«, rief sie, »da siehst du mal, was du mit deiner blühenden Phantasie anrichtest.«

»Entschuldigen Sie mal, Frau Kommissarin. Ich konnte ja nicht wissen, dass Sie so eine zittrige Hand haben«, frotzelte Peter. »Wann ist denn die nächste Schießübung fällig? Sollten wir davor eventuell ein wenig trainieren?« Er folgte ihr ins Badezimmer und sah zu, wie sie ihre Hand unter fließendem Wasser kühlte. Anscheinend machte ihn wenig Schlaf nicht müde, sondern umso aufgedrehter.

Nadja tauschte einen genervten Blick mit ihrem Spiegelbild und drehte das Wasser noch eine Stufe kälter. »Danke für das nette Angebot, ich werde in meinen Kalender schauen.« Sie fing an, ihre letztjährigen Schießergebnisse aufzuzählen, die allesamt besser gewesen waren als Peters. Doch er schien gar nicht zuzuhören.

Gedankenverloren starrte er auf die weißen Fliesen, dann rief er plötzlich: »Sag das noch mal!«

Nadja ratterte herunter: »Dreihundertzehn Punkte mit der Walther PPK, fast genauso viele mit der P99 und –«

»Nein«, unterbrach Peter sie ernst, »das habe ich gar nicht gemeint. Sondern das, was du davor sagtest. Dass du dir Dinge in deinen Kalender schreibst. Warum haben wir noch keinen von Connie zu Gesicht bekommen? Wo notierte sie ihre Prüfungstermine, ihre Hausaufgaben, ihre Verabredungen?«

Nadja trocknete ihre Hand oberflächlich an einem herumhängenden Handtuch ab und ging schnellen Schrittes in die Küche zurück. Peter folgte ihr auf dem Fuß.

»Julia, meinem Kollegen ist gerade etwas eingefallen, das vielleicht sehr wichtig sein könnte: Hatte Connie ein Tagebuch? Oder zumindest einen Kalender, in den sie ihre Termine eintrug?«

Julia blickte zu ihr auf. »Ja natürlich, sie hatte ein Notizbuch, in das sie alles Mögliche hineinschrieb. Von Einkaufslisten über Verabredungen bis hin zu kleinen Gedichten. Haben Sie es denn nicht gefunden?«

Peter und Nadja tauschten einen Blick. Beiden war ein solches Büchlein bisher nicht untergekommen. Peter hakte nach: »Bitte beschreiben Sie uns genau, wie es aussah und wo Connie es normalerweise aufbewahrt hat.«

»Es hatte ganz normale Notizbuchgröße. Innen kariert und ohne Wocheneinteilung. Den Einband hatte sie selbst beklebt, mit Fotos, Teilen von Postkarten und schönem Geschenkpapier. Es sah sehr bunt und individuell aus. Ich habe sie immer darum beneidet, aber für mich macht es gar keinen Sinn, so etwas anzulegen, ich schreibe ja doch nichts hinein.« Julia zog die Schultern hoch.

»Jedenfalls hat Connie es immer mit sich herumgetragen. Sie hatte es in der Uni dabei, aber auch wenn sie nach Hause fuhr oder zum Kaffeetrinken in die Stadt ging. Es ist klein genug, dass es in ihre Handtasche passte.«

Nadja zog Peter in den Flur hinaus. »Wetten, dass der Täter das gesucht hat?«, flüsterte sie aufgeregt. »In ihrer Handtasche war es wohl nicht, als er sie überfallen und ermordet hat. Deshalb ist er heute Nacht hier eingebrochen. Das heißt aber auch, dass er sie gut gekannt haben muss und er davon ausgeht, dass etwas darin steht, das ihn belasten könnte.«

Das klang logisch, allerdings wollte Peter erst einmal sichergehen, ob sich das Notizbuch nicht doch noch in Connies Zimmer befand. Die Spurensicherung war mittlerweile fertig.

Sie betraten das Zimmer und blickten sich um. Die Wände waren in einem hellen Orangeton gestrichen, und Nadja musste an Mercedes Hernandez' Aurenanalyse denken. Peter begann das Bett zu durchwühlen und zog auch die Matratze aus dem Gestell. Doch darunter verbarg sich nichts als ein paar Staubmäuse. Es gab ein gut gefülltes Bücherregal, aber ein Notizbuch, wie es Julia beschrieben hatte, fanden sie auch dort nicht.

Nadja nahm sich den Kleiderschrank vor. Er war dreigeteilt mit einem ovalen Spiegel in der Mitte, an dem eine Postkarte steckte. »Guten Morgen, Prinzessin!«, stand in Rosa darauf. Nadja drehte sie um und las die Rückseite: »Danke für die wunderschöne Nacht, mein Liebling. Es gibt kein größeres Glück für mich, als dich im Arm zu halten. Für immer, dein David.«

Sie fragte sich, wie viel der sensible junge Mann Connie tatsächlich bedeutet hatte. Waren sie ein so glückliches Paar gewesen, wie es den Anschein hatte? Gab es diese Art von Liebe tatsächlich? Eine Liebe, die zwei Menschen für immer vereinte?

Nadja war geneigt, nicht daran zu glauben. Sie wusste, dass Liebe schnell in Hass umschlagen konnte oder – noch schlimmer – in Gleichgültigkeit. Und tatsächlich war in diesem watteweichen Wohlfühlleben offenbar nicht alles mit rechten Dingen zugegangen. Sonst hätten sie jetzt keine Leiche und kein weinendes Mädchen in der Küche, das beinahe das zweite Opfer geworden wäre.

Sie erschrak ein wenig darüber, wie schrecklich zynisch sie geworden war. Die fünfzehn Jahre als Polizistin schienen mehr in ihr verändert zu haben, als sie früher für möglich gehalten hätte.

Sie blickte zu ihrem Kollegen hinüber, der eifrig den Schreibtisch nach versteckten Fächern absuchte. Er hatte eine Frau und ein kleines Kind, sicherlich hatte er sich schon öfter Gedanken über die Zukunft gemacht, was das betraf. »Peter, sag mal, glaubst du eigentlich an die große Liebe? An eine Liebe, die ewig hält?«, fragte sie.

Überrascht unterbrach er seine Tätigkeit. Nadja wusste, dass er mit einer solchen Frage nicht gerechnet hatte. Es sah ihr gar nicht ähnlich, sich um so etwas Gedanken zu machen. Eigentlich war sie ein Mensch, der sehr stark im Hier und Jetzt verankert war. Für Romantik war da wenig Platz. Pragmatisch nannten sie die einen Kollegen, beziehungsunfähig die anderen.

»Hmm, die ewige Liebe …«, meinte er schließlich, »mit der ist es so eine Sache. In gewisser Weise glaube ich daran, sonst hätte ich Rebekka wohl nicht geheiratet. Aber ich denke, dass es viel Arbeit und viel Mühe bedeutet, das auch aufrechtzuerhalten. Irgendwo habe ich mal einen Satz gelesen, den ich ziemlich präzise fand: Liebe ist nichts, was dir einfach passiert, sie ist eine Entscheidung, die du triffst.«

Nadja war ihm dankbar, dass er ihr geantwortet hatte, ohne seine üblichen Witze zu machen. Peter konnte sehr gut einschätzen, wann sie wirklich eine offene und ehrliche Antwort von ihm erwartete oder sogar brauchte. Kurz war sie versucht, die Sache mit Krönig anzusprechen. Peter einfach alles zu erzählen und seine Meinung dazu zu hören würde ihr vielleicht weiterhelfen. Aber sie wusste nicht, wie sie anfangen sollte, und dann war der Moment vorbei.

Peter wandte sich wieder dem Schreibtisch zu. »Man könnte es auch mit Fontanes Worten sagen: Das ist ein zu weites Feld!«, schloss er.

Als sie beide mit der Zimmerdurchsuchung fertig waren, graute draußen langsam der Morgen. Das Notizbuch fanden sie nicht. Peter trat an eines der Fenster. »So eine schöne Stadt, aber irgendwo da draußen läuft ein Mörder herum.«

Nadja erwiderte nichts darauf. Sie war plötzlich zum Umfallen müde. »Was hältst du davon, wenn wir zum Kloster zurückkehren und noch eine Runde schlafen? Ich rufe Gretchen an, dass sie die Spanischbande eine Stunde später aufs Präsidium bestellen soll. Und zu Bully müssen wir dann auch irgendwann noch.«

Peter war ganz offensichtlich froh über diesen Vorschlag. Die Befragungen würden auch so schon anstrengend genug werden.

Peter hatte noch etwas zu erledigen. Sobald er in seinem Zimmer in Himmelspforten angekommen war, rief er Rebekka an. Sie war eine Frühaufsteherin und Mariechen sowieso. Die Stimme seiner Frau klang so müde, wie er sich fühlte. »Guten Morgen, mein Schatz«, versuchte er sie betont heiter zu begrüßen.

Rebekka gähnte nur. Sie musste eine anstrengende Nacht hinter sich haben. Er erzählte ihr kurz, was am vorigen Tag und in dieser Nacht passiert war. Im Allgemeinen interessierte sie sich sehr für seine Fälle, und heute war es nicht anders.

»Wenn das Notizbuch verschwunden ist, dann muss der Mörder aus dem direkten Bekanntenkreis des Mädchens kommen, oder?«, spekulierte sie etwas lebhafter. »Habt ihr schon mit allen gesprochen?«

»Die Befragung der Stammtischteilnehmer ist für heute geplant«, antwortete Peter.

Nach einer kurzen Pause sagte Rebekka: »Du klingst beunruhigt, ist ansonsten alles in Ordnung?«

Peter zögerte, setzte sich auf die Schreibtischkante und öffnete mit der freien Hand das Fenster. »Ich mache mir Sorgen um Nadja. Irgendetwas stimmt mit ihr nicht, und ich habe den Verdacht, dass es um Krönig geht. Irgendetwas ist zwischen den beiden passiert.«

»Das glaube ich nicht. Sie haben sich doch immer gut verstanden und vor allem bestens zusammengearbeitet.«

»Ja schon, aber warum wollte sie dann plötzlich weg aus Nürnberg?« Peter runzelte die Stirn. »Wohl kaum aus reiner Anhänglichkeit mir gegenüber. Und ebenso wenig, weil sie mal einen Ortswechsel braucht, wie sie behauptet hat. Nadja ist eine Großstadtpflanze, normalerweise gäbe es kaum etwas Schlimmeres für sie als eine Stadt, die weniger als eine halbe Million Einwohner hat. Und dann Krönig – sie spricht so gut wie nie von ihm, und wenn jemand überraschend seinen Namen erwähnt, zuckt sie zusammen und macht ein Gesicht, als wäre er der Teufel höchstpersönlich. Andererseits weiß er plötzlich genau, wie ihre Katze heißt, und sie fragt mich, ob ich an die ewige Liebe glaube. Das passt alles nicht zusammen. Oder zu gut.«

Er überlegte, wann sich Nadjas Verhalten eigentlich geändert hatte. Hatte sie sich schon länger so zurückgezogen, und er war zu sehr mit seinen eigenen Problemen beschäftigt gewesen, um es zu bemerken?

Rebekkas Stimme klang weich, als sie erwiderte: »Mach dir nicht so viele Gedanken, Liebling. Wenn sie so weit ist, wird Nadja sich dir schon anvertrauen. Sie muss wahrscheinlich erst mit sich selbst ins Reine kommen, und ihr müsst euch jetzt auf den Fall konzentrieren.«

Peter fühlte sich sofort ruhiger. Er hätte viel darum gegeben, sein Frau jetzt neben sich zu haben, ihre Wärme zu spüren und in ihren Armen einschlafen zu können.

»Ich liebe dich«, sagte er leise, »und es tut mir sehr leid, dass ich dich gestern beim Telefonieren so überrumpelt habe. Ich weiß, dass du dich momentan viel nach mir richten musst. Aber Nadja kümmert sich darum, dass wir einige freie Tage nachholen können, wenn der Fall abgeschlossen ist. Dann können wir in Ruhe ein Häuschen für uns suchen, ich passe auf Marie auf, und du hast endlich mal wieder Zeit für dich.«

»Die kann ich gut gebrauchen«, antwortete sie. »Und Peter … Kopf hoch!«

***

Erst um halb zehn wurde Nadja von einem lauten Klopfen geweckt. Verschlafen stieg sie aus dem Bett und öffnete die Tür.

Draußen stand Peter und begann bei ihrem Anblick unnötigerweise zu grinsen. »Na, so sieht man seine Vorgesetzte doch gerne, das fördert die Teambildung.«

Nadja blickte an sich herab. Sie war nur mit Schlafshirt und Unterwäsche bekleidet. Rot geworden, sperrte sie ihren Kollegen wieder aus und zog in aller Eile Jeans und eine kurzärmlige Bluse an.

Peter rief durch die Tür hindurch: »Ich hatte gerade ein ausnehmend nettes Gespräch mit Schwester Hortensia. Nachdem ich ihr vorgejammert habe, was für einen harten Job wir machen und dass wir praktisch die ganze Nacht auf den Beinen waren, hat sie zugestimmt, uns jetzt noch ein kleines Frühstück zu servieren. Obwohl die Essenszeit eigentlich schon vorbei ist!«

»Bei deinem Charme werden halt selbst Nonnen schwach«, knurrte Nadja, als sie fertig angezogen wieder auf dem Flur stand. Sie hatte sogar daran gedacht, ihre Haare zu kämmen und ein wenig Wimperntusche aufzutragen. Es musste ja nicht jeder gleich sehen, wie wenig Zeit sie momentan für ihre Morgentoilette hatte.

»Donnerwetter, da hast du ja ganz schön gezaubert«, bemerkte Peter dann auch überrascht, »wenn nur alle Frauen so schnell im Bad wären.«

»Lieber schnell im Bad als schnell im Bett«, konterte Nadja und stolzierte erhobenen Hauptes an ihm vorbei auf den Frühstückssaal zu.

Schwester Hortensia hatte nicht nur ein Körbchen mit Semmeln und frischem Brot bereitgestellt, sondern auch zwei Teller mit Wurst und Käse beladen sowie eine Schüssel mit Rührei unter einer Wärmehaube platziert. Nadja betrachtete das Arrangement. »Ich weiß ja nicht, was du zu ihr gesagt hast, aber es scheint sehr effektiv gewesen zu sein, schau mal, da steht sogar noch ein ganzes Kännchen Kaffee.«

»Sie kennt deine Laster eben ganz genau. Wahrscheinlich kann sie deine Aura lesen«, zog ihr Kollege sie auf.

Sie frühstückten ganz entspannt und trafen später sogar pünktlich zum Dienst ein.

Im Kripogebäude bogen Nadja und Peter nicht zu ihren Büros ab, sondern stiegen eine weitere Treppe empor und folgten dem Hinweisschild »Kriminaldirektorat«. An der Tür war ein blank geputztes Metallplättchen befestigt, das dem Eintretenden in geschwungenen Lettern verkündete, dass er es hier mit Dr. Bullmann zu tun bekäme. Nadja klopfte. Sie merkte genau, dass ihr Kollege sich hinter ihr versteckt hielt, und warf ihm einen ärgerlichen Blick zu.

»Herein!«, rief eine helle Stimme.

Die beiden Nürnberger sahen sich fragend an. Dann öffnete Nadja die Tür und betrat vor Peter den Raum. Hinter einem modernen Schreibtisch saß eine zierliche Frau. Sie sah ihnen durch ihre randlose Brille entgegen und zog eine Augenbraue hoch. Nadja erfasste die kurzen, rötlich getönten Haare, den kaum dazu passenden Lippenstift und den verkniffenen Zug um die Mundwinkel, und sie erkannte: Bully. Innerlich schmunzelnd ging sie auf ihre neue Chefin zu, die sich mittlerweile erhoben hatte und um den Schreibtisch herumkam, und streckte ihr die Hand entgegen.

»Guten Tag, Frau Dr. Bullmann, ich bin Nadja Gontscharowa, und das ist mein Kollege Peter Steiner.« Sie machte eine vage Handbewegung in seine Richtung und entnahm Bullys Stirnrunzeln, dass der Kollege noch immer nicht sonderlich intelligent dreinblickte.

»Wir wollten uns zumindest schon einmal kurz bei Ihnen vorstellen, nachdem der Arbeitsbeginn hier so ganz anders verlaufen ist als geplant. Die Ermittlungen im Fall Connie Lember sind gut angelaufen, und wir hoffen, durch die Obduktion noch weitere Hinweise zu erhalten. Das Team ist sehr motiviert.« Dann schwieg sie, da sie sich an Maximilian Brauns Rat erinnerte, in Bullys Gegenwart nicht zu viel zu sprechen.

Die Kriminaldirektorin nickte gnädig, stellte sich ihrerseits als Waltraud Bullmann vor und begrüßte beide Kommissare mit einem festen Händedruck. Peter verabschiedete sie dabei auch schon wieder, wünschte ihm einen guten Start am neuen Arbeitsplatz und wartete, bis er mit einem fragenden Blick auf Nadja die Tür hinter sich geschlossen hatte. Bully tat, als hätte sie sein Zögern nicht bemerkt, und ließ sich wieder hinter ihrem Schreibtisch nieder, nachdem sie auch Nadja mit einer majestätischen Geste aufgefordert hatte, Platz zu nehmen.

Nadja nahm einen der blau gepolsterten Besuchersessel und hatte augenblicklich das Gefühl, in der Falle zu sitzen.

Waltraud Bullmann beugte sich vor. »Kommen wir gleich zur Sache, ich bin kein Freund von weitschweifigen Reden, was man Ihnen bestimmt schon gesagt hat. Als mir Ihr Versetzungswunsch mitgeteilt wurde, habe ich mich natürlich nach Ihnen erkundigt. Überall hat man nur Gutes über Sie berichtet, wobei sich Professor Nauke besonders hervorgetan hat, um das mal anzumerken. Nichtsdestotrotz frage ich mich, was eine junge, aufstrebende, ungebundene Oberkommissarin dazu bewegen sollte, plötzlich den Regierungsbezirk zu wechseln. Es ist Ihnen sicher klar, dass Sie leichter und schneller Karriere machen könnten, wenn Sie in Nürnberg geblieben wären, wo Sie offensichtlich protegiert werden.«

Nadja wollte etwas sagen, doch die Kriminaldirektorin wischte ihren Einwand unwirsch beiseite: »Kommen Sie mir nicht mit irgendwelchen vorgeschobenen Begründungen. Ich will auch gar nicht wissen, was wirklich hinter Ihrem Versetzungswunsch steckt. Nur so viel: Die Kriminalpolizeiinspektion Würzburg ist unter den drei größten Kriminalpolizeidienststellen in ganz Bayern. Hier werden jährlich um die dreitausend Straftaten bearbeitet. Momentan haben wir die niedrigste Zahl an Straftaten seit zwanzig Jahren, und ich will, dass das so bleibt. Ich habe keine Zeit, mich um private Probleme meiner Kommissare zu kümmern, also bereinigen Sie die, ohne dass Ihre Arbeit davon in Mitleidenschaft gezogen wird. Ich vertraue auf Ihre Intelligenz. Enttäuschen Sie mich nicht!«

Nadja biss die Zähne zusammen. Sie stand aus dem Sessel

auf und blickte ihrer Chefin in die Augen. »Sie haben sich sehr deutlich ausgedrückt, dem ist wohl nichts hinzuzufügen. Ich werde also zurück zu meinem Team gehen, um die Besprechung zu leiten.«

Dr. Bullmann seufzte. »Sie müssen sich nicht gekränkt fühlen«, sagte sie in deutlich ruhigerem Ton. »Ich bin sicher, wenn Sie an meiner Stelle wären, würden Sie dasselbe von mir erwarten. Eine Sache gibt es noch: Dr. Krönig hat den Vorschlag geäußert, in Zukunft verstärkt zusammenzuarbeiten, beispielsweise im Bereich Cyberkriminalität. Die ersten Brücken zwischen Mittel- und Unterfranken sind mit Ihrem Wechsel nun ja geschlagen. Ich muss ihm durchaus recht geben, dass eine bessere Kooperation in vielen Fällen nützlich sein könnte. Stellen Sie sich also darauf ein. Das wird zu einem großen Teil in Ihrem Verantwortungsbereich liegen.«

Nadja nickte bloß. Jetzt war ihr klar, warum Bully sie eben so energisch zusammengestaucht hatte. André Krönig hatte dafür gesorgt, dass sie trotz ihrer Versetzung weiterhin mit ihm zu tun haben würde, und Waltraud Bullmann hatte den Braten gerochen. Dass er ihr nicht schmeckte, war offenkundig.

Peter hatte vor der Tür auf Nadja gewartet, und zusammen gingen sie zum K1 zurück. Nadja blieb schweigsam, obwohl sie merkte, dass Peter sie mehrmals von der Seite anblickte. Als er schließlich auch noch demonstrativ zu hüsteln begann, um zu erfahren, was sich in Bullys Zimmer abgespielt hatte, konnte sie ihm dies nicht abschlagen.

»Bully hat mir mitgeteilt, dass sie uns als Versuchskaninchen einspannen wird. Sie will die Kooperation mit Mittelfranken ausbauen und glaubt, in uns zwei ideale Kandidaten dafür gefunden zu haben«, erklärte sie.

Peter war überrascht. »Das ist allerdings eine sehr fortschrittliche Denkweise. Bisher hat sich doch kein Schwein drum gekümmert, was im anderen Regierungsbezirk so vor sich geht. Zumindest hatte ich immer den Eindruck, dass das nicht unbedingt weit oben auf der Prioritätenliste steht.«

Nadja erwiderte nichts darauf. Wut auf Krönig schäumte in ihr hoch. Wie konnte er sich nur so dumm verhalten? Entweder unterschätzte er die Intelligenz der Würzburger Kriminaldirektorin, oder es war ihm schlichtweg egal, was sie von der Sache hielt. Dass Nadja das ausbaden durfte, schien ihm bei seiner Aktion nicht in den Sinn gekommen zu sein. Morgen würde sie ihm die Meinung sagen, das nahm sie sich fest vor.

»Was hältst du von Bully? Wirklich ein harter Knochen, oder?«, fragte Peter.

»Das muss sie in dieser Position wohl auch sein«, antwortete Nadja, »ja, sie ist schon ziemlich tough. Und ich gehe jede Wette ein, dass sie sich ganz hervorragend mit Mancini versteht.«

Ihr fiel ein, dass Peter den Staatsanwalt noch gar nicht kennengelernt hatte. »Ich werde heute sowieso mal bei ihm vorbeischauen und von dem Einbruch berichten, dann kannst du gleich mitkommen und dich ihm vorstellen. Wundere dich nicht, er hat etwas sehr Aristokratisches an sich, Adlernase und grauer Schnauzbart inklusive. Eigentlich fehlen nur ein Spazierstock mit goldenem Griff und ein paar Orden an der Brust.«

»Na, das ist der ja auch«, sagte Peter, »Aristokrat, meine ich. Zumindest angeblich. Gretchen hat mir den internen Klatsch und Tratsch weitererzählt. Demnach soll Viktor de Mancini aus einem alten italienischen Adelsgeschlecht stammen und mehr aus Spaß als wegen der finanziellen Notwendigkeit als Staatsanwalt arbeiten. Und er ist nach Würzburg gezogen, weil ihn das an seine Heimat erinnert. Viel Wein und viel Sonne – *la dolce vita di Germania* sozusagen.«

Nadja lachte. »Wahrscheinlich stimmt gar nichts davon und er ist in Wirklichkeit der begabte Sohn eines Schusters, der sich ein paar klangvolle Redewendungen zurechtgelegt hat.«

Peter brummte beleidigt, dass sie seine Informationen nicht zu schätzen wisse. Doch gleich darauf besserte sich seine Laune wieder, denn Gretchen Morungen schien schon sehnsüchtig auf ihn gewartet zu haben.

Bei seinem Anblick zog sie schnell ihre Bluse zurecht und begrüßte ihn mit einem euphorischen »Guten Morgen, Herr Kommissar!«. Für Nadja hatte sie ein freundliches, aber distanziertes Nicken übrig.

Diese verschwand seufzend in ihrem Büro, um die Kollegen über die letzten Ereignisse zu informieren. Wie erwartet zeigten sie sich ausgesprochen beunruhigt über den Einbruch in die Wohnung der Mädchen.

»Gestern der Mord, heute der Überfall, bin ja mal gespannt, was morgen kommt«, bemerkte Steffen Neumann.

Sein braunes Haar war an diesem Tag ein wenig zerzaust, als käme auch er gerade erst aus dem Bett. Nadja wusste jedoch, dass die drei Würzburger schon seit halb acht über den Akten brüteten. Sie hatten den Fall mit früheren Verbrechen abgeglichen, aber keinerlei Übereinstimmung gefunden. Nun gut, das war zu erwarten gewesen. In gewisser Weise war es ja auch beruhigend zu wissen, dass im beschaulichen Würzburg kein Serienmörder sein Unwesen trieb.

Als Peter sich endlich von Gretchens unbeholfenen Flirtversuchen losgerissen hatte und ebenfalls im Büro erschien, verabschiedeten sich Braun und Neumann. Sie bedauerten, »mit einem solchen Frauenhelden nicht konkurrieren zu können«, und aus diesem Grund müssten sie ihr Ego mit einem ausgiebigen zweiten Frühstück dringend aufpolieren. Heideckert zog sich in sein Büro zurück. Nadja begann die Notizen auf ihrem Schreibtisch zu ordnen, während Peter an der Kaffeemaschine herumhantierte.

Gretchen Morungen klopfte und verkündete mit wichtiger Miene: »Ein Herr Kröger ist soeben eingetroffen, er sagt, er sei zu einem Gespräch mit Ihnen hierherbestellt worden. Kann ich ihn reinlassen?«

Nadja bejahte, und die Sekretärin verschwand so schnell, wie sie gekommen war. Peter hatte den Kampf mit der Technik mittlerweile aufgegeben und stellte statt des Kaffees wortlos eine Flasche Mineralwasser auf den Tisch. Dann rückte er einen der Schreibtischstühle an die Wand, um das Gespräch von dort mitverfolgen zu können. Offensichtlich wollte er Nadja den Hauptpart überlassen.

Als Julian Kröger das Zimmer betrat, musste Nadja unwillkürlich an einen alten Hollywoodfilm denken. Er sah aus wie James Dean in seinen besten Zeiten, die ja nicht gerade lange angedauert hatten. Die engen Jeans, das weiße T-Shirt und die lässige Lederjacke schienen wie für ihn gemacht. In der linken Hand hielt er eine verspiegelte Pilotenbrille.

»Muttersöhnchen«, flüsterte Peter Nadja von hinten ins Ohr und tarnte sein Wispern durch ein lautes Räuspern.

Die Kommissarin schätzte ihr Gegenüber jedoch keineswegs so ein. Trotz seines durchkomponierten Auftretens wirkte er überhaupt nicht wie ein Softie, eher wie ein Mann, der seine Stärken sehr genau kannte und keine Hemmungen hatte, sie auch einzusetzen.

Julian stand immer noch in der Tür und blickte die Polizisten nun fragend an. Nadja stand auf, gab ihm die Hand und stellte Peter und sich vor. Julians Händedruck war angenehm fest, und Nadja fiel auf, dass er während der Begrüßung intensiven Blickkontakt hielt. Sicherlich hatte er sehr viel Erfolg bei Frauen. Bei seinem Aussehen war das auch kein Wunder.

Julian setzte sich auf den Stuhl und streckte die langen Beine von sich. Nadja bat ihn, zunächst etwas von sich selbst zu erzählen, und er lächelte; wahrscheinlich war er gern Gegenstand des Interesses.

»Ich bin Jurastudent im siebten Semester. Das heißt, dass ich das Grundstudium und die Zwischenprüfung schon hinter mir habe, falls Sie sich ein wenig damit auskennen.« Er schien ein bestätigendes Nicken zu erwarten, doch es kam keines. »Ich bin in Hamburg geboren und aufgewachsen, aber auf Dauer wollte ich nicht dortbleiben. Zu viele Menschen, ich mag es lieber intim.«

Nadja fürchtete fast, er würde ihr jeden Moment verschwörerisch zublinzeln. Um dem zuvorzukommen, ließ sie einen Versuchsballon los: »Und Connie? Mochten Sie es mit ihr auch gerne intim?«

Schlagartig verschwand das freche Grinsen von seinem Gesicht, und Nadja sah für einen Moment einen anderen Julian vor sich, einen Menschen, der scheu und verloren wirkte. Er nahm sich zusammen. »Ich mochte Connie, sie war ein großartiger Mensch. Es tut mir sehr leid, dass sie tot ist.«

Nadja blickte ihn nachdenklich an. »Sie haben nicht auf meine Frage geantwortet«, meinte sie behutsam.

Julian schüttelte energisch den Kopf. »Weil es da nichts zu beantworten gibt. Wir kannten uns über den Stammtisch und haben uns dort regelmäßig gesehen. Es gab keine weiteren Treffen, außer natürlich, wenn man sich zufällig mal in der Stadt über den Weg lief. Dann haben wir uns begrüßt, uns kurz unterhalten, und jeder ging wieder seiner Wege. Außerdem wissen Sie doch sicherlich, dass Connie einen Freund hatte? David, ein netter Typ.«

Peter schnaubte. Nadja, die wusste, dass er von dem netten Typ nicht ganz so überzeugt war, ignorierte ihn. »Und wie kamen Sie zu dem Stammtisch? Warum interessieren Sie sich für Spanien?«, fragte sie Julian.

Der junge Mann strich sich die nach hinten geföhnten Haare wie schon so oft während des Gesprächs zurück, obwohl sich keine einzige Strähne aus dem Kunstwerk gelöst hatte. »Ich bin jetzt im Hauptstudium«, sagte er. »Und während des Jurastudiums muss mindestens ein Semester ausländisches Recht in der jeweiligen Sprache absolviert werden. Das steht mir noch bevor. Ich hatte ein paar Jahre Spanisch in der Schule und dachte, wenn ich das wieder auffrische, dann kann ich demnächst nach Madrid oder Salamanca und dort die nötigen Scheine machen.«

Nadja überlegte, wo sie das schon einmal gehört hatte. Hatte Connie nicht auch für ein Semester nach Spanien gehen wollen? Sie drehte sich zu ihrem Kollegen um: »Noch Fragen?«

»Nur eine einzige, Frau Oberkommissarin«, antwortete Peter förmlich und wandte sich direkt an Julian: »Wo waren Sie heute Nacht zwischen Mitternacht und drei Uhr morgens?«

»Heute Nacht?«, fragte Julian und zog erstaunt die Augenbrauen hoch. »Sollten Sie mich nicht lieber fragen, wo ich gestern war, als Connie ermordet wurde? Ach so, das haben die Würzburger Beamten bei dem Telefoninterview ja schon aus mir herausgekitzelt. Aber ich verstehe trotzdem nicht, warum die heutige Nacht wichtig sein soll.«

Peter war deutlich ungehalten: »Vielleicht überlassen Sie es besser uns, die Relevanz solcher Fragen einzuschätzen. Aber damit Sie im Bilde sind: Heute Nacht wurde in die WG, die Connie mit zwei Freudinnen bewohnte, eingebrochen. Der Täter hat offensichtlich etwas gesucht. Können Sie sich vorstellen, was?«

Julian zuckte die Achseln. »Ich könnte jetzt spekulieren. Vielleicht hat Connie dort etwas von ihm aufbewahrt, was er dringend brauchte. Oder er wollte sichergehen, dass es keine Hinweise auf ihn gibt. Aber wie gesagt, da kann man ja eigentlich nur raten. Ich war um diese Zeit jedenfalls im Bett. Und zwar bei meiner Oma, sie wohnt in einem entlegeneren Stadtteil von Würzburg, in Gerbrunn.«

»Ganz alleine?«, fragte Peter nach.

Julian lächelte ihn ironisch an. »Ja, Herr Kommissar, sie wohnt dort ganz allein.«

»Sie wissen genau, dass ich nicht Ihre Oma gemeint habe!«, sagte Peter mit kaum verhaltener Schärfe in der Stimme.

Julians Lächeln vertiefte sich. Merkwürdigerweise blickte er Nadja an, als er antwortete: »Ja, leider war ich in dieser Nacht tatsächlich allein. Unglücklicherweise habe ich nicht damit gerechnet, dass ich ein Alibi brauchen könnte, und habe deshalb versäumt, mir eines zu besorgen.«

»Warum waren Sie an diesem Abend denn bei Ihrer Oma?«, schaltete sich nun Nadja wieder ein.

Julian strich sich übers Haar. Auf diese Frage schien er nur gewartet zu haben. »Ich war in Gerbrunn, weil ich bei einer Kommilitonin zum Essen eingeladen war. Später bekundete sie dann nicht nur Appetit auf die Steaks, sondern auch auf mich. Es wurde dadurch um einiges später als erwartet, sodass ich gegen halb zwölf kurzerhand zu meiner Oma hinüberlief und in ihrem Gästezimmer schlief, statt noch eine Ewigkeit auf den Bus zu warten.«

Nadja lächelte still vor sich hin, während Peter den Studenten mit unverhohlener Abneigung betrachtete. Er entließ ihn mit einem knappen Nicken und dem Hinweis, dass sie sich in den nächsten Tagen noch einmal bei ihm melden würden. Kaum hatte Julian die Tür hinter sich geschlossen, als Peter auch schon rief: »Er war es!«

Nadja lachte. »Wie jetzt? Bisher war doch David dein Favorit. Ist dir Julian noch unsympathischer?«

»Dir etwa nicht?«, fragte ihr Kollege aufgebracht. »Das ist ein Schönling, ein Angeber, ein schmieriger Typ, ein ...« Es schien ihm nicht einzufallen, wie er Julian noch bezeichnen könnte.

»Du argumentierst heute aber extrem unsachlich, lieber Watson«, kommentierte Nadja.

Der Vorwurf schien Peter gar nichts auszumachen. »Der stellt doch allem nach, was bei drei nicht auf den Bäumen ist! Und du, tu nicht so unschuldig, ich habe genau mitbekommen, wie er dich immer angesehen hat, dabei bist du viel älter als er!«

»So viel älter nun auch wieder nicht«, antwortete Nadja immer noch belustigt, »und warum sollte eine Frau nicht auch mal was mit einem jüngeren Mann anfangen? Bei Kerlen ist das ganz normal.«

»Können wir auf den Emanzenvortrag bitte verzichten?«, meinte Peter mürrisch. »Ich kann diesen Julian jedenfalls nicht ausstehen. Sein Ego ist so groß, dass außer uns niemand mehr in den Raum gepasst hätte.«

»Hm, einen Mord würde ich ihm trotzdem nicht zutrauen. Er ist zwar intelligent und vielleicht auch manipulativ, aber er scheint ehrlich um Connie zu trauern. Das war das einzige Mal während des ganzen Gesprächs, wo ich das Gefühl hatte, dass wir den echten Julian vor uns sehen. Er hat eine Schutzmauer aus Selbstsicherheit um sich herum aufgebaut und alles drauf abgestimmt: Aussehen, Wortwahl und dann auch noch ein Jurastudium.«

Peter knurrte nur. »Allerdings, kein Mord, dabei könnte ja seine Frisur zerstört werden. Kommst du mit raus?«, fragte er mit einem ungeduldigen Nicken in Richtung Tür. »Du wolltest doch sowieso bei Mancini vorbeischauen, und ich brauch mal ein bissl frische Luft.«

Nachdem Peter seine Zigarette geraucht und dabei noch ein wenig vor sich hin geschimpft hatte, machten sie sich auf den Weg zur Staatsanwaltschaft in der Ottostraße. Nadja hatte ihren Besuch telefonisch bereits angekündigt. Sie parkten vor einem modernen Gebäude, das zum Großteil aus Fensterflächen zu bestehen schien.

Nadja klopfte und wartete höflich ab, bis Viktor de Mancinis tiefe, etwas heisere Stimme sie wie erwartet hereinbat. Sein Büro wiederum entsprach ihren Erwartungen überhaupt nicht. Hinter ihr blickte Peter neugierig über ihre Schulter, als Nadja nun überrascht stehen blieb. Sie hatte das Gefühl, in einer anderen Zeit gelandet zu sein.

Mancini saß an dem wuchtigen Eichenschreibtisch, den Nadja eher bei Bully erwartet hätte. Darauf standen eine Schreibmaschine und daneben ein Laptop, scheinbar das einzige Zugeständnis, das der Staatsanwalt an das 21. Jahrhundert machte. Vor dem Fenster hingen schwere Samtvorhänge und an den Wänden Kupferstiche apokalyptischer Szenen. Ein Bücherregal mit dicken Lederbänden und ein alter Globus vervollständigten die Einrichtung. Der Oberstaatsanwalt hatte sich mitten in dem modernen Glasbau eine Höhle eingerichtet.

Mancini schien sich über Nadjas Staunen zu amüsieren. Er verzog die Lippen, sodass die Mundwinkel unter seinem Schnauzbart verschwanden. »Frau Gontscharowa, wie nett von Ihnen, vorbeizukommen. Setzen Sie sich doch.«

Er deutete auf einen zerknautschten Ledersessel und kam dann hinter seinem Schreibtisch hervor, um Peter die Hand zu reichen. Die beiden Männer begrüßten sich förmlich, und Mancini bot ihnen Mineralwasser an, das zusammen mit zwei Gläsern auf einem gedrechselten Tischchen bereitstand.

Während er einschenkte, schob sich Peter immer näher an das Bücherregal heran. Verstohlen legte er den Kopf schräg, um die Schrift auf den Buchrücken entziffern zu können. Plötzlich rief er begeistert aus: »Sie besitzen die ›Divina Commedia‹ von Dante Alighieri? Das Buch hier ist ziemlich alt, oder?«

Nadja glaubte einen Funken Genugtuung in Mancinis Augen zu entdecken, als er neben Peter trat und ihn aufforderte, das Buch ruhig einmal in die Hand zu nehmen.

»Das ist die kritische Ausgabe von Rudolf Decker von 1862. Ich beschäftige mich in meiner Freizeit gern mit der Kultur und Geschichte meines Heimatlandes. Es ist wirklich erstaunlich, was für eine ungeheure Zahl an Hinweisen auf zeitgenössische Ereignisse darin verborgen liegen. Im neunzehnten Höllengesang hat Dante beispielsweise Papst Bonifaz VIII. eingebaut, der wegen der schamlosen Bereicherung seiner Familie in Italien verhasst war. Als kleine Rache lässt Dante ihn dafür in der Hölle schmoren.«

Peter hatte Mancini interessiert zugehört, und man sah ihm an, dass er gern noch weiter in den Schätzen des Staatsanwaltes gewühlt und mit ihm gefachsimpelt hätte, doch Mancini wandte sich abrupt zu Nadja um. »Aber wir wollen die Frau Kommissarin jetzt nicht langweilen, Sie sind doch sicher hier, um mir Neuigkeiten über den Fall Connie Lember mitzuteilen?«

So direkt auf ihr mangelndes Interesse an italienischen Kulturgütern hingewiesen, kam Nadja sich wie eine Barbarin vor. Mancini wurde ihr zusehends unsympathisch. Obwohl er nach außen hin die Form wahrte und sogar übermäßig höflich war, hatte sie das Gefühl, dass er sich ihr überlegen fühlte.

Sie biss die Zähne zusammen und versuchte den Staatsanwalt möglichst neutral anzublicken, während sie von dem Einbruch in Connies WG berichtete. Peter übernahm anschließend die Schilderung der Aussagen von Connies Familie, David, den Schwestern Hernandez und Julian und fügte hinzu, dass an diesem Tag noch zwei weitere Angehörige des Spanisch-Stammtisches zur Befragung erwartet würden.

Mancini hörte aufmerksam zu und machte sich mit einem goldenen Füllfederhalter Notizen. Als sie beide mit ihrem Bericht fertig waren und schwiegen, hob er den Kopf. »Hat sich bei den Befragungen der Anwohner in Nähe des Tatorts etwas ergeben?«

Nadja verneinte dies, woraufhin der Staatsanwalt sein sparsames Lächeln einsetzte und erklärte, dass er nichts auszusetzen habe. Nadja war klar, dass er sie damit verabschiedet hatte, und erhob sich. Peter folgte ihr nur widerwillig.

Als Nadja die Tür gerade hinter sich schließen wollte, rief Mancini von drinnen: »Herr Steiner, auf ein Wort noch.«

Peter machte sofort kehrt. Nadja ärgerte sich über seinen eifrigen Gesichtsausdruck. Sie hörte, wie Mancini sagte: »Wenn Sie wollen, können Sie noch kurz einen Blick in dieses überaus interessante Werk hier werfen.«

Peter blickte Nadja mit leuchtenden Augen an, und sie gab

nach. »Mach ruhig«, sagte sie, »ich fahr schon mal zurück ins Büro und fange mit der Befragung an. Du kannst ja die Straßenbahn nehmen.«

Schlecht gelaunt schlenderte sie den Gang entlang. Zuerst der Einbruch, dann Bullys Standpauke und jetzt Mancinis Überheblichkeit. Heute war einfach nicht ihr Tag.

Sie ahnte nicht, dass es noch schlimmer kommen würde.

ACHT

Kaum war Nadja in die Kriminalinspektion zurückgekehrt, als es schon an der Tür klopfte. Dr. Maurizio Kattenbach war eher schmächtig, hielt sich in seinem karierten Jackett aber sehr gerade und kam mit energischem Schritt auf den Schreibtisch zu. Erst als Nadja aufstand, um ihm die Hand zu geben, bemerkte sie, wie klein er tatsächlich war. Sie selbst war für eine Frau relativ groß und überragte den Dozenten um fast einen Kopf. Darunter schien sein Selbstbewusstsein jedoch keinesfalls zu leiden. Sein Händedruck war kräftiger als nötig, als er sich vorstellte.

Nadja lehnte sich entspannt zurück, nachdem Dr. Kattenbach auf dem angebotenen Stuhl Platz genommen hatte, und musterte ihn eine Weile. Die meisten Menschen hätte das nervös gemacht, aber er erwiderte ihren Blick ungerührt. Er hatte seltsam grüne Augen mit dichten Brauen darüber. Sein Gesicht war ein wenig hager, wirkte durch den Dreitagebart und die schmalen Lippen aber sehr männlich.

Seine Stimme war ungewöhnlich tief. Nadja spürte es in ihrem Magen kribbeln, als er zu sprechen begann. Sie hatte schon als Kind immer gern dem ruhigen Bass ihres Großvaters zugehört und fühlte sich jetzt daran zurückerinnert. Schnell stellte sie jedoch fest, dass Maurizio Kattenbach mit dem netten älteren Herrn wenig gemein hatte. Im Gegenteil, er schien es direkt darauf anzulegen, sich bei ihr unbeliebt zu machen, denn als Erstes merkte er an, dass er lieber mit einem männlichen Polizisten sprechen wolle.

»Warum denn das, Herr Kattenbach? Zweifeln Sie etwa an meiner Kompetenz?«, fragte Nadja betont freundlich.

»Es ist nun einmal so, dass Männergehirne anders funktionieren als die von Frauen. Ich zweifle also keineswegs an Ihrer Kompetenz, sondern schlicht daran, dass Sie mich verstehen können«, sagte er, ohne eine Miene zu verziehen.

Nadja spürte, wie es in ihr zu brodeln begann. »Das lassen

Sie mal besser meine Sorge sein«, meinte sie knapp, »und jetzt erklären Sie mir bitte, wo Sie sich heute Nacht aufgehalten haben.«

Maurizio Kattenbach seufzte theatralisch und verschränkte die Arme über der Brust. »Die Polizei, dein Freund und Helfer, jaja, Sie können mich ja jetzt schon nicht ausstehen … Aber um es kurz zu machen: Heute Nacht hielt ich mich in meinem Haus auf. Um acht Uhr habe ich die Nachrichten angeschaut und danach Spaghetti aglio e olio gemacht. Wenn Sie ein wenig näher kommen, dann können Sie es vielleicht noch riechen.«

Nadja hob nur eine Augenbraue und sah ihn mit aller Verachtung an, zu der sie fähig war.

Ungerührt fuhr er fort: »Nach dem Essen habe ich den nächstwöchigen Putzplan für meine Haushälterin erstellt und mich dann in die Bibliothek begeben, um mich meiner neusten Errungenschaft zu widmen.«

»Die da wäre?«, fragte die Kommissarin nach.

Er kicherte, was sich mit seiner tiefen Stimme reichlich seltsam anhörte: »Jetzt haben Sie bestimmt gedacht, ich rede von einer Frau, oder? Aber nein, da sind Sie auf dem Holzweg, wie man so schön sagt. Meine neueste Errungenschaft ist eine phantastische Erstausgabe des ›Don Quijote‹ von 1605. Ich habe sie erst kürzlich ersteigert und seitdem mein Herz an sie verloren.«

Nadja konnte sich gut vorstellen, wie er von Büchern und ausgestopften Tieren umgeben über einem alten Roman hockte, der nur noch durch ein paar einzelne Fäden zusammengehalten wurde. Dieser schräge Typ und Mancini wären das absolute Traumpaar. Sie räusperte sich: »Wie lange hat das gedauert? Und was haben Sie danach getan?«

Er begann lang und breit zu erklären, dass ein Buch nicht nur ein Gegenstand sei, den man einfach wieder in die Ecke lege, sondern dass man zu ihm erst eine Beziehung aufbauen müsse, bevor man seine Geheimnisse entschlüsseln könne.

Nadja dachte im Stillen, dass er da sicher wieder eine Parallele zu den Frauen im Allgemeinen sah. Schließlich stellte sich aber doch noch konkret heraus, dass er so gegen halb eins ins Bett gegangen war, und zwar allein.

»Und wie haben Sie sich mit Connie verstanden?«, fragte Nadja unvermittelt.

»Ich fange nichts mit Studentinnen an, falls Sie das andeuten wollen«, sagte er, »das ist schon länger vorbei.«

Nadja beugte sich interessiert vor. »Wollen Sie sagen, dass Sie das früher durchaus praktiziert haben?«

Dr. Kattenbach lehnte sich mit einem nonchalanten Lächeln in seinem Stuhl zurück. »Ich will Ihnen eine Geschichte erzählen. Vor zwei Jahren war ich mit einer jungen Dame verlobt, einer ehemaligen Studentin von mir. Bildhübsch, blitzgescheit und sehr ehrgeizig. Am Abend vor der Hochzeit geriet ich in merkwürdig wehleidige Stimmung, und ich fragte sie: ›Mein Mäuschen, liebst du mich, auch wenn ich alt bin und wahrscheinlich deutlich vor dir sterben werde?‹ Und sie lächelte ihr unnachahmliches Lächeln und antwortete: ›Ob ich dich liebe, obwohl du alt bist? Mein Schatz, ich liebe dich, weil du es bist.‹ Dann lachte sie, als hätte es sich um einen Scherz gehandelt, aber einen kurzen Moment lang habe ich die Gier in ihren Augen gesehen. Daraufhin habe ich ihr sündteures Brautkleid ins Kaminfeuer geworfen. Die Hochzeit wurde natürlich abgesagt. Seitdem investiere ich lieber in einen wöchentlichen Puffbesuch als in eine einzige Frau. Das erscheint mir das ehrlichere Geschäft.« Zufrieden blickte er Nadja an.

»Ein Mann der Tat«, bemerkte sie trocken. »Und seitdem sind Sie nie mehr schwach geworden? Auch bei einem so hübschen Mädchen wie Connie nicht?«

»Gerade bei den hübschen Mädchen nicht. Sie sollten einmal an die Uni kommen und sich das Theater ansehen. Es gibt attraktive Studentinnen zuhauf. Im Sommer spazieren sie mit Miniröcken und durchsichtigen Kleidern durch die Gänge. Und nach der Vorlesung kommen sie nach vorn und fragen den Dozent eine Unmenge dämlicher Fragen, die sie eigentlich einen Scheißdreck interessieren. Zuerst wollen sie nur bessere Noten bekommen. Aber dann wittern sie Geld; Geld und Geschenke und ein Haus mit Swimmingpool und ein Pferdchen mit güldenem Zaumzeug.«

»Und Sie wollen tatsächlich unterstellen, dass alle Frauen so sind?«, fragte Nadja interessiert und angewidert zugleich.

»Alle, ja, absolut alle. Nehmen wir doch Sie als Beispiel. Haben Sie etwa noch nie mit Ihrem Chef geschlafen?«

Nadja starrte ihn an. Einen Moment lang wusste sie nicht, was sie sagen sollte. »Mein Privatleben geht Sie nun wirklich nichts an«, brachte sie schließlich hervor. »Wenn Sie nichts dagegen haben, wenden wir uns wieder dem Mord zu.«

Maurizio Kattenbach lächelte zufrieden. Diese Runde war eindeutig an ihn gegangen.

Nachdem Nadja Kattenbach hinausbegleitet hatte, setzte sie sich erst einmal auf die Stufen vor dem Eingang. Die Sonne schien heiß auf sie hinab, und sie begann bald zu schwitzen, doch sie konnte sich nicht aufraffen, aufzustehen und sich ein schattigeres Plätzchen zu suchen. Das Gespräch hatte sie ausgepowert und wütend gemacht.

»Haben Sie etwa noch nie mit Ihrem Chef geschlafen?« Kattenbachs Worte gingen ihr nicht aus dem Kopf. Sie dachte daran, wie alles angefangen hatte – mit einer unschuldigen Tasse Kaffee.

Nadja und André Krönig waren sich in der Nürnberger Kripo öfters an der Kaffeemaschine begegnet, und jedes Mal hatte sie ihm höflich Milch und Zucker angeboten. Jedes Mal hatte er geantwortet, dass er Schwarztrinker sei. Eines Tages hatte er geseufzt, dass er sich seine Kaffeevorlieben auf die Stirn tätowieren lassen würde, wenn sie ihn noch einmal fragte, denn unglücklicherweise schien sich ihr kriminalistischer Spürsinn nicht auf profane Alltagsdinge zu erstrecken.

Zunächst hatte Nadja sehr kühl reagiert. Sie war sogar ein wenig verletzt gewesen. Es war ihr noch nie leichtgefallen, mit Kritik umzugehen. Doch dann hatte sie das unterdrückte Lächeln in seinen Augen gesehen und ihn zum ersten Mal nicht nur als Kripobeamten, sondern auch als Mann wahrgenommen. Er hatte ihr später erzählt, dass er sich ihr gegenüber damals wie ein dummer Junge gefühlt hatte, obwohl er fünfzehn Jahre älter und noch dazu ihr Chef war.

Zwei Tage später hatte sie ein hübsch eingepacktes und mit rosa Schleifchen verziertes Geschenk auf seinen Tisch gelegt. Darin war eine Tasse mit der Aufschrift »Schwarztrinker« gewesen.

Offensichtlich war sie schnell zu seiner Lieblingstasse avanciert, denn Nadja sah ihn nie wieder aus einer anderen trinken. Sie bot ihm von da an weder Milch noch Zucker an, sondern lächelte nur verschmitzt, wenn sie sich am Kaffeeautomaten trafen. Er hatte es jedoch vermieden, sich direkt bei ihr zu bedanken, denn im Präsidium war immer irgendwo ein Beamter in der Nähe, und der Klatsch unter den Gesetzeshütern war schlimmer als in jedem Seniorenheim.

Nadja wurde aus ihren Gedanken gerissen, als Steffen Neumann aus der Tür trat. Als er Nadja sah, blieb er unschlüssig stehen. »Ich wollte gerade einen kleinen Spaziergang zum Main runter machen«, sagte er dann, »ein bisschen frische Luft schnappen und die Sonne genießen. Wollen Sie mitkommen?«

Ihr war klar, dass er wohl nur aus Höflichkeit fragte, aber ein wenig Ablenkung würde ihr jetzt wahrscheinlich wirklich guttun. Also stand sie auf und klopfte ihre Hose ab. »Sehr gerne«, antwortete sie, »ich kenne hier noch gar keine schönen Plätze zum Pausemachen. Ich habe allerdings nicht besonders viel Zeit, weil ich noch mal zu Connies WG fahren wollte.«

»Der Main ist gleich um die Ecke«, erklärte Neumann.

Sie bogen von der Weißenburgstraße auf die Sedanstraße ab, von wo aus Nadja den Fluss bereits sehen konnte. Nach wenigen Minuten hatte sie einen ruhigen Spazierweg erreicht. Der Main war an dieser Stelle nicht übermäßig breit, floss dafür aber umso idyllischer das dicht mit Bäumen und Büschen bewachsene Ufer entlang. Es sah weit lebendiger aus als die ausgedörrten Grashalme der Wiesen in weiterer Entfernung, deren Wurzeln nicht genug Wasser bekamen.

»Schön hier«, stellte Nadja fest. »Wohin fließt der Main von hier aus?«

Doch Neumann achtete gar nicht auf sie. Er war in einen schnelleren Schritt verfallen, der sich zu einem Laufen steigerte. »Richtung Veitshöchheim«, rief er dann doch noch über die Schulter zurück. »Da ist was im Main!«

Nadja folgte ihm und erblickte den Grund für die plötzliche Eile ihres Kollegen. Im Wasser zappelte und planschte etwas, tauchte auf und wieder unter, wurde weitergetrieben. Nun begann auch Nadja zu rennen. Neumann war schneller. Noch im Laufen hatte er sein Pistolenhalfter abgeschnallt und die Lederweste ausgezogen. Sobald er am Fluss angekommen war, streifte er die Schuhe ab, ohne sich die Mühe zu machen, die Knoten zu lösen, und sprang ins Wasser.

Nadja zog ihr Handy aus der Hosentasche, bereit, Unterstützung anzufordern. Sie musste etwas weiter am Ufer entlangsprinten, um erkennen zu können, was vor sich ging. Ihr Kollege war inzwischen fast in der Mitte des Mains angekommen. Wenige Meter vor ihm strampelte sich ein kleiner Hund verzweifelt ab, um den Kopf über Wasser zu halten. Er schien bereits völlig erschöpft zu sein, denn er tauchte immer wieder unter und schaffte es kaum noch, mit den Pfoten richtige Paddelbewegungen auszuführen.

»Schnell! Sie haben ihn gleich!«, rief Nadja und überlegte, ob sie ihrem Kollegen zu Hilfe kommen sollte. Das Wasser würde jetzt, Anfang September, wahrscheinlich noch relativ warm sein, zumindest hoffte sie das. Doch in diesem Moment hatte Steffen Neumann den Hund erreicht. Wie bei einem menschlichen Ertrinkenden packte er ihn mit dem rechten Arm von hinten, bewahrte ihn davor, unterzugehen, und kam mit kräftigen Zügen zurückgeschwommen.

Nadja suchte das Ufer nach einem langen, kräftigen Stock ab, mit dem sie Neumann helfen konnte, wieder an Land zu kommen. Als sie einmal aufblickte, sah sie zwei nahezu unbewegliche Gestalten, die auf der anderen Mainseite hinter einem Busch knieten und das Geschehen offenbar aufmerksam verfolgten. Als sie sahen, dass Nadja sie entdeckt hatte, sprangen sie auf und rannten über die Wiese davon. Es waren zwei junge Männer, einer trotz der Hitze mit Kapuzenpulli.

»Stehen bleiben!«, rief Nadja vergeblich. Da sie keine Möglichkeit hatte, die beiden zu verfolgen, machte sie mit dem Handy zumindest schnell ein Foto von den Flüchtenden. Dann kniete sie sich in den Uferschlamm, um Neumann eine Hand entgegenstrecken zu können. Er keuchte laut, als er bei ihr anlangte, und hatte offenbar Schwierigkeiten, den Hund festzuhalten, der sich zwar kaum bewegte, aber klägliche Geräusche von sich gab und immer wieder aus Neumanns Arm zu rutschen drohte.

Nadja hielt sich mit einer Hand an einem überhängenden Baum fest und beugte sich zum Wasser hinunter, so weit sie konnte. Sie bekam das Nackenfell des Hundes zu fassen und packte es mit hartem Griff. Sie wusste, dass sie dem Tier in diesem Moment wahrscheinlich Schmerzen zufügte, aber sie musste Neumann die Möglichkeit verschaffen, einen festen Stand am Uferrand zu finden.

Er zog sich an einem Strauch halb aus dem Wasser, verkeilte die Beine zwischen zwei großen Steinen und wandte sich wieder dem Hund zu, dessen Kopf nur von Nadjas Hand gehalten knapp aus dem Wasser ragte. Während er beruhigend auf ihn einsprach, legte Neumann beide Arme um den Körper des Hundes, zog ihn zu sich heran und schob ihn dann mit einigem Ächzen die Böschung hinauf. Nadja nahm das Tier in Empfang und entdeckte zu ihrem Erschrecken, dass jemand zwei Gewichte mit Kabelbindern an den Hinterpfoten befestigt hatte. Kein Wunder, dass es sich kaum über Wasser hatte halten können.

Der Hund lag zitternd auf der Seite und beobachtete Nadja mit großen, angstgeweiteten Augen. Sie fürchtete, dass er sie beißen könnte, wenn sie ihn zu berühren wagte, legte dann aber eine Hand auf seine Flanke und redete ihm beruhigend zu, wie Neumann es zuvor schon getan hatte. Der Kollege war inzwischen zu ihnen getreten. Ohne große Umstände zu machen, kniete er sich in seinen durchweichten Klamotten neben sie und machte sich daran, die Kabelbinder vorsichtig mit seinem Taschenmesser durchzuschneiden. Nadja streichelte den Hund mit gleichmäßigen Bewegungen. Sie hoffte, ihm so die Angst nehmen zu können.

»Was sind das nur für Schweine, die ihm so etwas antun?«, stieß Neumann zwischen zusammengebissenen Zähnen hervor. Man sah ihm deutlich an, wie wütend er war. Zudem klebten seine nassen Kleider an ihm, und die kurzen Haare standen nach allen Seiten ab.

Nadja schilderte ihrem Kollegen, was sie gegenüber im Gebüsch beobachtet hatte.

»Die beiden saßen bestimmt schon länger da in ihrem Versteck und haben zugeschaut, wie der Hund um sein Leben kämpft. Sie haben sich gar nicht bewegt. Erst als ihnen klar wurde, dass ich sie trotzdem bemerkt habe, sind sie abgehauen.«

Steffen hatte die Kabelbinder entfernt und verstaute sie sorgfältig in einer Plastiktüte. »Würdest du sie wiedererkennen?«, fragte er, »dann könnten wir ein Phantombild erstellen.«

Nadja rief das Foto auf ihrem Handy auf. »Leider habe ich nicht viel von ihnen gesehen. Ich würde sagen, sie waren beide normal groß. Einer von ihnen war ziemlich dünn und trug einen Kapuzenpulli. Ich habe sie von hinten geknipst, als sie weggerannt sind.«

Steffen beugte sich zu Nadja hinüber und schirmte das Handy mit der Hand gegen die Sonne ab, damit er auf dem kleinen Bildschirm etwas erkennen konnte. Leider war die Qualität nicht besonders gut. »Ich werde mir das am Computer mal genauer anschauen, vielleicht kann man mit der Bildbearbeitung ja noch ein bisschen tricksen.«

Nadja steckte das Handy wieder ein und stand auf. »Was machen wir jetzt mit dem Hündchen?«, fragte sie ratlos. »Er hat kein Halsband um, also haben wir auch keine Ahnung, wem er gehört. Und vielleicht sollte ihn erst einmal ein Tierarzt durchchecken?«

Neumann holte seine Weste und wickelte den Hund hinein, der das geduldig über sich ergehen ließ. »Wir nehmen ihn erst mal mit zum K1. Dann kann ich von dort einen Tierarzt anrufen. Wahrscheinlich muss er ins Tierheim, wenn er nicht gechipt ist. Das täte mir sehr leid, er ist wirklich ein lieber Kerl. Ich würde ihn ja mit zu uns nach Hause nehmen, aber meine Frau hat leider eine Tierhaarallergie.«

»Besser ins Tierheim als zu Tierquälern«, wandte Nadja ein. »Ob das seine Herrchen waren, die ihm das angetan haben?«

Neumann hob den Hund ohne erkennbare Anstrengung hoch und schlug den Weg Richtung Kriminalpolizeiinspektion ein. Nadja folgte ihm und vermied es, dem Hund in die traurigen braunen Augen zu schauen, die sie über Neumanns Schulter hinweg beobachteten. Seine Schnurrhaare zitterten, als er den Kopf drehte, um Neumanns Arm abzuschlecken. Der Kollege lachte und wuschelte ihm gutmütig durch das nasse Fell. Nadja beobachtete fasziniert, wie fürsorglich er mit dem Tier umging –

eine Eigenschaft, die sie ihrem Witze reißenden und muskulösen Kollegen nicht unbedingt zugeschrieben hätte.

»Ich hoffe, dass das nicht seine Besitzer waren«, nahm er den Gesprächsfaden wieder auf, »wenn doch, haben sie ihn bestimmt schon früher misshandelt. Man kommt ja nicht von heute auf morgen auf die Idee, sein Haustier auf grausamste Art und Weise im Main zu ertränken. Das hätte dann schon eine Vorgeschichte.«

Nadjas Gedanken wanderten zu ihren eigentlichen Ermittlungen. Auch Connies Tod musste eine Vorgeschichte haben. Wie Neumann gesagt hatte, kam man ja nicht plötzlich auf die Idee, jemandem eine Flasche über den Kopf zu schlagen. Gab es vielleicht jemand in Connies Umfeld, der schon einmal gewalttätig geworden war?

Neumann riss sie aus ihren Überlegungen. »Da sind mir die Punks wirklich lieber. Egal, wie dreckig es ihnen geht, um ihre Hunde kümmern sie sich meistens gut. Ich habe schon erlebt, dass die bei Leuten am Bahnhof Geld geschnorrt haben, damit sie eine Dose Hundefutter kaufen können.«

Sie waren am Parkplatz angekommen und gingen auf den Eingang zu. »Zu schade, dass Sie die Kerle nicht genauer gesehen haben. Denen würde ich zu gerne mal auf den Zahn fühlen«, fuhr er fort.

Nach der gemeinsamen Rettungsaktion erschien es Nadja plötzlich unpassend, dass er sie siezte. Natürlich, faktisch war sie seine Vorgesetzte, sie konnte Neumann jetzt nicht so einfach das Du anbieten, das hätte ihm seinen Kollegen gegenüber eine Vorzugsstellung verschafft. Nadja fühlte sich wohl im Würzburger Team und wollte interne Verwicklungen unbedingt vermeiden. Davon hatte sie in Nürnberg schon genug gehabt.

Als sie gefolgt von Neumann, der den Hund noch immer auf den Armen trug, das K1 betrat, sprang Gretchen auf und kam um ihren Schreibtisch herumgelaufen. Sie bestürmte sie mit Fragen und schien sich nicht sicher zu sein, wen sie mehr bedauern sollte, den Hund oder Steffen Neumann, um den sich inzwischen eine Pfütze auf dem Fußboden gebildet hatte. Nadja konnte sie davon überzeugen, dass es allen gut ging, und Gretchen lief davon, um Handtücher und Decken zu holen.

Der Lärm hatte Heideckert aus seinem Büro gelockt. Er bat Neumann schließlich, den Hund abzusetzen. Dann kniete er sich selbst auf den Boden, leuchtete dem Tier mit einer kleinen Taschenlampe an seinem Schlüsselbund in die Augen und zog ihm die Lefzen hoch, um mit sanftem Druck gegen das Zahnfleisch die Durchblutung zu prüfen.

»Der kommt wieder in Ordnung«, stellte er fest und kraulte den Hund hinter den Ohren. »Wir sollten ihm etwas zu trinken geben und ihn auf eine warme Decke legen, wo er sich ausschlafen kann.«

»Seit wann bist du denn unter die Tierärzte gegangen?«, fragte Neumann.

Nadja war froh, dass sie nicht die Einzige war, die nichts von Heideckerts Kenntnissen geahnt hatte. Anscheinend hatte er auch seinen langjährigen Kollegen nie etwas davon erzählt. Aber da er offenbar selten viele Worte machte, war das wohl gar nicht so verwunderlich.

»Ich bin Mitglied beim Arbeiter-Samariter-Bund, da habe ich mal einen Kurs in Erster Hilfe bei Hunden mitgemacht«, erklärte er und stand auf, um wieder in sein Büro zu gehen.

Nadja schaute auf die Uhr. »Tut mir leid, ich muss los. So ereignisreich hatte ich mir die Pause gar nicht vorgestellt, ich muss schauen, dass ich die Zeit wieder reinkriege.«

»Den Hund bringe ich nach Dienstschluss zum Tierarzt. Dann setze ich mich jetzt auch mal wieder über meine Akten. Gretchen wird sich solange um unseren Patienten kümmern, sie ist eine hingebungsvolle Krankenschwester, wenn man sie nur lässt«, meinte Neumann.

Nadja wandte sich zum Gehen. Dann drehte sie sich noch einmal um. »Gute Arbeit, Herr Neumann«, sagte sie.

Peter kehrte gerade vom Besuch bei Mancini zurück, als Nadja im Gang an ihm vorbeistürmte. »Hier war einiges los«, rief sie ihm zu. »Mit Kattenbach bin ich fertig, jetzt fahre ich zur WG und schaue, ob Sophie mittlerweile da ist. Deinen Ersatzautoschlüssel hab ich dabei. Kümmer du dich bitte um Frau Rosa.«

Peter blickte ihr verdutzt hinterher, wollte aber lieber nicht nachfragen, was sie so aufgeregt hatte. Er hatte schon öfter die Erfahrung gemacht, dass man aufgebrachten Frauen besser aus dem Weg ging. Also stieg er gemächlich die Stufen empor und begrüßte Gretchen abermals, die nach wie vor hinter ihrem Empfangstisch saß. Neben ihr lag auf einer Decke ein kleiner Hund undefinierbarer Rasse, der bei Peters Ankunft wachsam den Kopf hob.

Sobald Gretchen Peter erblickte, unterbrach sie ihr eifriges Tippen und sah ihn besorgt an. »Herr Kommissar, Sie sehen ein wenig erschöpft aus. Sie arbeiten ja viel zu viel. Möchten Sie vielleicht ein Stück Schokokuchen? In der Bäckerei ums Eck gibt es ganz frischen, da könnte ich Ihnen ein Stückchen holen.«

Peter lehnte das Angebot dankend ab. Die Mundwinkel der Sekretärin sackten nach unten, als habe er sich geweigert, ihre Lieblingskatze zu streicheln. »Ganz sicher?«, fragte sie noch einmal nach. »Der Kuchen wirkt wahre Wunder, zumindest bringt er mich immer wieder auf die Beine, wenn ich ausgepowert bin.«

Aus irgendeinem Grund errötete sie plötzlich. Peter wagte sich gar nicht vorzustellen, in welchen Situationen sie so ausgepowert war, dass nur ein Stück Schokoladenkuchen sie wieder auf die Beine brachte. »Seit wann haben Sie denn einen Hund?«, fragte er, um sie und sich auf andere Gedanken zu bringen.

»Das ist ein Fundhund«, erklärte Gretchen, »die Frau Oberkommissarin und der Herr Neumann haben ihn aus dem Main gerettet und ihn mir anvertraut. Wir sind schon gute Freunde geworden.«

Sie hatte dem Hund eine Plätzchendose mit frischem Wasser hingestellt und eine Spielzeugmaus neben ihn gelegt. Peter wunderte sich schon fast, dass sie ihn nicht auch noch komplett in Decken gewickelt und Tee für ihn gekocht hatte.

»Sie sind ja eine richtige Hundeflüsterin«, sagte er, womit er Gretchen schon wieder zum Erröten brachte.

Er räusperte sich. »Dann will ich Sie mal nicht länger vom Arbeiten abhalten.« Er nickte ihr noch einmal zu, tätschelte den leicht feuchten Kopf des Hundes und verschwand fluchtartig im Büro, wo eine junge Dame schon auf ihn wartete. Es musste sich um Nathalie Rosa handeln, die letzte Teilnehmerin des Spanisch-Stammtisches am Donnerstag.

Peter war irritiert. Eigentlich sollten sich Privatpersonen nicht unbeaufsichtigt in den Büros der Kripo aufhalten. Schließlich gab es genug Informationen, die nicht in falsche Hände gelangen durften, sei es in die der Presse oder schlimmstenfalls in die des Mörders. Er hatte jetzt jedoch keine Lust, wieder zu Gretchen hinauszugehen und ihr das zu erklären. Er war sich nicht sicher, wie gut sie mit Kritik umgehen konnte, und vor allem mit Kritik von seiner Seite.

Stattdessen fragte er Nathalie Rosa höflich, ob er ihr einen Kaffee oder ein Glas Wasser anbieten könne, was beides dankend abgelehnt wurde. Also setzte er sich hinter den Schreibtisch und ordnete seine Unterlagen. Auf dem Chefsessel fühlte er sich eigentlich sehr wohl, jetzt, wo Nadja nicht da war. Er beschloss, heute einmal durch und durch professionell zu bleiben und seine üblichen Witze und Wortspiele beiseitezulassen. Früh übt sich, was ein Oberkommissar werden will.

Zudem fühlte er sich jetzt deutlich entspannter als bei dem Gespräch mit Julian Kröger. Da hatte er Nadja die Initiative überlassen, wohl wissend, dass er selbst schärfer mit dem Studenten umgegangen wäre. Er war sich nicht sicher, woher diese Aggressivität kam. Vielleicht fühlte er sich an seine eigene Studentenzeit zurückerinnert, und sein damaliges Ich schnitt im Vergleich zu diesem Überflieger denkbar schlecht ab.

Nathalie war während seiner Gedankenspiele ruhig sitzen geblieben. Die Gelassenheit dieser Frau konnte man schon fast stoisch nennen, und dem entsprach auch ihr Aussehen. Den Angaben zufolge war sie erst Anfang dreißig, sah aber eher wie vierzig aus. Vielleicht lag das an ihrem allzu langweiligen Kleidungsstil. Sie war angezogen, als wäre es kühler Spätherbst statt mitten im Sommer, und Peter traute sich zu wetten, dass sie das ganze übrige Jahr genauso herumlief: mit einer Stoffhose, einer ausgewaschenen gestreiften Bluse und einer formlosen Strickjacke darüber, die das Übergewicht nicht verbergen konnte. Ihr Gesicht wäre hübsch gewesen, wenn sie es nicht mit zu viel Make-up in eine starre Maske verwandelt hätte.

Dafür besaß sie aber eine sehr schöne, warme Stimme, die überhaupt nicht zu ihrem Äußeren passte. Hätte Peter die Augen geschlossen und ihr nur zugehört, so wäre vor seinem geistigen Auge das Bild einer jungen Nonne entstanden, die aus einem Gebetbuch vorlas. Und tatsächlich umgab Nathalie Rosa eine merkwürdig unbestimmte Atmosphäre, als sei sie auf dieser Welt gar nicht richtig zu Hause.

Sie erzählte, dass sie als Sozialarbeiterin tätig sei. Ein Job, der viel Verantwortung und eine Menge unschöner Erfahrungen mit sich bringe. Und das in Würzburg, wo man mit so etwas eher nicht rechne. Die Stadt präsentiere sich nach außen hin als gepflegtes Mainidyll voll alter Bauten und braver Bürger. Aber da gebe es auch die andere, die dunkle Seite.

Peter lauschte ihrer ruhigen Erzählung aufmerksam und musste sich zwingen, sie nun zu unterbrechen. Ihre Stimme hatte eine hypnotische Wirkung auf ihn, und er fühlte sich wie im Dschungelbuch Auge in Auge mit der bösen Schlange Kaa.

»Frau Rosa«, begann er, »mit der dunklen Seite Würzburgs haben wir hier natürlich hauptsächlich zu tun. Die ist durch den Mord an Connie nun ja gerade sehr präsent. Haben Sie denn einen Verdacht, wer Connie Lember getötet haben könnte?«

Während Nathalie überlegte, schalt Peter sich insgeheim einen Idioten. Es war einer der ersten Grundsätze der Verhörschule, keine Suggestivfragen zu stellen. Die Zeugen sollten nicht Rätsel raten, sondern Tatsachen aussagen.

Nathalie stellte fest, dass sie absolut keinen Verdacht habe. »Unter meinen Bekannten gibt es keine Mörder!«, sagte sie bestimmt, »und das können Sie mir ruhig glauben. In meinem Job brauche ich gute Menschenkenntnis.«

Peter hatte solche Sätze schon viel zu oft gehört, als dass er sich davon noch hätte beeindrucken lassen. Nie war irgendjemand mit einem Kapitalverbrecher verwandt, bekannt oder befreundet. Man konnte fast meinen, die bösen Jungs lebten in einem Ghetto außerhalb der Stadtmauern und hatten keinerlei Kontakt zu unbescholtenen Bürgern. Seiner Erfahrung nach war es dagegen eher umgekehrt. Die richtig psychotischen Verbrechen wurden meist von Menschen begangen, die in der Gesellschaft durchaus gut dastanden. Von Steuerfachangestellten und Krankenschwestern und Pfadfindergruppenführern. Das war dann zunächst ein Schock für alle, und danach kam das Getuschel auf: »Irgendetwas war an dem schon immer komisch.«, »Der hatte manchmal so einen richtig irren Blick.«, »Also mein Kind habe ich ja nie dorthin gelassen …«

Allerdings mochte der Fall bei Nathalie Rosa tatsächlich anders liegen. Als Sozialarbeiterin war sie wohl kaum eine der üblichen Klatschtanten, deren Intuition gerade einmal dafür reichte, einen Ehekrach bei den Nachbarn zu wittern. Im Gegenteil, Peter hatte großen Respekt vor ihrem Beruf. Er wusste, dass man dabei eine Menge Schmutz zu sehen bekam und einiges aushalten musste. »Erzählen Sie von dem letzten Abend, an dem Sie Connie gesehen haben«, bat er sie.

Die Frau begann, das Geschehene in kurzen Stichpunkten zusammenzufassen. Peter musste sich zusammenreißen, um nicht wieder in den Sog ihrer Stimme zu geraten. Um aufmerksam zu bleiben, schnappte er sich ein Blatt Papier und machte Notizen.

»Wir haben uns wie immer im Theatercafé getroffen. Alle, also Mercedes, Emanuela, Julian, Connie und ich, waren relativ pünktlich, nur Maurizio Kattenbach kam später. Er hatte ein neues Buch dabei, das er uns zeigen wollte. Connie erzählte, dass sie sich wohl etwas eingefangen hätte, sie klagte über Halsschmerzen, und ich riet ihr zu Salbeitee. Wir plauderten alle ein wenig, mal auf Deutsch, mal auf Spanisch, und verbrachten einen ganz netten Abend. Ich bestellte zwischendurch Apfelstrudel mit Schlagsahne, das war sehr lecker. Die streuen dort immer so kleine Krokantstückchen auf den Teig. Das ist sonst eigentlich in Österreich Brauch, hier in Würzburg bekommt man den Apfelstrudel nur im Theatercafé so gut.«

Peter blickte auf. Er fragte sich, ob Nathalie absichtlich auf solchen Nebensächlichkeiten herumritt oder ob sie sich gezwungen fühlte, möglichst detailliert zu berichten. Tatsächlich entfernte sie sich immer weiter vom eigentlichen Thema und erzählte ausschweifend über den Buchladen der Hernandez-Schwestern. Peter lauschte mit gerunzelter Stirn.

Schließlich kam Nathalie wieder zum Ausgangspunkt zurück: »Dann brach Julian als Erster auf, und die Runde löste sich auf. Mein Freund holte mich ab, wir gingen nach Hause und blieben dort den ganzen restlichen Abend, und die Nacht sowieso.« Sie verstummte.

Peter schrieb noch an seinen Notizen, doch Nathalie deutete sein Schweigen offensichtlich als Skepsis. »Wir waren den ganzen Abend daheim«, wiederholte sie, als habe er das bezweifelt.

Er selbst war mittlerweile ziemlich irritiert. Er hatte keine Ahnung, was an Nathalies Aussage nicht stimmte, aber irgendetwas war da dubios. Versuchsweise fragte er: »Mochten Sie Connie eigentlich?«

Nun war sie wieder zu einer einfachen Antwort fähig. Sie bejahte und fügte hinzu, dass Connie immer sehr fröhlich gewesen sei und viel Leben in die Runde gebracht habe.

Das war also nicht der Grund für ihr ausweichendes Verhalten. Peter versuchte sich ins Gedächtnis zu rufen, ab wann Nathalies Bericht auffällig geworden war. Eigentlich erst, als es auf das Ende des Abends zuging. »Sie sind dann also mit Ihrem Freund heimgegangen? Warum hat er Sie abgeholt?«, fragte er.

Nathalie presste die Lippen zusammen. »Eigentlich ist Fernando mein Verlobter«, meinte sie. »Er findet, eine Frau sollte im Dunkeln nicht alleine draußen herumlaufen. Da macht er sich Sorgen. Deshalb holt er mich meistens ab.«

»Dann kennt Fernando also auch Connie?«, schlussfolgerte Peter.

»Nein, nein«, versicherte sie, »sie haben sich höchstens ein- oder zweimal gesehen. Fernando ist ja immer so beschäftigt.« Und sie begann von Fernandos zahlreichen Hobbys und seiner anstrengenden Arbeit zu berichten.

Peter hörte ihr aufmerksam zu, verabschiedete sie dann und begleitete sie noch zur Tür hinaus. Kaum hatte sie die Abteilung verlassen, ging er zu Braun hinüber.

»Überprüfen Sie doch mal den Verlobten von Frau Rosa«, bat er ihn. »Fernando irgendwas, ein Spanier. Sie müssten seinen vollen Namen irgendwo in den Aufzeichnungen finden. Ich denke, mit dem Kerl stimmt etwas nicht, und seine Freundin weiß das ganz genau.«

***

Nadja war ziemlich außer Atem, als sie die Wohnung der Mädchen erreichte. Sie hatte Peters Wagen mehr schlecht als recht in der Gasse geparkt und war dann die vielen Treppen des Mietshauses hochgestürmt. Das Gespräch mit Dr. Kattenbach beschäftigte sie noch immer, und auch die traurigen Augen des Hundes gingen ihr nicht aus dem Kopf. Als sie nun mit gerötetem Gesicht vor der Wohnungstür stand, kam sie sich ein klein wenig albern vor. Die Bewegung hatte dennoch gutgetan. Sie mochte es, wenn sie merkte, dass ihr Körper lebte, arbeitete, atmete. Sie gab sich noch einen Moment, um wieder auf Normalbetrieb herunterzufahren, und setzte sich auf die oberste Treppenstufe.

Was fand Emanuela Hernandez eigentlich an Dr. Kattenbach?, fragte sie sich. Das war ihr während der Fahrt schon ständig durch den Kopf gegangen. Der Mann war arrogant, selbstzufrieden und frauenfeindlich obendrein. Es war ihr klar, dass sie sich trotzdem nicht von ihm provozieren lassen durfte. Unprofessioneller hätte sie sich vorhin gar nicht verhalten können, aber das Problem war, dass sie in derselben Situation wahrscheinlich wieder genauso reagieren würde. Das zeigte ihr, wie tief der Stachel André Krönig saß.

Vor ein paar Monaten hätte sie sich über Maurizio Kattenbachs Ausführungen vielleicht sogar amüsieren können, jetzt dagegen fühlte sie sich irgendwie schuldig, so als wäre sie selbst verantwortlich für die ganze Misere mit Krönig. Was war das nur für ein Mensch, der es fertigbrachte, ihr Selbstbewusstsein derart zu untergraben?

Plötzlich öffnete sich die Tür, ohne dass Nadja geklingelt hätte, und Julia blickte auf sie herunter. »Irgendwie hatte ich das Gefühl, dass jemand draußen steht«, sagte sie nur. »Kommen Sie ruhig herein.«

Sie gingen in die Küche, wo Julia automatisch Teewasser aufsetzte. Es schien ihr Hausmittel für oder gegen alles zu sein. Ausgenommen Müdigkeit, dagegen half dann doch nur Kaffee. Nadja zog sich einen der Holzstühle heraus, und Julia kuschelte sich mit einem großen Kissen in den Armen auf die Eckbank.

»Sophie ist inzwischen nach Hause gekommen. Das heißt, sie war kurz da, ist jetzt aber wieder weg«, sagte Julia.

Nadja fragte ohne große Hoffnung: »Und wissen Sie denn, wo sie diesmal hin ist?«

Genau wusste Julia das nicht, aber sie hatte zumindest eine Vermutung. Sie erzählte, dass Sophie einige Scheiben alten Brotes eingepackt hatte: »Wahrscheinlich ist sie an ihrem Lieblingsplatz, dem Lusamgärtchen, und füttert dort die Vögel.«

Nadja war irritiert. »Sie füttert die Vögel? Warum denn das?« Sie hielt das nicht gerade für eine normale Beschäftigung in diesem Alter.

»Sophie ist eben ein wenig anders als andere Menschen. Sie ist gerne für sich, und den Garten kennen nicht so viele Leute. Da kann man schön sitzen und nachdenken, ohne alle fünf Minuten von einer japanischen Reisegruppe gestört zu werden. Sophie behauptet, dass Walthers Geist dort herumspukt und alle Touristen vertreibt.« Sie lächelte, als sie Nadjas verwirrten Gesichtsausdruck sah.

»Na ja, der gute alte Walther …«, begann sie zu erklären, »Walther von der Vogelweide, ein mittelhochdeutscher Dichter und Sänger. Sein Grab befindet sich angeblich im Garten neben dem Dom.«

Nadja konnte sich vage daran erinnern, dass auch Gretchen Morungen etwas in der Richtung erwähnt hatte. Sie wünschte, sie hätte besser zugehört oder könnte zumindest Peters geschichtliches und literarisches Wissen vorweisen. Aber jetzt musste es eben auch mal ohne gehen.

Sie ließ sich von Julia genau den Weg beschreiben und notierte die wichtigsten Stationen auf einem Schmierzettel mit. Sie hatte keinerlei Lust, sich auch noch zu verirren, wenn sie schon einer Zeugin hinterherlaufen musste. Dann war der Tee fertig. Diesmal gab es »Das Lächeln Asiens«, blumig und zart. Nadja verbrannte sich die Zunge daran und musste mit einem Glas Leitungswasser kühlen.

Derweil plauderte Julia vor sich hin. Sie erzählte von ihrem Studium, ihrer Familie und vor allem von Connie. Sie kannte Connies Lieblingsshampoo, ihren Hass auf zu kleine Kühlschränke, in denen man kaum etwas unterbrachte, und ihre Vorliebe für bunte Bettwäsche. Es gab einen schier unerschöpflichen Vorrat an Dingen, die Connie in Julias Augen besonders liebenswert gemacht hatten, und sich daran zu erinnern war ihre Art, mit dem Tod der Freundin umzugehen.

Nadja konnte sich vorstellen, dass diese Möglichkeit der Trauerbewältigung für andere Menschen ziemlich anstrengend sein konnte. Beispielsweise für Sophie, die Gefühle eher nicht nach draußen ließ und mit einem solchen Schwall an wehmütigen Erinnerungen sicherlich nicht umzugehen wusste. Nadja selbst war ganz froh, nicht antworten zu müssen, da ihre Zunge in einem Glas mit kaltem Wasser steckte.

Schließlich unterbrach sie Julia aber doch: »Ich würde gerne wissen, ob Ihnen an Connie in letzter Zeit etwas aufgefallen ist. Hat sie sich anders benommen als üblich?« Das Gespräch mit Mercedes Hernandez kam ihr immer wieder in den Sinn. Natürlich glaubte Nadja nicht daran, dass Connies Aura sich verfärbt hatte, aber eine Veränderung war vielleicht wirklich in ihr vorgegangen.

Julia runzelte die Stirn und schien kurz zu überlegen. »Ja, da war wohl tatsächlich etwas. Ich glaube, es fing Ende Mai an. Ich kam an einem Abend spät nach Hause und wollte mir noch etwas zu essen machen. Als ich die Küche betrat und das Licht einschaltete, erschrak ich furchtbar, weil Connie im Dunkeln auf dem Boden saß und sich nicht bewegte. Ich setzte mich neben sie und fragte, was los sei. Sie hatte ganz kalte Hände und Füße, aber das schien sie erst zu bemerken, als ich ihr das sagte. Sie wollte nicht mit mir reden. Ich machte ihr deshalb eine Wärmflasche und brachte sie ins Bett, und danach traute ich mich nicht, die Sache noch einmal anzusprechen. Ich dachte, sie habe vielleicht Streit mit David. Er kam auch nicht mehr so häufig zu Besuch wie sonst. Was David anging, war aber eher Sophie ihre Vertraute, sie kannte ihn ja schon länger als Connie selbst.«

Wie war diese Geschichte nun wieder einzuordnen? Von einer glücklichen Beziehung konnte langsam keine Rede mehr sein. »Was halten Sie von David?«, fragte Nadja.

Julia antwortete prompt: »Ich mag ihn sehr. Er ist ein besonderer Mensch, nachdenklich und ernsthaft, aber zu allen freundlich. Zu Connie war er sehr zärtlich. Er hat sie immer mit einem Blick angesehen, als sei sie das Schönste, was er je gesehen hätte. Eine bessere Liebeserklärung kann es ja fast nicht geben. Ich wünschte, das würde mir auch einmal passieren! Aber irgendwie gerate ich immer nur an die schrägen Typen.« Sie seufzte.

Nadja unterdrückte ein Lächeln der Zustimmung. Dieses Gefühl kannte sie nur zu gut. Trotzdem – sie musste sachlich bleiben. »Wenn sie wirklich Streit hatten, wenn Connie vielleicht Schluss machen wollte, dann hätte David doch ein Motiv gehabt, sie umzubringen.«

Sie erwartete heftigen Widerspruch, der aber ausblieb. Julia rührte nervös in ihrem Tee herum, der mittlerweile höchstens noch lauwarm war.

»Trauen Sie ihm das zu?«, fragte Nadja nach.

Julia blickte sie gequält an. »Das ist eine gemeine Frage«, sagte sie, »aber ich weiß, dass Sie sie stellen müssen. Um ehrlich zu sein, ich kann David da einfach nicht einschätzen. Er ist kein jähzorniger Mensch, aber vielleicht ist er zu einer Verzweiflungstat fähig. Er hat doch niemand außer der Musik und Connie.«

Nadja dankte ihr für das Gespräch und verließ die Wohnung. Sie war gespannt, was die zweite Mitbewohnerin zu alldem zu sagen hatte.

Sophie hielt sich tatsächlich in dem kleinen, versteckten Garten auf. Sie saß neben einem grauen Betonsarkophag auf einer Bank und starrte die Tauben an, die vor ihren Füßen hin und her wuselten. Sie musste ihnen Brotkrümel auf den Boden gestreut haben, denn die Vögel pickten emsig auf der Erde herum.

Nadja setzte sich wortlos neben Sophie und sah sich um. Sie fühlte sich wie in einem Märchen, wie an einem verwunschenen Ort. Eigentlich war das Lusamgärtchen nur ein Innenhof, aber es gab drei hohe Tannen, Rasen mit viel Moos zwischen den Grashalmen und nicht zuletzt eine Säulenreihe aus Sandstein, die mit Efeu bewachsen war. Auf dem Grab des Dichters lagen einige halb verwelkte Rosen, die einen intensiven Duft ausströmten.

Sophie hatte auf ihr Erscheinen überhaupt nicht reagiert. Sie kramte nur in ihrer Umhängetasche, nahm ein Stück Toast heraus und zerbröselte es in kleine Stückchen. Dann lockte sie eine besonders hübsche Taube – die ein wenig kleiner als die anderen war, aber schneeweißes Gefieder hatte – zu sich und fütterte sie.

Nadja beobachtete sie konzentriert. »Wenn David eine Taube ist, dann ist Connie ein Schmetterling«, hatte Sophie bei ihrer ersten Begegnung gesagt. Und plötzlich verstand die Kommissarin, warum Sophie mit Connies Tod nicht umgehen konnte.

»Tauben sind Ihre Lieblingsvögel, nicht wahr?«, sagte sie.

Sophie nickte stumm.

»Wie lange sind Sie schon in David verliebt?«

Zuerst schien es, als wolle Sophie dies abstreiten oder gar nicht antworten. Dann plötzlich trat sie mit dem Fuß nach der Taube, die empört in Deckung ging. »Ich kannte ihn doch schon viel länger als sie!«, rief sie.

Nadja hatte den Eindruck, dass Sophie sich einiges von der Seele reden musste, und wollte sie nicht mit Fragen oder Kommentaren unterbrechen.

Tatsächlich fuhr Sophie auch gleich fort: »Wir haben uns von Anfang an einfach wunderbar verstanden. Waren sozusagen völlig auf einer Wellenlänge. Dann nahm ich Connie mit zu einem Konzert. Und plötzlich hatte er nur noch Augen für sie. Er bat mich sogar, eine kleine Feier zu organisieren, damit er sie wiedersehen konnte. Ich habe getan, als würde mich das nicht kränken, als habe ich nur freundschaftliche Gefühle für ihn. Nach einigen Wochen kamen sie tatsächlich zusammen.« Sophie wandte den Blick ab und warf das ganze Toastbrot einfach auf den Boden.

»Da dachte ich noch, dass das niemals gut gehen würde. Connie hatte sich zuvor absolut nicht für Musik interessiert. Sie konnte noch nicht einmal eine Gitarre von einem Bass unterscheiden. Ich verstand nicht, was er an ihr fand. Dass andere Männer was von ihr wollten, okay, aber David? Er ist eigentlich kein oberflächlicher Mensch, der nur darauf schaut, ob eine Frau hübsch ist oder nicht und ob sie die richtigen Maße hat. Ich hätte viel besser zu ihm gepasst. Wir sind uns in manchen Dingen sehr ähnlich, wir teilen die Liebe zur Musik, philosophieren gerne, verstehen uns manchmal blind. Aber sobald Connie da war, war ihm das völlig egal. Kurz nachdem er mich kennenlernte, hatte er einmal gesagt: ›Sophie, du bist wie der Mond. Schön und still und geheimnisvoll.‹« Sophies Lippen zitterten.

»Ich dachte, das sei eine Liebeserklärung, aber dann kam Connie, und Connie war die Sonne. Was kann der Mond schon gegen die Sonne ausrichten?«Sie begann zu weinen. Ihre Tränen liefen das verzweifelte Gesicht, das sonst so gleichmütig und beherrscht wirkte, hinunter und tropften auf den Boden.

Nadja reichte ihr ein Papiertaschentuch und blieb still sitzen, bis Sophie sich ein wenig beruhigt hatte. Sie weinte lange, wahrscheinlich hatte sie diese Gefühle monatelang unterdrückt.

Schließlich rieb sich Sophie über die roten Augen und sagte trotzig: »Sie müssen mich für völlig bescheuert halten. Die Geschichte ist auch einfach zu banal, um gut zu sein: Mädchen verliebt sich in Jungen, Junge verliebt sich in die beste Freundin des Mädchens, die beiden werden ein glückliches Paar, das Mädchen steht allein da und muss auch noch Kupplerin und Beziehungsratgeber spielen.«

»Banalität schützt uns nicht vor Schmerz«, bemerkte Nadja vorsichtig, »egal, wie vielen Menschen so etwas schon passiert ist, es tut jedem aufs Neue weh.«

Sophie zerknüllte das Taschentuch in ihrer Hand. Nadja war der Meinung, dass sie sie jetzt lange genug geschont hatte. »Jetzt ist der Weg frei für Sie, Sophie. Connie ist tot, und David braucht dringend eine Schulter zum Anlehnen. Dadurch werden Sie beide sich sicher wieder näherkommen, und Sie sind am Ziel Ihrer Wünsche.«

Sophie funkelte die Kommissarin wütend an. »Wenn Sie ernsthaft glauben, dass David jetzt etwas mit mir anfängt, dann kennen Sie ihn aber schlecht. Connie war sein Ein und Alles. Er würde sich eher ein Bein abhacken, als mit ihrer Freundin ins Bett zu gehen. Er ist einer von den Männern, die einer verlorenen Liebe ein ganzes Leben lang nachtrauern werden.«

»Das würde ich an Ihrer Stelle jetzt auch sagen«, sagte Nadja kühl. »Aber die Hoffnung stirbt bekanntlich zuletzt. Vielleicht musste Connie ja vor ihr sterben?«

Als Nadja ins Präsidium zurückkehrte, war Nathalie Rosa bereits wieder gegangen.

Dafür wartete Peter mit frisch gekochtem Kaffee und äußerst neugieriger Miene auf sie.

Kurt Heideckert, Steffen Neumann in getrocknetem Zustand und Maximilian Braun waren ebenfalls anwesend, sodass Nadja gleich allen von Dr. Kattenbachs speziellem Sinn für Humor und ihrem Treffen mit Julia und Sophie berichten konnte.

Kaum hatte Peter die neuesten Enthüllungen vernommen, triumphierte er: »Ich habe es ja gleich gesagt! Diese Sophie war mir von Anfang an suspekt, und sie hat ein astreines Motiv.«

»Moment mal«, unterbrach Nadja ihn belustigt, »dein Favorit war David, und seit heute Morgen verdächtigst du Julian Kröger vom Spanisch-Stammtisch. Die Mitbewohnerin war meine Kandidatin.«

»Vielleicht haben sie sich ja alle zusammengetan«, bemerkte Neumann grinsend.

»Leute, wir sind hier nicht in einem Agatha-Christie-Krimi!«, rief Nadja fassungslos. »Wir spekulieren nicht, sondern ermitteln, und zwar so lange, bis wir den Mörder gefunden haben. Das ist schon schwer genug, da brauchen wir zusätzlich nicht noch haltlose Verschwörungstheorien.«

Die Würzburger Kollegen zogen nach dieser Schelte sichtlich die Köpfe ein. Peter dagegen war es gewohnt, dass seine Vorgesetzte ab und zu ein wenig lauter wurde, und schaufelte ungerührt Zucker in seinen Kaffee.

Genüsslich schlürfend meinte er: »Du hast natürlich recht. Es glaubt doch keiner wirklich an eine mörderische Studenten-Clique. Aber Sophie ist bisher die Einzige, die ein handfestes Motiv hat. Für alle anderen scheint Connie ja sozusagen ein wahrer Engel gewesen zu sein. Ein Wunder, dass sie noch keiner heiliggesprochen hat. Vielleicht ist ein Mord aus Eifersucht ja tatsächlich die plausibelste Erklärung.«

»Du vergisst, dass Sophie bis spät abends mit Julia zusammen war«, wandte Nadja ein. »Das haut zeitlich nicht hin.«

Zu fünft saßen sie einige Minuten auf ihren Drehstühlen und dachten nach. Schließlich löste Nadja die Runde auf, da sich die

Gedanken sowieso nur im Kreis drehten. Neumann erhob sich als Letzter. Nadja hielt ihm einladend die Tür auf.

»Eines will mir nicht aus dem Kopf«, bemerkte er, »etwas, das Peter grade gesagt hat. Es *scheint* so, als sei sie ein wahrer Engel gewesen. Vielleicht müssen wir den schwarzen Fleck auf ihrer ach so weißen Weste finden.«

***

Der schwarze Fleck auf Connies weißer Weste beschäftigte Nadja noch, als sie nach Feierabend zu Peter in den Wagen stieg. Damit alles seinen gewohnten Gang ging, saß ihr Kollege nun wieder auf dem Fahrersitz und tätschelte glücklich Lenkrad und Schaltknüppel. Zuvor war er um das Auto herumgegangen, um es nach Kratzern oder Beulen abzusuchen. Anscheinend hatte es ihn beunruhigt, das Gefährt in Nadjas alleiniger Obhut zu wissen.

Männer, dachte Nadja nur und erlaubte sich, leicht die Augen zu verdrehen. Sie enthielt sich um des lieben Friedens willen jedoch jeden Kommentars. Schließlich war sie ja froh, dass Peter immer die lästige Fahrerei übernahm.

Als sie am Kloster angekommen waren und gemeinsam auf das Eingangstor zuschritten, dachte Nadja bereits über den nächsten Tag nach. »Morgen komme ich also in den Genuss von Lars Naukes Gesellschaft. Bringt er eigentlich bei jeder Frau solche Sprüche, oder denkst du, er hat wirklich ein Faible für mich?«

Peter sah sie von der Seite an und sagte trocken: »Du bist weiblich, ergo hat er wirklich ein Faible für dich!«

Nadja lachte und behielt ihren weiteren Gedanken für sich: Am nächsten Tag würde sie nicht nur Nauke, sondern auch Krönig wiedertreffen. Und warum der sie mochte, das war eine Frage, auf die sie die Antwort lieber gar nicht wissen wollte.

NEUN

Eine Leiche ist nicht immer einfach eine Leiche. Es gibt schöne und hässliche, junge und alte, frische und halb zerfallene Leichen. Aber für Professor Dr. Lars Nauke gab es vor allem sympathische und unsympathische Leichen. Und falls er einen Toten unsympathisch fand, ließ er die Säge durchaus mit einer Spur mehr Befriedigung aufheulen, wenn er den Schädel öffnete.

Während der Autopsie ließ er die Toten zu Wort kommen. Gewicht und Größe, Figur und Allgemeinzustand waren nur der Rahmen. Interessanter fand er Details wie abgekaute Nägel und Hornhaut an der Handinnenseite. Sie konnten eine Geschichte erzählen, und Lars Nauke war ein aufmerksamer Zuhörer.

Erst vor einigen Wochen hatte er einen jungen Mann vor sich gehabt, der absolut nichts Besonderes an sich hatte. Er war schlank, aber nicht zu schlank, klein, aber nicht zu klein gewesen und die Kugel in seiner Brust merkwürdig unpassend. Ein Suchbild, überschrieben mit »Finde den Fehler«. Nauke hatte ihn gewissenhaft untersucht, wie er es immer tat, und war schon fast am Ende angekommen, als er es bemerkte: Das rechte Ohr des Mannes stand ein kleines bisschen weiter ab als das linke. Sicherlich war es im Alltag kaum aufgefallen, denn man musste schon sehr genau hinschauen, um den Unterschied zu bemerken.

Lars Nauke hatte genau hingeschaut. Er hatte nachgemessen und war auf einen Krümmungsunterschied von lächerlichen sieben Grad gekommen. Mit dem Fall an sich hatte das zwar überhaupt nichts zu tun, aber es hatte seine Sympathie geweckt. Plötzlich fand er es traurig, dass dieser Mann nicht mehr durch die Fußgängerzone laufen oder seinem Fußballverein zujubeln konnte. Also nahm er seine Arbeit mit doppeltem Eifer wieder auf, denn jetzt war es ihm von größter Wichtigkeit erschienen, dass der Täter gefasst wurde. Er brütete stundenlang über einer kaum sichtbaren Narbe an der Innenseite des Oberarmes seiner Leiche und kam schließlich zu dem Schluss, dass es sich dabei um einen gut verheilten Streifschuss handeln konnte. Der zuständige Kommissar hatte seinen Hinweis ernst und bald darauf den Cousin des Toten festgenommen. Dieser gab zu, schon in früheren Jahren zweimal im Drogenrausch auf seinen Verwandten geschossen zu haben, und beim dritten Mal hatte er nun getroffen.

Nauke war über den Abschluss des Falls zwar nicht besonders glücklich gewesen – er hatte auf eine spektakulärere Auflösung gehofft –, aber die Sache hatte ihn zumindest daran erinnert, warum er diesen Beruf gewählt hatte. Es gab schließlich immer wieder interessante und sympathische Leichen, und Connie Lember war eine davon.

Sie liegt da wie ein schlafendes Dornröschen nach der Chemotherapie, dachte er und versuchte sich daran zu erinnern, wie Connies Haare ausgesehen hatten, bevor sie zur Untersuchung der Kopfwunde rasiert worden war. Die Tatortinspektion schien schon eine Ewigkeit her zu sein. Sicherlich war sie blond gewesen, das würde sehr gut zu der zarten Haut und den rosafarbenen Lippen passen.

Er fragte sich, ob der Vergleich mit dem Märchen nicht ein wenig unpassend war. Schließlich wurde Dornröschen wachgeküsst, und mit diesem Job wollte Lars Nauke nun absolut nichts zu tun haben. Er war zwar ein begnadeter Küsser, aber hier hätten selbst Casanovas Künste nichts mehr ausrichten können. Ganz abgesehen davon war die Vorstellung entschieden ekelerregend. Er hatte vielleicht ausgefallene erotische Vorlieben, aber tote Menschen gehörten glücklicherweise nicht dazu.

Der Professor räusperte sich und freute sich zum wiederholten Male, dass Kommissar Heideckert, der mit Abstand am häufigsten während der Obduktionen zugegen war, sich immer voll und ganz auf die medizinischen Aspekte konzentrierte. Auch heute beäugte er Connie Lembers Körper sehr genau und ließ sich trotz des doch sehr speziellen Leichengeruchs nicht davon abhalten, so nah wie möglich am Stahltisch zu stehen. Er hatte gar nicht wahrgenommen, dass Naukes Gedanken abgeschweift waren.

Der Gerichtsmediziner und sein Assistent begannen mit der Obduktion. Nauke sprach nach jedem Untersuchungsschritt einige Bemerkungen in sein Diktiergerät und beantwortete gut gelaunt Heideckerts Fragen. Dieser machte sich sorgfältig Notizen und warf bisweilen begehrliche Blicke auf die neben der Leiche fein säuberlich angeordnete Schar von Skalpellen, Pinzetten und Sägen. Nauke hatte mit einem seiner Assistenten eine Wette am Laufen, wann der Kommissar ihn fragen würde, ob er auch einmal selbst Hand anlegen durfte. Doch heute schien er es noch nicht zu wagen.

Während einer kurzen Pause überlegte Nauke, ob er auch alle Zutaten für die Schokoladeneclairs zu Hause hatte. Schließlich hatte er sie seiner Lieblingskommissarin bereits versprochen. Er wusste, dass sie solchen selbst gemachten Köstlichkeiten nicht widerstehen konnte. Nadja Gontscharowa war schon eine besondere Frau ... schön, humorvoll und unglaublich kompliziert. Sie sah aus, wie Nauke sich als Kind eine Amazonenkönigin vorgestellt hatte.

Das lag nicht zuletzt an ihren Augen, die ein wenig mandelförmig waren, was ihre slawische Herkunft verriet, und eine unglaublich eisgraue Farbe besaßen. Sie hatte ein ovales Gesicht mit auffallenden Wangenknochen und – für eine Polizistin ungewöhnlich – lange braune Haare, die bis zur Brust reichten und die sie auf eine merkwürdig altmodische Art nach hinten geflochten trug.

Er verbrachte gern Zeit mit ihr, aber er wusste auch, dass es mit ihnen beiden wohl niemals funktionieren würde. Niemand kam an die Schneekönigin Nadja heran.

Vielleicht stand sie ja gar nicht auf Männer. Das war ein interessanter neuer Gedanke. Er sollte sie am nächsten Tag dringend einmal danach fragen. Die Vorstellung, wie ihre Augenbrauen bei dieser Frage überrascht nach oben zucken würden, erheiterte ihn. Vielleicht würden ihre grauen Pupillen auch tödliche Pfeile auf ihn abschießen, und sein durchbohrter Körper würde auf seinem eigenen Obduktionstisch landen. Oder aber die Kommissarin würde einfach lachen und ihm einen Lesbenporno zu Weihnachten schenken. Das entspräche ihrem Sinn für Humor. Ach ja, das Leben war spannend.

Gut gelaunt stimmte er ein altes nordisches Fischerlied an: »Lütt Dern, komm man röver, lütt Dern, sei nit bös ...« Ah, mit Musik machte die Arbeit gleich noch viel mehr Spaß! Fröhlich vor sich hin summend, öffnete er mit dem Skalpell Connies Bauchraum und begann, die Organe zu untersuchen und abzuwiegen. Alles in Ordnung. Das Mädel hatte bestens ausgebildete Lungenflügel, ein hübsches feines Herzchen und eine voll funktionsfähige Leber. Sie hätte hundert Jahre alt werden können. Wenn da nicht ein Mörder mit einer Weinflasche gewesen wäre …

***

Am Tag darauf saß Nadja früh im Zug nach Nürnberg. In ihrem Rucksack steckte ein angeblich hoch spannender Krimi, aber sie hatte keine Lust auf Lesen. Sie hatte auch keine Lust, Musik zu hören oder die Menschen um sich herum zu beobachten. Stattdessen lehnte sie mit dem Kopf an der kühlen Fensterscheibe und sah Wiesen und Straßen und auch die eine oder andere Kuh an sich vorbeifliegen. Sie mochte es, mit Bus oder Bahn zu fahren, auch wenn sie dabei oft ein wenig traurig wurde. Gedanken, die sie sonst gern beiseiteschob, kamen ihr dann in den Sinn. Aber unterwegs war man frei – man hatte einen Ort schon verlassen und war an einem anderen noch nicht angekommen. Sie befand sich praktisch im Niemandsland.

Nadja blickte auf die Uhr. Es war halb neun, sie hatte also noch gute zwanzig Minuten, um sich seelisch auf das Kommende vorzubereiten. Nervös zupfte sie ihren Rock zurecht, den einzigen, den sie in Würzburg dabeigehabt hatte. Natürlich war es Blödsinn, solche Sorgfalt anzuwenden, schließlich fuhr sie zu keinem Date. Sie fuhr nur zu ihrem ehemaligen Arbeitsplatz, um ihrem ehemaligen Chef Bericht über den Fortgang der Ermittlungen zu erstatten – obwohl ihn die Sache eigentlich gar nichts anging.

Nadja überlegte, ob sie die unnötige Besprechung hätte verweigern sollen. Sie hatte Distanz gewollt, verhielt sich aber nicht entsprechend. Und das, obwohl sie ganz genau wusste, dass Krönig ein Mistkerl war. Einer von der ganz hinterhältigen Sorte, die nach Prinz aussehen und sich anfangs auch so verhalten. Anfangs! Da waren ihr Männer, die gleich zu Beginn ihre schlechten Eigenschaften präsentierten, lieber.

Nadja nahm ihre Beine noch einmal in Augenschein, ob sie

auch gründlich rasiert waren. Natürlich keinesfalls, weil sie ihrem Chef gefallen wollte. Nein, er sollte nur sehen, was ihm eigentlich entging. Der Zug fuhr in den Nürnberger Hauptbahnhof ein, und sie stellte sich in die Schlange, die sich schon vor der nächsten Zugtür gebildet hatte, um dem allgemeinen Gewimmel schnell entkommen zu können.

Während sie nervös von einem Bein auf das andere trat, begutachtete sie ihre Erscheinung in der Spiegelung des Zugfensters. Im Vergleich zu den anderen Passagieren wirkte sie sehr sportlich und auch ein wenig exotisch. Die ausgeprägten Wangenknochen waren heute durch einen Hauch Rouge besonders betont. Darüber blickten graue Augen kühl über die Köpfe der Anwesenden hinweg. Ihre Haare hatte sie frisiert wie immer, an den Schläfen beginnend nach hinten geflochten und dann zusammengebunden. Mit dem schwarzen Seidentop und ihrem Bleistiftrock hätte man sie leicht für eine Geschäftsfrau auf dem Weg zum nächsten Termin halten können. In gewisser Weise war sie das ja auch. »Mord ist mein Geschäft, Liebling«, hieß so nicht dieser bekannte Kinofilm?

Sie stieg aus, kaufte sich beim Bäcker eine Butterbreze und sprang kauend in die nächste Straßenbahn. Schneller als ihr lieb war, kam sie am Präsidium an.

Heute nahm Nadja den Aufzug, denn in Krönigs Büro würde sie auch ohne vorherigen Treppensprint schon genug ins Schwitzen kommen. Vorher bog sie noch einmal in die Damentoilette ab, um zu überprüfen, ob sie nicht etwa Essensreste zwischen den Zähnen hatte. Der Spiegel dort war zuverlässiger als das Zugfenster, aber auch unbarmherziger. Ungewohnt blass sah sie aus, mit Schatten unter den Augen. Daran konnte sie jetzt nicht mehr viel ändern. Sie kniff sich fest in die Wangen und erzielte damit nur den Ansatz einer fiebrigen Röte, als wäre sie krank vor Liebeskummer.

Resigniert schritt Nadja auf André Krönigs Zimmer zu und klopfte an die Tür. Als sie seine dunkle Stimme durch das Holz hörte, hätte sie am liebsten auf dem Absatz kehrtgemacht. Die andere Möglichkeit war, hineinzustürmen, ihn von seinem Stuhl zu zerren und über ihn herzufallen.

Nadja tat nichts dergleichen. Sie öffnete die Tür, schloss sie hinter sich wieder und begrüßte ihn mit einem schlichten »Guten Morgen, Dr. Krönig«.

Er hatte ihr erwartungsvoll entgegengeblickt. Bei ihrem formellen Gruß erschlaffte sein Lächeln sichtlich. Er räusperte sich: »Wir waren schon beim Du angelangt.«

Nadja hob nur leicht die Schultern und blieb schweigend vor dem Schreibtisch stehen, bis er auf einen Stuhl zeigte und sagte: »Setz dich doch bitte. Was gibt es Neues? Möchtest du von deinem Fall erzählen? Ich habe gehört, dass Bär dich die Ermittlungen leiten lässt?«

Unter seinem fragenden Blick schlug Nadja die Beine fest übereinander, holte ihr Notizbuch hervor und begann den Verlauf der Ermittlungen zu erläutern. Krönig fragte mehrmals nach, wenn er Genaueres wissen wollte oder nicht ganz sicher war, ob er richtig verstanden hatte. Als die Sprache auf den nächtlichen Einbruch in die WG der Mädchen kam, lehnte er sich interessiert vor. »Hast du darüber nachgedacht, Personenschutz für Julia anzufordern?«, fragte er.

Nadja hatte sein Engagement für ihre Fälle immer als sehr angenehm gefunden. Auch jetzt registrierte sie, dass er sich den Namen von Connies Mitbewohnerin gemerkt hatte. Ihr ehemaliger Chef war zweifellos ein guter Zuhörer. Es würde sich zeigen, ob sie mit Bär ebenso gut zurechtkam.

»Ich halte das momentan nicht für nötig«, antwortete sie nach kurzem Nachdenken. »Der Täter hatte es wohl nicht primär auf das Mädchen abgesehen, sonst hätte er sie sofort angegriffen und nicht erst Connies Zimmer durchsucht.«

Krönig nickte und forderte sie auf, weiterzuerzählen. Als sie die letzten Ergebnisse zusammenfasste, unterbrach er sie noch einmal: »Sophie Mengo hat also ein eindeutiges Motiv. Sie ist seit Langem in David verliebt und hatte ständig sein Liebesglück mit Connie vor Augen. So wie du sie beschreibst, ist sie eine sehr intelligente und beherrschte Persönlichkeit. Die Möglichkeit besteht, dass sich irgendwann zu viel Wut oder Eifersucht in ihr angestaut hatte und sie nicht anders konnte, als die Person zu beseitigen, die ihrer Zukunft mit David im Weg stand. Der

Einbruch in ihre eigene Wohnung könnte dann durchaus ein schlaues kleines Ablenkungsmanöver gewesen sein. Die Frage ist doch, warum der nächtliche Besucher überhaupt versuchte, Julias Tür einzutreten. Er hätte problemlos ohne besonderes Aufsehen entkommen können. Vielleicht wollte er absichtlich keinen Zweifel daran lassen, dass er da war.«

Nadja musste ihm in allen Punkten recht geben. Dennoch kam ihr diese Lösung zu einfach vor. Wenn Connie vergiftet oder auf die Straße gestoßen und überfahren worden wäre, würde sie an dem Verdacht gegen Sophie festhalten. Einen Mord so zu inszenieren, dass er nach einem Unfall aussah, würde sie ihr durchaus zutrauen. Aber nicht eine profane Flasche über den Kopf, mochte sie auch noch so edlen Wein enthalten haben. Das schien ihr einfach nicht der Stil der Studentin zu sein.

Nadja fuhr fort, auch die anderen Personen, die in den Fall verwickelt waren, noch einmal ausführlicher zu charakterisieren. Als sie geendet hatte, trat eine beklommene Stille ein. Nadja starrte auf ihre Knie, sie wollte Krönig um keinen Preis der Welt in die Augen sehen müssen. Über die Arbeit zu reden war einfacher als gedacht, aber jetzt war ihr Material aufgebraucht. Sie konnte sich nicht mehr hinter ihren Notizen verstecken.

»Nadja?«, sagte Krönig. Fragend, mit ganz leiser Stimme.

Sie merkte zu ihrem Entsetzen, dass ihr Tränen in die Augen traten. »Lassen Sie das bitte«, stieß sie gepresst hervor. »Ich bin hier, weil Sie darum gebeten haben und es auffällig gewesen wäre, wenn ich mich geweigert hätte. Aber jetzt würde ich gern gehen.

»Warum?«, fragte er.

»Warum? Ist die Frage ernst gemeint?«, brauste sie auf. Es war ihr plötzlich egal, was er von ihr dachte. Sie sprang auf und blickte auf ihren ehemaligen Chef in seinem lächerlichen rückenfreundlichen Drehstuhl hinab.

»Ich war unglaublich naiv und dumm! Ich habe dich verdammt gerne gemocht, wollte in deiner Nähe sein, dich besser kennenlernen. Ich habe dir vertraut, so sehr, dass ich mit dir geschlafen habe. Und dann plötzlich die kalte Dusche. Weißt du, was ich gedacht habe, als ich die tote Connie im Park liegen sah? Ich dachte, sie hätte sich besser auf keinen Mann eingelassen. Aber eigentlich habe ich mich damit gemeint. Wenn ich mich nicht auf dich eingelassen hätte, dann könnte ich jetzt weiterhin Respekt vor dir haben, ich könnte dich vielleicht sogar mögen und weiter hier mit dir zusammenarbeiten. Du hättest deinen Schmutz ausleben können, wie es dir gefällt. Aber ohne mich, du hättest mich da nicht mit reinziehen dürfen! Und jetzt, wo ich alles unternommen habe, um von hier wegzukommen, jetzt fällt dir nichts Besseres ein, als dir ein dämliches Kooperationskonzept auszudenken und mir wieder auf die Pelle zu rücken. Ganz nebenbei hast du es auch noch geschafft, meine neue Chefin gegen mich aufzubringen. Du bist mit Abstand der größte Fehler, den ich je begangen habe. Halt dich gefälligst aus meinem Leben raus!«

Schwer atmend stand Nadja vor dem Schreibtisch. Am liebsten hätte sie mit einem Tritt das Möbel zertrümmert, wie sie es im Kampfsport gelernt hatte. Aber Krönig sah auch so schon erschrocken genug aus. Er war ganz bleich und sichtlich bemüht, die Fassung zu wahren.

»Nadja, es tut mir wirklich leid, ich kann mich nur entschuldigen«, brachte er schließlich heraus. »Ich habe einen Fehler gemacht, das weiß ich. Ich bin nicht perfekt«, sagte er mit bittendem Gesichtsausdruck.

Nadja schnappte ihr Notizbuch und den Rucksack und ging zur Bürotür. Dort drehte sie sich noch einmal um. »Herr Dr. Krönig, Sie sind nicht nur nicht perfekt, Sie sind ein Schwein«, sagte sie kalt und knallte die Tür hinter sich zu.

Lars Nauke war zwar auch nicht perfekt, aber zumindest kein Schwein. Deshalb freute Nadja sich darauf, den leicht verschrobenen Gerichtsmediziner wiederzusehen.

Sie fühlte sich merkwürdig, gleichzeitig hochgestimmt und total deprimiert. Die Konfrontation mit Krönig war schon länger nötig gewesen, und sie war froh, dass sie sich diesmal nicht zurückgehalten hatte. Jetzt konnte sie sich das erlauben, ohne ihre Karriere zu gefährden. Sie wagte gar nicht sich vorzustellen, wie sich ihr Arbeitsverhältnis in Zukunft gestaltet hätte, wenn sie in Nürnberg geblieben wäre.

Nach einem kurzen Abstecher in ein Fast-Food-Restaurant machte sie sich auf den Weg zu ihrer Wohnung, um einige Kleidungsstücke zusammenzupacken und sich um die weitere Unterbringung ihres Katers zu kümmern. Er war sehr eifersüchtig und würde es sicherlich nicht gern sehen, dass sie nach einem nur kurzen Besuch gleich wieder ging. Aber auf die Gefühle von Jack the Ripper konnte sie jetzt keine Rücksicht nehmen. Sie würde ihm bald eine tolle neue Spielzeugmaus kaufen. Wenn mit anderen Männern nur auch so leicht umzugehen wäre.

***

Für Peter hatte der Vormittag ganz entspannt begonnen. Er hatte sich den Luxus gegönnt, einmal wieder bis halb neun zu schlafen, und sich dann in den Speisesaal begeben, um sich für den Tag zu rüsten.

Während er behaglich zurückgelehnt seinen Kaffee trank, blickte er sich um. Das Gästehaus des Klosters Himmelspforten war sehr modern eingerichtet, neben großen Fenstern hing zeitgenössische Kunst an den weiß verputzten Wänden. Es war kaum vorstellbar, dass die Ursprünge der Bauten bis ins 13. Jahrhundert zurückreichten. Peter war noch nicht in vielen Klöstern zu Gast gewesen, hatte sich das Ambiente aber ganz anders vorgestellt: düster, zugig und mit ein klein wenig mehr mittelalterlichem Charme. Den fand er hier nur in Form einer alten Mauer, die das ganze Gelände umschloss.

Er fragte sich, ob die Mauer ursprünglich dafür vorgesehen gewesen war, Eindringlinge draußen oder die Zisterzienserinnen drinnen zu halten. Sobald sich die Tore einmal hinter den Frauen geschlossen hatten, hatten die Chancen wohl schlecht gestanden, ihrem Nonnendasein noch einmal zu entkommen. Andererseits waren sie vielleicht sehr glücklich gewesen. So ganz ohne Männer, das ersparte schon einiges an Stress und Aufregung. Rebekka würde ihm da sicher zustimmen.

Sein Grinsen erstarb, als er daran dachte, dass er seine Frau gestern Abend wieder nicht angerufen hatte. Schnell wählte er ihre Nummer, doch das Telefon tutete sinnlos in sein Ohr. Anscheinend war sie gerade beschäftigt. Das war um diese Zeit eher ungewöhnlich. Peter nahm sich vor, es später noch einmal zu versuchen. Er verputzte die Reste seines opulenten Frühstücks und machte sich auf den Weg in die Innenstadt. Er würde den Vormittag im K1 verbringen, bevor er zu den Lembers nach Ochsenfurt fuhr. Den Weg kannte er inzwischen.

Im Kommissariat empfing ihn ungewohntes Schweigen. Gretchens Platz am Empfang war leer, und fast schon vermisste er ihren überschwänglichen Guten-Morgen-Gruß. Dafür ging es im Büro der beiden Würzburger Kommissare umso ausgelassener zu. Maximilian Braun hatte die Schuhe ausgezogen und seine Beine auf dem Schreibtisch abgelegt, Kollege Neumann stand mit einer Tüte voll Donuts schmatzend am Fenster und verteilte zuckerglasierte Krümel um sich herum. Als Peter die Tür öffnete, waren beide zusammengeschreckt, und Steffen Neumann versuchte, die Bäckertüte hinter seinem Rücken zu verstecken. Sie atmeten erleichtert auf, als sie erkannten, wer da vor ihnen stand.

»Gibt's hier was zu feiern?«, fragte Peter.

Braun und Neumann tauschten einen verschwörerischen Blick, und Braun, der jüngere der beiden Kommissare, erklärte: »Heute sind doch die beiden Mädels aus dem Haus. Frau Gontscharowa ist in Nürnberg, und Gretchen hat freigenommen, weil ihre Großtante dritten Grades Geburtstag feiert. Da dachten wir, machen wir es mal auf Männerart.«

Peter grinste still in sich hinein. Die beiden Polizisten schienen sich mit Donuts und Füßen auf dem Tisch höchst anarchistisch vorzukommen, und er wollte ihnen den Spaß nicht verderben. »Soso, Gentlemen, dann wollen wir die Sache mal von der männlichen Seite angehen. Der heutige Tag steht unter dem Motto: Fußball, Bier und Schweinebraten!«

Neumann und Braun blickten ihn verdutzt an. »Wir haben eine Menge zu tun«, sagte der eine. »Da ist keine Zeit für so was«, bedauerte der Zweite.

»Ich meine natürlich nach Feierabend«, versicherte Peter rasch.

Neumann zog die Stirn in Falten. »Meine Frau hat mich gebeten, heute pünktlich nach Hause zu kommen«, meinte er.

Braun fügte hinzu: »Ich kann leider auch nicht, habe noch einen Termin beim Chiropraktiker.«

Peter schüttelte nur lachend den Kopf. Auch die beiden Kommissare begannen zu grinsen, als ihnen ihre Rolle als Pantoffelhelden bewusst wurde. »Nun ja, vielleicht sind wir nicht herausragend männlich, aber dafür gute Polizisten«, sagte Neumann grinsend. Er ging um den Schreibtisch herum und hielt Peter einen Plastikbeutel unter die Nase. Darin befanden sich durchgeschnittene schwarze Kabelbinder.

»Was wollen Sie damit?«, fragte Peter. Da Connie nicht gefesselt gewesen war, konnte es wohl nichts mit ihrem Fall zu tun haben.

»Sie haben doch bestimmt gehört, dass Frau Gontscharowa und ich den Hund aus dem Main gezogen haben.«

»Oh ja«, sagte Peter. Nadja hatte ihm von Neumanns heldenhaftem Einsatz erzählt. Mit dem donutverschlingenden Kommissar, der jetzt vor Peter stand, schien der Steffen Neumann aus ihrem Bericht aber wenig gemein zu haben.

»Ich habe den Hund nach Dienstschluss tatsächlich noch zum Tierarzt und danach zum Tierheim gebracht. Er war leider nicht gechipt und nirgends als vermisst gemeldet, sodass wir keine Chance hatten, den Halter zu ermitteln«, fuhr Neumann fort.

»Wäre ja auch zu blöd von den beiden Männern gewesen, ihren Hund erst zu ertränken und dann als vermisst zu melden, sodass man die Spur direkt zu ihnen verfolgen kann«, kommentierte Peter.

»Wenn der Hund ihnen überhaupt gehört hat«, schränkte Neumann ein. »Aber ich habe mich wegen der Kabelbinder schlaugemacht. Die werden vor allem in der Industrie, zum Beispiel im Maschinenbau oder Anlagenbau, eingesetzt. Momentan versuche ich rauszufinden, welche Firmen in Würzburg diese Marke verwenden.«

Neumann schien von seinem Plan sehr überzeugt zu sein, Peter war dagegen eher skeptisch. »Der Hund ist doch jetzt in Sicherheit. Sie könnten die Sache ans zuständige Kommissariat abgeben«, schlug er vor.

»Auf keinen Fall«, sagte Neumann. »Diese Schweine knöpfe ich mir selbst vor! Der Tierarzt hat gesagt, dass der Hund wahrscheinlich über längere Zeit hinweg misshandelt worden ist. Er hat sogar Brandnarben am Bauch.«

Peter fragte sich, was Nadja zu der Sache sagen würde. »Einen offiziellen Ermittlungsauftrag werden Sie dafür nicht kriegen. Aber wenn Sie so nebenbei ein paar Nachforschungen anstellen, wird Ihnen wahrscheinlich keiner einen Strick draus drehen.«

»Steffen kann außerdem gar nicht anders. Er ist schließlich Vegetarier«, sagte Braun, der sich bisher zurückgehalten hatte.

Darauf stießen sie erst einmal mit frisch gebrühtem, extrastarkem Kaffee an und beschlossen, dass sie sich in Zukunft duzen würden.

Während sie fast die ganze Donuttüte leer futterten, wandten sie sich wieder ihrem eigentlichen Fall zu. Braun berichtete, was er über den Verlobten von Nathalie Rosa herausgefunden hatte: Fernando Ruiz war Spanier, lebte seit einem knappen Jahr in Deutschland und war schon zweimal geschieden. Das eigentlich Interessante aber war, dass man ihn als durchaus polizeibekannt bezeichnen konnte.

»Der gute Mann hat eine ziemlich dicke Akte. Als er nach Deutschland kam, hatte er in Spanien bereits zwei Jahre im Gefängnis verbracht, dann saß er auch hier eine Zeit lang wegen Körperverletzung und Diebstahls.«

»Was ist mit Vergewaltigung?«, fragte Peter.

Sein Kollege blätterte noch einmal durch seine Kopien. »Nein, das nicht, aber er hat seine zweite Frau verprügelt, weil sie schwanger war.«

»Ein sympathischer Zeitgenosse«, warf Neumann ein, »gut, dass sie den Kerl los ist.«

Die Männer nickten einhellig. In ihrem Beruf hatten sie es oft mit Kleinkriminellen zu tun, manche wurden über die Jahre sozusagen zu guten alten Bekannten, aber Gewalt gegen Frauen oder Kinder war etwas ganz anderes. An so etwas gewöhnte man sich nie.

Wieder nahm Peter sich vor, Rebekka sofort anzurufen, sobald er zurück am Auto war.

»Ich frage mich, was Frau Rosa an ihm findet«, meinte Neumann stirnrunzelnd. »Sie ist doch Sozialarbeiterin, eigentlich müsste sie es oft genug mit solchen Typen zu tun haben und wissen, worauf sie sich da einlässt.«

»Das weiß sie sogar ganz genau«, sagte Braun heiter, »sie war nämlich seine staatliche Betreuerin, als er aus dem Knast kam.«

Peter saß mit offenem Mund da. »Das kann doch nicht sein, sie ist doch eindeutig befangen, wenn sie eine Beziehung mit ihm hat. Niemals hätte sie diesen Job bekommen dürfen!«

»Nein, nein, es war offensichtlich genau andersrum«, antwortete Neumann, »sie kannten sich davor gar nicht. Sie lernten sich kennen, als Nathalie Rosa seine Sozialarbeiterin wurde. Und dann entwickelte sich wohl mehr daraus.«

Braun schnaubte ungläubig durch die Nase. »Warum stehen Frauen immer auf die Bad Boys? Ich meine, das ist doch nicht gerecht. Ich bin neununddreißig, sportlich, freundlich und obendrein Polizist. Trotzdem habe ich keine Freundin. Und so jemand wie dieser Fernando kann Frauen verprügeln, das Gesetz brechen, wie es ihm gerade gefällt, und dann kommt ausgerechnet seine Sozialarbeiterin und nimmt ihn unter ihre Fittiche. Irgendetwas läuft doch da verkehrt!«

»Allerdings läuft da was verkehrt«, meinte Neumann belustigt, »du hast dich gerade als sportlich und freundlich beschrieben, das geht doch ziemlich an der Realität vorbei.«

»Solch eine Schlange habe ich an meinem Busen genährt«, konterte Braun. »Nie mehr gebe ich dir was von meinen Donuts ab!«

Peter sah, dass Neumann drauf und dran war, Brauns nicht vorhandenen Busen zur Diskussion zu stellen, und schaltete sich rasch ein: »Jetzt hört mal her, ihr zwei Turteltäubchen. Ich möchte, dass ihr diesen Fernando aufs Revier bestellt, und zwar so schnell wie möglich. Und seine Verlobte gleich dazu. Es würde mich ziemlich interessieren, warum sie uns nichts von der Vorgeschichte ihres Lovers erzählt hat. Vielleicht kannte er Connie doch besser, als sie zugeben wollte.«

***

Im Zug zurück nach Würzburg hatte Nadja Zeit, sich zu beruhigen und energisch jeden Gedanken an André Krönig zurückzudrängen. Professor Nauke sollte ihr nicht ansehen, was für einen anstrengenden Tag sie bereits hinter sich hatte.

Vom Bahnhof aus nahm sie ein Taxi zur Würzburger Uniklinik, denn sie hatte zwei Koffer mit Kleidung für Peter und sich selbst dabei. Rebekka war nicht zu Hause gewesen, als sie an der Wohnungstür geklingelt hatte, aber das Gepäck hatte im Treppenhaus bereitgestanden. Daran hatte Rebekka eine kleine Zeichnung geheftet, auf der eine erkennbar durchtrainierte Nadja mit Popeye-Muskeln eine ganze Schar an Koffern über ihrem Kopf balancierte. Ein Gruß an sie war ebenfalls hinzugefügt. Kein Wort an Peter.

Der Taxifahrer setzte Nadja direkt vor einem weißen Gebäude in der Versbacher Straße ab. Er hatte ihr erklärt, dass das Institut am Rande des riesigen Geländes des Universitätsklinikums gelegen war. Tatsächlich waren hier kaum Menschen unterwegs, und als sie die Gerichtsmedizin betreten wollte, stand sie zunächst einmal vor verschlossenen Toren. Sie klingelte und lächelte in die Kamera, die über der Tür angebracht war. Man wusste ja nie, wer dort drinnen am Türöffner saß. Durch die Sprechanlage meldete sich eine kühle Frauenstimme, fragte nach ihrem Anliegen und bat sie, einen Moment am Eingang zu warten.

Als endlich der Summer ertönte, rollte Nadja ihre Koffer zur Tür hinein und ließ sie neben dem Eingang stehen. Hier würde sie niemand klauen, dafür war das Gebäude eindeutig zu gut gesichert. Während sie sich umsah, hörte sie Schritte den Gang entlangkommen. Ein hochgewachsener Mann mit Jeans, Flanellhemd und Wanderschuhen bog um die Ecke.

Nadja wunderte sich wieder einmal darüber, dass die Angestellten der Rechtsmedizin oft gar keine weißen Kittel trugen. Sie musste jedoch zugeben, dass die Kleidung des Mannes etwas für sich hatte. In der Rechtsmedizin war es nämlich – verglichen mit den Temperaturen draußen – sehr kühl.

Professor Naukes Assistent, wie er sich vorstellte, würde Nadja zum Büro des Chefs bringen: »Wir können die Leute hier nicht einfach rumlaufen und nach dem Weg suchen lassen. Für einige Gänge und Räume braucht man eine extra Berechtigung, beispielsweise für das toxikologische Labor. Deshalb werden Besucher am Eingang von einem Mitarbeiter abgeholt.«

Nadja war das Vorgehen zwar bereits aus Nürnberg bekannt, aber da der Assistent sie noch nie zuvor gesehen hatte, schien er zu denken, er müsse ihr alles erklären. Doch darüber, dass er sie begleitete, war sie froh. Das Gebäude war ein Irrgarten aus Gängen und Treppen, aus dunklen Nischen und Labortüren mit Warnschildern daran. Plakate mit detaillierten Darstellungen von Brand-, Stich- und Schusswunden vervollständigten die wenig anheimelnde Atmosphäre. Offensichtlich konnte man hier eine Menge grausamer Tode sterben, wenn man es wagte, den falschen Raum zu betreten.

Schließlich blieben sie vor einer dunklen Holztür stehen. Ein Schild verkündete, dass es sich um Professor Dr. Lars Naukes Büro handle. Darunter hatte jemand einen Zettel geklebt: »Französische Patisserie. Die Welt ist ein Schokoladenkuchen, genießen Sie ein Stück davon.«

»Na dann«, sagte Naukes Assistent nur. Mit einem Augenzwinkern entfernte er sich.

Nadja kramte in ihrem Rucksack nach einem Kuli, riss den Zettel von der Tür ab und schrieb ihre Bestellung auf die Rückseite. Sie schob das Papier unter der Tür hindurch und pfiff zweimal laut.

Schritte näherten sich der Tür, jemand hob den Zettel auf und rief: »Frau Gontscharowa, die Eclairs kann ich leider nicht unter der Tür durchschieben, Sie müssen sich schon hereinbequemen, wenn Sie in den Genuss meiner überragenden Backkünste kommen wollen.«

Nadja erhob sich aus der Hocke, strich den Rock glatt und öffnete die Tür. Lars Nauke stand in seinem weißen Kittel mitten im Raum und musterte sie prüfend. Ausführlich ließ er den Blick von unten nach oben wandern, bis er schließlich an ihrem Gesicht angekommen war.

»Wie ich sehe, haben Sie sich entsprechend dem bedeutenden Anlass eines Treffens mit mir gekleidet, liebe Frau Oberkommissarin. Dieser Rock steht Ihnen wirklich ausgezeichnet!«

Nadja enthielt ihm wohlweislich vor, dass er keinesfalls der

Anlass für ihr heutiges Outfit war. Er schien sich darüber zu freuen, sie einmal nicht in den üblichen Jeans und Turnschuhen zu sehen, und sie freute sich darüber, dass er sich freute. Lächelnd gab sie ihm die Hand. »Es ist ein Grund zum Feiern, wenn mir selbst gebackene Schoko-Eclairs angeboten werden.«

Er reichte ihr galant den Arm und geleitete sie zu seinem Schreibtisch, dessen eine Hälfte mit Servietten bedeckt war. Darauf stand ein großer Teller voll Gebäck neben zwei Tassen, die aussahen, als hätten sie schon bessere Zeiten erlebt. Nadja entschied sich für die geblümte ohne Henkel und ließ sich brav Kaffee einschenken. Als sie nach Milch verlangte, öffnete Nauke einen kleinen Kühlschrank, der in einer Ecke vor sich hin brummte, und Nadja fielen fast die Augen aus dem Kopf. Er war bis zum Rand gefüllt mit Weinflaschen.

»Was um Himmels willen ist das denn? Sind Sie unter die Berufstrinker gegangen?«, fragte sie erstaunt.

Nauke lachte nur und stellte die Milch vor ihr auf den Tisch. »Sehen Sie, Frau Gontscharowa, momentan macht mir mein Beruf sehr viel Spaß. Und ironischerweise habe ich das unserem Mörder zu verdanken. Er hat Connie mit einer Weinflasche erschlagen, und zu meinen Aufgaben zählt es nun mal, herauszufinden, mit welcher. Nun gut, der Spurensicherung gebührt natürlich auch ein klein wenig Dank. Seit Bär mehr bei denen rumhängt als in seinem K1, geht alles doppelt so schnell. Wir haben also Vergleichsproben aus ganz Würzburg angefordert. Zwölf Kisten Weißwein stehen noch unten im Institutskeller.«

»Sie sollen den Wein analysieren und nicht trinken«, warf Nadja ein.

Nauke schmunzelte. »Nun ja, so ein kleiner Schluck zwischendurch hat noch niemandem geschadet. Nein, Spaß beiseite, wir haben verschiedene Vergleichsproben von den Winzern bezogen, und natürlich analysiere ich hauptsächlich. Aber es wäre doch schade, alles wegzukippen, wenn wir immer nur eine Pipette voll entnehmen müssen, um ihn mit unserer Probe vom Tatort zu vergleichen. Wir heben die angebrochenen Flaschen also auf, und sobald der Fall abgeschlossen ist, organisiere ich eine rauschende Party. Sie sind natürlich herzlich eingeladen!«

Nadja enthielt sich eines Kommentars und widmete sich einem Eclair, dessen verführerischer Duft ihr sofort in die Nase gestiegen war. Wenn es die auf Lars Naukes Party auch gab, würde sie vielleicht sogar vorbeischauen.

Während er ihren genießerischen Gesichtsausdruck zufrieden beobachtete, verkündete Nauke: »Übrigens habe ich auch schon herausgefunden, um welchen Wein es sich handelt. Ich habe mich einfach auf meine Nase verlassen. An mir ist ein wahrer Sommelier verloren gegangen. Wie bereits am Tatort vermutet, handelt es sich um Wein vom Stein, und zwar um einen trockenen Silvaner vom großen Gewächs. Man bekommt ihn nur im Drei-Liter-Bocksbeutel, deshalb hatte die Flasche auch so enorme Schlagkraft.«

Nadja hatte sich einen Zettel von Naukes Schreibtisch geschnappt, um diese neuen Informationen notieren zu können. Sie fragte nach dem Preis des Superweins.

»Da liegen wir bei hundertfünf Euro pro Flasche«, verkündete er triumphierend. Der exklusive Geschmack des Täters schien ihn zu freuen. »Der- oder diejenige hat Connie Lember die Flasche von hinten über den Kopf geschlagen. Sie hat dadurch quasi eine Weindusche verpasst bekommen, ihre Haare und auch das Kleid waren regelrecht durchtränkt. Ansonsten habe ich kaum interessante Spuren gefunden. Natürlich einiges an Blut, aber das ist bei einer großflächigen Kopfwunde auch zu erwarten.«

»Danke für Ihren, ähm, vorbildlichen Arbeitseinsatz«, meinte Nadja, »wir werden sofort mit den Nachforschungen anfangen, in welchen Geschäften man diesen Wein kaufen kann. Vielleicht kommen wir dem Mörder so auf die Spur.«

»Wie sagte schon der Lateiner? In vino veritas!«, bekräftigte Nauke und nahm sich noch ein Eclair.

Während des Kaffeeplauschs holte Professor Nauke Connies Akte hervor und raschelte geheimnisvoll damit herum. »Ich habe die Leiche schon fertig obduziert und Ihnen gleich eine Kopie des abschließenden Berichts gemacht.« Er reichte sie Nadja. »Heideckert hat auch schon eine Kopie für Ihre Kollegen mitgenommen.«

Zweifelnd blätterte Nadja durch den für sie bestimmten

Stapel Papier. »Könnten Sie das Wichtigste auch gleich hier für mich zusammenfassen? Das dauert ja eine Ewigkeit, bis ich das gelesen habe, und dann müsste ich Sie auch noch telefonisch mit meinen Fragen nerven, wenn ich Ihr Fachchinesisch nicht verstehe.«

»Öfters mit Ihnen zu telefonieren wäre nicht unbedingt das Schlechteste«, sagte Nauke grinsend, »aber natürlich kann ich Ihnen gern einen kurzen Überblick verschaffen.« Er zwinkerte ihr zu, und Nadja begann bereits zu fürchten, dass der Bericht so kurz nicht ausfallen würde.

»Also, Connie Lember, einundzwanzig Jahre alt, sportlicher Körper ohne Auffälligkeiten. Allerdings hatte sie eine Mandelentzündung, wissen Sie etwas darüber?« Er blickte Nadja fragend an.

»Ja, ihre Mitbewohnerinnen und auch die Teilnehmer des Spanisch-Stammtisches haben erzählt, dass sie nicht ganz gesund war und viel Kräutertee trank. Wenn sie im Bett geblieben wäre, dann würde sie jetzt vielleicht noch leben.« Nadja fühlte sich plötzlich traurig. Das Gespräch mit Krönig lag ihr noch schwer im Magen, und dieser Fall deprimierte sie nun zusätzlich.

Nauke schien den Stimmungsumschwung zu bemerken und versuchte sie aufzuheitern, indem er mit dem Gebäckteller vor ihrem Gesicht herumwedelte. Nadja tat ihm den Gefallen und nahm sich ein weiteres Eclair.

Nauke fuhr fort: »Sie war keine Jungfrau mehr, aber das ist in ihrem Alter auch nicht unbedingt zu erwarten. Schwanger war sie nicht, keine Abtreibungen, keine Geburten, wahrscheinlich kein Geschlechtsverkehr am Tag ihres Todes. Nichts Spannendes für uns also. Aber eines ist mir aufgefallen: Die Kauflächen ihrer Backenzähne sind ungewöhnlich stark abgenutzt.«

Nadja blickte von ihrem Teller auf. »Was bedeutet das?«, fragte sie mit vollem Mund.

Nauke las noch einmal die betreffende Stelle in seinem Bericht. »Ich gehe davon aus, dass sie mit den Zähnen geknirscht hat. Das ist ein Phänomen, das vor allem nachts auftritt. Bruxismus heißt es in der Fachsprache. Die Betroffenen pressen im Schlaf unbewusst die Zähne aufeinander oder knirschen damit. Das ist schlecht für die Kiefergelenke, kann zu Kopfschmerzen führen, und es schleift die Zähne ab. Meist ist Stress ein Auslöser.«

»Ist das etwas Seltenes?«, fragte Nadja.

»Eigentlich nicht. Zähneknirschen tritt angeblich sogar bei der Hälfte der Deutschen ab und zu auf. Nur die Intensität ist unterschiedlich, und bei Connie war es wohl besonders ausgeprägt. Es könnte ein Indiz dafür sein, dass sie unter starker Belastung stand, in welcher Hinsicht auch immer.«

Nadja notierte auch dies, bedankte sich für die Informationen und die Eclairs.

Nauke verstand, dass sie gehen wollte, und geleitete sie zur Tür. »Ich schicke Ihnen eine Einladung zu meiner Party!«, rief er ihr hinterher.

Noch bevor sie die Rechtmedizin verlassen hatte, rief Nadja Peter an, um ihm die neuesten Erkenntnisse über die Tatwaffe mitzuteilen. Sie bat ihn auch, Connies Eltern nach dem Zähneknirschen zu fragen.

Grinsend rollte sie die Koffer aus dem Gebäude. Der Nachmittag wäre ohne Lars Nauke entschieden langweiliger gewesen.

ZEHN

»Ich mache mich jetzt auf den Weg nach Ochsenfurt, die Lembers warten. Einen schönen Tag noch!«, verkündete Peter am Nachmittag.

Braun und Neumann verabschiedeten ihn im Chor und drängten ihm den letzten Donut als Wegzehrung auf. Er leuchtete förmlich vor meergrüner Glasur und war zusätzlich mit Smarties dekoriert. Peter packte die Tüte widerstrebend ein und verließ das Gebäude. Auf dem Parkplatz warf er das Gebäck ins Auto und zog sein Handy aus der Hosentasche, um endlich Rebekka anzurufen. Wieder war ihm kein Erfolg beschieden. Vielleicht war sie ja mit Mariechen auf dem Spielplatz oder spazieren. Er würde es wieder probieren.

Als Peter am Haus der Lembers ankam, fiel ihm als Erstes der Ochse ins Auge, der nach wie vor den Garten zierte. Jemand hatte einen Blumenkranz gewunden und um seinen bulligen Hals gelegt. Neben dem linken Vorderhuf standen zusätzlich ein kleiner Schutzengel aus Porzellan und ein Grablicht. Wahrscheinlich hatte Connie den Ochsen bemalt, und ihre Familie verstand ihn jetzt als eine Art Erinnerungsstätte. Eine Atmosphäre der Trauer umgab das bizarre Arrangement. Peter wandte den Blick ab.

Er stieg aus dem Auto aus und entdeckte eine verklebte Masse auf seinem Sitz. Du lieber Himmel, er hatte sich auf den Monsterdonut gesetzt. Ärgerlich wischte er Papier, Teig und meergrüne Überreste vom Sitzbezug. So gut es ging, säuberte er auch seine Hose mit Papiertaschentüchern. Sicherlich würde seine Autorität ziemlich darunter leiden, wenn er mit bunten Smarties am Hintern bei den Lembers auftauchte.

Auf sein Klingeln hin öffnete Connies Mutter ihm sofort. Sie sah aus, als habe sie seit Tagen nicht geschlafen. Die Augen waren geschwollen und rot, das braune Haar hing ihr wirr in die Stirn, und sie trug die gleiche Bluse wie schon vor zwei Tagen. Peter begrüßte sie und fragte behutsam, ob er kurz ihr

Badezimmer aufsuchen dürfe. Ihm sei ein kleines Malheur mit einem Gebäckstück passiert.

Inge Lember blickte ihn irritiert an, führte ihn dann aber ins Bad und reichte ihm ein frisches Handtuch. Abwartend blieb sie in der Tür stehen, denn offensichtlich war sie der Meinung, er wolle sich nur die Hände waschen. Peter war die Situation äußerst unangenehm. Er konnte sich schlecht vor der Mutter des Mordopfers seiner Hose entledigen.

»Danke, Frau Lember«, sagte er schließlich, »um ehrlich zu sein, ich habe mich aus Versehen in einen Donut gesetzt und würde deshalb gerne meine Hose säubern.«

Inge Lembers Augen wanderten zu seinem Po. Ganz unerwartet lächelte sie mit Grübchen in den Wangen. »So kann ich Sie nicht herumlaufen lassen. Moment, ich hole Ihnen eine Hose von meinem Mann, mal sehen, ob da etwas passt«, sagte sie und lief im Eilschritt davon.

Peter blickte sich seufzend um. Er stand in einem großzügigen Badezimmer mit zwei Waschbecken, einer Eckbadewanne und einer separaten Dusche. Daneben stand die obligatorische Waage, immer ein Indiz dafür, dass mindestens eine Frau im Haus wohnte.

Während er drei flauschige Bademäntel musterte, die an der Tür hingen, tauchte eine genervt wirkende Alina auf. In der Hand hielt sie drei Hosen. »Die hier soll ich Ihnen schon mal bringen. Mum ist oben und schaut, ob sie noch andere findet, aber sie ist der Meinung, dass Ihnen mindestens eine hiervon perfekt passen wird«, meldete sie.

Peter bedankte sich und hielt eine Cordhose prüfend vor sich.

»Ihre Beine sind zu kurz«, stellte Alina triumphierend fest. »Ich dachte immer, als Polizist müsse man besonders groß sein. Aber da ist ja mein Dad noch größer.«

»Tja, daran bin ich selbst schuld, als Kind habe ich zu viel gelogen«, sagte Peter unbeeindruckt.

Alina betrachtete ihn genau. »Lügen haben kurze Beine.« Plötzlich umwölkte sich ihr Gesicht. »Ich hasse solche Sprichwörter«, sagte sie heftig, »daran ist nie ein Funken Wahrheit. Connie war eher klein, aber sie hatte trotzdem lange Beine.«

Es dauerte einen Moment, bis Peter verstand, was Alina damit sagen wollte. Er ließ sich auf den Klodeckel sinken. »Du denkst, dass deine Schwester gelogen hat? Wie kommst du darauf?«

Alina zögerte mit der Antwort. Anscheinend bereute sie bereits, überhaupt etwas gesagt zu haben. »Jeder lügt doch manchmal«, wich sie schließlich aus. »Wir sind ja alle keine Engel.«

Peter schwieg. Er hatte die Erfahrung gemacht, dass man durch ruhiges Abwarten manchmal mehr Informationen bekam als durch zu viel Nachfragen.

»Und selbst wenn ich es Ihnen erzählen würde, Sie würden mir ja doch nicht glauben«, sagte Alina zornig. »Das tut nie jemand. Weil Connie ja immer die Liebe und Brave war. Deswegen ist sie die Lieblingstochter meiner Eltern, daran wird sich auch nie was ändern. Garantiert wäre es ihnen lieber, wenn ich gestorben wäre.«

Peter hatte den Eindruck, dass das Mädchen sehr viel Zorn in sich aufgestaut hatte. Vielleicht war es auch nur der Kummer über den Tod ihrer Schwester, den sie sich selbst nicht eingestehen konnte und den sie lieber mit Wut bekämpfte. Er wäre gern behutsam vorgegangen, aber ihre Mutter konnte jeden Moment zurückkommen, und dann würde sie sicherlich nicht mehr weiterreden. »Alina, du musst mir sagen, was du weißt«, bat er eindringlich.

Sie sah ihn mit großen blauen Augen an, die denen ihrer Schwester so ähnlich waren. Dann flüsterte sie: »Ich habe sie einmal belauscht, als David hier zu Besuch war. Sie haben sich gestritten. David sagte, dass sie ihn nicht für blöd verkaufen solle. Er habe Augen im Kopf. Ich glaube, er war sehr eifersüchtig. Connie hat ihn angeschrien, dass er doch keine Ahnung habe, dass für ihn doch sowieso nur seine Geige wichtig sei und sie selbst immer erst danach komme. Dass man so keine Beziehung führen kann. Dann hat sie angefangen zu weinen, und David hat gesagt, dass er sie liebt und dass er doch nur Angst hat, sie zu verlieren.«

Das war neu. Connie hatte also wohl keine Lust mehr darauf gehabt, immer nur die zweite Geige zu spielen, im wahrsten Sinne des Wortes. »Und was meintest du vorhin mit der Lüge?«, fragte Peter. »Es klingt doch alles nach einem mehr oder weniger normalen Streit zwischen Verliebten.«

»Ja, das dachte ich zuerst auch«, sagte Alina, »aber dann wurde es ziemlich seltsam. David wollte wohl von dem Streit ablenken und meinte, sie solle doch lieber mal vom letzten Wochenende erzählen. Dass es sicher schön gewesen sei, ihre alte Freundin wiederzusehen. Und Connie hat berichtet, wie Annas Wohnung in München aussieht und was sie abends unternommen haben und so weiter.«

»Wer ist Anna?«, fragte Peter.

Alina blickte ihn an, als habe er seine Arbeit nicht ordentlich gemacht. »Anna ist eine alte Schulfreundin von Connie. Sie studiert Kunstgeschichte in München«, antwortete sie herablassend.

Peter fragte sich, wieso ihm der Name noch nicht untergekommen war.

Das Mädchen fuhr fort: »Annas Eltern wohnen auch hier in Ochsenfurt. Jedenfalls habe ich aus dem Gespräch geschlossen, dass Connie David erzählt haben muss, sie hätte das vorherige Wochenende bei Anna in München verbracht. Das hat sie aber nicht. Anna war zu der Zeit hier in Ochsenfurt und hat ihre Eltern besucht. Ich habe alle drei beim Einkaufen getroffen.«

»Und wo war Connie dann tatsächlich?«, fragte Peter.

»Na das ist doch wohl Ihr Job, das herauszufinden«, meinte Alina empört.

Peter überging diesen Einwand geflissentlich. »Und von welchem Wochenende sprechen wir genau?«

»Das war so Mitte Juni, glaube ich. Ja, vom elften bis dreizehnten, das weiß ich, weil Mum da Geburtstag hatte und eigentlich wollte, dass Connie zum Kaffeetrinken kommt.«

Peters Handy begann zu summen. Rebekka, dachte er und zog das Telefon schnell aus seiner Tasche. Aber es war Nadja.

»Hallo, Peter«, begrüßte sie ihn fröhlich, »ich nehme an, du bist gerade bei den Lembers?« Er bejahte, und sie fuhr fort: »Du hast Naukes wunderbare Schoko-Eclairs verpasst. Wenn ich zurückkomme, bin ich mindestens drei Kilo schwerer.«

Peter brummte, dass er Schoko-Eclairs nicht möge, und fragte nach den Obduktionsergebnissen.

»Gerade deshalb rufe ich dich an. Es scheint festzustehen, mit was für einer Weinflasche Connie erschlagen wurde. Und noch etwas ist auffällig: Connie hat anscheinend mit den Zähnen geknirscht. Vielleicht wissen ihre Eltern etwas darüber. Nauke sagte, das könne ein Zeichen für seelische Anspannung sein«, erklärte Nadja.

»Alles klar, ich bin hier auch auf etwas Interessantes gestoßen. Wir sollten morgen früh als Erstes eine Besprechung machen«, antwortete Peter.

Als er das Telefonat beendet hatte, fragte Alina spöttisch: »War das Ihre Chefin? Klingt ja toll, so ein Polizistenarbeitstag. Die eine isst Schoko-Eclairs, der andere schmiert sich mit Donuts voll.«

Peter hatte keine Gelegenheit, etwas zu erwidern, denn in diesem Augenblick kam Inge Lember zurück. »Alina, so spricht man doch nicht mit einem Polizisten! Ich weiß wirklich nicht, was in dich gefahren ist«, sagte sie vorwurfsvoll.

Das Mädchen blickte sie zornig an und verschwand wortlos. Inge Lember beachtete dies nicht weiter und präsentierte Peter strahlend eine graue Cordhose. »Da habe ich genau das Richtige für Sie gefunden. Sie werden sehen, die passt perfekt!«

Peter nahm die Hose entgegen, und Connies Mutter verließ den Raum, damit er sich umziehen konnte. Ein wenig unglücklich betrachtete Peter sich im Spiegel. Mit dem grauen Stoff um seine schmalen Waden sah er aus wie ein verhungerter Elefant. Aber immer noch besser als Smarties am Po. Also bedankte er sich bei der Hausherrin, die ihn nun ins Wohnzimmer führte, wo schon Kaffee und Kuchen für ihn bereitstanden.

»Thorsten ist auch gerade erst nach Hause gekommen«, erklärte sie, »er hat darauf bestanden, so schnell wie möglich wieder zu arbeiten. Er meinte, die Ablenkung tut ihm gut.«

Das konnte Peter nur zu gut nachvollziehen. Er würde es mit einer verzweifelten Frau, der er ja doch nicht helfen konnte, auch nicht zu Hause aushalten.

Peter berichtete von den Obduktionsbefunden und der übermäßigen Abnutzung von Connies Backenzähnen. Inge Lember schien das zu überraschen.

»Connie hat als kleines Kind viel mit den Zähnen geknirscht«, sagte sie, »der Zahnarzt hat ihr dann irgendwann eine spezielle Knirschschiene verschrieben, damit der Zahnschmelz nicht so darunter leidet. Aber als sie so acht, neun Jahre alt war, hat das völlig aufgehört. Meines Wissens hatte sie danach nie wieder Probleme damit.«

Peter machte sich noch Notizen, als plötzlich Thorsten Lember hereingestürzt kam und anklagend sein Jackett vor sich hielt: »Welcher Idiot hat denn den Klodeckelbezug mit Süßkram vollgeschmiert? Ich habe nur kurz mein Jackett abgelegt, weil ich mir die Hände waschen wollte, und nun sieh dir an, wie das aussieht!«

Inge Lember und Peter begutachteten den edlen Stoff, der jetzt mit einer undefinierbaren grün-bräunlichen Masse verziert war.

Peter räusperte sich, doch Thorsten Lember legte das Kleidungsstück schnell auf einen Stuhl, um den Kommissar zu begrüßen: »Sie entschuldigen, Herr Steiner, ich war ein wenig aufgebracht wegen dieses dummen Streiches und habe Sie ganz übersehen.«

Peter schüttelte die angebotene Hand und sagte vorsichtig: »Der verantwortliche Idiot bin leider ich. Mein Autositz war voll grüner Donutglasur, sodass ich das Zeug mit meiner Hose in Ihr Haus getragen und dabei wohl aus Versehen auch den Klositz beschmutzt habe. Es tut mir sehr leid.«

Bei seiner Erklärung war Thorsten Lember erst rot und dann blass geworden. Er murmelte, dass das doch jedem passieren könne, und verschwand wieder im Badezimmer, um das Jackett notdürftig zu reinigen. Seine Frau lief ihm hinterher. Durch die geschlossene Tür konnte Peter ihre Stimme hören, die klang, als sei sie einem Zusammenbruch ziemlich nahe.

»Du tust gerade so, als wäre so ein bisschen Dreck das einzige Problem. Unsere Tochter ist ermordet worden, falls du das vergessen hast! Und du hast nichts Besseres zu tun, als dich über so einen Nonsens aufzuregen und den Polizisten zu beleidigen, der den Fall aufklären soll! Was um Gottes willen ist in dich gefahren? Ist ja schön, dass das Leben für dich weitergeht wie immer, aber ich kann nicht einfach wieder zur Normalität zurückkehren, als sei nichts geschehen. Das kannst du nicht von mir verlangen!« Sie begann zu schluchzen.

Peter kam sich schrecklich vor. Er wurde unfreiwilliger Zeuge eines Familiendramas und war indirekt auch noch an dem Ärger schuld. Er biss in einen Haferkeks und bemühte sich, möglichst laut zu kauen, um das Gespräch nicht weiter anhören zu müssen. So vertilgte er fast die ganze Packung. Als Connies Eltern nach einer Viertelstunde wieder zurückkehrten, schienen sie sich immerhin ausgesprochen zu haben. Inge Lember hatte zwar rote Augen, weinte jedoch nicht mehr.

Erleichtert berichtete Peter vom Fortgang der Ermittlungen und fragte nach der Adresse von Anna und Annas Familie. Die Lembers wussten nicht, wo sich ihre Tochter an dem besagten Wochenende aufgehalten hatte, doch Inge Lember war der Meinung, dass es sich nur um ein Missverständnis zwischen Connie und David gehandelt haben konnte. Sie schien den jungen Mann wirklich ins Herz geschlossen zu haben. Peter war da ganz anderer Meinung.

***

Als Peter gegen halb acht ins Kloster zurückkam, freute er sich auf einen ruhigen Abend. Auf der Rückfahrt von Ochsenfurt hatte er sich einen Döner besorgt, da das Abendessen hier immer schon um sieben beendet war und er die Nonnen nicht extra bitten wollte, ihm noch etwas zu servieren. Er würde auf sein Zimmer gehen, duschen und dann vielleicht noch einen kleinen Abendspaziergang am Main machen. Wenn auf dem Weg eine Kneipe läge, war auch ein Feierabendbierchen durchaus im Bereich des Möglichen. Kam heute nicht sogar Bundesliga?

Auf dem Weg zur Treppe pfiff er fröhlich vor sich hin und nickte Schwester Hortensia zu, die – in ein Gespräch vertieft – beinahe in einem der Ohrensessel nahe der Eingangstür versank. Ihr gegenüber saß eine Frau mit kurzen dunklen Haaren. Die Nonne sagte etwas zu ihr, und die Frau drehte sich um. Es war seine Frau!

Peter rannte fast auf die Sitzgruppe zu. »Ist etwas passiert? Wo ist Mariechen?«, stieß er erschrocken hervor.

Rebekka stand auf und gab ihm einen Kuss auf die Wange: »Es ist alles in Ordnung, du musst dir keine Sorgen machen. Marie ist für zwei Tage bei meiner Mutter. Ich dachte mir, wenn du schon so lange hierbleiben musst, dann schaue ich eben mal bei dir vorbei. Schwester Hortensia hatte glücklicherweise noch ein Zimmer für mich frei.«

Die beiden Frauen lächelten sich verschwörerisch zu. Peter fragte sich, was hier eigentlich vorging. Seine Frau hatte das Kind zur Oma gebracht und war nach Würzburg gefahren, um ihn zu besuchen. Und das alles nur, weil er ein paar Tage länger weg war als geplant?

Rebekka musterte ihn von oben bis unten. »Schicke Hose übrigens, wo hast du die denn her?«, fragte sie grinsend.

Peter sah in Schwester Hortensias ausdrucksloses Gesicht und fragte sich, wie sie wohl auf die Donutgeschichte reagieren würde. Er wollte es lieber nicht wissen und murmelte, das erzähle er ihr später. Konnte er Rebekka jetzt auf ihr Zimmer begleiten? Er war sich der Gepflogenheiten im Kloster diesbezüglich nicht sicher.

Doch Rebekka nahm ihm die Entscheidung ab. Sie bedankte sich bei Schwester Hortensia, griff nach ihrer Reisetasche und wandte sich Peter zu: »Willst du mir zuerst mal dein Zimmer zeigen? Auspacken kann ich ja später auch noch. Viel habe ich für die eine Übernachtung sowieso nicht dabei.«

Überrumpelt nahm Peter seiner Frau das Gepäck ab und stieg neben ihr die Treppe hinauf. Bis zur letzten Stufe konnte er Schwester Hortensias Adlerblick im Nacken spüren. Erst als sie in den schmalen Gang eingebogen waren, fühlte er sich wohler.

Er stellte die Tasche vor seiner Zimmertür ab und nahm sich die Zeit, seine Frau genauer anzusehen. Sie trug nicht die üblichen Jeans, sondern einen dunkelblauen, kaum knielangen Rock und eine geblümte Bluse. Ihr kurzes Haar glänzte, und sie hatte leichtes Make-up aufgetragen. »Du siehst hübsch aus«, sagte er, fast verlegen.

Rebekka lachte, legte die Arme um seinen Hals und schmiegte sich an ihn. »Ich habe dich vermisst. Sehr sogar. Ich würde dir gerne zeigen, wie sehr, aber der Gang ist vielleicht nicht gerade der geeignete Ort dafür …«

Das Grinsen auf seinem Gesicht musste ziemlich dämlich aussehen. Peter steckte den Schlüssel ins Schloss und stieß die Tür zu seinem kleinen Reich auf. Rebekka stolzierte mit aufforderndem Hüftschwung an ihm vorbei und hauchte eine Kusshand über die Schulter zurück. Er folgte ihr lachend und war froh, dass er am Morgen noch alle Wäschestücke in den Schrank geräumt hatte. Keine einzige Socke lag herum, nur einige Akten auf dem Schreibtisch, und das wirkte ja durchaus professionell.

Rebekka blickte auf das Bett: »Das ist aber schmal, zwei Leute passen da bestimmt nicht rein, oder?«

Peter packte sie kurzerhand und hob sie hoch. »Das werden wir gleich mal sehen«, meinte er und legte seine Frau vorsichtig auf der Matratze ab. Dann ließ er sich neben sie fallen und zog sie in seine Arme.

»Aber, aber, nicht so stürmisch, Herr Kommissar«, rief Rebekka, nachdem sie sich freigekämpft hatte, »denken Sie an meine Frisur!«

Peter wuschelte ihr durch die Haare. »Alle deine Härchen sträuben sich doch schon vor Lust, da kann ich gar nichts dafür.«

»Nicht zu fassen, diese Verräter«, meinte Rebekka grimmig. »Aber wenn es jetzt eh schon zu spät ist, kann ich ja ruhig zugeben, wie unwiderstehlich ich dich mit dem Dreitagebart finde.«

Sie zog ihm das T-Shirt aus und bedeckte seinen Oberkörper mit Küssen. Peter nahm mit Wohlwollen wahr, dass sich ihr Mund seinem Hosenbund immer weiter näherte. Plötzlich richtete Rebekka sich wieder auf, setzte sich auf ihn und sah ihn erwartungsvoll an. Peter nahm ihren Kopf in die Hände, zog sie zu sich her und küsste sie. Langsam ließ er die Hände über ihren Hals nach unten gleiten. Ihre Haut roch warm und vertraut. Reglos ließ Rebekka es geschehen, dass er ihre Bluse aufknöpfte. Sie trug seinen Lieblings-BH, schwarz, schlicht und mit einer feinen Spitzenborte. Als er die Bluse abstreifte und ihre nackten Schultern enthüllte, hielt er kurz inne. Er genoss das Bild, das sich ihm bot: seine betörende Frau in eleganter Unterwäsche, die auf ihm saß und ihn mit verführerischem Blick ansah. »Du bist wunderschön!«, sagte er leise.

Es mochte eine Stunde vergangen sein oder auch eine Ewigkeit, zumindest war es draußen dunkel geworden, als die beiden verschwitzt und glücklich miteinander auf dem Bett kuschelten. Peter hielt seine Frau im Arm und sog mit geschlossenen Augen ihren Duft ein. Er wäre gern die ganze Nacht so liegen geblieben, aber etwas ließ ihm noch keine Ruhe. »Du bist nicht einfach so zu Besuch gekommen«, stellte er fest.

Rebekka stützte sich auf die Ellenbogen und sah ihn an. »Ja, du hast recht«, antwortete sie, »ich weiß nur nicht, wo ich anfangen soll.«

Peter hatte plötzlich Angst, dass sie etwas sagen würde, das die neu entstandene Nähe zwischen ihnen unwiederbringlich zerstören würde. Unwillkürlich drückte er sich noch näher an sie und rieb ihre nackten Arme, als müsse er sie beide vor Kälte schützen.

Rebekka löste sich aus seiner Umarmung und strich ihm sacht die verschwitzten Haare aus der Stirn. »Peter, hör zu, in letzter Zeit hatten wir es nicht einfach, mit dem Baby und allem. Ich weiß manchmal gar nicht, wo mir der Kopf steht. Meistens stehe ich mehrmals in der Nacht auf, weil Marie schreit, tagsüber habe ich den Haushalt zu machen, und eigentlich möchte ich auch an dem neuen Kinderbuch weiterarbeiten. Ich habe die Ideen im Kopf, aber ich komme nicht dazu, sie aufs Papier zu bringen«, begann sie.

»Ich weiß –«, setzte Peter zu einer Erwiderung an, doch Rebekka ließ ihn nicht zu Wort kommen.

»Das frustriert mich ziemlich. Und dann kommst du abends von der Arbeit und hast Hunger und manchmal andere Bedürfnisse, aber ich kann nicht so für dich da sein, wie ich es gerne wäre. Stattdessen lasse ich die Aggressionen an dir aus. Ich hatte gedacht, wenn wir umziehen, dann würde das besser werden. Aber stattdessen läuft momentan alles noch schlechter, denn jetzt bin ich mit Mariechen ganz allein und sollte am besten von Nürnberg aus noch alles organisieren, weil du keine Zeit hast. Das funktioniert nicht. So habe ich mir unsere Ehe eigentlich nicht vorgestellt. Aber ich will dich nicht verlieren.«

Peter war fast froh, das zu hören. Kurz hatte er tatsächlich befürchtet, sie sei gekommen, um ihn zu verlassen. Er gab ihr einen sanften Kuss auf die Stirn. »Du wirst mich niemals verlieren. Ich bleibe bei euch, weil ich dich liebe. Du und Mariechen, ihr seid doch meine Familie. Es tut mir leid, dass ich dich mit alldem alleingelassen habe.« Er umarmte Rebekka ganz fest. »Wie kann ich das wiedergutmachen?«

»Ich weiß, dass du einen stressigen Job hast und deshalb wenig Freizeit«, antwortete Rebekka ernst. »Aber für mich ist es nichts, den ganzen Tag zu Hause zu sitzen. Ich brauche Zeit für meine Kreativität, Zeit für meine Arbeit, Zeit für mich. Sonst bin ich nicht glücklich. Und dann kann ich auch euch nicht glücklich machen.« Sie holte tief Luft. »Ich möchte Mariechen so bald wie möglich an drei Tagen die Woche in eine Kindertagesstätte geben. Dann kann ich wieder mehr zeichnen und werde außerdem Geld dazuverdienen.«

Eigentlich hatten sie sich darauf geeinigt, ihre Tochter tagsüber noch nicht in einer Krippe betreuen zu lassen, aber Peter sah inzwischen ein, dass er es seiner Frau nicht abschlagen durfte. Sie konnte ihre Arbeit als Illustratorin nicht ausüben, wie sie sich das vorgestellt hatten, und ohne das würde sie eingehen wie eine Sonnenblume, die man ins dunkle Zimmer stellt.

»Du hast recht«, sagte er deshalb. »Wenn wir diesen Fall abgeschlossen haben, nehme ich erst mal Urlaub. Dann werden wir uns die Arbeit zu Hause teilen, und wir können gemeinsam nach einer guten Kinderkrippe für Mariechen suchen. Und natürlich nach einem schönen kleinen Häuschen für uns. Was ich bisher von Würzburg gesehen habe, hat mir wirklich sehr gut gefallen. Ich glaube, es war die richtige Entscheidung, hierherzukommen.«

Rebekka küsste ihn ebenso erleichtert, wie er sich fühlte. Sie lagen noch eine Weile da und redeten, bis Rebekka schließlich aufstand. »Ich werde dann wohl besser mal in mein Zimmer gehen und dich in Ruhe schlafen lassen. Für zwei Leute ist das Bett tatsächlich reichlich eng.«

Peter fasste nach ihrer Hand. »Bleib doch bei mir.«

»Aber Schwester Hortensia hat extra noch ein Zimmer für mich hergerichtet …« Ihr Blick wurde weich, als sie Peters enttäuschten Gesichtsausdruck sah. Seufzend zog sie ihre Bluse wieder aus und schlüpfte zurück unter die Bettdecke.

»Das schmale Bett hat auch seine Vorteile«, flüsterte Peter ihr ins Ohr.

»Nämlich?«

Er streichelte Rebekkas Taille. »Es schläft sich besser aufeinander als nebeneinander.«

ELF

Am nächsten Morgen klopfte Nadja schon um kurz vor sieben an Peters Zimmertür. Sie wollte die Arbeit vom Vortag, den sie zur Hälfte in Nürnberg verbracht hatte, möglichst schnell wieder aufholen und deswegen heute früh beginnen. Außerdem hatte sie den Koffer mit Peters Kleidung dabei. Zu ihrer Überraschung hörte sie Geflüster und Gekicher aus dem Zimmer dringen. Sie klopfte erneut und fragte sich, ob sie sich nicht vielleicht in der Tür geirrt hatte. Doch dann öffnete der Kollege.

Auch wenn er sich halb hinter der Tür versteckte, so sah Nadja doch deutlich, dass Peter nur Boxershorts trug, sein Haar zerzaust und sein Blick äußerst verlegen war. Zu allem Überfluss ragte ein eindeutig weibliches Bein aus seinem Bett und angelte nach einem Rock, der auf dem Boden lag.

Nadja konnte es nicht fassen. Sie wusste, dass es in der Ehe zwischen Peter und Rebekka hin und wieder Probleme gab, aber sie war immer davon ausgegangen, dass er sie liebte. Jetzt sah er seine Chefin auch noch mit einem schamhaften Grinsen an, als wollte er sagen: Bitte schimpf mich nicht, ich bin eben auch nur ein Mann mit gewissen Bedürfnissen.

Nadja zog Peter auf den Flur und die Tür zu. »Sag mal, hast du sie noch alle?«, rief sie wütend. »Was glaubst du, was du hier machst? Das ist das schäbigste, schändlichste Verhalten, das mir je untergekommen ist. Rebekka wartet daheim auf dich, und du dankst es ihr, indem du mit dem nächstbesten Flittchen ins Bett springst?«

Von drinnen hörte man nichts mehr. Offenbar wartete die Frau ab, ob Peter für sie einstehen würde. Doch er starrte Nadja nur sprachlos an. Die Frau schien ihre Ehre nun selbst verteidigen zu wollen, denn sie kam forschen Schrittes auf die Tür zu und riss sie auf. Eingewickelt in die Bettdecke stand sie da.

Nadja warf ihr einen vernichtenden Blick zu – stutzte und schlug sich die Hand vor den Mund. Peter und Rebekka brachen in lautes Gelächter aus.

Alarmiert von dem Lärm in ihren heiligen Hallen bog plötzlich Schwester Hortensia um die Ecke, um den Grund für die frühe Störung zu eruieren. Sie setzte zu einer Ermahnung an, doch dann sah sie Peter, der lachend mitten im Flur stand. Ihr Blick wanderte an seinem nackten Oberkörper hinunter und blieb an den Boxershorts hängen. Vorsichtshalber schloss sie die Augen. »Herrjemine, dies ist doch ein Ort der Besinnung«, brachte sie nur leise hervor, bevor sie sich in die Kapelle flüchtete.

***

Nach einem launigen Frühstück trafen Nadja und Peter um halb neun im Dienstgebäude ein. Als Peter die Tür öffnete und Gretchen Morungen begrüßen wollte, hielt er überrascht inne. Der nicht gerade weiträumige Flur war an beiden Seiten mit Stühlen bestückt, auf denen Menschen saßen, als warteten sie auf einen Zahnarzttermin. Er erkannte Julian Kröger und Nathalie Rosa. Neben deren Stuhl stand ein gut aussehender Südländer. Außerdem gab es noch einen kleinen, gut gekleideten Herrn mit Dreitagebart und zwei ältere Damen, die sich über ein Kreuzworträtsel stritten.

Da ihr Kollege so plötzlich stehen geblieben war, musste Nadja ihm über die Schulter schauen, um den Grund für seine Überraschung zu erkennen. Als sie die Versammlung sah, zog sie irritiert die Augenbrauen hoch.

»Herrjemine, dies ist doch ein Ort der Besinnung!«, flüsterte Peter ihr ins Ohr.

Nadja stieß ihn in die Seite und schob sich dann an ihm vorbei, um die Anwesenden zu begrüßen. Sechs Augenpaare beobachteten neugierig, wie sie gleich darauf im Büro der Würzburger Kollegen verschwand. Peter folgte ihr.

Braun und Neumann sprangen erleichtert auf, als sie die Kollegen erblickten.

»Guten Morgen, die Herren«, begrüßte Nadja sie kühl, »könnten Sie mir vielleicht verraten, was es mit dem Menschenauflauf da draußen auf sich hat?«

Neumann konnte. Er berichtete, dass Frau Rosa und ihr Verlobter auf Peters Wunsch hin zur Vernehmung bestellt waren und dass sich darüber hinaus im Laufe der Ermittlungen ja durchaus neue Fragen ergeben hatten, die den gesamten Stammtisch betrafen. Deshalb hatte er nicht nur das Pärchen aufs Präsidium bestellt, sondern gleich den ganzen Haufen. »So bekommen wir einmal einen Einblick in die Gruppendynamik dieses Stammtisches, das ist sozialpsychologisch sicher sehr interessant«, fügte er hinzu.

»Die Frage ist nur, ob es auch ermittlungstechnisch interessant ist«, murmelte Nadja. Sie musste allerdings zugeben, dass sie die Idee gar nicht so schlecht fand. Trotzdem waren zuerst ein paar grundsätzliche Infos auszutauschen.

Sie fasste den Obduktionsbericht kurz zusammen und vergaß nicht, Connies Zähneknirschen zu erwähnen. Auch den genauen Namen des Weins, von dem man Reste am Tatort gefunden hatte, hatte sie notiert. Steffen Neumann und Kurt Heideckert erhielten den Auftrag, dieser Spur am Nachmittag nachzugehen, den Winzer und verschiedenste Verkaufsstellen zu befragen.

Dann war Peter an der Reihe. Er berichtete von seinem erneuten Treffen mit den Lembers, ließ das Donut-Abenteuer dabei aber unter den Tisch fallen. Anna, Connies Münchner Freundin, hatte auf seine Nachfragen sehr überrascht reagiert. Connie hatte an dem besagten Wochenende im Juni definitiv nicht bei ihr übernachtet. Sie hatte gar nichts davon gewusst, dass ihre Freundin nach München kommen wollte, und war deshalb auch zu Hause bei ihren Eltern in Ochsenfurt gewesen. Alina hatte also tatsächlich recht gehabt. Jetzt stellte sich nur die Frage, was genau Connie David darüber erzählt und wo sie sich stattdessen aufgehalten hatte. Peter fand es an der Zeit, noch einmal mit David zu sprechen, und selbst Nadja musste zugeben, dass die Sache nicht gut klang.

Bevor sie nun aber die wartenden Stammtischler hereinrufen konnte, meldete sich Braun zu Wort: »Noch eine Sache, Frau Gontscharowa: Dieser Fernando Ruiz, dreiunddreißig Jahre alt, hauptberuflich Gelegenheitsarbeiter auf dem Bau und nebenbei Verlobter einer Sozialarbeiterin, ist mehrfach vorbestraft und hat auch schon eine Weile gesessen. Ihm sollten wir unbedingt auf den Zahn fühlen, wie gut er Connie nun tatsächlich kannte.«

Nadja stimmte zu und bat ihn anschließend, bei der folgenden Massenvernehmung Notizen zu machen. Das Aufnahmegerät würden sie zusätzlich laufen lassen. Braun sah nicht besonders begeistert aus, fügte sich aber widerspruchslos.

Neumann warf ihm einen Spiralblock zu: »Hier, für die fleißige Tippse.« Als er Nadjas strengen Blick auf sich gerichtet sah, zuckte er nur mit den Schultern.

Peter grinste, der Anarchieszene am Vortag gedenkend, still in sich hinein und stand auf, um die Teilnehmer des Stammtisches hereinzubitten.

Offensichtlich hatte Gretchen die Gunst der Stunde genutzt, um endlich einmal ihre Qualitäten als formvollendete Gastgeberin zur Schau stellen zu können. Jeder der Wartenden war bereits mit Kaffee, Wasser oder Saft versorgt und kaute fleißig. Maurizio Kattenbach hielt sogar einen ganzen Stapel langsam schmelzender Schokoplätzchen in der linken Hand und scherzte unterdessen mit einer der Señoras Hernandez.

Sobald die Sekretärin Peter erblickte, begann sie zu strahlen. »Herr Kommissar, sehen Sie, nun hat sich mein Süßigkeitenvorrat im Schreibtisch doch bezahlt gemacht. Die armen Leute sind ja ganz ausgehungert!«

Man könnte fast glauben, sie sei Mutter Teresa und müsse gerade die indische Slumbevölkerung speisen, dachte Peter, dankte ihr aber und verkündete, dass nun bitte alle ihren Stuhl mit hereinbringen sollten. Ein eifriges Gerucke und Gerumpel setzte ein.

Der braun gebrannte Mann neben Nathalie Rosa schien sich profilieren zu wollen. »Uuuund hepp!«, rief er, schwang den Stuhl in die Höhe und balancierte ihn auf einem Arm durch die Tür. Die Damen betrachteten ihn wohlwollend, und Emanuela Hernandez klatschte gar Beifall.

»Wir sind doch hier nicht im Zirkus«, brummte Dr. Kattenbach, während Julian gar nichts sagte und stattdessen neben seinem eigenen auch die Stühle der drei Frauen nach drüben trug.

Peter beobachtete, wie auch Gretchen ihren Schreibtischstuhl hinter dem Empfang hervorwuchtete und an ihm vorbei ins Büro rollen wollte. »Danke, aber wir haben schon genug Stühle, Frau Morungen«, sagte er irritiert.

Gretchen blickte auf. »Aber der ist doch für mich. Ich muss doch auch irgendwo sitzen!«

»Das ist eine offizielle Vernehmung. Ich glaube nicht, dass Frau Gontscharowa Ihre Anwesenheit gestatten wird«, erwiderte er vorsichtig.

Gretchen schob den Stuhl wieder zurück und sagte vorwurfsvoll: »Eben haben Sie noch gesagt, dass *alle* ins Büro kommen sollen. Aber ich zähle wohl nicht als Person, ich bin hier ja nur die Sekretärin.«

Peter fragte sich, ob ihr überhaupt bewusst war, dass sie in der Kriminalpolizeiinspektion arbeitete. Sie schien es mit einer Unterhaltungsshow zu verwechseln. Ohne eine weitere Erwiderung trat er in den Raum und schloss die Tür hinter sich.

Endlich waren alle im Büro versammelt. Nadja ordnete an, dass man einen Stuhlkreis bilden sollte, was für einiges Gekicher sorgte. Fernando murmelte: *»Qué tontería! Somos niños?«* Auf Deutsch schien er es nicht sagen zu wollen, aber Nadja konnte auch so erraten, was er gemeint hatte.

Lächelnd antwortete sie: »Herr Ruiz, wenn Ihnen hier zu viele Menschen anwesend sind, dann können wir Sie auch gerne einzeln befragen. Natürlich haben Sie ein Recht auf Ihre Privatsphäre. Meine beiden Kollegen haben sicher nichts dagegen, mit Ihnen in eine der Verhörkabinen zu gehen.«

Sie ignorierte einen fragenden Blick von Steffen Neumann, der zu sagen schien: Wir haben hier gar keine Verhörkabinen, und fixierte Ruiz.

Der Spanier hatte den Sinn ihrer Worte wohl erfasst und winkte energisch ab. Nathalie Rosa griff ängstlich nach seiner Hand, als wolle man ihn ihr wegnehmen. »Was soll das Ganze überhaupt?«, fragte sie schrill, »warum muss Fernando bei der Vernehmung mit dabei sein? Er kannte Connie doch überhaupt nicht!«

Peter fiel auf, dass sie noch stärker geschminkt war als bei ihrer letzten Begegnung, Augen und Mund versanken förmlich in einer Masse aus beigefarbenem Make-up und Puder. Er fragte sich, ob sie bei einer Umarmung wohl Flecken auf dem Hemd ihres Verlobten hinterließ.

Nadja schwieg, bis endlich alle auf ihren Plätzen saßen – Polizisten und Zivilisten bunt gemischt. Dann erst antwortete sie: »Sie könnten recht haben, und Herr Ruiz hat mit dieser Sache tatsächlich nichts zu tun. Aber dennoch bleibt die Tatsache, dass Sie uns im letzten Gespräch seine Vergangenheit bewusst verschwiegen haben. Würden Sie das bitte erklären?«

Im Raum war es mucksmäuschenstill geworden. Nathalie fuhr wütend auf: »Genau deswegen habe ich nichts gesagt. Die Polizei interessiert sich doch immer nur dafür, welche Fehler man früher gemacht hat, auch wenn das schon lange vorbei ist. Einmal schuldig, immer schuldig!«

»Vielleicht darf ich Sie daran erinnern, warum wir uns für die Vergangenheit Ihres Verlobten interessieren?«, gab Nadja kühl zurück. »Eine junge Frau wurde ermordet, und wir versuchen, den Täter zu finden. Das wird nicht leichter dadurch, dass hier jeder selbst entscheidet, wie viel er uns mitzuteilen geneigt ist. Und gerade in Ihrem Fall war das herzlich wenig.«

»Ich beiß nichts, gar nichts!«, rief Fernando erregt.

Kurz entstand Verwirrung unter den Kommissaren, und in Peters Phantasie beugte sich ein schwarz gekleideter Vampir-Fernando über Connies zarten Hals, um lüstern hineinzubeißen. Doch da schaltete sich Emanuela Hernandez ein und erklärte, dass ein »w«-Laut im Spanischen meist als »b« ausgesprochen wird.

»No sé!«, bekräftigte der Spanier nochmals in seiner Muttersprache, und nun hatte auch Nadja erfasst, was er eigentlich hatte sagen wollen. Der Einfachheit halber bat sie Señora Hernandez, das weitere Gespräch zu übersetzen. Diese schien sich geehrt zu fühlen, dass man ihr eine so wichtige Aufgabe anvertraute. Ihre schwarzen Augen funkelten wie Onyx, als sie sich aufmerksam vorbeugte, um keine Silbe zu verpassen.

»Herr Ruiz, bitte schildern Sie uns, was Sie an dem betreffenden Abend beziehungsweise in der Tatnacht gemacht haben«, eröffnete Nadja die Vernehmung.

Fernando berichtete ohne Zögern, dass er Nathalie wie abgemacht vom Theatercafé abgeholt hatte und sie gemütlich nach

Hause spaziert waren. Dort hatten sie noch einige Aperitivos zu sich genommen, hatten begonnen, »Volver« mit Penélope Cruz zu schauen, die Fernandos Lieblingsschauspielerin war, und sich nach ungefähr der Hälfte des Filmes ins Bett begeben, weil beide sehr müde waren. Nathalie Rosa bestätigte seine Aussage. Ähnlich hatte sie es bei der ersten Befragung Peter gegenüber ja schon geschildert.

Die weiteren Fragen waren vorhersehbar und wenig kreativ: Wie oft hatte er Connie gesehen? Einige Male, wenn er seine Verlobte nach den Treffen abgeholt hatte. Hatte er auch einmal allein mit ihr gesprochen? Nein, nie.

Hier schaltete sich zu Nadjas Überraschung Mercedes Hernandez ein und erklärte, dass sie vor einigen Wochen eine Unterhaltung mit Connie geführt habe, in der es um den Spanier ging. Connie habe sich gefragt, warum Nathalie ihn nie zu den Treffen mitbringe, sondern er immer erst sehr spät käme, um sie abzuholen. So könne man ihn ja nicht richtig kennenlernen.

»Sehen Sie, das ist die Bestätigung!«, rief Nathalie Rosa triumphierend, »Fernando und Connie haben nie ein Wort miteinander gewechselt.«

»Ja, bis zu diesem Zeitpunkt«, schränkte Nadja ein, »aber offensichtlich war Connie an einer näheren Bekanntschaft ja durchaus interessiert.«

Fernando Ruiz blickte irritiert von einem zum anderen. Er schien dem Gespräch nicht mehr folgen zu können.

Nadja wandte sich weiterhin an Nathalie: »Aber die Frage an sich ist ja durchaus interessant: Warum haben Sie Ihren Verlobten denn nie zum Stammtisch mitgenommen? Es hätte ihn doch sicher gefreut, seine Muttersprache sprechen zu können, einen Abend in netter Gesellschaft zu verbringen und den Studenten noch etwas beibringen zu können.«

Mercedes flüsterte: »Das hieße, den Bock zum Gärtner machen!«

Alle lachten, bis auf Nathalie Rosa, die rot geworden war. Fernando Ruiz lächelte stolz, er schien es als Kompliment zu verstehen.

»Du alter Schwerenöter!«, sagte Dr. Kattenbach und klopfte

Fernando anerkennend auf die Schulter, »ich kann mir schon vorstellen, dass du bei den Frauen gut ankommst. Du machst ja fast unserem Casanova Konkurrenz!« Er deutete auf Julian.

Der hob die Augenbrauen und grinste halbherzig. Er sah auch heute wieder derart lässig-schick aus, dass er einem Modekatalog entstiegen zu sein schien. Die engen Jeans mit dem Westerngürtel passten hervorragend zu dem karierten Hemd und dem geflochtenen Lederarmband, das er am linken Handgelenk trug. Eine Armbanduhr hatte er nicht, das war ziemlich untypisch für einen Jurastudenten.

Nadja löste ihren Blick nur mit Mühe von seinen gebräunten Unterarmen. »Widmen wir uns jetzt einem anderen Thema«, sagte sie in die Runde. »Weiß jemand von Ihnen, wo Connie sich am Wochenende von 11. bis 13. Juni aufgehalten haben könnte?«

Alle schienen nachzudenken, dann fragte Emanuela: »Warum ist dieses Wochenende denn so wichtig? Das ist schon lange her.«

Nadja erklärte, dass sie das aus ermittlungstechnischen Gründen leider nicht näher erläutern könnten.

Schließlich sagte Julian: »Ich bin mir nicht ganz sicher, aber irgendwann so um die Zeit herum hat sie mir erzählt, dass sie wegen Recherchen für ihre Zulassungsarbeit nach München fahren würde. Könnte sein, dass es dieses Wochenende war.«

Nadja und Peter warfen sich einen Blick zu. Wie viel konnten sie preisgeben? »München könnte stimmen, Herr Kröger«, sagte Nadja schließlich, »etwas Ähnliches haben wir auch gehört. Allerdings sind die Informationen bisher sehr wenig konkret.«

»Dann fragen Sie doch ihren Freund, David«, schlug Julian vor.

»Wir fragen jetzt aber gerade Sie«, schaltete sich Peter ein. »Diese Stammtischtreffen waren jede Woche, da erfährt man doch eine Menge von den anderen Leuten, so groß ist diese Gruppe ja nicht gewesen. Und nun wollen Sie mir erzählen, dass –« Er brach ab. Von draußen waren erregte Stimmen zu hören, dann wurde ohne ein Klopfen die Tür aufgerissen.

Julia Schlaufuß stürmte herein. Sie wedelte mit den Armen in der Luft herum und rief: »Das müssen Sie sich ansehen, ich habe es gerade gefunden!«

Hinter ihr erschien ein wütendes Gretchen, das die Arme

in die Seiten stemmte. »Sie müssen entschuldigen, ich habe ihr mehrmals deutlich zu verstehen gegeben, dass es sich hier um eine offizielle Vernehmung handelt und keine Störenfriede erlaubt sind, aber sie wollte nicht auf mich hören!«

Nadja blickte mit hochgezogenen Augenbrauen zwischen den beiden Frauen hin und her. »Warum sind Sie denn nun da?«, fragte sie Julia schließlich.

»Na deshalb!« Julia stellte sich vor Nadja und hielt ihr ein Buch vor die Nase. »Das berühmte verschollene Notizbuch, es stand plötzlich wieder in Connies Bücherregal!«

Ein ungläubiger Laut war zu vernehmen. Nadja blickte scharf in die Runde. Mercedes Hernandez hatte die Hand vor den Mund geschlagen, offensichtlich war das Geräusch von ihr gekommen. Ihre Schwester hingegen blickte Maurizio Kattenbach an, der mit zusammengekniffenen Augen das kleine Büchlein musterte. Auch Julian starrte auf das Notizbuch, seine übliche blasierte Miene war einem fragenden Gesichtsausdruck gewichen. Nathalie und Fernando führten eine geflüsterte Konversation in schnellem Spanisch, sodass Nadja nicht einmal hätte sagen können, wo ein Satz endete und der nächste anfing.

Peter räusperte sich: »Ich würde sagen, wir sollten es lesen.«

Stille trat ein. Julia übergab Nadja feierlich das Buch und blickte sich neugierig im Kreis um, als habe sie die ganzen Menschen erst jetzt bemerkt.

Nadja schlug die erste Seite auf. »Connie Lember, Oktober 2013«, stand da in zierlichen Buchstaben. Die Situation kam ihr falsch vor. Sie würde Connies Geheimnisse nicht in aller Öffentlichkeit enthüllen. Also stand sie auf und nahm ihre Tasche vom Garderobenhaken.

»Ich werde mich zurückziehen und Connies Notizen sehr genau lesen. Das kann eine Weile dauern. Ich danke Ihnen allen schon einmal für Ihr Kommen. Wenn die Kollegen die Befragung abgeschlossen haben, können Sie nach Hause gehen. Ich wünsche Ihnen einen schönen Tag!«

Damit schloss Nadja die Tür hinter sich, schritt an dem fassungslosen Gretchen vorbei die Treppe hinab und trat aufatmend in den hellen Sonnenschein. Nur du und ich, liebe Connie, dachte sie, das ist Frauensache. Sie packte das Notizbuch in ihre Tasche und machte sich auf den Weg.

***

Nadja fuhr mit der Straßenbahn in die Innenstadt, setzte sich ins Café am Dom, bestellte einen Cappuccino und schlug das Büchlein auf.

Anscheinend war es Notizbuch, Kalender und Tagebuch in einem. Auf den ersten Seiten waren Busfahrpläne eingeklebt, dann folgten Geburtstage, teils mit Geschenkideen in Klammern dahinter. Sophie sollte eine Albert-Einstein-Badeente bekommen. Connie hatte eine kleine Zeichnung gemacht, daneben stand »$E= mc^2$« in einer Sprechblase.

Auf den folgenden Seiten hatte sie scheinbar wild notiert, was ihr gerade in den Sinn kam: Termine, die sie nicht verpassen durfte, Zitate auf Deutsch oder Spanisch, Telefonnummern und Einkaufslisten. Zwischendrin gab es aber auch längere Absätze, die schlaglichtartigen Einblick in Connies Leben gaben. Nadja hatte glücklicherweise keinerlei Mühe, die runde Handschrift zu lesen.

Kurz nach Weihnachten fand sich ein Eintrag, der mit dem Stammtisch zusammenhing:

Interessantes Gespräch mit Mercedes. Ich war bei ihr im Laden und suchte nach einem Buch, das ich noch in meine ZuLa einbauen könnte. Dabei stieß ich aus Versehen gegen eines der Holztischchen, und eine kleine Vase mit einer weißen Lilie fiel herunter und zerbrach. Ich erschrak und kniete mich sofort hin, um die Scherben aufzusammeln. Die Blume legte ich solange in meinen Schoß. Plötzlich rief Mercedes: »Bleib so«, stürmte ins Hinterzimmer und kam mit einer Kamera zurück. Sie fotografierte mich und sagte: »Die perfekte reuige Sünderin, du bist die Maria Magdalena des 21. Jahrhunderts.«
Ich sagte grinsend, dass es mir um die Vase leidtäte, dass ich ansonsten aber nichts zu bereuen hätte. Mercedes blickte mich nachdenklich an und meinte, dass wir Frauen seit Eva immer das Potenzial in uns tragen, Böses auszulösen. Dass Schuld nicht

unbedingt mit einer Handlung zu tun hat. Dass man auch für das verantwortlich sein kann, was andere falsch machen, wenn wir selbst der Auslöser dafür sind.
Der Satz geht mir nicht mehr aus dem Kopf. Das ist so typisch Mercedes, ganz und gar kryptisch und grade deswegen so spannend. Jedenfalls habe ich versprochen, ihr eine neue Vase zu kaufen. Nicht vergessen!!!

Nadja nahm einen Schluck von dem Kaffee, den der Kellner mittlerweile einfach neben ihrem Ellenbogen abgestellt hatte. Auch sie überlegte, was Mercedes Hernandez mit diesem Satz eigentlich gemeint hatte. Sie würde sie danach fragen, dachte sie und vertiefte sich wieder in das Büchlein.

Es folgten einige Gedichte, die Connie selbst verfasst zu haben schien, da fast in jeder Zeile Worte durchgestrichen und ausgebessert waren. Nadja nahm sich vor, Peter einmal einen Blick darauf werfen zu lassen. Sie war gespannt, wie er die lyrische Qualität beurteilen würde. Für sie klangen die Wörter jedenfalls schön; sie mochte es, wenn Gedichte sich auf ganz herkömmliche Art reimten. Besonders modern war das wohl nicht.

In einem der Texte ging es um Naturphänomene, die von unterschiedlichen Menschen ganz unterschiedlich wahrgenommen wurden. Ein Gewitter wirkte auf eine verliebte Frau romantisch, einem Kind jagte es Angst ein, und ein Physiker verband damit luftelektrische Entladung. Connie musste eine gute Beobachterin gewesen sein, wenn sie so etwas geschrieben hatte, fand Nadja.

Doch nicht immer waren die Texte so durchdacht. Manche waren offensichtlich aus einer sehr schlechten Stimmung heraus entstanden, sie waren voll Wut oder Enttäuschung und brachen mitten im Satz ab. Ein immer wiederkehrendes Thema war der Perfektionsanspruch, dem Connie sich offenbar ausgesetzt sah. Über ein Wochenende bei ihren Eltern hieß es:

Ich könnte manchmal schreien, ich könnte schreien und weinen zugleich. Sie sind so stolz auf mich, und ich muss ständig beweisen, wie berechtigt dieser Stolz ist. Wenn Alina eine schlechte Note hat, dann hat sie eben eine schlechte Note. Wenn ich von

Schwierigkeiten in der Uni erzähle, dann schaut Mama sofort alarmiert, und ich verfalle in Verteidigungsstellung und beteuere, dass es eigentlich doch gar nicht so schlimm ist.

An mehreren Stellen beklagte Connie sich zudem darüber, dass David nicht genug Zeit mit ihr verbringe oder nur körperlich anwesend, in Gedanken aber bei seiner Musik sei. Offensichtlich hatte sie das Gefühl gehabt, ständig um seine Aufmerksamkeit kämpfen zu müssen. Doch in manchen Phasen schien sie ihre Konkurrenz zu Davids Geige durchaus auch wieder mit Humor genommen zu haben. Ein Gedicht, das mit himmelblauem Glitzerstift geschrieben war, lautete:

Meiner liebsten Feindin:

Mein Freund hält dich so gern im Arm,
Dabei bist du doch kalt statt warm
Ein Instrument, ganz ohne Herz
Bereitest du mir nichts als Schmerz
Die Kurven sind aus Holz und Leim
Und ich, die Frau, sitz brav daheim.
Du stiehlst mir Zeit,
Ich bin es leid!

Nadja grinste vor sich hin. Auf den Mund gefallen war Connie jedenfalls nicht. Es stellte sich nur die Frage, ob sie auch mit David über ihre Gefühle gesprochen hatte. Der junge Mann litt so offensichtlich unter Connies Tod, dass Nadja sich nicht vorstellen konnte, er habe seine Freundin absichtlich vernachlässigt. Irgendetwas war in der Kommunikation zwischen den beiden ganz und gar schiefgelaufen. Oder übertrieb Connie einfach? War sie, die hübsche und beliebte Studentin, es einfach nicht gewöhnt, einmal nicht im Mittelpunkt zu stehen?

Die Domuhr schlug bereits vier, als Nadja auf den bisher längsten Eintrag stieß. Er war auf den zwölften Juni datiert und umfasste mehrere Seiten:

Ich ließ mich am sandigen Ufer nieder und tauchte vorsichtig eine einzelne Zehe ins Wasser. Der pinke Nagellack leuchtete durch die Wellen zu mir hinauf, und ich fühlte mich richtig unternehmungslustig. Ich ließ die restlichen Zehen folgen. Lou war einfach hineingesprungen und sah jetzt belustigt zu, wie ich versuchte, mich nach und nach an das eiskalte Wasser zu gewöhnen.
»Es heißt nicht umsonst Eisbach«, stellte er fröhlich grinsend fest, »aber keine Sorge, wenn du erst mal drin bist, dann ist es gar nicht mehr so schlimm.«
Ich bezweifelte das insgeheim. Ich friere ja sowieso schon immer und überall, und ein Flüsschen mit arktischen Temperaturen wird sicher nie zu meinem Lieblingsaufenthaltsort werden. Aber als ich bis zu den Knien im Wasser war und gerade überlegte, ob ich nicht einfach wieder zurück auf die Liegewiese gehen sollte, sah ich das Funkeln in Lous Augen, der sich langsam auf mich zubewegte. Das verhieß nichts Gutes. Gleich würde er mich einfach packen und ins Wasser ziehen. Ich sprach ein Stoßgebet und ließ mich von der Uferböschung ins Wasser gleiten. Es war so kalt, dass ich erst einmal keine Luft bekam und die Augen aufriss. Aber nach einem kurzen Moment hatte mein Körper den Schock überwunden, und ich quietschte los.
Lou lachte und nahm mich bei der Hand. »Und jetzt komm mit in die Mitte, die Strömung ist sehr stark, lass dich einfach treiben«, sagte er.
Ich fühlte mich wie ein Lämmchen auf der Schlachtbank, als ich ihm hinterherwatete. »Also, Lou, ich kann nicht so besonders gut schwimmen«, wandte ich ein.
Er blickte über die Schulter zurück. »Der Bach ist an keiner Stelle wirklich tief. Wenn die Strömung nicht wäre, könnte man überall problemlos stehen.«
Das machte es nicht wirklich besser. Schließlich gab es die Strömung ja.
Als hätte er meine Gedanken gelesen, wandte Lou sich ganz zu mir um. »Du musst das nicht machen, wenn du nicht willst«, sagte er mit einem Blick in mein besorgtes Gesicht, »aber es macht Spaß. Ich glaube, dass es dir gefallen wird.«
Ich biss mir auf die Lippen. Zurückgehen würde ich auf keinen Fall. Warum eigentlich nicht, dachte ich, und dieser Gedanke

musste mit Lou zusammenhängen. Ich mochte ihn, und irgendwie wollte ich ihn auch beeindrucken.
Kurz entschlossen tastete ich mich auf dem unebenen Grund weiter den Stromschnellen entgegen. Halb lachte ich: »Okay, ich probiere es. Du ziehst mich notfalls raus, ja?«
Ich war froh, als er daraufhin ganz ernst sagte: »Natürlich tue ich das.«
Jetzt waren wir fast in der Mitte des Eisbachs angekommen. Ich musste mich gegen die Strömung stemmen, um nicht den Boden unter den Füßen zu verlieren. »Also los«, rief Lou und ließ sich von den Wellen davontragen.
Ich zögerte noch einen Moment und löste die Füße vom Grund. Sofort wurde ich mitgerissen, konnte jedoch glücklicherweise über Wasser bleiben und vergewisserte mich nur ab und zu, dass ich im Notfall immer noch stehen konnte.
Dann war der Boden plötzlich weg. Ich tauchte kurz unter, bevor ich den Kopf wieder aus dem Wasser bekam. Es war trotzdem nicht so schlimm wie erwartet. Sobald ich mir die Haare aus dem Gesicht gestrichen und ein paarmal durchgeatmet hatte, begann ich, das Schwimmen zu genießen. Aus eigener Kraft wäre ich nie so schnell vorangekommen. Lou rief mir zu, dass ich mich seitlich halten sollte, und ich bemühte mich, weiter nach rechts zu ihm hinüberzukommen.
Das Flussbett machte an dieser Stelle eine Biegung, sodass die Strömung auf einer Seite deutlich schwächer war. Lou stand in Ufernähe und streckte mir eine Hand entgegen, die ich dankbar ergriff. »Unter Wasser ist hier irgendwo eine Mauer eingezogen, die macht das Stehen einfacher«, erklärte er.
Tatsächlich konnte ich mich problemlos auf ihn zubewegen. Er strahlte mich an und fragte: »Und, friert's dich?«
»Es ist schon echt eisig, aber man gewöhnt sich dran.« Ich lächelte. Nun standen wir einander im bauchhohen Wasser gegenüber. Lou hielt immer noch meine Hand, obwohl das gar nicht mehr nötig gewesen wäre. Die Tropfen auf seinem nassen Oberkörper glitzerten in der Sonne. Ich blickte ihn an, und wir schwiegen plötzlich. Ich dachte an David. Dann spürte ich, wie Lou seine Arme um mich legte und mich an sich zog.

Plötzlich gab es keine Gedanken mehr an gestern und morgen, es gab nur noch ihn. Lous braune Augen, die mich anstrahlten, seine Hände an meiner Taille, die Nähe seines Oberkörpers, der so viel Wärme ausstrahlte. Und wie in den kitschigsten Büchern spürte ich tatsächlich mein Herz schlagen, als wir uns immer näher kamen, als ich die grünen Sprenkel in seinen Pupillen erkennen konnte und sein Atem meine Wange streifte. Meine Lippen öffneten sich wie von selbst, sobald ich Lous Mund auf meinem fühlte. Wir küssten uns, und ich fühlte mich plötzlich so lebendig, dass ich meine Hände in seinen langen Haaren vergrub und ihn noch näher zu mir heranzog.

Ich habe mich noch nie so begehrt, so weiblich, so völlig frei gefühlt wie heute. Mit Lou ist jeder Moment ein Abenteuer! Ich liege gerade immer noch in seinem Bett und schreibe, während er das Abendessen zubereitet. Es gibt Spaghetti al salmone, ich habe auch einen Mordshunger. Gedanken an David lasse ich nicht zu. Dieses Wochenende gehört mir. Es soll sich in eine Erinnerung verwandeln, die mich in den trostlosen Momenten wärmt, wenn niemand sonst es tut.
Vielleicht machen wir später noch einen Spaziergang durch das nächtliche München oder gehen irgendwo was trinken. Und dann die Nacht, auf die Nacht freue ich mich besonders. Besonders viel Schlaf werden wir wohl beide nicht bekommen!

Mitten in der Altstadt saß Nadja von einer strahlenden Würzburger Sonne beschienen in diesem Café und fragte sich, ob sie gerade richtig gelesen hatte oder ob sie halluzinierte. Vielleicht litt sie unter einem Sonnenstich oder der Kellner hatte Drogen in den Cappuccino gekippt.

Sie blätterte hastig um, ob sich auf der nächsten Seite nicht vielleicht ein fröhliches »April, April« verbarg, doch tatsächlich war der provokante Satz der letzte in diesem Notizbuch, danach folgten nur noch leere Seiten.

ZWÖLF

Nadja rief den Kellner, zahlte und registrierte erst aufgrund seines strahlenden Gesichts, dass sie viel zu viel Trinkgeld gegeben hatte. Aber das war jetzt auch egal. Sie kramte in der Umhängetasche nach ihrem Handy und wählte nach einem Blick in ihre Aktenmappe Davids Nummer.

Er ging gleich nach dem zweiten Klingeln ran. »David Bauer, hallo?«, meldete er sich fragend.

Nadja hatte sich auf das Gespräch gar nicht vorbereitet. Sie räusperte sich und sagte: »Hallo, hier ist Nadja Gontscharowa. Herr Bauer, wo befinden Sie sich denn gerade?«

David seufzte. »In der Musikhochschule, wo sonst. Ich habe es in meiner Wohnung nicht ausgehalten. Dort erinnert mich alles an Connie, sogar das Kopfkissen riecht nach ihrem Shampoo. Das macht mich wahnsinnig!«

Das leichte Zittern in seiner Stimme ließ sich auch über eine Telefonverbindung nicht verschleiern. Doch Nadja fragte sich, ob er nicht einfach ein grandioser Schauspieler war, denn nach all dem, was sie eben gelesen hatte, war sie von seiner Schuld schon fast so überzeugt wie Peter.

»Bitte stellen Sie sich an den Eingang der Hochschule und warten Sie dort auf uns. Mein Kollege und ich werden so schnell wie möglich bei Ihnen sein«, sagte Nadja ruhig.

Nun klang er verwirrt: »Gibt es denn etwas Neues?«

»So könnte man es sagen. Bis gleich, Herr Bauer«, beendete Nadja das Gespräch.

Sofort danach rief sie Peter an, erklärte ihm in groben Zügen, was in dem Tagebuch stand, und bat ihn, ebenfalls zur Musikhochschule zu kommen, damit sie die Befragung gemeinsam vornehmen konnten.

Sie selbst winkte dem Kellner nochmals und fragte, als er erwartungsvoll vor ihr stand: »Könnten Sie mir vielleicht sagen, wie ich zu Fuß am schnellsten zur Musikhochschule komme?«

Sein Grinsen wurde noch breiter: »Wenn Sie 'ne halbe Stunde

warten, komme ich mit und zeige Ihnen den Weg höchstpersönlich.«

Nadja musterte den jungen Mann von oben bis unten, schob ihre Sonnenbrille zurück und raunte: »Das geht leider nicht, dringende Staatsangelegenheiten. Aber Sie können mich ja mal auf dem Polizeirevier besuchen.«

»Von Ihnen würde ich mir gerne mal Handschellen anlegen lassen«, meinte der Kellner augenzwinkernd. »Aber jetzt kann ich leider noch nicht weg, also bevor Sie mich wegen Behinderung der Staatsgewalt verhaften, erkläre ich Ihnen lieber, wo's langgeht.«

Nadja versuchte sich den Weg vom Dom durch die Unterführung geradeaus bis zur Residenz zu vergegenwärtigen. Bei dem Torbogen, unter dem die Straße durchführte, begann praktisch schon der Ringpark. Von dort aus waren es noch ungefähr zwanzig Meter Fußweg.

Sie brach unverzüglich auf. Bei dem Gedanken, wie Peter schauen würde, wenn der junge Mann eines Tages tatsächlich im K1 auftauchen würde, musste sie laut lachen. Sie fragte sich, woher ihre plötzliche gute Laune kam. Wegen eines unbedeutenden Flirts mit dem Kellner, ein bisschen Aufmerksamkeit und ein paar Komplimenten? Waren Frauen tatsächlich so einfach gestrickt?

Die Fragen blieben unbeantwortet, da Nadja schneller als erwartet am Hochschulgebäude angekommen war. Schon von Weitem sah sie Peter und David mit ernsten Gesichtern vor dem Eingang stehen und auf sie warten.

Nadja gab David die Hand. Da er sowieso noch eine Stunde zum Üben eingeschrieben war, führte er sie wie selbstverständlich wieder in das kleine Übungszimmer. Sie nahmen dieselben Positionen ein wie vor einigen Tagen: David auf dem Klavierhocker, Nadja an dem kleinen Tischchen und Peter, der sofort das tragbare Aufnahmegerät eingeschaltet hatte, neben ihr.

Ohne große Umstände zog Nadja Connies Notizbuch aus ihrer Tasche und legte es vor sich ab. Dann lehnte sie sich im Stuhl zurück und schwieg. David starrte das Büchlein an. Dann hob er den Blick und richtete ihn auf Nadja. Sie hielt ihm stand, woraufhin Davids Schultern nach unten sackten.

»Ich weiß, wie das wirkt«, sagte er hoffnungslos. »Ich weiß, dass ich ein astreines Motiv habe. Aber ich habe Connie nicht umgebracht! Ich hätte ihr nie etwas angetan, egal, wie sie mich zuvor verletzt hat.«

»Sie haben es also gelesen?«, fragte Peter nach.

David nickte. »Connie hat es vergessen, nachdem sie am Mittwoch bei mir übernachtet hat. Als ich von der Uni nach Hause kam, lag es da neben dem Bett. Und … ich konnte nicht widerstehen, ich wollte nur einen Blick hineinwerfen, herausfinden, warum sie sich in letzter Zeit so anders verhalten hatte. Sie war viel stiller, viel weniger lebensfroh als sonst. Und sie hat mir gar keine Vorwürfe mehr gemacht, dass ich zu wenig Zeit für sie hätte. Das war das Erste, was mir aufgefallen ist. Und dann natürlich die Sache mit den Rosen.«

»Rosen?«, fragte Nadja nach.

»Hat Sophie das nicht erzählt?«, erkundigte sich David. »Anscheinend nicht. Sie ist wirklich eine gute Freundin, ich wünschte …« Er stoppte und rieb sich die Augen »Jedenfalls, diese Rosen: Das ist jetzt ein paar Wochen her. Wir saßen zu dritt in der WG-Küche, als es an der Tür klingelte. Es war ein Blumenbote, der einen gigantischen Strauß rote Rosen für Frau Connie Lember zu überbringen hatte. Ich brachte sie in die Küche. Connie dachte zuerst, sie seien von mir, und sprang auf, um mich zu umarmen. Da habe ich ihr erklärt, dass das von jemand anderem kommen muss. Zuerst dachte ich, es handelt sich um eine Verwechslung, aber als ich sah, wie sie erst rot und dann blass wurde, war mir klar, dass sie ganz genau wusste, wer die Blumen geschickt hatte. Mir wollte sie es natürlich nicht sagen. Sie behauptete, dass es ein Scherz von ihren Kommilitonen sein müsse. Aber welcher Student spielt schon so teure Streiche?«

»Tja, wer die Rosen geschickt hat, das können wir uns jetzt ja wohl denken«, meinte Nadja.

»Lou«, sagte David zornig, »was ist das überhaupt für ein Name? So heißt doch niemand!«

»Wer ist das denn nun genau?«, hakte Peter nach.

»Das weiß ich doch nicht!«, antwortete David, »ich hab diesen Namen im Tagebuch zum allerersten Mal gelesen. Connie hat nie ein Sterbenswörtchen über ihn verloren. Ich habe keine Ahnung, woher sie den Typ kannte oder wie es dazu kam, dass sie ein Wochenende mit ihm verbracht hat. Ich weiß nur das, was ich an diesem schrecklichen Abend gelesen habe.«

»Und was taten Sie, nachdem Sie herausgefunden hatten, dass Ihre Freundin Sie betrogen hat?«, fragte Nadja. Langsam wurde es spannend. Sie hatte das Gefühl, ganz dicht an der Lösung dran zu sein.

David blickte starr vor sich hin. »Ich wusste nicht, was ich tun sollte, also habe ich zuerst Sophie angerufen. Sie hat immer eine beruhigende Wirkung auf mich und denkt sehr logisch. Ich habe sie um Rat gefragt.«

Sophie hatte also ebenfalls Bescheid gewusst! Sie musste wirklich sehr in David verliebt sein, dass sie sich so schützend vor ihn gestellt hatte. Ihre Gefühle für ihn hatte sie zugegeben und sich damit selbst verdächtig gemacht, aber sein Motiv hatte sie geheim gehalten.

»Sophie war entsetzt und auch ziemlich wütend auf Connie«, fuhr David fort. »Sie sagte aber, dass ich das selbst mit meiner Freundin klären müsse und mir überlegen, ob unsere Beziehung noch eine Chance hat.«

»Und, hatte sie?«, warf Peter ein.

»Die Beziehung, meinen Sie?«, fragte David, »natürlich hatten wir noch eine Chance. Ich war ehrlich gesagt ziemlich verletzt, aber Connie war mir wichtiger als mein männlicher Stolz. Ich hätte ihr verziehen, das ist gar keine Frage.«

Peter schien nicht mehr an sich halten zu können: »Sie waren also ›ziemlich verletzt‹, aber Sie haben das Ganze natürlich sofort positiv gesehen und eine Märtyrerrolle gespielt, Sie hätten vergeben und vergessen, und dann wäre wieder alles wunderbar gewesen? Das können Sie mir nicht erzählen. Sie waren nicht nur ein bisschen verletzt, Sie waren stinksauer, und das zu Recht! Sie wollten Connie zur Rede stellen, Sie wussten, wann und wo sie vom Spanisch-Stammtisch nach Hause läuft, und dort haben Sie gewartet.«

»Nein!«, rief David verzweifelt, »so war es nicht. Ich habe versucht, sie anzurufen, gefühlte hundertmal, aber sie ging nicht an ihr Handy. Dann habe ich überlegt, zur Wohnung zu fahren und dort auf sie zu warten, aber Sophie hatte ja gesagt, dass Connie erkältet und nicht besonders fit ist, und ich dachte, ich warte mit der Aussprache lieber noch einen Tag.«

Peter lachte ungläubig. »Oh ja, das ist ja so plausibel. Wenn mich meine Frau betrügen würde, würde ich auch lieber noch ein paar Tage warten, bevor ich mit ihr darüber spreche. Sie soll ja schließlich fit und ausgeruht sein bei so einem wichtigen Gespräch.«

Nadja fand, dass es jetzt reichte. David sah aus, als würde er jeden Moment zusammenbrechen. Ganz leise sagte sie: »Herr Bauer, Sie haben Connie geliebt, das glaube ich Ihnen, aber bitte sagen Sie uns, warum Sie nach den vergeblichen Anrufen einfach aufgegeben haben. Das lag doch nicht nur an Connies Erkrankung, oder?«

David schluckte, Tränen stiegen ihm in die Augen, die er gar nicht beachtete. Ebenso leise antwortete er: »Das war … Ich hatte solche Angst, sie zu verlieren.«

»Wie meinen Sie das?«, fragte Nadja behutsam.

David schien mühsam um eine Antwort zu kämpfen. Schließlich erklärte er: »Als sie nicht ans Handy gegangen ist, habe ich begonnen nachzudenken. Ich habe mich gefragt, wie es überhaupt so weit kommen konnte. Wieso sie das getan hat. Doch wohl nur, weil sie nicht glücklich mit mir ist! Und da wurde mir klar, dass ich Fehler gemacht habe.«

»Ihre Freundin betrügt Sie, und Sie geben sich selbst die Schuld dafür?«, fragte Nadja.

»Zu einer Beziehung gehören immer zwei«, antwortete David schlicht, »und ich denke, das kann man über einen Seitensprung genauso sagen.«

»Das heißt, zu einem Seitensprung gehören dann drei«, ließ sich Peter vernehmen.

David ignorierte seinen Einwurf. »Ich hatte plötzlich Angst, dass sie mir nicht so vergeben könnte, wie ich es ihr gegenüber tat. Dass sie auf meine Vorwürfe hin sagen würde: ›Schön, mir reicht's sowieso schon lange. Lassen wir's halt bleiben.‹«

»Vielleicht wären Sie beide dann besser dran gewesen«, konterte Peter. »Ihre Freundin könnte vielleicht noch leben, wenn Sie zum Stammtisch marschiert wären und sie zur Rede gestellt hätten.«

David sah ihn verachtungsvoll an. Sein blasses Gesicht hatte einen Ausdruck von Härte angenommen. »Ich wünsche mir jede Sekunde, dass ich genau das gemacht hätte. Aber ich war zu feige, es zu tun. Mit dieser Schuld muss ich jetzt jeden Tag leben. Mit der Schuld und dafür ohne Connie.«

Nadja fragte sich, wie weit sie noch gehen konnten. Ihr war unwohl dabei, einen so offensichtlich verzweifelten Menschen noch weiter mit Fragen zu quälen. Doch Peter tat eigentlich das Richtige, wenn er David derart ausquetschte: Ein Geständnis würden sie nicht durch bloßes Abwarten bekommen. Die Polizei war eben nicht immer nur Freund und Helfer.

Plötzlich ertönte ein stürmisches Klopfen an der Tür. David stand auf und öffnete sie einen Spalt. Nadja konnte von ihrer Ecke des Raumes aus nicht sehen, wer draußen stand, und offensichtlich ahnte die Person nicht, dass sich außer David noch mehr Menschen im Zimmer befanden.

Eine aufgeregte Frauenstimme ertönte: »David, Julia hat das Notizbuch gefunden, und sie hat es zur Polizei gebracht! Ich bin sofort hergerannt, als sie es mir erzählt hat. Was machen wir denn jetzt? Wir müssen uns genau überlegen, was du zu den Kommissaren sagst, wenn sie dich verhören wollen. Oder vielleicht wäre es besser, du würdest für ein paar Tage nach Hause fahren …«

David schwieg und öffnete die Tür ganz. Sophie starrte sprachlos auf Nadja und Peter, die ihr lächelnd zunickten. »Sie dürfen ihn nicht verhaften!«, rief sie. »Er war es nicht, er hat Connie nicht umgebracht!«

»Frau Mengo, vielleicht würden wir Ihnen mehr glauben, wenn Sie uns nicht von Anfang an belogen und bewusst Informationen zurückgehalten hätten«, sagte Nadja.

Sophie schüttelte verzweifelt den Kopf. »Aber das hat doch alles mit Connies Tod nichts zu tun!« Sie sah aus, als habe sie mehrere schlaflose Nächte hinter sich. Die Schatten unter ihren leicht schräg gestellten Augen sprachen eine deutliche Sprache. Sie war wie immer ungeschminkt, aber an diesem Tag hätte ein wenig Concealer nicht geschadet. Das lange Haar fiel ihr nicht wie sonst seidig in die Stirn, sondern wurde von einem fransigen Haargummi zurückgehalten.

»Immerhin wissen wir jetzt, wie das Tagebuch wieder zurück in Connies Zimmer kam«, freute sich Peter, »das waren natürlich Sie, Frau Mengo?«

»Ich hielt es für eine schlaue Idee, es einfach zurück ins Bücherregal zu stellen, als David es mir gestern gegeben hat«, sagte Sophie. »Sie hatten das Zimmer ja schon ergebnislos durchstöbert, und ich dachte, da schauen Sie zuletzt nach. Die Gefahr, dass Sie irgendwann Davids Wohnung durchsuchen, war viel größer. Aber ich habe nicht mit Julias Spürnase gerechnet.«

Nadja versuchte, den Weg noch einmal nachzuvollziehen, den das Notizbuch genommen hatte: Connie hatte es am Donnerstagmorgen bei David vergessen, er hatte es gefunden, nachdem er von der Uni nach Hause gekommen war, und sofort gelesen. Nach dem Mord hatte er es an Sophie übergeben, die es einfach zurück in Connies Bücherregal gestellt und darauf gesetzt hatte, dass sie dort nicht noch einmal nachschauen würden. Doch Julia hatte es gefunden und aufs Revier gebracht. So weit, so gut. Das Notizbuch war also beim Einbruch in die WG der Mädchen nicht gestohlen worden, aber welchen Zweck hatte das Ganze dann gehabt?

Peter blickte sie fragend an. Nadja hatte das Gespräch gar nicht weiterverfolgt. »Tut mir leid, ich habe gerade über etwas nachgedacht. Hattest du mich etwas gefragt?«, entschuldigte sie sich.

Peter wiederholte: »Ich würde gern einen Moment allein mit dir sprechen, können wir kurz rausgehen?«

Nadja erhob sich sofort. Gemeinsam verließen sie den Raum, David und Sophie in bedrückter Stimmung zurücklassend.

»Ich brauch erst mal 'nen Kaffee«, stöhnte Peter, »dieser Fall geht mir allmählich auf die Nerven.« Sie steuerten den luxuriösen Aufenthaltsraum an.

»Mir geht er eher an die Nieren«, meinte Nadja. Davids verzweifeltes Gesicht wollte einfach nicht vor ihrem geistigen Auge verschwinden.

Sie standen vor dem Kaffeeautomaten und sahen sich mit einer Vielzahl von Auswahlmöglichkeiten konfrontiert. Es gab nicht nur sechs verschiedene Sorten von Karamell Latte bis Irish Cream, sondern sie sollten sich auch noch zwischen der Zubereitung aus löslichem Kaffee oder ganzer Bohne entscheiden, die Zuckermenge zwischen eins und fünf festlegen und die favorisierte Bechergröße wählen.

Peter lachte ungläubig. »Das darf doch nicht wahr sein. Ich will einen Kaffee, nur einen Kaffee! Einen ohne Smarties, Lametta und Rosenduft oder sonstiges Zubehör.«

Nadja stand unschlüssig vor dem Automaten und entschied sich schließlich für einen Karamell Latte mit viel Zucker. Vorsichtig balancierte sie den übervollen Pappbecher zu einer der Sitzgruppen, ihrem Kollegen hingegen fehlten offensichtlich die feinmotorischen Fähigkeiten, denn er schaffte es, den Kaffee über seine Hand schwappen zu lassen.

Ärgerlich kramte er nach einem Taschentuch, als jemand sagte: »Ist Ihnen etwa schon wieder ein Unglück passiert? Sie sind ja wirklich ein Pechvogel!«

Überrascht blickte er auf. Vor ihm stand Alina Lember und besah sich seinen tropfenden Arm.

»Was machst du denn hier?«, fragte er. Alina ging ja noch zur Schule und hatte in einem Würzburger Unigebäude eigentlich gar nichts verloren.

Sie erklärte, dass sie auf ihren Nachhilfelehrer wartete. Ein Mathe- und Musikstudent, der vor den Mathearbeiten immer noch einmal den Stoff mit ihr durchging.

Peter hielt das für einen seltsamen Zufall. »Und wie oft bist du dann hier?«

»Na ja, so vier-, fünfmal im Jahr. In Ochsenfurt habe ich niemanden gefunden, der mit mir lernt. Meistens habe ich mich danach noch mit Connie getroffen. Einmal hat sie mich auch zum Spanisch-Stammtisch mitgenommen, die Leute da waren aber alle ziemlich komisch. Bis auf Julian, der ist vielleicht süß!«

Der Schönling natürlich wieder. Also schwärmten auch schon kleine Mädchen für ihn, das war ja widerlich.

Peter verabschiedete sich schnell von Alina und setzte sich

endlich zu Nadja an den Tisch, die das Gespräch neugierig verfolgt hatte.

»Nur gut, dass David jetzt nicht da ist«, sagte sie, nachdem Peter ihr erklärt hatte, wer das Mädchen war. »Es wäre sicher ein Schock für ihn, Alina zu Gesicht zu bekommen, wenn sie Connie wirklich so ähnlich sieht.«

»Sophie wird ihn schon trösten«, brummte Peter, »mach dir mal nicht zu viele Sorgen um ihn. Lass uns lieber überlegen, wie wir ein Geständnis aus ihm herausquetschen!«

»Ich gebe zu, das Tagebuch spricht gegen David, aber wir werden auf dieser Basis keinen Haftbefehl bekommen. Wir brauchen Beweise.«

»Wir können aber keine aus dem Hut zaubern. Arbeiten wir mit dem, was wir haben …«, setzte Peter an.

»Genau das habe ich vor«, unterbrach Nadja vergnügt, »ich fahre nach München.«

Peter sah sie verblüfft an. Er schien damit gar nicht einverstanden zu sein: »Was versprichst du dir davon? Wir kennen ja noch nicht mal den vollen Namen von diesem Lou.«

»Oh doch, den kenne ich«, sagte Nadja und holte das Notizbuch noch einmal aus ihrer Tasche. »Hier schau mal, Connie hat auf den ersten Seiten auch eine Adressliste reingeschrieben. Und wer findet sich darunter? Ein Ludwig Falk, Hohenzollernstraße 73a in München. Na wenn das kein Zufall ist! Eine Handynummer steht übrigens auch dabei.«

»Dieser Typ heißt Ludwig und lässt sich Lou nennen? Ist ja affig!«, grummelte Peter. »Musst du gleich hinfahren? Warum geht das nicht telefonisch? Wir rufen ihn an, erklären ihm die ganze Geschichte, und er sagt uns, ob es so war oder nicht, zack bumm, erledigt.«

»Zack bumm, erledigt? Das könnte jetzt auch eine minimalistische Zusammenfassung des Mordes an Connie sein. Vor Gericht solltest du den Tathergang aber nicht so schildern«, zog Nadja ihn auf.

Peter nippte kopfschüttelnd an seinem restlichen Kaffee. Nadja beobachtete, wie er dabei seine Hand betrachtete und auf den Ehering hinunterlächelte. In diesem Moment fühlte sie sich ziemlich einsam. Beziehungen konnten einem Menschen so viel Kraft geben. Es war viel schwieriger, diese Energie immer aus sich selbst heraus nehmen zu müssen. Manchmal beneidete sie Peter um sein Glück mit Rebekka.

Vor Kurzem hatte es so ausgesehen, als komme auch ihr diese Art von Seligkeit endlich zu. Als hätte sie lange genug allein gekämpft, aber dann war der Prinz zum Frosch mutiert, oder besser: zu einer glitschigen, warzigen Kröte. Bei dem Gedanken schauderte sie.

»Ich kann es nicht genau erklären, aber ich muss nach München fahren. Es ist wegen Connie. Ich begreife das Mädchen nicht, sie ist mir sympathisch, aber sie scheint nicht sehr integer gehandelt zu haben. Ich will das verstehen können.«

Peter musterte sie. Er räusperte sich. »Okay, ruf ihn an und fahr hin. Vielleicht hast du recht. Deine Intuition hat uns schon öfter weitergebracht. Aber wir sollten Viktor de Mancini Bescheid sagen. Immerhin sind wir heute einen großen Schritt weitergekommen.«

»Kannst du das bitte übernehmen?«, fragte Nadja, »dann probiere ich schon mal, ob ich Lou telefonisch erreichen kann.«

Bevor Peter antworten konnte, sprang sie auf und verschwand mit Handy und Notizbuch nach draußen in den Flur.

Peter blickte seiner Vorgesetzten hinterher. Sie sah auf eine Art müde aus, wie er sie noch nie gesehen hatte. Nicht müde von der Arbeit, sondern müde vom Leben. Er wünschte sich Rebekka an seine Seite, die Nadjas Verhalten sicher besser deuten und womöglich auch viel einfühlsamer mit ihr reden könnte. Aber seine Frau war jetzt wohl schon wieder daheim in Nürnberg und versuchte, die muntere Marie zu einem Nachmittagsschläfchen zu überreden.

Er raffte sich auf und wählte Mancinis Nummer. Er konnte nur hoffen, dass dieser nicht nachfragen würde, warum ihn die Oberkommissarin nicht selbst anrief.

Zehn Minuten später fand er Nadja, wie sie unschlüssig im Flur stand und dort das Schwarze Brett studierte. »Willst du etwa Geigenunterricht nehmen?«, fragte er.

Nadja zuckte zusammen. »Oh, ich wusste nicht, wie lange euer Gespräch dauert, und wollte nicht stören«, entschuldigte sie sich.

»Klar, da würde ich mich auch lieber im dunklen Gang herumtreiben und meinen Karamell-Latte kalt werden lassen«, antwortete er.

Nadja tat, als habe sie den letzten Satz nicht gehört, und verkündete: »Ich habe Lou erreicht. Er hat einen interessanten Job: im Sommer Bergführer und im Winter Skilehrer. Wir haben ausgemacht, dass er mich morgen Vormittag vom Zug abholt, und dann werden wir uns erst mal ausführlich unterhalten.«

»Klingt ja fast nach einem Date«, merkte Peter an, »vielleicht hätte ich die Sache Mancini gegenüber doch ein wenig anders darstellen sollen.«

»Was hat er gesagt?«, fragte Nadja. Sie sah aus, als hätte sie in eine Zitrone gebissen.

»Er findet den Ausflug überraschenderweise eine gute Idee von dir. Er hat unsere Arbeit in den höchsten Tönen gelobt, obwohl streng genommen ja nicht wir das Notizbuch gefunden haben. Er hatte außerdem ein Gespräch mit Bully. Der hat er erzählt, dass Braun, Heideckert und Neumann uns sehr fähig und kompetent finden.«

Nadja lächelte ironisch. »Das ist ja schön, dass dein Liebling sich so um uns bemüht. Vielleicht springt ja sogar eine Beförderung raus, wenn du noch mal ein paar Stunden seine Büchersammlung bewunderst.«

»Der Staatsanwalt hatte außerdem noch eine interessante Idee«, fuhr Peter fort, ohne auf Nadjas Sticheleien einzugehen. »Er meinte, wir sollten auch Sophie im Auge behalten. Da sie wusste, dass Connie David betrogen hat, hätte auch sie ein weiteres Motiv für den Mord gehabt. David hat ja gesagt, dass sie ziemlich wütend wurde, als er ihr von dem Tagebucheintrag erzählt hat. Das ist schon hart: Ihre Freundin ist mit dem Mann zusammen, den Sophie über alles liebt, und dann hat sie auch noch eine Affäre und hintergeht ihn schamlos. Vielleicht wollte Sophie Connie nur zur Rede stellen, und das Ganze ist eskaliert, oder …«

»… oder sie hat Racheengel gespielt und fand, dass Connie mit dem Seitensprung das Recht verwirkt hatte, mit David zusammen zu sein. Jetzt hat sie freie Bahn, ich verstehe schon«, ergänzte Nadja nachdenklich.

Peter spekulierte weiter: »Sie hat den Einbruch in ihre eigene Wohnung fingiert, um von sich und der ganzen Connie-David-Geschichte abzulenken, und das Tagebuch hat sie wieder in Connies Zimmer gestellt, weil sie Angst hatte, dass es sonst vielleicht bei ihr gefunden würde. Sie wäre vielleicht nie mit der Sprache rausgerückt, wenn wir ihr Gespräch mit David vorhin nicht mitbekommen hätten.«

»Aber sie hat doch bis spätabends mit Julia gekocht«, wandte Nadja ein, »eigentlich haut das zeitlich nicht hin.«

Peter dachte nach. »Ich weiß es«, rief er plötzlich, »ich kann ihr Alibi platzen lassen! Pass auf, in der Mädchen-WG hängt doch so eine große Wanduhr in der Küche. Als Sophie mit David telefonierte und die Neuigkeit erfuhr, hat sie die Uhr einfach eine Stunde vorgestellt. Dann hat sie seelenruhig mit Julia gekocht und gegen halb elf gesagt, dass sie jetzt schlafen geht. Die beiden sind ins Bett, obwohl es eigentlich erst halb zehn war! Und dann ist sie einfach wieder aufgestanden, hat sich rausgeschlichen und ist Connie entgegengegangen oder hat ihr im Park aufgelauert.«

Nadja lachte: »Ich werde einen Fleißstern auf deinen Schreibtisch kleben. Hast du zu viele Miss-Marple-Krimis gelesen? Denn das ist ja schön und gut, aber warum müssen wir uns ausdenken, wie wir Sophie zur rechten Zeit an den rechten Ort kriegen? Wir haben doch jemand, der erwiesenermaßen in der Nähe war: David. Er hat irgendwann zwischen neun und elf die Musikhochschule betreten, und die ist dem Tatort ja geradezu benachbart.«

»Seit wann hast du es denn auf David abgesehen?«, fragte Peter, »der war doch immer dein Liebling. Und jetzt willst du ihn eiskalt ans Messer liefern?«

»Ich liefere niemanden ans Messer«, sagte Nadja beleidigt, »ich versuche nur, plausible Theorien von unplausiblen zu unterscheiden.«

Peter schwieg und ging hinter Nadja zurück zum Übungsraum, wo die beiden Studenten immer noch auf sie warteten. Er wurde das Gefühl nicht los, dass Nadja den Verdacht gegen Sophie als Mörderin nicht zulassen wollte, weil dieser Hinweis von Mancini gekommen war.

DREIZEHN

Als Nadja und Peter ins Büro zurückkehrten, fühlten sie sich von der langen Befragung ausgelaugt und müde. Es hatte sich nichts Neues mehr ergeben, Sophie und David waren bei ihren Aussagen geblieben und hatten sich weder im Einzelgespräch noch gemeinsam zu einer unbedachten Äußerung verleiten lassen. Peter hatte sein Bestes getan, sie zu provozieren, aber Sophie hatte darauf mit eisernem Schweigen reagiert, und David waren immer wieder die Tränen gekommen. Ein paarmal schien es, als wolle Sophie zu ihm hinstürmen und ihn umarmen, aber in Gegenwart der Polizisten hatte sie sich wohl nicht getraut.

Auch Nadja konnte den Impuls kaum unterdrücken, ihn zu trösten. Er hatte nicht nur seine Freundin verloren, sondern gewissermaßen auch die Vergangenheit mit ihr. Jede Erinnerung, und mochte sie auch noch so schön gewesen sein, wurde nun von ihrem Betrug überschattet.

Die Kollegen empfingen sie äußerst erwartungsvoll. Gretchens Begrüßung dagegen fiel deutlich kühler aus. Sie hatte es Peter wohl noch nicht verziehen, dass er sie von der Gruppenvernehmung ausgeschlossen hatte. Besser so, dachte er und schnappte sich eine Handvoll Gummibärchen von ihrem Schreibtisch.

Die fünf Kommissare zogen sich in das größere Büro zurück, wo Nadja erst einmal berichtete, was in Connies Tagebuch gestanden hatte. Als die drei Würzburger hörten, dass David das Notizbuch gehabt hatte, wurden sie geradezu euphorisch.

»Dann ist ja wohl klar, wer der Täter ist!«, rief Neumann.

Heideckert pflichtete ihm bei: »Es ist ja meistens so, dass der Mörder aus dem direkten Umfeld des Opfers stammt. Der eifersüchtige, gedemütigte Freund ist der perfekte Kandidat.«

Nadja wiegte den Kopf unschlüssig hin und her. Leicht verstimmt sagte Peter: »Frau Gontscharowa ist von seiner Schuld noch nicht ganz so überzeugt. Deswegen gibt es auch noch keine offizielle Vorladung aufs Präsidium.«

Nadja warf einen Blick in die Runde. »Meine Herren, ich möchte, dass Sie weiterhin in alle Richtungen ermitteln und sich nicht auf David als Täter einschießen. Morgen werde ich nach München fahren und dort mit dem jungen Mann reden, mit dem Connie diese Affäre hatte. Vielleicht bringt das ein wenig Licht in die Sache.«

»Wie sollen wir genau vorgehen, während Sie weg sind?«, fragte Neumann.

»Das ist eine gute Frage«, seufzte Nadja, »gibt es denn schon Neuigkeiten über die Tatwaffe?«

Braun schüttelte den Kopf. »Nichts Konkretes. Ich habe mich mit dem Winzer oben an der Steinburg getroffen, aber zu unserem edlen Tropfen konnte er nur sagen, dass er teuer ist und mittlerweile gar nicht mehr in den Drei-Liter-Flaschen verkauft wird. Das heißt, dass es wahrscheinlich schon ein paar Jahre her ist, dass diese bestimmte Flasche über den Verkaufstisch ging. Und das hat sich bestätigt: Ich habe alle Weinhandlungen in Würzburg abgeklappert, weil ich dachte, vielleicht hat es irgendwo noch Restbestände gegeben, aber in letzter Zeit hat niemand diesen speziellen Silvaner verkauft.«

Das wäre auch zu schön gewesen, dachte Nadja, so einfach wollte es uns der Mörder offensichtlich nicht machen. Laut sagte sie: »In Ordnung, lassen wir diesen Ansatzpunkt erst einmal beiseite. Wie haben sich die Stammtischleute denn verhalten, nachdem ich gegangen war? Gab es komische Reaktionen?«

Braun und Neumann blickten sich an, dann sagte Braun zögernd: »Also mir persönlich ist jetzt nichts Seltsames aufgefallen, aber ich habe die Leute ja fast alle das erste Mal gesehen. Der Spanier und die Sozialarbeiterin sind sofort abgehauen, die anderen blieben noch kurz und haben diskutiert, was in dem Tagebuch stehen könnte. Das geschniegelte Bürschchen meinte, dass es eher ein Poesiealbum als ein Tagebuch sei, und der Prof fand die ganze Diskussion überflüssig, da man eh bald alles erfahren würde. Nur Emanuela Hernandez war der Meinung, dass der Fall jetzt sicher schnell gelöst werden würde, aber ihre Schwester hat ihr ziemlich energisch widersprochen. Die Alte ist schon ein wenig, ähm, eigen, oder?«

Peter nickte energisch. Nadja lächelte und fragte, was ihn zu dieser Einschätzung gebracht habe.

Neumann übernahm: »Sie hat irgendwas davon gemurmelt, dass die Sterne nicht günstig stehen und dass wir ihrer Meinung nach keine klare Aura besitzen. Das würde uns daran hindern, die Wahrheit zu erkennen.«

Da war sie selbst ja noch richtig gut bei Mercedes weggekommen … Energisch sagte Nadja: »Sie mag ein wenig verschroben sein, aber ich habe den Eindruck, dass sie ihre Umwelt sehr genau beobachtet. Sie war die Einzige, die uns von dem nicht gerade liebevollen Verhältnis zwischen Connie und ihrer Schwester berichtet hat. Vielleicht weiß sie tatsächlich etwas, bringt es aber nicht mit dem Mord in Zusammenhang. Wie wäre es, wenn einer von Ihnen beiden morgen noch einmal zu ihr hinfährt und herauskriegt, ob sie eine konkrete Vermutung hat?«

Keiner der Männer sah sonderlich begeistert aus. Peter erklärte, dass er lieber noch einmal mit den Lembers reden wolle, und Maximilian Braun gab an, dass er vorhabe, an der Uni zu recherchieren und einige Kommilitonen Connies zu befragen. Heideckert deutete auf Hauptkommissar Bär, der wie üblich als weitgehend stummes Maskottchen in der Ecke saß, und behauptete, er würde diesem beim Puzzeln helfen. Er wollte David um eine Speichelprobe bitten und dann mit der DNA, die die SpuSi am Tatort gesichert hatte, vergleichen. Nadja hielt das für ein gutes Vorgehen, weshalb die Schwestern Hernandez an Steffen Neumann fielen.

Neumann setzte ein ergebenes Gesicht auf und bekreuzigte sich. Braun raunte ihm zu: »Nimm viel Knoblauch mit, vielleicht hilft das auch gegen Hexen.«

Nadja grinste und warf eine zusammengeknüllte Papierkugel nach den beiden, traf aber Peter, der in lautes Wehklagen ausbrach und gar nicht mehr damit aufhörte. Nach wenigen Sekunden wurde die Tür aufgerissen, und Gretchen stürmte mit einem Verbandskasten herein. Sie blickte sich gehetzt um und hatte gerade Peter als den Verletzten ausgemacht, als er schlagartig verstummte.

Trotzdem fragte Gretchen ihn, was ihm fehle. Sie berichtete, dass sie erst kürzlich einen Ersthelferauffrischungskurs besucht hatte. Den Hund habe sie auch versorgt. Sie könne Kompressen und Verbände an so ziemlich jeder Körperstelle anlegen, nur am Hals sei es schwierig.

Peter schien es vor Schreck die Sprache verschlagen zu haben, sodass Nadja die Situation retten musste. »Entschuldigung, wir haben nur Spaß gemacht. Wir wollten Sie nicht erschrecken«, sagte sie zu dem empfindsamen Gretchen und dankte ihr für ihre schnelle Reaktion. Tatsächlich zog Gretchen sich gutmütig lachend wieder zurück.

***

Schneller als gedacht saß Nadja am nächsten Morgen wieder im Zug, wieder betrachtete sie Kühe, und wieder war sie sehr sorgfältig angezogen. Diesmal konnte sie den Grund dafür selbst nicht nennen. War es, weil sie nach München fuhr, eine Stadt, die auf das Äußere Wert legte? Oder war es wegen Lou, dem jungen Mann, den sie bis auf ein kurzes Telefonat nur durch Connies Augen gesehen, ihn sogar geküsst hatte? Sie hatte keine Ahnung, was und vor allem wer sie erwartete, aber sie war sehr gespannt darauf.

Maximilian Braun hatte die Regionalbahn mit Umstieg in Treuchtlingen empfohlen, und Nadja hatte sich insgeheim darüber gefreut. Sie mochte Bummelbahnen, vor allem, wenn sie durch Gegenden fuhren, die sie noch nicht kannte. Auf dem Weg lagen eine Menge netter kleiner Städtchen, die es sich zu erkunden gelohnt hätte. Doch heute hatte sie keine Zeit dafür.

Schließlich wurde die Bebauung entlang der Schienen dichter, und sie fuhren in den Münchener Hauptbahnhof ein. Nadja erhob sich und strich ihr knielanges Sommerkleid glatt. Der weiße Stoff brachte ihre gebräunten Schultern zur Geltung und lag angenehm leicht auf der Haut, was bei dieser Spätsommerhitze durchaus von Vorteil war. Sie stieg aus und blickte sich sogleich suchend um.

Ein bisschen fühlte sie sich wie vor einem Blind Date, ein wenig nervös und aufgeregt, aber vor allem erwartungsvoll. Wo war Connies Traumprinz Nummer zwei? Sie hatten ausgemacht, dass Lou direkt unter der großen Anzeigetafel auf sie warten würde. Jetzt galt es nur noch, ihn zu erkennen.

Darüber hätte sie sich jedoch keine Sorgen machen müssen. Als sie sich dem Treffpunkt näherte, war ihr sofort klar, welcher dieser Menschen Lou war. Das Bild, das sie sich nach Connies Beschreibung von ihm gemacht hatte, passte genau: ein mittelgroßer junger Mann, sonnengebräunt und mit leichtem Dreitagebart. Die dunkelblonden Haare waren im Nacken zu einem Pferdeschwanz zusammengebunden. Er trug ein einfaches graues T-Shirt, das seine kräftigen Oberarme zur Geltung brachte, und eine funktionale Hose mit vielen Taschen, in denen wahrscheinlich ein Schweizer Taschenmesser, Kletterhaken und ein Kompass steckten.

Nadja stellte sich hinter ihn. »Hallo, Herr Falk«, sagte sie, worauf er überrascht herumfuhr.

Er brauchte einen Moment, bevor er realisierte, wen er vor sich hatte, wahrscheinlich hatte er sie sich in einer Polizeiuniform vorgestellt. Dann reichte er ihr herzlich die Hand. »Ja mei, jetzt ham Sie mich aber gwaltig überrascht, mit so was habi net grechnet.« Womit genau er nicht gerechnet hatte, präzisierte er nicht weiter. Er strahlte und verstärkte seinen Händedruck noch ein wenig.

Nadja stellte sich vor und fragte, ob er einen ruhigen Ort kenne, wo man sich unterhalten könne. Lou überlegte einen Moment, dann nahm er sie einfach an der Hand und leitete sie durch die Menschenmenge in den U-Bahnhof hinunter. Er schien es gewohnt zu sein, voranzugehen und die Verantwortung zu tragen. Für Nadja war das eine neue, überraschend angenehme Erfahrung.

Sie fragte ihn, ob das mit seiner Arbeit als Bergführer zu tun habe, und Lou kam bei diesem Thema ins Schwärmen. Begeistert erzählte er von seiner letzten Tour, einer zweiwöchigen Wanderung mit einer Gruppe von Managern, die sich einmal als echte Männer beweisen wollten.

»Und, haben sie ihre urmännliche Seite schließlich gefunden?«, fragte Nadja.

Lou grinste. »Immerhin hatte ich sie nach den vierzehn Tagen so weit, dass sie sich morgens mit frischem Quellwasser gewaschen haben, Feuer machen konnten und ihre Bierbäuche nicht mehr als Gipfel der Zivilisation betrachtet haben. Und sie konnten eine Menge Schürfwunden und Blasen an den Füßen vorweisen, als sie am letzten Tag von ihren Frauen abgeholt wurden.«

Nadja lachte freiheraus, sie fand es wunderbar, wie Lou so ironisch über seine Geschlechtsgenossen reden konnte, ohne dabei arrogant zu wirken. Sie unterhielten sich, bis sie beim Odeonsplatz aus der U-Bahn stiegen. Nadja fiel auf, dass Lous starker bayerischer Dialekt sich immer mehr abschwächte und schließlich ganz verschwand. Als sie ihn darauf ansprach, erklärte er ein wenig verlegen, dass er eigentlich nur Dialekt spreche, wenn er bei seinen Eltern zu Besuch oder nervös sei.

Ihm war es also ähnlich gegangen wie ihr. In gewisser Weise machte es ihn nur noch sympathischer, dass sein Selbstbewusstsein ihn auch ab und zu im Stich ließ. Sie stiegen die Treppe der U-Bahn-Station hinauf und standen plötzlich im hellen Sonnenschein. Lou führte sie an der Residenz vorbei und bog schließlich in die Prinzregentenstraße ein.

»Der Betonklotz da drüben ist das Haus der Kunst«, erklärte Lou, »ein typischer Nazibau. Soll aber ganz gute Ausstellungen haben. Ich war noch nie drin, denn meistens interessiert mich natürliche Schönheit mehr als künstliche.«

Schon von Weitem sah Nadja eine Anzahl Menschen auf einer Brücke versammelt, die in die Tiefe schauten. »Was ist da los?«, fragte sie.

»Eine besondere Münchner Attraktion«, sagte er geheimnisvoll, »komm, wir gehen näher ran.«

Nadja registrierte, dass er sie geduzt hatte, verzichtete aber auf einen Kommentar. Sie stellten sich an das Brückengeländer.

Unten standen einige Menschen in Neoprenanzügen in einer Reihe neben einem schnell fließenden, schäumenden Bach. Alle hielten sie Surfbretter in der Hand. In diesem Augenblick warf eine junge Frau ihr Brett auf die Welle und sprang darauf. Sie schaffte es, den Bach zweimal zu kreuzen, bevor sie ins Wasser fiel. Einige Leute klatschten, und Nadja fiel unwillkürlich mit ein. Lou pfiff derweil laut und winkte hinunter. Zwei Surfer winkten zurück. »Freunde von mir«, erklärte Lou, »die sind so ziemlich die besten hier. Wirst du gleich sehen.«

Sie warteten, bis einer der beiden an der Reihe war. Tatsächlich hielt er das Gleichgewicht länger als alle Sportler vor ihm und bespritzte mit einem gekonnten Schwung des Brettes die ganze Reihe mit kaltem Flusswasser.

»Oh, so eine Erfrischung täte jetzt gut«, meinte Nadja sehnsüchtig.

»Das ist mit dem weißen Kleidl vielleicht net grad die beste Idee, aber ich weiß schon was«, sagte Lou und ging voran.

Sie betraten den Englischen Garten, und Lou steuerte auf einen Eisverkäufer zu, der seinen Wagen den Weg entlangschob. »Erdbeere, Zitrone oder Schoko?«, fragte er Nadja.

Einen Augenblick später saßen sie auf einer Bank im Schatten und schleckten an ihrer Eistüte. Nadja kam sich vor wie ein Teenager im Urlaub. Sie hätte gern den ganzen Tag so verbracht, doch sie war schließlich im Dienst.

»Lou, wir müssen über Connie reden«, sagte sie unverblümt.

Er wandte den Blick ab und starrte auf den Boden, als gäbe es dort etwas unheimlich Spannendes zu sehen. Nadja ließ ihm Zeit. Heute war sowieso alles anders als sonst. Normalerweise duzte sie keine Zeugen, sie aß kein Eis mit ihnen, und sie fuhr selten um einer einzigen Befragung willen nach München. Aber es fühlte sich richtig an. Heute würde sie auf etwas unkonventionellere Art Polizeiarbeit leisten. Innovation war doch ein positiver Begriff, genau, so würde sie es nennen, wenn Peter sie danach fragte.

Schließlich sagte Lou: »Ich hoffe, du denkst nicht, dass mir Connie egal ist, weil ich noch kein Wort über sie verloren habe. Traurig sehe ich wohl auch nicht gerade aus. Aber das liegt daran, dass das Wochenende, das sie hier verbracht hat, mittlerweile total unwirklich geworden ist. Es kommt mir vor wie ein eigenartiger Traum, dass wir vor einiger Zeit noch durch den Englischen Garten gelaufen sind, schwimmen waren, herumgealbert haben, und jetzt ist sie tot. Nach deinem Anruf konnte ich es einfach nicht glauben. Ich bin zu einer Polizeidienststelle gegangen und habe sie gebeten, die Sache zu überprüfen. Nach einigen Minuten war dann klar, dass es sich nicht um einen bösen Streich handelte, wie ich zuerst gedacht hatte.«

Nadja hatte verwundert zugehört. Natürlich war es Lous gutes Recht, Nachforschungen anzustellen, wenn ihn eine fremde Frau anrief und sich als Oberkommissarin ausgab. Aber keiner ihrer Kollegen hatte heute Morgen etwas davon erwähnt, dass die Münchner Kripo nachgefragt hätte. Das war wohl in dem ganzen Trubel untergegangen.

Sie bat ihn, ihr zu erzählen, woher er Connie kannte und wie es überhaupt zu dem Wochenendtrip gekommen war. Er berichtete, dass sie sich durch ein Seminar zum Thema Erlebnispädagogik im letzten Herbst in Würzburg kennengelernt hatten.

Er hatte teilgenommen, weil er damals noch den Plan verfolgt hatte, Bergführungen auch für Jugendgruppen anzubieten. Und Connie konnte sich den Besuch der Veranstaltung für ihr Studium anrechnen lassen. Die beiden saßen zufällig nebeneinander und verstanden sich auf Anhieb. Es war ein langer und anstrengender Samstag gewesen, aber am Ende war er mit einem Haufen Informationen und Connies Telefonnummer im Gepäck nach München zurückgefahren.

Über ein halbes Jahr lang hatte sich keiner beim anderen gemeldet. Und dann plötzlich Connies Anruf aus heiterem Himmel. Sie würde gern mal wieder ein paar Tage in München verbringen, für ihre Zulassungsarbeit recherchieren und den Kopf von der Uni freikriegen. Ob er vielleicht Zeit habe, sich mit ihr zu treffen? Ohne zu zögern hatte er ihr einen Schlafplatz in seiner Wohnung angeboten, und ohne zu zögern war sie darauf eingegangen, schien es fast erwartet zu haben.

Nadja knabberte an den letzten Resten ihrer Eiswaffel und bat mit vollem Mund: »Erzähl mir von ihr. Was für ein Mensch war sie?«

Lou schwieg so lange, dass Nadja sich nicht sicher war, ob er noch antworten würde. Dann zog er eine Schachtel aus einer seiner vielen Hosentaschen, steckte sich eine Zigarette in den Mundwinkel und zündete sie an. Gleichzeitig entschuldigte er sich: »Ich rauche sonst nicht, aber es gibt Momente … Jetzt passt das gerade.«

Der Rauch zog zu Nadja hinüber, die ihn mit geschlossenen Augen einsog und auf das vertraute, leicht schwindelige Gefühl wartete.

Lou betrachtete sie amüsiert. »Hast du aufgehört oder nie angefangen?«

»Nie angefangen«, antwortete Nadja, »Rauchen ist eine zu offensichtliche Schwäche. Aber du hast recht, manchmal gibt es nichts Besseres, und da ich nie rauche, wirkt es bei mir schon, wenn ich nur danebensitze.«

Sie saßen eine Weile in Gedanken versunken, Nadja lauschte den Vögeln, die sicher irgendwo in diesen uralten Parkbäumen Nester gebaut hatten.

»Es gibt ein Lied«, sagte Lou plötzlich, »aus den Sechzigern. Ich höre meistens so altes Zeug, irgendwie kommt mir das lebendiger vor als das, was man heute Musik nennt.«

Nadja wartete.

»Besser kann ich Connie nicht beschreiben als mit diesem Song. Es geht um ein Mädchen. Der Sänger kann von der Farbe ihres Haares erzählen. Von ihrer Stimme, die weich und zugleich kühl ist, von den strahlenden Augen. Aber niemand hat ihm gesagt, dass sie eine Lügnerin ist, dass sie Menschen zum Weinen bringt. Und dann ist sie weg. Das ist der Titel des Liedes und zugleich der letzte Vers: ›She's not there‹. Ich kann dir nur eines über Connie erzählen: Es gab da dieses Wochenende, ich mochte sie, ich bewunderte sie, ich begehrte sie. Aber dann war sie plötzlich wieder verschwunden, und damit ist alles, was ich über sie dachte und fühlte, bedeutungslos. Das war Connie für mich, eine kleine Herzensbrecherin.«

Nadja war sofort klar, welches Lied er meinte. Sie summte die Melodie leise vor sich hin, und Lou ließ Rauchringe in die heiße Sommerluft steigen. Er lächelte zu ihr hinüber: »Das klingt jetzt sehr verbittert, oder? Aber eigentlich trifft es das gar nicht. Verbittert war ich nicht, als sie gegangen ist, eher verwirrt und natürlich traurig. Irgendwie wünscht man sich ja doch immer, dass alles gut wird.«

Nadja horchte auf: »Was sollte denn gut werden? War an dem Wochenende nicht alles gut?«

Sie beobachtete überrascht, wie Lou ein wenig rot wurde. Er räusperte sich: »Na ja, ich habe schon gemerkt, dass etwas nicht in Ordnung ist, dass sie mir etwas verschweigt. Das hing mit dem Sex zusammen.«

Nadja konnte es ihm nicht ersparen, darüber zu reden. Lou drückte seine Zigarette auf dem Kiesweg aus und warf den Stummel in den Abfalleimer, der neben der Bank stand. Er schien sich mit seinen Füßen unterhalten zu wollen statt mit Nadja, so intensiv betrachtete er sie.

»Wir haben an den beiden Tagen sehr oft miteinander geschlafen. Sie konnte gar nicht genug davon bekommen, es hatte etwas Verzweifeltes. Der Sex schien sie in eine andere Welt zu katapultieren. Ich machte natürlich mit, tat es auch gerne, aber danach hatte ich immer das Gefühl, als habe ich ihr etwas angetan.«

»Wie meinst du das?«, fragte Nadja verwirrt. Sie hatte die Zeilen im Kopf, die Connie über den Sex mit Lou geschrieben hatte. Für sie schien es sehr befriedigend gewesen zu sein.

Lou erklärte: »Manchmal hatte ich das Gefühl, es ging ihr gar nicht um den Spaß und auch nicht um mich. Sie brauchte nur jemand, der sie festhielt.«

Nadja wusste nicht, was sie davon halten sollte. Zögernd holte sie Connies Notizbuch aus ihrer Tasche und las Lou die ganze Passage vor, die sich mit ihm beschäftigte.

Er hörte aufmerksam zu, dann sagte er: »Das klingt schön. Sie hat es wirklich gut beschrieben. Aber es ist mehr eine Geschichte als die Realität. In gewisser Weise ist es sicher Connies Geschichte, aber nicht die ganze. Ich glaube nicht, dass sie ihren Freund auch nur einen einzigen Moment lang vergessen hat, egal, wie viel Mühe sie sich gab.«

»Du wusstest also, dass sie eigentlich in einer festen Beziehung war?«, fragte Nadja nach.

»Das hat sie mir erst ganz zum Schluss gesagt. Kurz bevor sie zum Bahnhof aufbrach. Dass es ein wunderschönes Wochenende war, dass sie es nie vergessen wird, dass sie mich sehr gernhat. Und dass wir keinen Kontakt mehr haben dürfen, weil sie einen Freund hat. Dass sie ihn liebt. Ich war sprachlos. Sie nahm mich in die Arme, drückte mich und lief zur Tür hinaus. Nur ihr Duft blieb noch eine Weile in der Wohnung zurück.«

Nun war es an Nadja, auf den Boden zu starren. Der letzte Satz hatte so traurig geklungen, so intim. Sie fragte sich, was sie jetzt erreicht hatte. Gut, sie hatten die Sicherheit, dass es tatsächlich eine Affäre gegeben hatte. Sie wussten, wo sich Connie an dem fraglichen Wochenende aufgehalten hatte, vom dem David dachte, sie verbringe es bei einer Schulfreundin. Das war der schwarze Fleck auf ihrer ach so weißen Weste. Connie hatte David ein Wochenende lang wieder und wieder betrogen. Genau genommen hatte sie sich beiden Männern gegenüber unfair benommen. Besonders natürlich David gegenüber, der währenddessen in Würzburg vertrauensvoll auf sie gewartet hatte. Aber auch Lou gegenüber, der nichts von ihrer festen Beziehung gewusst hatte. Er hatte keinerlei Chance gehabt, das Ganze zu verstehen. Für ihn blieb es eine Episode ohne richtigen Abschluss. Oder etwa nicht? Hatte er Rachegedanken gehegt?

Nadja empfand einen plötzlichen Zorn auf Connie, die so egoistisch gehandelt hatte. Vielleicht lag es daran, dass ihr beide Männer sehr sympathisch waren, so unterschiedlich sie auch sein mochten. Connie selbst war tot, sie konnte sich nicht mehr rechtfertigen, und Nadja würde niemals wissen, ob sie unter anderen Umständen nicht auch ihr Sympathie entgegengebracht hätte.

Sie musterte Lou, der noch immer schweigend dasaß. Er hatte seine Sandalen ausgezogen und versuchte, mit den Zehen ein Gänseblümchen zu pflücken. Seine Augenbrauen waren konzentriert zusammengekniffen. Das lange Haar fiel ihm seitlich in die Stirn, und die Muskeln an seinen gebräunten Beinen traten hervor, als er den besten Winkel suchte, um weitere Blumen mit möglichst langem Stiel abzureißen. Schließlich waren seine Bemühungen von Erfolg gekrönt, und er überreichte Nadja ein kleines Sträußchen, das sie mit gespieltem Entzücken entgegennahm.

Als sie an den Gänseblümchen schnupperte, besann sie sich auf die nächste wichtige Frage. Sie blickte zu Lou auf. »Sag mal, warum hast du Connie denn noch Rosen geschickt, nachdem sie dich so deutlich abserviert hatte? Dachtest du, sie ließe sich umstimmen?«

Lou runzelte die Stirn. »Was für Rosen?«, fragte er, »Connie hat von mir nie irgendwelche Blumen bekommen. Es gab ja gar keinen Anlass dazu. Ihre Adresse in Würzburg habe ich übrigens auch nicht. Ich finde, wenn eine Frau so etwas macht, hat sie erstens nicht verdient, dass man ihr hinterherläuft, und zweitens bringt man sich dadurch sofort um alle Chancen. Man darf sie in so einer Situation nicht merken lassen, wie gerne man sie hat.«

Interessante Argumentation, fand Nadja, ging jedoch nicht darauf ein. »Du hast Connie also nicht vor ein paar Wochen einen großen Strauß roter Rosen geschickt?«, vergewisserte sie sich.

Lou verneinte.

Nadja glaubte ihm, welchen Grund hätte er auch zu lügen? Aber wer war dann der unbekannte Verehrer gewesen? Oder hatte es sich letztendlich doch um eine Verwechslung gehandelt? Durch Nachdenken allein würde sie dieses Rätsel sicher nicht lösen.

Seufzend stand sie auf. »Uff, diese Hitze macht einen ganz müde. Weißt du was, ich glaube, ich brauche ganz dringend noch ein Eis. Wie sieht's mit dir aus?«

Lou lachte: »In meinem Heimatdorf würde man jetzt sagen: ›Du g'fallst mer!‹ Eis ist eine brillante Idee, komm, wir schauen, wo sich dieser mobile Eisverkäufer herumtreibt. Und dann könnten wir den Surfern noch mal ein bissl zuschaun. Von ganz nah, damit du auch mal ein paar Tropfen Wasser abkriegst.«

Nadja ließ sich vom übermütigen Lou mitziehen. Die Oberkommissarin hatte jetzt mal Pause.

***

»Hast du einen Moment Zeit?« Neumann sah ungewöhnlich ernst aus.

»Klar, was gibt's?« Peter war seit Rebekkas Besuch so gut gelaunt, dass er freudig seitenweise Berichte getippt hätte, wenn das nötig gewesen wäre.

»Die beiden Spanierinnen haben mir nichts Neues sagen

können. Besonders an der älteren kann man sich echt die Zähne ausbeißen. Aber dafür bin ich mit der Hundesache weitergekommen.«

Neumann hatte Peters volle Aufmerksamkeit.

»Ich habe mit der Firma telefoniert, die die Kabelbinder herstellt. Sie verkaufen zwar deutschlandweit, sind aber vor allem auf den Norden konzentriert. In der Würzburger Umgebung bezieht nur ein einziger Betrieb ihre Produkte, ein kleiner Familienbetrieb für Maschinenbau.«

»Du willst hinfahren?« Es war mehr eine rhetorische Frage.

»Ja, und ich will den Hund mitnehmen.«

Peter zog die Augenbrauen hoch. »Was versprichst du dir davon?«

»Ich will sehen, ob sie reagieren, und vor allem, wie der Hund sich verhält. Er wird die Leute erkennen, die ihm so übel mitgespielt haben.«

Neumann schien viel daran gelegen zu sein. Peter musterte seinen Kollegen. Langsam wurde ihm so einiges klar. »Und ich soll im Auto den Hundesitter spielen?«

»Max ist ja nicht da. Er muss noch einige von Connies Kommilitonen befragen«, rechtfertigte sich Neumann.

»Dafür habe ich aber was bei dir gut.« Peter ergab sich seufzend in sein Schicksal. »Und wir nehmen auf keinen Fall mein Auto!«

»Nein, nein, wir brauchen ja eines mit Gitter zwischen Rücksitz und Kofferraum, damit der Hund uns nicht um die Ohren fliegt, wenn ich mal ein bisschen schärfer bremse.«

»Wo wir wieder bei der Tierquälerei wären«, kommentierte Peter.

Er und Neumann entschieden sich für einen Streifenwagen. Neumann fuhr, da er die bessere Ortskenntnis hatte. Das Tierheim befand sich auf der anderen Stadtseite. Auf der Nürnberger Straße fuhren sie an Bahngleisen entlang.

»Was ist das?« Peter deutete auf einige große bunte Gebäude, die auf der anderen Seite der Schienen in den Hang hineingebaut waren.

»Studentenwohnheime«, antwortete Neumann, »das rosafarbene ist vom bayerischen Lehrerverband, und das hässliche grüne heißt bei uns nur Kaktus-Wohnheim. Aber wie sie aussehen, ist ja eigentlich egal. Für Studenten ist die Lage optimal, nahe an den Unigebäuden am Hubland.«

Peter dachte an seine eigene, zugegebenermaßen recht kurze Studentenzeit zurück. An angebranntes Rührei, mühevolles Recherchieren in der Bibliothek und überfüllte Busse. Trotzdem wollte ihn ein Hauch von Nostalgie überkommen, den er energisch verdrängte. »Warum hast du Nadja eigentlich nichts von deinen Nachforschungen erzählt?«, fragte er stattdessen.

Neumann warf ihm einen Seitenblick zu. »Weil ich den Eindruck habe, dass Frau Gontscharowa momentan genug um die Ohren hat.« Er schien zu überlegen, ob er noch mehr sagen sollte. »Ich glaube, dass sie eine sehr gute Polizistin ist, und sie ist auch eine gute Chefin. Aber mit dem Humor hapert's ein wenig, oder? Sie gibt sich ziemlich streng. Es ist ein anderes Arbeitsklima, wenn sie da ist.«

»Es ist ihr erster eigener Fall, noch dazu in einem ganz neuen Umfeld. Wahrscheinlich ist sie deshalb gerade so angespannt«, verteidigte Peter sie.

»Das sollte jetzt auch keine Kritik sein«, stellte Neumann klar, »ich habe nur gesagt, was mir aufgefallen ist.«

»Gar kein Problem«, sagte Peter nur. Neumann hatte recht, schließlich war es auch ihm aufgefallen, wie sehr Nadja sich in den letzten Wochen verändert hatte.

Sie erreichten das Tierheim, das nahe dem Industriegebiet in einem weitläufigen Park lag. Sobald Peter die Autotür öffnete, hörte er das Bellen zahlloser Hunde. Die Zwinger mussten sich hinter dem Gebäude befinden. Neumann war ebenfalls ausgestiegen.

»Du kannst ruhig sitzen bleiben«, rief er Peter zu, »ich hol nur den Hund, dann fahren wir gleich weiter.«

Mit dem angeleinten Hund an seiner Seite, der mittlerweile etwas besser genährt und zudem frisch gebürstet aussah, kam Neumann wenige Minuten später zurück. »Er heißt jetzt Bodo«, verkündete er. Er öffnete den Kofferraum, und Bodo sprang mit einem Satz hinein.

Peter beobachtete das Geschehen im Rückspiegel. »Was für

ein reizender Name«, sagte er, »bellender Bodo, bissiger Bodo, Bodo von Baskerville.«

»Braver Bodo«, entgegnete Neumann und fuhr los.

Der Familienbetrieb Melzing schien hauptsächlich aus einem großen Hof und zwei rechtwinklig zueinander stehenden Hallen zu bestehen, aus denen Radiowerbung drang. Ein grauhaariger Mann im Arbeitsanzug kam durch das Tor. Er wischte sich die Hände an seinem Hosenbein ab und blickte ihnen etwas ratlos entgegen.

Während Neumann sich vorstellte, ging Peter um das Auto herum und ließ Bodo aus dem Kofferraum. Er wickelte die Leine um sein Handgelenk und stellte sich neben seinen Kollegen.

»Rudi!«, rief Herr Melzing, »ja, wo kommst du denn her?«

Der Hund wedelte munter mit dem Schwanz.

»Sie kennen diesen Hund also?«, fragte Neumann. »Gehört er Ihnen?«

»Nein, meinem Sohn. Moment, ich rufe ihn.«

Mit einer jüngeren und deutlich dünneren Ausgabe seiner selbst kam Melzing kurz darauf zurück. Bodo, der nun wieder Rudi hieß, kniff den Schwanz ein und versteckte sich hinter Peter. Neumann hatte den Hund beobachtet und richtete seinen Blick nun auf Melzing junior, der tat, als hätte er keine Ahnung, was vor sich ging.

»Was ist los, Michael?«, fragte Melzing seinen Sprössling.

»Das kann ich Ihnen gerne sagen«, schaltete Neumann sich ein, »Ihrem Sohn ist es zu langweilig geworden, den Hund nur zu quälen und ihm mit Zigarettenkippen Brandwunden zuzufügen. Deshalb hat er beschlossen, ihn im Main zu ertränken, und damit das Ganze noch ein bisschen mehr Spaß macht, hat er ihm Gewichte an die Hinterpfoten gebunden. Allerdings hat er den Fehler gemacht, dafür Kabelbinder zu verwenden, die wir zu Ihnen zurückverfolgen konnten.«

»Das stimmt nicht«, behauptete Michael, »Rudi ist mir davongelaufen. Weiß ich doch nicht, was dann mit ihm passiert ist.«

»Der Hund hat offensichtlich Angst vor Ihnen. Und es gibt eine Zeugin, die Sie mit einem weiteren Beteiligten am Tatort gesehen hat.« Neumanns Stimme klang noch immer ruhig, doch er hatte die Arme verschränkt, sodass die Muskeln in seinem kurzärmligen Hemd deutlich hervortraten.

Herr Melzing drehte sich zu seinem Sohn um und schlug ihm ins Gesicht. Peter wandte peinlich berührt den Blick ab. Seinem erwachsenen Sohn vor Zeugen eine Ohrfeige zu geben zeugte schon von einem gewissen Kontrollverlust des Vaters.

Rudi winselte leise. Er war hinter Peters Beinen hervorgekommen und hatte den Kopf mit aufgestelltem Nackenhaar Richtung Werkstatt gedreht. Peter folgte seinem Blick und sah gerade noch, wie ein weiterer Mann an der Wand entlangschlich und um die Ecke verschwand. »Da haut einer ab!«

»Hinterher!«, rief Neumann ihm zu.

Peter fragte sich, was er mit dem Hund anfangen sollte, doch der hatte die Situation offensichtlich schneller erfasst als er selbst und lief los. Die Leine entglitt Peters Händen, und Rudi war frei. Peter blieb nichts anderes übrig, als ebenfalls hinterherzurennen.

Er bog um eine Ecke und sah den Mann vor sich die Straße entlangrennen. Er folgte, an einem Busparkplatz und einem Aldi vorbei. Sie hielten auf eine dicht befahrene Kreuzung zu. Peter hatte Angst um Rudi. Sein Atem reichte jedoch gerade aus, um weiterzulaufen, nach dem Hund hätte er jetzt beim besten Willen nicht rufen können.

An der Kreuzung sah sich der Flüchtende kurz um. Er hatte kurzes braunes Haar. Die Arbeitshose schien ihm zu groß zu sein, da er sie nach oben zog, bevor er nun eine Lücke im Verkehr ausnutzte und über die Straße sprintete. Rudi blieb dicht an seiner Seite, macht jedoch keinerlei Anstalten, ihn zu beißen oder zu Fall zu bringen.

Er ist eben doch ein braver Bodo, dachte Peter resigniert, also blieb es wohl an ihm hängen. Er legte noch einmal an Tempo zu und passierte die Kreuzung ohne Probleme. Nur angehupt wurde er.

Der Flüchtende kannte sich offensichtlich gut aus und nutzte das zu seinem Vorteil. Er verließ den Bürgersteig, um nach rechts auf ein vernachlässigtes, nur teilweise geteertes Gelände mit Lagerhallen einzubiegen. Sie liefen nun an den Schienen entlang, die Peter schon auf der Herfahrt bemerkt hatte.

Er bekam Seitenstechen. Lange würde er dieses Tempo nicht mehr durchhalten. Dabei steuerte der Mann auf ein dicht bewachsenes, leicht abschüssiges Terrain zu. Ihn dort zu fangen würde noch schwieriger werden.

Auf der rechten Seite kam ein türkischer Supermarkt ins Blickfeld. Trotz der abgeschiedenen Lage parkten viele Autos davor. Eine Frau mit Kopftuch und einem Kleinkind an der Hand schob gerade einen Einkaufswagen Richtung Eingang. Sie warf einen neugierigen Blick auf die beiden rennenden Männer.

»Polizei! Halten Sie ihn auf!«, schrie Peter.

Zu seiner Überraschung reagierte die Frau sofort. Sie ließ das Kind los, drehte den Wagen und gab ihm einen Stoß. Er rauschte dem Flüchtenden in den Weg, der nicht mehr bremsen konnte und über den Wagen fiel. Sofort war Peter bei ihm.

»Wen habe ich denn da gefangen?«, fragte die Frau, »Dieb, Mörder, Kinderschänder?«

»Einen Tierquäler«, antwortete Peter, als er wieder ein wenig zu Atem gekommen war, »vielen Dank für Ihre Hilfe!«

Die Frau streichelte Rudi, der sich vor ihr niedergelassen hatte und eifrig Pfötchen gab. »Kein Problem. Da haben wir Papa heute Abend was zu erzählen, stimmt's, Osman?« Sie nahm ihr Kind auf den Arm und verschwand im Supermarkt.

Rudi blickte ihr traurig hinterher.

***

Auf der Zugfahrt zurück nach Würzburg ließ Nadja das Gespräch mit Lou noch einmal Revue passieren. In gewisser Weise war sie froh, David mitteilen zu können, dass Connies Seitensprung wohl tatsächlich eine kurze und einmalige Angelegenheit gewesen war. Von den sehr ausschweifenden Liebesnächten würde sie natürlich nichts sagen. Connie hatte offensichtlich niemals vorgehabt, ihre Beziehung mit dem jungen Musiker aufs Spiel zu setzen.

Was nun genau die Motive der Studentin für den Münchenaufenthalt und alles dort Vorgefallene gewesen war, konnte Nadja nur vermuten. Vielleicht hatte sie an anderer Stelle die Aufmerksamkeit gesucht, die sie bei David vermisste. Vielleicht hatte sie auch nur ein schönes Wochenende verbringen wollen, und die körperliche Seite war gar nicht geplant gewesen. Oder sie hatte einfach ein Abenteuer erleben wollen. Nadja blickte seufzend aus dem Fenster. Sie fragte sich, was David gerade tat.

***

David stand auf einer Brücke. Es war ein Tag, wie er heißer kaum hätte sein können. Trotzdem schwitzte er nicht. Hier oben war es immer ziemlich windig. Er trug Jeans und ein langärmliges weißes Hemd, das er normalerweise nur auf Konzerten anhatte. Aber Connie hatte es so gern gemocht. Sie fand, dadurch kämen seine dunklen Augen gut zur Geltung.

Er dachte an das letzte Konzert zurück. Sie hatten sich im Vorfeld immer wieder gestritten, weil er neben den Proben kaum noch Zeit für sie gehabt hatte. Zuletzt waren sie unversöhnt auseinandergegangen, und als der Auftritt näher rückte, war David immer unruhiger geworden. Es war ihm klar, dass Connie diesmal nicht kommen würde, obwohl sie für ihn mittlerweile fast ein lebendiger Talisman geworden war. Lukas, der die zweite Geige spielte, versuchte ihn aufzumuntern, wünschte Hals- und Beinbruch, spuckte ihm über die Schulter, rief »toi, toi, toi« und zog alle Register althergebrachter Bühnenrituale. Doch David hatte nur nervös am Kragen seines Hemdes gezerrt, der seinen Hals einzuschnüren schien.

Auf die Bühne stolperte er mehr, als dass er ging. Dann der erste Blick ins Publikum. Und da saß sie. Connie in ihrem roten Abendkleid mitten im Publikum. So strahlend und so wunderschön. Der ganze Saal war voller Menschen, und doch sah er nur sie. Er setzte die Geige an den Hals und begann zu spielen, die Augen fest auf Connie gerichtet. Sie lächelte, und in diesem Augenblick war sie ihm mehr denn je wie ein Traum, wie ein Engel, wie der kostbarste Diamant erschienen. Da hatte er gewusst, dass er alles daransetzen musste, sie niemals zu verlieren.

Und jetzt stand er hier oben. Die Brücke führte über den Reichenberger Grund. Tief unten sah er ein schmales Bächlein, und daneben, unter den Bäumen versteckt, gab es eine kleine Gedenkstätte. Hier hatten Freunde und Verwandte von einigen, die gesprungen waren, Kerzen und Figürchen aufgestellt. Auch frische Blumen wurden immer wieder hergebracht.

Connie und er waren einmal bei einem Spaziergang zufällig darauf gestoßen. Sie war betroffen stehen geblieben und hatte sich alles genau angesehen. Dann hatte sie den Kopf in den Nacken gelegt und zur Brücke hinaufgeblickt, die sich hoch oben über das Tal spannte. Sie hatte geflüstert: »Der Weg hinunter ist lange genug. Ich glaube, es sind ihnen allen noch Flügel gewachsen, bevor sie gestorben sind.«

Er hatte sie in den Arm genommen und an sich gedrückt, wie immer, wenn sie solche Dinge sagte, wenn er Angst um sie bekam. Er wollte nicht, dass sie über den Tod nachdachte. Sie sollte glücklich sein, mit ihm, immer.

David holte ein Foto aus seinem Geldbeutel. Es zeigte Connie am Stadtstrand, wie sie vergebens versuchte, sich das mit Schokoeis verschmierte Haar aus dem Gesicht zu halten, und dabei ausgelassen in die Kamera lachte. Er betrachtete es lange, streichelte ihr Gesicht und küsste sie behutsam. Dann steckte er es in seine Hemdtasche, knöpfte sie zu und kletterte über die Absperrung, die zum Schutz der Fußgänger errichtet worden war.

Der Wind zerrte an ihm, schien ihn mit sich nehmen zu wollen. David breitete die Arme aus, seine Hemdsärmel flatterten. Es fühlte sich tatsächlich an, als wären ihm Flügel gewachsen. Er blickte in den blauen, blauen Himmel und sprang.

VIERZEHN

Als Nadja kurz hinter Uffenheim auf ihr Handy schaute, entdeckte sie fünf unbeantwortete Anrufe von Peter, zwei von Karlheinz Bär und einen von André Krönig. Sie hatte das Handy während des Gesprächs mit Lou auf lautlos geschaltet und vergessen, den Ton danach wieder zu aktivieren.

Mit einem unguten Gefühl rief sie Peter zurück. Er hielt sich nicht mit einer Begrüßung auf, sondern fragte nur: »Wann kommst du zurück?«

Nadjas Zug würde in einer Viertelstunde Würzburg erreichen, und Peter versprach, sie abzuholen. »Dann können wir vom Bahnhof aus sofort weiterfahren«, fügte er hinzu.

Nadja verstand nicht. »Wohin weiterfahren?«, fragte sie, »was ist denn passiert?«

Peter zögerte kurz, sie hörte ihn durchs Telefon tief Luft holen. »Es sieht ganz so aus, als habe David Selbstmord begangen.«

Nadja hörte Peters Erklärungen wie aus weiter Ferne. Ein panischer Anruf von Sophie, eine Brücke, eine Meldung von einem aufmerksamen Autofahrer, Lars Nauke schon unterwegs. Das konnte doch alles nicht wahr sein! David hatte gelebt, als sie heute Morgen von Würzburg weggefahren war, und jetzt sollte er tot sein? Sie hatte ihm doch erzählen wollen, dass Connie ihn wirklich geliebt hatte. Sie hatte sich mit neuem Eifer in die Suche nach dem Mörder stürzen wollen.

Die Bedeutung des Ganzen wurde ihr bewusst, und sie fröstelte, was wohl nicht nur an der stark arbeitenden Klimaanlage lag. Sie wünschte sich hinaus in die Sonne, zurück nach München, weit weg von dem, was sie jetzt erwartete.

Der Zug fuhr in den Würzburger Bahnhof ein, und Nadja wäre am liebsten sitzen geblieben. Hier drinnen war neutrales Gebiet, hier war sie keine Oberkommissarin, sondern einfach Nadja Gontscharowa, eine Frau Mitte dreißig, die das Leben noch vor sich hatte. Ganz anders als David.

Sie verschränkte die Arme vor der Brust und presste sich

gegen den Sitz. Um sie herum packten die Leute ihre Sachen zusammen und verließen in gesitteten Reihen den Zug. Nadja starrte ins Leere. Ein Klopfen ertönte. Sie drehte den Kopf und sah Peter auf dem Bahnsteig stehen. Auf der Suche nach ihr war er anscheinend bereits an den Abteilen entlanggelaufen.

Noch einmal pochte er mit den Fingerknöcheln gegen das Glas und blickte sie fragend an. Nadja legte ihre Hand an die Scheibe. Sie wartete, bis Peter von draußen das Gleiche tat. Sie sahen sich an, und Nadja erkannte das Mitgefühl und die Resignation in Peters Augen. Langsam stand sie auf, griff nach ihrer Tasche und stieg aus dem Zug.

Peter erwartete sie mit hängenden Armen. Sie hätte sie sich offen für eine Umarmung gewünscht, aber sie brachte es nicht über sich, von selbst so auf ihn zuzugehen. Also standen sie nur eine kurze Weile unschlüssig nebeneinander, bis Peter sich umdrehte und in Richtung Auto voranging.

Sie fuhren eine ganze Weile auf der B 19, bis sie die Straße erreichten, die unter der Brücke über den Reichenberger Grund hindurchführte. Es standen schon einige Polizeiautos dort, und Peter stellte den Dienstwagen ebenfalls an den Straßenrand. Nadja graute davor, Davids zerstörten, leblosen Körper vor sich sehen zu müssen. Peter hielt ihr die Tür auf, und Nadja quälte sich ungeschickt aus dem Auto.

»Wir bringen's einfach schnell hinter uns«, sagte er aufmunternd, »holen uns die wichtigsten Infos von Nauke, und dann hauen wir wieder ins schön kühle Büro ab. Hier kommt man ja um vor Hitze!«

Tatsächlich schien die Luft regelrecht zu flirren. Nadjas weißes Kleid klebte mittlerweile geradezu an ihrem Körper. Sie hoffte nur, sich möglichst bald umziehen zu können.

Sie gingen über verdorrtes Gras in Richtung Waldrand. Ab und an kamen ihnen Polizisten in Uniform entgegen, die grüßten oder sich über den wolkenlosen Himmel beklagten. Dann waren sie da.

Nadja sah zwei Männer über die Leiche gebeugt, Lars Nauke war an seinen weißen Hosen und dem Schnurrbart schon von

Weitem erkennbar. Und der andere? Er kam ihr merkwürdig vertraut vor, sie trat näher, und die beiden Männer blickten auf. Nauke pfiff bei Nadjas Anblick anerkennend durch die Zähne, doch sie achtete gar nicht auf ihn. Sie starrte auf den Mann neben ihm. Auf André Krönig.

Peter blickte von einem zum anderen. Er räusperte sich nervös. Schließlich trat Krönig einen Schritt vor und streckte die Hand aus. Nadja ergriff sie mechanisch und schüttelte sie.

»Guten Tag, Frau Gontscharowa. Schön, Sie so unerwartet schnell wiederzusehen. Ich war zufälligerweise wegen eines Termins mit Frau Bullmann in Würzburg, und als ich hörte, was hier geschehen ist, habe ich Ihre neuen Kollegen spontan begleitet. Schließlich sieht es jetzt so aus, als wäre der Fall bald abgeschlossen. Dann kann ich Sie gleich dazu beglückwünschen.«

Nadja starrte ihn an. Du hast hier überhaupt nichts verloren, und das weißt du auch ganz genau, dachte sie wütend, Bully hat dich bestimmt nicht darum gebeten, dich hier einzumischen, im Gegenteil, sie wird stinksauer sein und das dann wieder an mir auslassen. Sie zwang sich dennoch zu erklären, dass sie das sehr freundlich finde. Ihr war klar, dass Peter und Lars Nauke sie beobachteten.

Jetzt erst registrierte sie, was Krönig außerdem gesagt hatte, und ihr Gesicht umwölkte sich: »Was meinen Sie mit ›abgeschlossenem Fall‹? Davids Tod ist doch ein Rückschritt, schließlich haben wir mit ihm einen sehr wichtigen Zeugen verloren.«

Die drei Männer wechselten unsichere Blicke, dann sagte Peter vorsichtig: »Nadja, er hat Selbstmord begangen, das sieht doch ganz nach einem Geständnis aus. Er hatte ein astreines Motiv, er hatte das Tagebuch, er hatte die Gelegenheit, und jetzt hat er sich umgebracht, wahrscheinlich aus Schuldgefühl und weil er wusste, dass wir ihn bald überführen würden.«

Nadja wandte sich an Nauke: »Was hat die Untersuchung ergeben? War es ganz sicher ein Selbstmord? Hat da niemand nachgeholfen? Ich finde diese Lösung zu einfach, und wenn es so was wie Intuition tatsächlich gibt, dann sagt mir diese gerade, dass David nicht der Täter ist. Was, wenn der tatsächliche Mörder nun auch David umgebracht hat und es als Selbstmord tarnen will, damit wir die Ermittlungen einstellen?«

Der Gerichtsmediziner begann bei diesem Feuerwerk an Fragen und Vermutungen mild zu lächeln. Er legte ihr besänftigend eine Hand auf den Arm, nahm sie jedoch schnell wieder weg, als er Krönigs Blick bemerkte.

Er erläuterte seinen Standpunkt: »Ihren kriminalistischen Spürsinn in allen Ehren, Frau Gontscharowa, aber Hinweise auf Fremdeinwirken kann ich hier nirgends feststellen. Stattdessen spricht wirklich alles für einen Suizid. Als aufgeklärter Würzburger Bürger weiß ich, dass diese Brücke den Titel ›Selbstmörderbrücke‹ verpasst bekam, und nun raten Sie mal, warum. In den letzten Jahren sind zwölf Menschen von oben in den Tod gesprungen. Die wollten wirklich sichergehen, dass es auch klappt. Fünfundfünfzig Meter freier Fall, das überlebt man nicht mal eben so.«

Nadja schluckte. Bisher hatte sie sich Mühe gegeben, den auf dem Boden liegenden Körper hinter den beiden Männern zu übersehen. Aber während er sprach, war Nauke zur Seite getreten und hatte den Blick auf die Leiche freigegeben.

Sie sah Jeans und ein ehemals makellos weißes Hemd, braunes Haar. Die Kleidung schien Knochen zusammenzuhalten, die sonst in einem losen Haufen durcheinandergelegen hätten. Arme und Beine waren so merkwürdig verdreht, dass der Tote wie eine Lumpenpuppe aussah. Die Hände waren zu Fäusten geballt. Gestern noch hatte er damit Musik gemacht, hatte seine Geige im Arm gehalten und ihr zärtliche, wehmütige Töne entlockt, als er bei dem Verhör nichts mehr zu sagen gehabt hatte. Die Musik hatte für ihn gesprochen.

Krönig reichte ihr seine Gummihandschuhe. Nadja streifte sie routiniert über, obwohl sie scheußlich an der Haut pappten. Sie kniete sich auf den staubigen Boden und strich David das Haar aus der Stirn. Sein Gesicht war auf der Seite, die ihr zugewandt war, kaum erkennbar.

»Außerdem wäre der Mörder mit David niemals an diesen Ort gekommen«, hörte sie Peter sagen, »schließlich fahren Autos über diese Brücke, und zwar nicht gerade wenige, ist ja eine Bundesstraße. Der Lkw-Fahrer, der uns alarmiert hat, hat ihn noch über die Absperrung klettern sehen. Doch als er sein Gefährt geparkt hatte und zurückrennen konnte, war David schon einen Schritt weiter. Da war sonst niemand, Nadja, garantiert nicht!«

Aber Nadja hatte längst verstanden, dass David absichtlich gesprungen war. Ihre Fragen waren eher ein Versuch gewesen, sich selbst zu überzeugen. In dem Moment, als sie die Vermutung ausgesprochen hatte, es könne sich um einen weiteren Mord handeln, war ihr die Absurdität dieser These bereits klar geworden. Dennoch – hier ging es um etwas anderes. Selbst wenn das hier ein glasklarer Selbstmord war, hieß das wirklich, dass es auch ein Schuldeingeständnis war? Konnte David sich nicht aus purer Trauer umgebracht haben?

Wenn es nur nicht so heiß wäre. Sie konnte kaum denken.

»Es ist nicht Ihre Schuld«, sagte André Krönig vorsichtig, »Frau Bullmann, Herr Bär und ich haben uns die Tonbandaufzeichnungen der gestrigen Befragung bereits angehört. Sie beide haben sich völlig korrekt verhalten, genug Pausen gemacht und ihn nicht zu sehr unter Druck gesetzt. Es gab keinen Grund zur Annahme, dass er Suizid begehen würde.«

Peter bedankte sich und warf Nadja einen Seitenblick zu.

Sie starrte weiterhin auf Davids verunstaltetes junges Gesicht. »Sie ist zurückgekommen, sie ist doch zu dir zurückgekommen, warum hat dir das denn bloß nicht gereicht?«, flüsterte sie, »warum wolltest du sterben, warum denn bloß?«

Nadja spürte eine Hand unter ihrem Arm, der sie in die Höhe zog. Ihr Kopf war merkwürdig leer, dann schoben sich von links und rechts schwarze Mauern in ihr Sichtfeld. Die Beine schienen sie nicht mehr tragen zu wollen.

»Verdammt, sie klappt uns zusammen«, hörte sie eine Männerstimme fluchen. Dann kippte die Welt, und sie stürzte ins Bodenlose.

Nadja blinzelte. Unter sich spürte sie den harten Boden, über sich sah sie verschwommen drei Männergesichter, die sie besorgt beobachteten. Zwei ohne und eines mit Schnurrbart. Der Bart hüpfte auf und ab, und Nadja erkannte, dass es daran lag, dass der Mund darunter sich bewegte.

Lars Nauke sagte: »Ein kleiner Schwächeanfall, nichts Schlimmes. Die Hitze setzt manchen Menschen eben sehr zu, insbesondere Frauen. Wobei Frau Gontscharowa mich im wachen Zustand vermutlich umbringen würde, wenn ich sie zum sogenannten schwachen Geschlecht rechnete. Sie war den ganzen Tag unterwegs und hat wahrscheinlich viel zu wenig getrunken, da kann das schon mal passieren. Hier im Schatten wird sie gleich wieder fit sein.«

Nadja wäre gern noch ein wenig liegen geblieben, aber sie hasste es, so unrühmlich im Mittelpunkt zu stehen. Also stützte sie sich auf die Ellenbogen und hob den Kopf. »Vielen Dank für Ihre Hilfe, aber mir geht es schon wieder sehr gut!«, sagte sie.

Alle drei grinsten, als hätten sie genau diesen Satz erwartet.

»Doktor, soll ich die Patientin wieder in die Waagrechte bringen?«, fragte Peter. Aus irgendeinem Grund hatte er ihre Füße umklammert und hielt die Beine fast auf Hüfthöhe. Nadja registrierte, dass ihr Kleid infolgedessen ziemlich weit an den Oberschenkeln nach oben gerutscht war, und begann ärgerlich zu strampeln.

Nauke schmunzelte. »Ich bin es zwar nicht gerade gewöhnt, dass sich meine Kunden gegen die Behandlung wehren, aber vielleicht lassen Sie sie doch besser los, bevor sie uns hier noch militant wird.«

Peter legte Nadjas Beine vorsichtig auf dem Boden ab, und André Krönig wandte sich an Nauke: »Glauben Sie wirklich, dass es ihr schon besser geht? Sollten wir nicht vielleicht vorsichtshalber einen Krankenwagen rufen? Oder Sie machen eine Infusion oder so etwas, Frau Gontscharowa ist doch sicher völlig dehydriert!«

Nauke zog die Augenbrauen hoch. »Ihre Sorge in allen Ehren, mein lieber Herr Dr. Krönig, aber unsere Oberkommissarin wird bald wieder ganz fit sein. Ich habe bereits einen Beamten geschickt, um Wasser und Traubenzucker aus meinem Wagen zu holen. Cola oder Kaffee wäre auch nicht verkehrt. Aber ein Infusionsbeutel gehört nicht gerade zu meiner Standardausrüstung. Es wird auch so gehen. Ich könnte allerdings eine Mund-zu-Mund-Beatmung anbieten, wenn Sie das beruhigen würde.«

Krönig wollte empört antworten, als Nadja dazwischenfuhr: »Mich würde es aber nicht gerade beruhigen, Herr Nauke! Und jetzt hören Sie bitte alle auf, über meinen Kopf hinwegzureden. Ich bin nicht mehr bewusstlos, falls Sie das noch nicht registriert haben. Es geht mir eigentlich ganz gut. Wenn ich etwas zu trinken bekomme, bin ich gleich wieder auf den Beinen.«

Die beiden Männer verstummten, und Peter sagte: »Ich glaube, Sie beide können sich jetzt wieder der Leiche widmen, damit wir möglichst schnell fertig sind und von hier wegkönnen, ich bleibe solange bei Nadja, wenn sie nichts dagegen hat.«

Nadja lächelte dankbar zu ihm hinauf, woraufhin Krönig und Nauke von dannen schritten. Kaum waren sie außer Hörweite, zischte Nadja: »Warum hast du vorhin keinen Ton davon gesagt, dass der hier ist? Ich bin aus allen Wolken gefallen!«

»Das hat man gesehen«, antwortete Peter, »und wenn ich dir vorher gesagt hätte, dass Krönig hier ist, dann hätte ich dich ja nie herbekommen. Dann säßest du jetzt immer noch in diesem Zug.«

»Da war es jedenfalls bequemer als hier auf dem Boden«, brummte Nadja.

Ein junger Polizist näherte sich und brachte eine volle Flasche Mineralwasser, eine Coladose und eine Packung Traubenzucker. Nadja bedankte sich und trank die halbe Flasche leer. Auf Peters Geheiß zerkaute sie einige Stücke Traubenzucker und machte sich dann noch über die Cola her. Sie wischte sich den Mund ab und rülpste zufrieden.

»Ah, wie ich sehe, ist Frau Gontscharowa so weit wiederhergestellt, dass sie ihrer Zufriedenheit derart damenhaft Ausdruck zu verleihen vermag«, kommentierte eine Stimme von hinten.

Nadja musste sich nicht einmal umdrehen, um zu wissen, wer dort stand. »Sie genießen das jetzt richtig, oder?«, vermutete sie. »Die Toten wissen Ihren Sarkasmus ja gar nicht zu schätzen, da komme ich als Opfer genau richtig.«

Von Nauke kam keine Antwort, aber Nadja nahm an, dass er lächelte.

André Krönig ignorierte die Sticheleien und schwenkte ein Foto vor Nadjas Gesicht hin und her. Er schien die Ermittlungen beinahe als seine eigenen zu betrachten. »Schauen Sie mal, was wir in Davids Hemdtasche gefunden haben.«

Nadja griff danach. Das Foto war zerknittert und sah abgegriffen aus, so als hätte David es sehr häufig in der Hand gehabt. Wahrscheinlich hatte er das auch. Connies fröhliches Gesicht lächelte ihr entgegen.

»Okay, es war Selbstmord«, seufzte sie. »Ich glaube es, auch wenn es keinen eindeutigen Abschiedsbrief gibt. Wir informieren Mancini, schließen den Fall ab, geben eine kurze Presseinfo raus und nehmen uns endlich ein paar wohlverdiente freie Tage. Die Wohnungsfrage ist schließlich nach wie vor ungeklärt.«

Krönig lächelte sie an und tätschelte ihre Hand. Nadja kam sich vor wie ein gelehriges Schoßhündchen, das seinem Herrchen gerade die Pantoffeln gebracht hat. Aber das war jetzt auch schon egal, Schoßhündchen oder nicht, Hauptsache, sie ließ nicht zu, dass die Umstände dieses Falls weiterhin ihre Professionalität beeinträchtigten. Dagegen würde der nächste schön sachliche Raubmord geradezu eine Erholung bedeuten.

In dem Moment fiel ihr etwas auf. »Warum ist von der Presse eigentlich noch niemand hier?«, fragte sie in die Runde. »Der dreizehnte Selbstmord am Reichenberger Grund, das wäre doch ein gefundenes Fressen, vor allem, wenn sie herausfinden, dass es sich um den Freund eines Mordopfers handelt.«

»Das läuft hier anders«, antwortete Peter. »Ich habe mich vorhin mit Steffen Neumann darüber unterhalten. Es gibt eine Absprache zwischen den Journalisten und dem Chef der psychiatrischen Klinik Würzburgs. Suizide tauchen grundsätzlich nicht in der Zeitung oder in den Nachrichten auf. Man hat die Erfahrung gemacht, dass durch die bloße Berichterstattung Menschen dazu angeregt werden, etwas Ähnliches zu versuchen. Seit die Presse sich zurückhält, ist auch die Selbstmordrate nach unten gegangen.«

Nadja war beeindruckt. Krönig beeilte sich hinzuzufügen, dass er dies für eine ganz ausgezeichnete Aktion hielt und in Nürnberg gern etwas Ähnliches initiieren wolle. Sie ließ sich daraufhin widerstandslos von ihm aufhelfen, und die ganze Gruppe machte sich auf den Weg zu den Autos. Nur ein paar Beamte der Spurensicherung blieben zurück und die geduldig wartenden Fahrer des Leichenwagens.

***

In der Würzburger Kriminalpolizeiinspektion nahm der Nürnberger Polizeidirektor wie selbstverständlich alles in die Hand. André Krönig stellte sich Heideckert, Neumann und Braun vor, organisierte Kaffee und berief eine Versammlung ein. Kommissariatsleiter Bär schien dies mit stiller Belustigung hinzunehmen.

Nadja musste zugeben, dass er seine Rolle als unauffälliger Beobachter mittlerweile fast vollkommen perfekt spielte. Sie konnte sich nicht erinnern, wann sie zuletzt eines seiner fränkischen Bonmots gehört hatte. Auch Gretchen Morungen übersah ihn völlig. Sie wuselte herum und versuchte, mit Kaffeekanne und Plätzchenteller beladen, noch eine möglichst gute Figur abzugeben. Sie schien sehr beeindruckt von Dr. Krönigs autoritärer Art und war offensichtlich bereit, ihm zuliebe sogar Peter ein wenig zu vernachlässigen.

Nadja war froh, einfach auf ihrem Stuhl sitzen zu können und nichts tun zu müssen. Sie wusste, dass sie Zeit brauchen würde, um Davids Tod zu verarbeiten, aber in diesem Moment hatte sie nicht die Kraft, darüber zu diskutieren. Als Krönig allen Anwesenden noch einmal darlegte, was an diesem Tag geschehen war und dass sie Davids Suizid als Geständnis deuteten, gab sie sich damit zufrieden. Normalerweise war sie die Erste, die in solchen Fällen Widerspruch einlegte oder die Kollegen mit verschiedensten Thesen zum Widerspruch oder nur zum Nachdenken anstachelte. Aber heute hatte sie nichts dagegen, dass der Fall nun allgemein als abgeschlossen betrachtet wurde.

Ihr kam ein Gedanke. »Wo ist Mancini?«, fragte sie. »Hat ihm eigentlich irgendjemand Bescheid gesagt? Er wäre bei der Besprechung doch bestimmt gern dabei?«

Heideckert erklärte eifrig: »Ich habe ihn gleich informiert, als die Nachricht über den Suizid reinkam. Er sagte, dass wir ruhig schon mal anfangen können. Er will auf jeden Fall noch dazustoßen, denn er braucht Infos für die Presse.«

Nadja sah, dass Krönig leicht das Gesicht verzog, als habe er Kopfschmerzen. Er schien ihren Blick zu spüren und erwiderte ihn so lange, bis Nadja schließlich den Kopf abwandte, weil das Schwindelgefühl wieder aufzukommen drohte. Sie dankte Heideckert und bat die Kommissare, ihre Ergebnisse vorzustellen.

Der Vollständigkeit halber berichtete Maximilian Braun von seinen Nachforschungen an der Universität. Er hatte mit drei von Connies Kommilitoninnen gesprochen und genau das zu hören bekommen, was er erwartet hatte. Connie war fleißig gewesen und hatte Freude am Lernen gehabt. Sie war beliebt, lustig und unterhaltsam gewesen, man betrauerte ihren Tod. Ihre Beziehung zu David war ihr sehr wichtig gewesen, und bis auf die Tatsache, dass sie ihn selten zu Partys oder Treffen mitbrachte, hatte es keinen Anlass gegeben, zu vermuten, dass es zwischen den beiden gekriselt hätte.

Als Braun seine wenigen Stichpunkte vorgelesen hatte, nickte er Neumann aufmunternd zu. Dieser kratzte sich am Kopf und gestand, dass er aus Mercedes Hernandez kein einziges verständliches Wort herausbekommen hatte. Ihre Schwester Emanuela hatte ihn nach dem kurzen Gespräch darüber aufgeklärt, woran das lag: Mercedes besaß einen Raben, dem sie hellseherische Kräfte zuschrieb. An diesem Morgen hatte er jedes Futter verweigert und stattdessen Federn aus seinem Gefieder gerupft. Für die alte Spanierin war das ein Hinweis auf kommendes Unheil gewesen. Sie hatte die Rabenfedern zum Schutz gegen das Böse vor der Ladentür verstreut.

Als die Runde in ungläubiges Lachen ausbrach, zog Neumann eine der Federn aus der Tasche und hielt sie in die Höhe.

In diesem Moment erschien Viktor de Mancini nach einem einzigen flüchtigen Klopfen im Türrahmen. Sein Haar war wie stets äußerst akkurat gescheitelt, und er trug den grauen Anzug, den Nadja schon kannte. Neu war nur die Aktentasche unter seinem Arm. Seine penible Erscheinung konnte jedoch nicht darüber hinwegtäuschen, dass er nicht besonders gesund aussah. Seine Haut schien einen leichten Gelbstich angenommen zu haben, und der Schnauzer hing schlaff hinunter, sodass seine Nase noch gebogener wirkte.

Er sah sich im Raum um, erfasste die Anwesenden mit einem Blick und verharrte bei André Krönig. Nadja bemerkte überrascht, wie sich seine Augen einen Moment verengten und der Kiefer sich merklich verspannte. Dann hatte er sich wieder in der Gewalt und trat auf den Nürnberger Polizeidirektor zu, um ihn förmlich zu begrüßen. Krönig hatte sich von seinem Stuhl erhoben und hielt sich gerader als gewöhnlich, als er Mancini die Hand reichte. Die beiden kennen sich offenbar, dachte Nadja erstaunt.

Mancini setzte sich auf den freien Platz neben Peter, zog einen goldenen Füller aus der Tasche seines Sakkos und blickte ungeduldig um sich.

Neumann steckte die Feder wieder ein und setzte seinen Bericht fort. »Es gibt allerdings in einer anderen Sache Ergebnisse zu vermelden. Kommissar Steiner und ich haben heute die beiden Männer, die den Hund im Main ertränken wollten, gefasst. Es läuft jetzt eine Anzeige wegen roher Misshandlung eines Tieres.«

Mancini schaltete sich ein. »Paragraf 17 des Tierschutzgesetzes. Den beiden könnten bis zu drei Jahren Gefängnis drohen.«

Das waren gute Neuigkeiten, aber Nadja wäre es lieber gewesen, die Kollegen hätten sie nicht so damit überrumpelt. Sie hatte die Hundegeschichte komplett aus den Augen verloren und auch nicht mehr nachgefragt, das musste sie zugeben. Jetzt konnte sie vor Bär und Mancini schlecht offenbaren, dass sie vom Alleingang ihrer Kollegen keine Ahnung gehabt hatte, und sprach deshalb ein kurzes Kompliment an Neumann aus. Sie würde Peter später fragen, was genau vorgefallen war.

Sie beeilte sich, noch einmal kurz zusammenzufassen, weshalb sie nach München gefahren war. Sie schlug ihr Notizbuch auf und berichtete von dem Gespräch mit Lou, der Connie, die nur ein einziges Wochenende bei ihm verbracht hatte, als leidenschaftlich und zugleich verschlossen charakterisiert hatte. Sie erklärte, dass Lou ihrer Meinung nach nichts weiter mit dem Fall zu tun habe und wohl nur als Auslöser des Mordes für die Ermittlungen relevant war. »Eines allerdings wissen wir noch nicht«, fügte sie hinzu. »Von wem waren die Rosen, die Connie geschickt bekam?«

Zuerst herrschte Stille im Raum. Dann schlug Peter vor: »Vielleicht war es ja tatsächlich so, wie Connie es David gegenüber erklärt hat, ein Streich von Freunden oder Bekannten.«

»Freunde oder Bekannte mit sehr viel Kleingeld?«, fragte Braun zweifelnd.

Peter zuckte die Achseln. »Vielleicht hat jemand eine Wette verloren, vielleicht wurden sie an die falsche Adresse geschickt, vielleicht …«

»Vielleicht hat David die Rosen erfunden«, sagte Nadja plötzlich.

Alle blickten sie überrascht an.

Sie erklärte ihre Idee: »David ist der Einzige, der überhaupt jemals davon gesprochen hat. In Connies Tagebuch findet sich kein Eintrag dazu, und ihre Mitbewohnerinnen haben ebenfalls nie ein Wort darüber verloren. Wer sagt uns denn, dass sie überhaupt jemals existiert haben?«

Nachdem sie es ausgesprochen hatte, war ihr klar, dass sie recht haben musste. Das war die einzige wirklich überzeugende Erklärung.

Mancini schaltete sich mit seiner heiseren Stimme ein und führte ihre Argumentation fort: »Er hat Ihnen im Verhör davon erzählt, um von sich abzulenken. Es passte ja auch wunderbar ins Bild, dass der unbekannte Münchner Casanova seiner Geliebten rote Rosen schicken würde. Das Klischee ist fast schon übertrieben.«

Eine hartnäckige Stimme in Nadja versuchte ihr mitzuteilen, dass es jedoch unwahrscheinlich war, dass David die Rosen erfunden hatte, wenn er bereits an Selbstmord gedacht hatte. Warum hätte ihm noch daran gelegen sein sollen, sich zu verteidigen und den Verdacht auf jemand anderen zu lenken? Vielleicht war die Suizididee aber auch erst nach und nach entstanden, während der Selbstschutz ihn zunächst noch in die Verteidigung getrieben hatte.

Die Kollegen waren davon überzeugt, dass ihre These der Wahrheit entsprach, und Nadja wollte diese Annahme jetzt nicht wieder unterlaufen. Sie stand auf. »Entschuldigen Sie mich bitte kurz, ich brauche ein Glas Wasser.«

Peter sah ihr besorgt nach, bis sie die Tür hinter sich geschlossen hatte.

André Krönig richtete seine grauen Augen auf ihn. »Ich denke, dass Frau Gontscharowa mit ihrer Vermutung richtigliegt«, sagte er eindringlich. »Um ganz sicherzugehen, wäre es mir aber trotzdem lieb, wenn jemand morgen die Blumenläden der Stadt abarbeiten würde. Eigentlich reicht es, kurz anzurufen und zu fragen, ob sie auch liefern und ob sie eine Kundenkartei haben. Es geht um einen Zeitraum zwischen Ende Mai und Ende Juni. Fleurop könnte man ebenfalls kontaktieren.«

Peter versprach, sich darum zu kümmern. Gleichzeitig fragte er sich, warum Krönig seine indirekten Zweifel erst äußerte, nachdem Nadja den Raum verlassen hatte. War es, weil er sie schützen wollte, so empfindsam wie sie sich heute gezeigt hatte? Wollte er einer Diskussion aus dem Weg gehen? Oder hatte er Angst, es sich mit der Oberkommissarin noch mehr zu verscherzen, als er es aus irgendeinem Grund ohnehin schon getan hatte?

Mancini jedenfalls schien sehr zufrieden zu sein. Ein Haifischlächeln spielte auf seinen strengen Gesichtszügen, als er seine Notizen vervollständigte und Peter zwischendurch nach einigen Details fragte.

Als Nadja ins Zimmer zurückkehrte, herrschte eine entspannte, sogar leicht euphorische Atmosphäre. Es war immer ein gutes Gefühl, einen Fall zum Abschluss gebracht zu haben. Selbst wenn der Täter der war, den man nicht gern als Täter gesehen hätte.

Nadja ließ sich von der guten Stimmung anstecken und nahm sich vor, an diesem Tag keinen Gedanken mehr an Connie und den Mord zu verschwenden. Sie hatte ein anderes Anliegen.

»Liebe Würzburger Kollegen, bevor wir die Besprechung abschließen, möchte ich eines gerne noch loswerden«, begann sie. »Der erste eigene Fall ist immer etwas Besonderes, aber auch besonders anstrengend. Zumindest war er das für mich. Sie alle haben aber tolle Arbeit geleistet, und dafür möchte ich mich bedanken.« Näher würde sie einer Entschuldigung niemals kommen.

»Ich fühle mich sehr wohl in diesem Team und möchte deshalb vorschlagen, dass wir uns in Zukunft duzen. Für euch bin ich von jetzt an einfach Nadja.«

Neumann klopfte mit den Fingerknöcheln auf den Tisch,

worin Heideckert und Braun einstimmten. Peter lächelte, Krönig klatschte, und Mancini bedachte sie immerhin mit einem wohlwollenden Blick. Der Staatsanwalt verabschiedete sich gleich darauf, um in sein Büro zurückzukehren.

Sobald sie die Besprechung für beendet erklärt hatte, winkte Karlheinz Bär sie zu sich. Mit einem Gefühl der Gleichgültigkeit trat sie ihm entgegen. Sie konnte sich schon vorstellen, was er ihr vorwerfen würde. Dass sie unprofessionell gewesen war, dass sie in Ohnmacht gefallen war wie eine Anfängerin, die zum ersten Mal eine Leiche sieht. Dass sie nicht erreichbar gewesen war, als er sie anzurufen versucht hatte.

Nadja allerdings bedauerte die verpassten Anrufe kein bisschen. Ihr stumm geschaltetes Handy hatte ihr für einige Stunden das Gefühl geschenkt, auf dem richtigen Weg zu sein, ihre Arbeit gut zu machen. Momentan war es ihr egal, wie Bär sie beurteilte. Morgen würde sie wahrscheinlich anders darüber denken und sich ärgern, dass sie ihre Chance so verpatzt hatte, doch der Tag heute hatte schon zu viele Gefühlsschwankungen bereitgehalten, als dass sie sich nun auch noch um ihre Karriere Sorgen machen konnte.

Doch Hauptkommissar Bär machte ihr keine Vorwürfe. Mit gesenkter Stimme, sodass keiner der anderen Anwesenden ihn hören konnte, sagte er: »Sie ham sich bewährd, Frau Gontscharowa.«

Nadja wollte ihn unterbrechen, doch Bär lehnte ihren Einwand nun gewohnt unwirsch ab: »Es is ned ideal glaufn. Aber 'ne ideale Ermiddlung gibts hald ned. Sie ham gezeichd, dass sie fäich sin, das K1 zu leidn, selbsd wenn Se durch private Probleme beeindrächdigd sin. Und nun hörn Se auf, so gekränkd zu schaun. Dass bei Ihna die Kacke am Dampfn is und kan Rosendufd verströmd, das können Se nem aldn Polizisdn ned verheimlichn.«

Er tätschelte sein Bäuchlein und verkündete: »Ab Morgn bin ich hier der Boss, das is auch mal widder ganz schön. Aber ich bin froh, Sie und Herrn Schdeiner in meim Deam zu ham. Und jetzt fahr ich heim. Mei Fra ward midm Abendässe auf mich!«

Er nahm die Brille ab, die tiefe Eindrücke seitlich seiner Nase hinterlassen hatte, und verließ sich die Augen reibend das Zimmer. Nadja blickte ihm nach und war von einer fast absurden Dankbarkeit erfüllt.

***

Lars Nauke hatte nach einem langen Gespräch mit Peter beschlossen, die besondere Atmosphäre im Kloster auch einmal auszuprobieren. Irgendwie hatte er es geschafft, eine der Nonnen zu überzeugen, auch ihm für eine Nacht ein Zimmer im Exerzitienhaus zu reservieren.

»Das wird ein richtiger Kurzurlaub«, verkündete er nun fröhlich, »heute genießen wir alle zusammen den Würzburger Sommerabend, und morgen vernichten wir ein leckeres Frühstücksbuffet mit Wurst und Eiern aus der Region sowie selbst gebackenem Kuchen, wie man mir gesagt hat.«

André Krönig dagegen hatte sich in einem Hotel eingemietet. Man sah ihm an, dass es ihm nicht besonders gefiel, sich allein auf den Weg machen zu müssen, während Nadja mit den beiden Männern in ein Auto stieg. So drückte er ihr besonders lange die Hand und riet ihr, sich nun dringend von den Strapazen des Tages und ihrem Schwächeanfall zu erholen und hoffentlich gut und lange zu schlafen.

Nadja lachte nur. »Wenn die beiden Krachmacher mich schlafen lassen …« Sie zwinkerte Nauke zu.

Der rief: »Herr Polizeidirektor, Sie sind mein Zeuge, die Frau legt es doch geradezu darauf an, um ihren Schlaf gebracht zu werden. Da gerät ja selbst mein kühles Nordfriesenblut in Wallung!«

»Ich war bisher immer der Meinung, in Ihren Adern fließe eher Rotwein, den sollte man nicht zu warm genießen«, konterte Krönig spöttisch.

Nun schaltete sich auch Peter ein: »Um mit dem Teufel höchstpersönlich zu sprechen: Blut ist ein ganz besonderer Saft!«

Nadja fasste sich an den Kopf. »Meine Herren, mir wird ganz schwindelig von so viel Bildung. Wenn Sie mich noch einmal am Boden liegen sehen wollen, dann machen Sie ruhig weiter. Ansonsten schlage ich vor, dass wir uns auf den Weg zum Kloster machen.«

Krönig verabschiedete sich grummelig, und Nadja stieg in Peters Wagen ein, wobei Lars Nauke sogar so aufmerksam war, ihr die Tür aufzuhalten. Seinen eigenen Kombi ließ er auf dem Parkplatz stehen. Im Auto alberten sie weiter herum, sodass Nadja erst spät auffiel, dass Peter nicht den üblichen Weg nahm. Er hielt auf einem Parkplatz an und verschwand mit vielsagendem Grinsen im Supermarkt.

Mit zwei Weinflaschen kehrte er wenig später zurück. »Eine Würzburger Abtsleite und ein Riesling vom Bürgerspital«, verkündete er fröhlich. »Heute machen wir es wie echte Würzburger: An einem warmen Sommerabend mit einem kühlen Wein am Main, das hat Stil.«

Nadja zögerte. »Eigentlich wollte ich heute tatsächlich früh ins Bett und mich gründlich ausruhen«, erklärte sie. »So ein tolles Gefühl war das heute Nachmittag nicht, dass ich das unbedingt noch mal haben muss.«

Peter blickte Nauke an: »Was sagt der Onkel Doc dazu? Sind ein paar Schlückchen genehmigt, oder sollen wir sie lieber gleich ins Bettchen bringen?«

Der Gerichtsmediziner langte zwischen den Sitzen hindurch und griff nach Nadjas Hand. Er fragte, wie sie sich fühle, dann spähte er ihr aufmerksam in die Augen und bat um Ruhe, um ihren Puls zu prüfen. Schließlich verkündete er feierlich: »Ich erteile Frau Gontscharowa hiermit die Erlaubnis, unter ärztlicher Aufsicht noch ein wenig Zeit im Freien zu verbringen und regionale Naturprodukte zu kosten. Der Abend ist noch jung!«

Nadja ergab sich lachend in ihr Schicksal. Sie bat sich jedoch aus, zuvor noch duschen und sich umziehen zu dürfen.

»Selbstverständlich fahren wir erst einmal zurück«, rief Peter, »im Kloster wartet ja noch das Abendessen auf uns. Ich habe Schwester Hortensia extra gebeten, etwas für uns aufzuheben. Dabei ist die Gute seit Rebekkas Besuch ohnehin nicht besonders gut auf mich zu sprechen.«

Sie vereinbarten, sich in einer Stunde zunächst im Speisesaal zum Essen zu treffen und danach gemeinsam aufzubrechen.

Auch um halb neun abends war es noch so warm, dass Nadja kurze Jeans und ein Top trug. Sie hatte sich allerdings einen Kapuzenpulli um die Hüfte geschlungen, falls es doch kühl werden würde. Peter hatte aus der Küche noch einen Korkenzieher ausgeliehen und verwahrte außerdem die beiden Weinflaschen. Lars Nauke schleppte eine große karierte Picknickdecke mit, die er von Schwester Hortensia ausgeliehen habe, wie er erklärte.

Sie folgten dem Kiesweg am Main entlang Richtung Stadtkern und ließen sich schließlich auf einer Wiese nahe der Friedensbrücke nieder, da Nauke die Aussicht auf das Heizkraftwerk besonders malerisch fand. Er breitete sorgfältig seine Decke aus und ließ sich mit einem lauten Seufzer daraufplumpsen. Zufrieden atmete er die frische Luft ein.

»Der Mensch hat sich die Natur zunutze gemacht, er lebt von ihren Produkten und gebraucht Wind, Wasser und Sonnenlicht für seine eigenen Zwecke«, begann er über die Errungenschaften des 20. Jahrhunderts zu philosophieren. »So produzieren und produzieren wir immer und immer mehr. Wir, Sie beide und ich und selbst dieser kleine Grashalm hier, sind quasi Verbündete im Kampf gegen das allumfassende Nichts, das diesen Planeten umgibt.«

Peter räusperte sich. Nauke ließ sich davon nicht stören.

»Ja, Herr Steiner, hüsteln Sie nur, die großen Denker mussten über die Jahrhunderte viel Spott und Verfolgung ertragen. Aber auch Sie werden vielleicht eines Tages die bedeutenden Zusammenhänge erkennen lernen. Dafür braucht es natürlich einen überragenden Geist wie den meinen, der sich von den Schranken des irdischen Daseins nicht aufhalten lässt.«

Peters Räuspern hörte sich mittlerweile ziemlich erstickt an.

Nadja hatte Erbarmen und mischte sich ein: »Lieber Professor Nauke, wir schätzen Ihren Erkenntnisreichtum natürlich sehr, aber noch mehr wüssten wir es zu schätzen, wenn Sie Ihren breiten Wissenschaftlerhintern ein wenig zur Seite bewegen und uns endlich mit auf die Decke lassen würden.«

Überrascht blickte der Gerichtsmediziner zu ihnen auf, dann rutschte er bereitwillig. Nadja setzte sich neben ihn, während Peter sich sofort daranmachte, den Silvaner zu entkorken.

»Von welchem breiten Hintern sprachen Sie da gerade?«, wandte sich Nauke an Nadja, »doch wohl nicht etwa von meinem? Erst 2007 wurde dieses sorgfältig gepflegte und durchtrainierte Hinterteil von den Kolleginnen und Kollegen aus dem Institut zum ›Arsch des Jahres‹ gewählt.«

Peter kippte vor Lachen Wein über sein Hemd.

Nadja schmunzelte: »Und Sie sind sicher, dass nicht Ihre Person als Ganzes damit gemeint war?«

Der Arzt grinste. »Und wenn schon, wir wissen doch alle, dass ein wenig Machogehabe bei Frauen im Allgemeinen gut ankommt.«

Aus Peters Richtung kam nur ein tiefer Seufzer. Er setzte die Flasche an den Mund und nahm einen kräftigen Schluck, dann reichte er sie an Nadja weiter. Schließlich probierte Lars Nauke den kühlen Weißwein.

»Da kommen Erinnerungen hoch«, meinte er, »es ist fast wie in meiner Studentenzeit. Wir saßen auf dem Boden, weil man in den kleinen Zimmerchen sonst unmöglich genug Platz hatte, und Gläser gab es sowieso nie genug. Nur eine schlecht gestimmte Gitarre fehlt jetzt noch. Das waren Zeiten!«

Peter rollte in Nadjas Richtung wild mit den Augen, und sie musste an sich halten, um nicht laut loszukichern.

»Hände hoch, Sie sind verhaftet!«, rief plötzlich jemand. Eine Gestalt kam über die Wiese auf sie zu.

Nadja drehte sich um und erkannte Julian, der sich mit schnellen Schritten näherte. Peter runzelte die Stirn. »Was will der Clown denn hier?«, fragte er leise.

Der Jurastudent sah wie immer blendend aus. Er trug eine graue Leinenhose und ein marineblau-weiß gestreiftes T-Shirt mit Ankeremblem, die Haare waren kunstvoll verwuschelt.

»Oh wie schön, ein Matrose auf Landgang«, kommentierte Nauke, der ihn von oben bis unten betrachtete.

Julian lächelte nur und wandte sich an Nadja: »Ich wusste gar nicht, dass Sie auch ganz gerne mal auf der anderen Seite des Gesetzes stehen. Oder denken Sie, Ihnen wird man den Gesetzesbruch einfach nachsehen?«

»Was meinen Sie?«, fragte Nadja.

»Ganz einfach«, antwortete er, »der Würzburger Stadtrat hat 2010 ein Alkoholverbot für die Leonhard-Frank-Promenade durchgesetzt, und sofern Sie diese Weinflaschen nicht nur herumtragen, um cool zu wirken, machen Sie alle sich hier gerade strafbar.«

Entgeistert blickten Peter und Nadja auf Lars Nauke, der beschwichtigend die Arme hob: »Leute, schaut mich nicht so an, ich hab das auch nicht gewusst. Ich bin schließlich keine dreizehn mehr und betrinke mich normalerweise nicht in der Öffentlichkeit.«

»Okay, ziehen wir um oder riskieren wir's einfach?«, fragte Peter.

Da mischte sich Julian ein: »Es gibt noch eine dritte Option. Ich kenne eine Kneipe, die Ihnen gefallen wird, ich bringe Sie hin, kommen Sie nur mit.«

Nadja sprang auf. »Klingt gut, eine Kneipentour mit einem echten Würzburger. Wie schön, dass wir hier doch noch ein bisschen Kultur mitbekommen.« Sie betonte das »echter Würzburger« besonders und warf dabei einen spöttischen Blick auf Nauke, der sich keiner Schuld bewusst zu sein schien.

Auch die beiden Männer erhoben sich brummend. Der Professor faltete liebevoll seine Picknickdecke zusammen und hielt sie in den Armen wie einen Säugling. Sie machten sich auf den Weg den Main entlang und überquerten die Alte Mainbrücke.

»Wo gehen wir eigentlich hin?«, fragte Peter schließlich, »hier in der Innenstadt gibt es wohl Lokale genug, wir müssen doch keine Weltreise machen, nur um einen Schoppen zu trinken.«

»Ich möchte Ihnen meine Lieblingskneipe zeigen«, erklärte Julian, »das ›Till Eulenspiegel‹.«

Peter klappte den Mund auf, wohl um einen sarkastischen Kommentar zu bringen, schloss ihn aber gleich wieder, da Nadja ihn warnend ansah.

Nach weiteren zehn Minuten Fußmarsch hielt Julian endlich an. Nadja war heilfroh, da Lars Nauke auf dem Weg fast noch von einer Straßenbahn überfahren worden wäre, weil er Peter die Rolle der menschlichen Darmbakterien im Verwesungsprozess deutlich zu machen versuchte und nicht darauf achtete, wohin er trat. Sie rechnete mit weiteren Unfällen, wenn sie ihn nicht schleunigst in ein möglichst ungefährliches Gebäude verfrachteten.

»Hier sind wir schon«, verkündete Julian, »im Erdgeschoss befindet sich die Weinstube, und unten ist der Bierkeller. Weil heute Dienstag ist, gibt es dort Karaoke.«

Nauke strahlte, als er das hörte. Offenbar hielt er sich für durchaus musikalisch. Die anderen wollten jedoch lieber in Ruhe ein oder zwei Gläschen Wein trinken. Also ließen sie sich in einer der gemütlichen Sitzecken nieder. Die Tische waren durch Mauervorsprünge und dunkle Holzbalken voneinander getrennt, was eine intime und heimelige Atmosphäre erzeugte. Die Kellnerin kam sofort, zündete ihnen eine Kerze an und teilte die Weinkarten aus.

Nauke wollte auf alle Fälle einen Wein vom Stein. Julian blickte auf und fragte, ob er sich denn mit den regionalen Weinen auskenne. Professor Nauke kicherte: »Seit diesem Fall schon.«

Peter stieß ihn mahnend an, doch es war Nadja, die einwarf: »Herr Kröger, Sie werden verstehen, dass wir mit Ihnen hier nicht über die Details sprechen können, auch wenn der Fall so gut wie abgeschlossen ist.«

Julian starrte auf die Tischplatte hinunter. »Ich habe das mit David schon gehört. Von den hundertdreiunddreißigtausend Einwohnern merkt man in Würzburg nicht viel, Neuigkeiten verbreiten sich hier manchmal wie in einem kleinen Dorf.«

Niemand wollte dieses Thema vertiefen, und so winkte Peter der Kellnerin, damit sie bestellen konnten. Als die Weine kamen, wussten sie zunächst nicht, worauf sie anstoßen sollten, und so rief Nauke: »Lasst euch nicht lumpen, hoch mit den Humpen!«

Alle stießen mit den zierlichen Weingläsern an, die sehr schnell geleert waren. Mit der zweiten Runde ging es ebenso.

Plötzlich sprang Lars Nauke auf. »Psssst, hören Sie das?«, rief er.

Nadja brach mitten im Satz ab und lauschte. Von Ferne erklang eine wohlbekannte Melodie.

»Das ist ›Westerland‹ von den Ärzten, mein Lieblingslied«, verkündete Nauke, »Karaoke, wir kommen!« Er packte den verdutzten Peter am Arm und zerrte ihn mit sich die Treppe zum Bierkeller hinunter.

»Ich will wieder an die Nordsee, ohoho«, klang es durch das Treppenhaus, dann knallte eine Tür, und im Raum wurde es wieder still.

»Darauf trinken wir noch einen, oder?«, sagte Julian.

Nadja entschied sich diesmal für einen Rotwein mit dem klangvollen Namen »Domina«. Die Kellnerin stellte ihn vor ihr ab. Wie vergossenes Blut, dachte Nadja unwillkürlich, als sie in das dunkle Rot blickte, und zuckte zurück. Kurz sah sie David in seinem weißen Hemd vor sich.

Julian hatte sie beobachtet. »Sie können auch nicht aufhören, daran zu denken, oder?«, fragte er.

Nadja schüttelte den Kopf. Leise sagte sie: »Man fragt sich, ob man etwas anders hätte machen sollen, ob die eigene Arbeit gut genug war. Vielleicht hätte ich Davids Selbstmord irgendwie verhindern können.«

Julian unterbrach sie heftig: »Es ist nicht Ihre Schuld, sondern ganz allein seine! Mittlerweile pfeifen es die Spatzen von den Dächern, dass Connie ihn betrogen hat. Offensichtlich konnte David Connie nicht glücklich machen, hat sie aber lieber getötet, als sich sein Versagen einzugestehen und die Beziehung zu beenden. Mit so einer Schuld kann niemand leben. Wenn Sie mich fragen, hätte er gar nichts Besseres tun können, als sich umzubringen.«

Nadja wollte David verteidigen, doch Julians Argumentation war auf eine grausame Art und Weise doch irgendwie logisch. Um Zeit zu gewinnen, nippte sie an ihrem Wein. Er schmeckte sehr gut, und trotz des traurigen Themas spürte sie allmählich eine wohlige Wärme in ihrem Kopf. Sie überlegte, wann sie das letzte Mal Alkohol getrunken hatte. Ihr fiel ein, dass das mit André Krönig gewesen war. Er hatte sie zum Essen zu sich eingeladen, hatte selbst gekocht und anschließend eine Flasche Sekt geöffnet.

Dates, Beziehungen, Affären, Freundschaften, warum musste alles immer so kompliziert sein?

Hatte Connie vielleicht etwas Ähnliches gedacht?

»Aber wieso war sie nicht glücklich? Was hat er falsch gemacht im Umgang mit ihr?«, fragte Nadja laut. Es war schon einige

Minuten her, dass sie zuletzt etwas gesagt hatten, doch Julian wusste sofort, wen sie meinte.

Er blickte sie ruhig an: »Vielleicht war es gar nicht das, was er gemacht hat, sondern das, was er nicht gemacht hat.«

Nadja kam nicht mehr dazu, etwas zu erwidern, da Lars Nauke und Peter die Treppe heraufgestürmt kamen und schon von Weitem »Olé, olé olé olé« johlten. Nauke streckte beide Arme triumphierend empor und verkündete: »Ich habe beim Karaoke gewonnen, ich habe tatsächlich gewonnen!«

Und Peter, der sich an einem Holzbalken festhielt, fügte hinzu: »Er hat gesungen wie Udo Jürgens und getanzt wie Elvis. Anschließend hat er Lokalrunden geschmissen, zuerst Bier, dann Schnaps. Die da unten wollten ihn gar nicht mehr gehen lassen!«

Die beiden Männer waren so aufgekratzt, dass sie Julian drängten, ihnen eine angesagte Disco zu nennen. Nadja konnte sie schließlich nur unter Verweis auf ihren heutigen Ohnmachtsanfall dazu bringen, sich langsam in Richtung Taxistand zu begeben und mit ihr ins Kloster zurückzukehren.

Julian begleitete sie, da ein Freund von ihm ganz in der Nähe des Klosters wohnte. Er ging vorneweg, dann folgten Peter und Lars Nauke, die sich untergehakt hatten und sich begeistert ewige Karaokefreundschaft schworen. Das Schlusslicht bildete Nadja. Ab und an blickte sie zum Himmel empor, rätselnd, ob ein gewisser Polizeidirektor von seinem Hotelfenster aus nicht vielleicht gerade das Gleiche tat.

FÜNFZEHN

Am nächsten Morgen kamen zwei Männer sehr kleinlaut in den Speisesaal geschlichen. Beide sahen aus, als wären sie erst vor fünf Minuten aufgestanden. Peter zierte ein Zahnpastafleck am Mundwinkel, während Nauke sein Hemd falsch herum angezogen hatte. Schwester Hortensia beobachtete das Duo scharf, während sie von Tisch zu Tisch eilte, um Teekannen aufzufüllen.

Nadja sah ihren Kollegen gut gelaunt entgegen. »Na, ihr seht heute wirklich zum Anbeißen aus. Frisch und ausgeruht, wie sich das für Polizisten kurz vor dem Arbeitseinsatz gehört.«

»Ich bin kein Polizist«, rechtfertigte sich Nauke.

»Der Fall ist gelöst«, fügte Peter hinzu.

Die beiden blickten sich an und gähnten unisono.

»Nüchtern betrachtet war es betrunken besser«, sagte Peter und stützte den Kopf in die Hände.

Sein Tischnachbar schrak zusammen. »Nicht so laut!«, bat er. »Mein Kopf tut weh, und außerdem gehören Wortspiele am frühen Morgen verboten!«

Nadja stand auf und holte zwei Gläser mit Orangensaft. Sie stellte sie vor den beiden auf den Tisch und sagte mit zuckersüßer Stimme: »So, meine kranken Häschen, trinkt das mal, und dann wird's bestimmt gleich besser gehen. Vitamine am Morgen vertreiben Kater und Sorgen.«

»Ich sagte doch: Keine Wortspiele!«, beschwerte sich Nauke.

Statt seinen Trinkkumpan zu unterstützen, ging Peter hinter ihm in Deckung, da er Schwester Hortensia auf ihren Tisch zusteuern sah. Sie baute sich vor ihnen auf und sah sie streng an.

Lars Nauke schenkte ihr ein Lächeln, das ein wenig schief geriet. »Sind Sie die Inhaberin dieses Etablissements?«, fragte er.

Nadja wollte ihn warnen und trat ihn unter dem Tisch mit dem Fuß. Anscheinend hatte sie die Richtung jedoch falsch kalkuliert, denn es war Peter, der zusammenzuckte und ein kurzes »Uhm« hervorstieß. Er sah Nadja an wie ein Hund, der zu Unrecht geprügelt wurde.

Nauke beachtete die beiden gar nicht und fuhr fort: »Verehrte Dame, endlich ergibt sich die Gelegenheit, Ihnen mitzuteilen, was für ein Juwel Sie hier bewohnen. Ich bin Ihnen zu tiefstem Dank verpflichtet, dass Sie die Güte hatten, mich eine Nacht in diesen ehrwürdigen Mauern verbringen zu lassen. Ein wunderbar restaurierter Kreuzgang aus dem 13. Jahrhundert, du meine Güte!«

Schwester Hortensia strahlte ihn an: »Nicht wahr, es ist schön bei uns?«

»Schön? Schön?«, antwortete Nauke, »Gnädigste, Sie untertreiben maßlos. Hier ist es nicht schön, es ist wunderbar, idyllisch, pittoresk! Und die Mahlzeiten erst, in ihrer Einfachheit ein wahres Gedicht.«

Geschmeichelt sagte die Nonne: »Es freut mich, dass Sie sich hier so wohlfühlen. Sie sind natürlich jederzeit wieder ein gern gesehener Gast. Und Sie auch, Frau Gontscharowa.« Sie nickte der Kommissarin zu, ignorierte Peter und rauschte davon.

Peter lugte vorsichtig hinter Lars Naukes Rücken hervor. »Kreuzgang aus dem 13. Jahrhundert? Da haben Sie aber dick aufgetragen.«

»Es geht doch nichts über klassische Bildung«, sagte der Gerichtsmediziner selbstzufrieden und rieb sich die Hände.

»Sie hatten doch noch gar keine Zeit, den Kreuzgang anzuschauen«, meinte Nadja argwöhnisch.

Nauke schmunzelte nur. »Wer lesen kann, ist klar im Vorteil! Selbst Klöster haben mittlerweile eine Homepage, und ich habe mich dort ein wenig umgetan. Schließlich wollte ich wissen, in welchem Schuppen ich mein müdes Haupt zur Ruhe legen würde. Außerdem ist es ja nie verkehrt, sich mit der Hausherrin gut zu stellen. Und sei es nur, um Herrn Steiner vor einem Donnerwetter zu bewahren.«

Nadja schnaubte, und Peter stöhnte gequält auf: »Diesen Moment wird er mich auch in zehn Jahren nicht vergessen lassen!«

Als die drei im K1 ankamen – diesmal war Nadja gefahren –, fanden sie Krönig schon eifrig an seinem Laptop tippend vor. Er warf nur einen kurzen Blick auf Peters und Lars Naukes müde

Gesichter und enthielt sich jeden Kommentars. Nadja begrüßte er deutlich herzlicher.

Sie erwiderte den Gruß und vermied dabei jeden Blickkontakt. Keiner fragte, was Krönig immer noch hier machte. Wenn ihn tatsächlich ein wichtiges Treffen mit Bully nach Würzburg gelockt hatte, so war das kein Grund, ständig bei ihnen herumzusitzen.

Krönig erklärte es schließlich selbst. Er sei am gestrigen Tag mit dem Zug nach Würzburg gekommen und wollte fragen, ob Nadja und Peter ihn nicht vielleicht im Auto mit zurücknehmen könnten. Er würde auch Spritgeld zahlen, und es sei ja für alle am praktischsten so. Peter hatte keine andere Wahl, als die Idee für ganz ausgezeichnet zu erklären.

Nadja tat, als gehe sie die Sache nichts an, und warf nur ein, dass sie aber auf jeden Fall noch einmal ins Kloster zurückkehren mussten, weil sie ihr Gepäck noch dort hatten. Mit der Abfahrt würde es daher wahrscheinlich recht spät werden.

»Das macht nichts, das macht nichts«, erklärte Krönig fröhlich, »ich habe ja meinen Laptop dabei und kann überall arbeiten. Ob ich jetzt hier sitze oder in meinem Nürnberger Büro, ist ziemlich egal. Und es ist wunderbar still hier.«

Tatsächlich saß im großen Besprechungsraum ansonsten nur Neumann, der ebenfalls sehr beschäftigt schien. Braun war wahrscheinlich schon unterwegs, um die Blumenläden abzuklappern, dachte Peter, und Krönig bestätigte ihm das.

Der Vormittag verging sehr schnell. Hauptkommissar Bär kam dazu, sie setzten sich zusammen, entwarfen eine Presseerklärung, tippten Berichte und arbeiteten ab, was in den letzten Tagen hängen geblieben war. Gegen Abend wollten sie alles fertig haben, damit Nadja und Peter Zeit hätten, sich auf die Immobiliensuche zu stürzen. Sie wollten zunächst nach Nürnberg zurückkehren, dort auf Internetseiten und bei Maklern recherchieren und in den nächsten Tagen noch einmal zu Besichtigungen nach Würzburg kommen.

Falls es nicht gelänge, hier eine Wohnung beziehungsweise ein kleines Häuschen zu finden, würden sie in nächster Zeit pendeln. Selbst mit der Bummelbahn benötigte man von Nürnberg nach Würzburg kaum mehr als eine Stunde. Das war zwar nicht ideal, aber auch kein Weltuntergang. Heideckert hatte sie schon gewarnt, dass der Wohnungsmarkt gerade zu Semesterbeginn wenig Erfreuliches zu bieten hatte.

Während Nadja ihren Abschlussbericht tippte, blieb Nauke auf seinem Stuhl sitzen, blätterte in einer Fachzeitschrift und gab hin und wieder wenig hilfreiche Tipps, wie sie ihre Arbeit effizienter erledigen könnten. Gelegentlich las er auch Zitate aus einem Artikel vor, den er besonders informativ fand. Leider ging es dabei um das Überrollen eines Radfahrers durch andere Verkehrsteilnehmer und die Folgeschäden, weshalb die Kommissare nicht sonderlich davon profitierten. Allerdings war seine gute Laune ansteckend, und er kochte immer wieder Kaffee nach oder verschwand für einige Minuten im Vorraum, um einen kleinen Plausch mit Gretchen Morungen zu halten.

Er hätte streng genommen eigentlich wieder in sein Institut zurückkehren sollen, doch Nauke behauptete, er sei heute nicht arbeitsfähig und habe in weiser Voraussicht seinen Assistenten gesagt, er werde lieber morgen arbeiten als heute. Dagegen hatte niemand etwas einzuwenden, vor allem Heideckert nicht, der seine Chance gekommen sah, medizinische Fragen zu erörtern, die ihn schon länger zu beschäftigen schienen.

Um halb zwölf klopfte es, und Waltraud Bullmann stampfte in den Versammlungsraum. »Hier sind Sie also!«, rief sie beim Anblick André Krönigs, der sich ertappt zu fühlen schien und tatsächlich rot wurde, »ich suche Sie seit geraumer Zeit. Halten Sie meine Kommissare nicht vom Arbeiten ab und kommen Sie lieber in mein Büro.«

Nauke lächelte spöttisch, als Krönig unter Bullys wachsamen Augen seine Sachen zusammensuchte und dabei versuchte, Nadjas Blick aufzufangen, die angelegentlich ihre Tastatur musterte. Endlich gab er auf und verließ hinter Bully den Raum, die ihnen noch über die Schulter zuwarf: »Übrigens – gute Arbeit!«, bevor die Tür ins Schloss fiel.

Die Atmosphäre besserte sich nun merklich. Heideckert sah fassungslos von seiner Arbeit auf: »Hat sie wirklich ›gute Arbeit‹ gesagt? Das gibt's nicht. Bully ist eine waschechte Fränkin, da ist ›basst scho‹ normalerweise das höchste Lob, zu dem sie fähig ist.«

In die nun beginnende allgemeine Diskussion über typisch fränkische Komplimente stieg Nadja gern ein – erleichtert, dass Krönig endlich weg war.

***

Nachdem auch Maximilian Braun von seiner Mission zurückgekehrt war, aßen sie alle zusammen in der Kantine zu Mittag. Peter beobachtete, wie Braun seinen Chef mit kurzen Worten über die Rosenfrage informierte und ihn dann ratlos ansah. Bär stellte eine Frage und hörte Braun genau zu. Daraufhin wandte er sich Peter zu und zuckte die Achseln. Anscheinend hatten sie niemanden ausfindig machen können, der die Blumenlieferung überbracht hatte. Aber das war eigentlich auch zu erwarten gewesen.

Schließlich stand Nadja auf, da sie noch einmal in der Buchhandlung der Schwestern Hernandez vorbeischauen wollte. Die skurrilen alten Damen waren ihr im Laufe der Ermittlungen besonders ans Herz gewachsen. Lars Nauke verschwand kurz darauf ebenfalls. Er schien keinen Sinn darin zu sehen, noch länger im Präsidium herumzulungern, wenn seine Lieblingskommissarin nicht da war. Der Rest der Truppe blieb zurück. Die Hitze draußen lud nicht gerade dazu ein, das klimatisierte Gebäude zu verlassen.

Im Büro räumte Peter die Akten zusammen, die sich im Lauf der letzten Tage angesammelt hatten. Aufgezeichnete und transkribierte Vernehmungen, Notizen, Telefonlisten, all das wurde jetzt von der Staatsanwaltschaft gebraucht. Er stapelte die Papierflut in einen Karton und trug ihn über den Parkplatz.

Als er an seinem Auto angekommen war, balancierte er die Kiste auf dem einen Arm und versuchte mit der anderen Hand, den Kofferraum aufzusperren. Das Schloss klemmte wieder einmal. Er zog den Schlüssel noch einmal heraus und versuchte es erneut. Irgendetwas darin schien Widerstand zu leisten, sodass er den Schlüssel weder ganz hineinstecken noch drehen konnte. Er fluchte und versuchte es mit mehr Kraft, doch dabei entglitt ihm der Karton, und die Akten verteilten sich auf dem Pflaster. Peter stand fassungslos da und schaute sich die Bescherung an.

»Na, Sie haben heute aber Ihren Glückstag«, sagte eine amüsierte Stimme von hinten.

Er drehte sich um und sah eine winzige alte Frau vor sich stehen. Trotz der Hitze trug sie einen bodenlangen Rock und ein Kopftuch. Ohne auf eine Erwiderung zu warten, kniete sie sich hin und begann, die Papiere aufzusammeln und fein säuberlich zu stapeln. Peter beeilte sich, dasselbe zu tun.

Nadja betrat die Buchhandlung und atmete entzückt den wohlbekannten Duft ein. Die Bücher schienen Zuwachs bekommen zu haben, seit sie das letzte Mal hier gewesen war. Sie stapelten sich mittlerweile auch neben der kleinen Sitzgruppe.

Emanuela Hernandez musste die Glocke gehört haben, denn sie trat hinter dem Vorhang hervor und gab Nadja sogleich die Hand. »Wir haben schon von Davids Selbstmord gehört. Der arme Junge, er muss schrecklich verzweifelt gewesen sein. Ist der Fall denn damit wohl gelöst?«

»Ja, deshalb bin ich noch einmal hergekommen. Ich wollte es Ihnen persönlich sagen.«

Die Gesichtszüge der Spanierin hellten sich auf. »Das ist nett«, sagte sie, »kommen Sie, setzen Sie sich noch einen Moment. Mercedes hat sich allerdings zu ihrem Nachmittagsschläfchen hingelegt, und ich möchte es lieber nicht riskieren, sie aufzuwecken. Sie wird dann schnell ein wenig ungehalten, die Erinnyen sind nichts dagegen!« Emanuela verzog so verzweifelt das Gesicht, dass Nadja lachend antwortete, dass sie in unausgeschlafenem Zustand selbst oft einer Rachegöttin gleiche.

Señora Hernandez ließ sich in ihren Stammsessel fallen und klopfte einladend auf den Stuhl neben sich. Als Nadja sich ebenfalls setzen wollte, stieß sie aus Versehen mit dem Fuß gegen ein niedriges Holztischchen. Sie konnte die Vase darauf gerade noch auffangen, bevor sie hinunterfiel. Ein wenig Wasser schwappte über ihre Hand.

Während sie hingebungsvoll Akte auf Akte in den Karton zurücklegte, fragte die alte Frau neugierig: »Sind Sie auch Polizist?«

Peter hielt es für ein Gebot der Höflichkeit, ihr ohne Sarkasmus zu antworten, wenn sie hier schon extra neben ihm auf dem Boden kniete, um ihm zu helfen. Also sagte er freundlich: »Ja. Kommissar Peter Steiner. Allerdings arbeite ich erst seit einer guten Woche hier in Würzburg. Wir haben gerade ein Tötungsdelikt abgeschlossen.«

»Oh, ein Tötungsdelikt, ach so«, meinte die alte Dame. Es klang fast ein wenig enttäuscht.

»Hätten Sie denn etwas anderes erwartet?«, fragte Peter stirnrunzelnd.

Sie hielt inne. »Ja wissen Sie, Herr Kommissar, ich hatte gehofft, dass Sie mir vielleicht helfen könnten. Aber für so was sind Sie wohl gar nicht zuständig.« Hoffnungsvoll sah sie ihn an.

Unter ihrem Blick fühlte Peter sich genötigt nachzufragen: »Wobei brauchen Sie denn Hilfe? Handelt es sich um ein Verbrechen?« Er betete stumm, dass nicht etwa ihr Kaninchen weggelaufen war und er es nun suchen sollte.

Die alte Dame blühte regelrecht auf. Sie fuchtelte mit dem Finger vor seiner Nase herum und rief: »Ein Verbrechen, ja das will ich meinen! Ein hundsgemeines noch dazu! Jemand ist in meinen Weinkeller eingebrochen und hat mich bestohlen.«

Peter war froh, die Sache so einfach lösen zu können. »Da können Sie natürlich Anzeige erstatten. Allerdings nicht bei mir, sondern bei einem anderen Kollegen. Sie gehen einfach ins Polizeipräsidium und erklären dem Beamten am Empfang, warum Sie hier sind. Der wird Sie dann gleich an die richtige Stelle verweisen.«

Das kleine Persönchen neben ihm stemmte empört die Arme in die Hüfte. »Was glauben Sie, wo ich gerade herkomme? Ich war schon fünfmal da!«

Während Nadja sorgsam die Blumen in der Vase ordnete, hatte sie das Gefühl, eine Erinnerung dringe zu ihr durch. Sie verharrte und blickte auf ihre Hand hinunter, in der sie einige Margeriten hielt. Vor ihrem geistigen Auge tauchte eine Zeile aus Connies Tagebuch auf: *Ich erschrak und kniete mich sofort hin, um die Scherben aufzusammeln. Die Blume legte ich solange in meinen Schoß.*

Gespannt fragte sie: »Señora Hernandez, in Connies Notizbuch habe ich gelesen, dass sie hier auch einmal eine Vase umgeworfen hat und dass Ihre Schwester ein Foto davon gemacht hat, wie Connie zwischen Lilie und Glasscherben auf dem Boden sitzt. Kennen Sie das Bild?«

Emanuela nickte eifrig und stand auf. »Natürlich kenne ich das Foto, es ist wirklich faszinierend. Moment, ich hole es kurz.«

Nach wenigen Sekunden war sie wieder zurück und legte das Foto auf dem Tisch vor Nadja ab. Die Aufnahme war insgesamt ziemlich dunkel, sodass man die Bücherregale und Autorenporträts im Hintergrund nur schemenhaft erkennen konnte. Connie kniete im Zentrum des Bildes. Ihre Haut wirkte fast ebenso strahlend wie die Blütenblätter der Lilie in ihrem Schoß. Das Mädchen hatte den Kopf leicht geneigt und betrachtete kummervoll die einzelne Blume. Auf dem Boden um sie herum verstreut lagen Porzellanscherben, ein nasser Fleck prangte auf dem Teppich. Die Szene war von einer tiefen Melancholie geprägt, die Nadja nicht näher in Worte fassen konnte.

Peter hätte zu gern einfach seine Sachen gepackt und wäre davongefahren, aber als verantwortungsbewusster Mensch konnte er das nicht tun. Die Polizei, dein Freund und Helfer ... Ohne große Umstände zu machen, setzte er sich einfach auf den Boden und fragte: »Sie waren also schon mehrmals hier und haben den Vorfall gemeldet. Haben die Kollegen denn dann nichts unternommen?«

Die Mundwinkel der alten Dame sackten nach unten: »Na ja, sie haben meine Aussage zu Protokoll genommen. Am nächsten Tag waren sie da und haben sich in meinem Haus umgesehen, aber die Tür zum Keller ist nie abgesperrt, und deswegen wurde auch nichts aufgebrochen. Ich kann den Einbruch also gar nicht beweisen, nur dass der Wein eben nicht mehr da ist. Der eine Polizist hat sogar gefragt, ob ich sicher bin, dass ich ihn nicht selbst ausgetrunken habe!«

Peter grinste still in sich hinein. »Ich kann gut verstehen, dass Sie das ärgert und es Ihnen auch unheimlich ist, dass ein Fremder in Ihrem Haus gewesen sein muss, der Sie bestohlen hat«, beruhigte er sie. »Allerdings muss ich den Kollegen durchaus recht geben: Was sollen sie denn tun, wenn es keine Spuren gibt und keine Zeugen?«

Die Frau zupfte verlegen an ihrem Kopftuch. »Ja, natürlich haben Sie in gewisser Weise recht. Ich weiß auch keinen Rat, aber sehen Sie, ich habe diese Flasche jahrelang aufgehoben. Nächsten Monat werde ich achtzig, und ich wollte den Wein an meinem Geburtstag mit meinen Kegelfreundinnen trinken. Ich habe ihn mir gewissermaßen vom Munde abgespart. Deshalb möchte ich den Wein auch so gerne wiederhaben, wenn der Dieb ihn nicht schon längst getrunken hat.«

In Peter keimte ein Verdacht. Bemüht gleichgültig fragte er: »Dann ist das wohl ein ganz besonderer Tropfen, oder? Welche Rebsorte denn?«

»Ein Wein vom Stein«, antwortete die alte Dame prompt, »wissen Sie, den mochte sogar Goethe! Ein Silvaner im extragroßen Bocksbeutel.«

»Die Maria Magdalena des 21. Jahrhunderts«, sagte sie leise.

»Wie bitte?«, fragte Emanuela verwirrt.

Nadja blickte von dem Foto auf. »So hat Ihre Schwester sie genannt«, erklärte sie. »Connie hat es in ihrem Tagebuch festgehalten. Sie wollte eigentlich nachfragen, was Mercedes damit genau gemeint hatte, aber sie ist wohl nicht mehr dazu gekommen.«

Die Señora nahm die Aufnahme in die Hand und betrachtete sie ebenfalls. »Komisch«, sagte sie, »hier wirkt es, als würde sie wirklich um diese einzelne Blume trauern, dabei mochte Connie eigentlich gar keine Lilien. Ihre Lieblingsblumen waren rote Rosen.«

Nadja durchfuhr es eiskalt. Sie starrte Emanuela an. »Woher wissen Sie das?«, fragte sie gepresst.

Emanuela musterte sie erstaunt. »Connie hat das mal während eines Stammtischabends erwähnt. Im Theatercafé gibt es oft eine sehr hübsche Blumendekoration, und Connie wollte sich unbedingt an den Tisch mit der Rose setzen.«

Nadja fühlte einen leichten Schwindel. Sie hörte sich selbst fragen: »Und wer war an diesem Abend alles dabei?«

»Na die üblichen Verdächtigen«, antwortete Emanuela übermütig, »bis auf Dr. Kattenbach. Er ist ja nur ein seltener Gast, und zu der Zeit war er an der Universität stark eingebunden. Er kam fast zwei Monate lang zu keinem Treffen.«

Peter schloss kurz die Augen. Das durfte doch nicht wahr sein – hatte er zufällig gerade herausgefunden, woher die Mordwaffe stammte? Aus dem Besitz einer kegelnden Omi? Wie sollte David da drangekommen sein?

Er stand auf und verkündete: »Ich glaube, wir müssen uns doch noch einmal eingehender mit diesem Einbruch beschäftigen. Kommen Sie bitte mit, wir gehen zurück ins Präsidium.«

Die alte Dame erhob sich verwirrt.

Er bot ihr seinen Arm an. »Wie heißen Sie überhaupt, und wo wohnen Sie?«, fragte er.

Sie hängte sich bei ihm ein. »Isadora Kröger, ich wohne in Gerbrunn.«

Peter blieb abrupt stehen. Wenn es stimmte, was er jetzt vermutete, dann war diese Dame hier im Laufe der Mordermittlungen schon einmal zur Sprache gekommen. »Haben Sie einen Enkel, der Jura studiert?«, fragte er.

Nadja hörte Emanuela, die sich über Maurizio Kattenbachs Fleiß und vielfältiges Engagement ausließ, gar nicht mehr zu. Sie ging die Liste der Teilnehmer im Kopf durch. Es passte nur einer.

»Julian, Julian Kröger«, sagte die alte Frau.

Peter ließ seine Begleiterin stehen und rannte los.

SECHZEHN

Nadja ging zielstrebig von der Straßenbahnhaltestelle Neunerplatz zur Kriminalpolizeiinspektion, fast rannte sie. Unterwegs bekam sie einen Anruf von Peter. Als sie sich atemlos meldete, fragte er nur knapp: »Wo bist du? Es gibt Neuigkeiten, ich hol dich ab.«

»Das trifft sich gut, ich bin in zwei Minuten da, wir müssen so schnell wie möglich los. Kannst du einen Haftbefehl bei Mancini beantragen? Julian Kröger ist unser Mann.«

Einen Moment herrschte verblüffte Stille. »Das wollte ich dir auch gerade sagen.« Fast klang Peter ein wenig angesäuert. »Bär hat schon sein Okay gegeben und mit Mancini und dem Richter gesprochen. Der hat auch gleich einen Haftbefehl ausgestellt. Ich warte am Auto auf dich.«

Nadja sah schon von Weitem, wie Peter neben dem Renault stand und hektisch mit den Armen fuchtelte: »Los, los, Frau Kommissarin, Tempo!«

Sie langte ächzend bei ihm an, und Peter erklärte knapp: »Julians Adresse habe ich rausgesucht, Haftbefehl ist in meiner Tasche, jetzt erklär mir aber bitte, wie du draufgekommen bist.«

Sie setzten sich ins Auto und fuhren los. Nadja erzählte ihm von der Rosengeschichte, und Peter bemerkte mit Genugtuung, dass sie immerhin noch außer Atem war und ein knallrotes Gesicht hatte. Das versöhnte ihn ein wenig mit der Tatsache, dass er ihr mit der Lösung des Falles nicht zuvorgekommen war. Außerdem reagierte Nadja angemessen überrascht, als er ihr von seinem Zusammentreffen mit der alten Frau Kröger berichtete.

Den Rest der Strecke hingen beide ihren Gedanken nach. Nadja fühlte sich wie mit Adrenalin vollgepumpt und knabberte unruhig an ihren Nägeln herum. Wenn sie sich einen Täter hätte aussuchen können, hätte sie niemals Julian gewählt. Sie erinnerte sich mit leichtem Unbehagen an den doch sehr persönlichen Abend, den sie erst gestern alle zusammen in der Kneipe verbracht hatten.

Andererseits war sie erleichtert, dass Davids Name damit

wieder reingewaschen war. Das nützte ihm zwar auch nichts mehr, aber immerhin konnte sie sich damit trösten, ihn nicht falsch eingeschätzt zu haben. Sie fragte sich, warum sie sich gestern so bereitwillig hatte überzeugen lassen, David als Täter zu akzeptieren. Es musste an ihrem geschwächten Zustand gelegen haben. Eigentlich sah es ihr gar nicht ähnlich, gegen ihre innere Überzeugung zu handeln. Dazu war ihr Unrechtsbewusstsein zu stark ausgeprägt.

Sie waren fast eine Viertelstunde gefahren und befanden sich jetzt in einem eher abgelegenen Stadtviertel. Peter hielt vor einem biederen Reihenhaus mit Vorgarten und sorgfältig gestutztem, doch von der Sonne verbranntem Rasen. Sie stiegen aus, und Nadja blickte sich um. Das Haus befand sich in einer typischen Wohnsiedlung am Fuße einer steil ansteigenden Straße. Die vielen Berge und Hügel Würzburgs überraschten Nadja als eingefleischte Nürnbergerin immer wieder. Im Winter musste es ziemlich gefährlich sein, wenn man mit dem Fahrrad unterwegs war.

»Sieht nach einer Wohngegend für Familien aus«, sagte sie an Peter gewandt, »nicht unbedingt die Ecke, wo ich eine Studentenbude vermutet hätte.«

»Aber für meine kleine Familie wär das was. Ist schön ruhig hier.«

»Und stell dir vor, demnächst wird hier sogar eine Wohnung frei«, erwiderte Nadja trocken.

Als sie das Gartentor öffneten und auf die Haustür zugingen, sah Nadja, dass sich hinter einem der Fenster eine Gardine verschob und eine ältere Frau zu ihnen hinausblickte. Sie nickte grüßend, und die Frau wich wie ertappt zurück. »Die Bürgerwacht ist schon alarmiert«, flüsterte Nadja Peter zu.

»Immer freundlich lächeln, dann halten sie uns für Zeugen Jehovas«, zischte dieser durch die Zähne hindurch. Endlich waren sie an der Haustür angelangt und drückten den Knopf neben dem sauber beschrifteten Klingelschild.

Die Sprechanlage knackte. Ein fragendes »Ja bitte?« klang ihnen entgegen.

Nadja beugte sich nach vorn. »Guten Tag, Herr Kröger, hier ist Nadja Gontscharowa.«

Ein kurzer Moment der Stille folgte. Julian klang erfreut, als er schließlich antwortete: »Oh, Frau Oberkommissarin, das ist aber eine angenehme Überraschung. Kommen Sie herein, oberster Stock.«

Der Summer ertönte, und Peter hielt ihr die Tür auf. »Hast du meine Anwesenheit etwa bewusst verschwiegen?«, fragte er. »Bin ich wohl keine angenehme Überraschung?«

»Wir sind hier, um diesen Typ zu verhaften«, zischte Nadja, »das ist wohl kaum der Moment, um sich von so was auf den Schlips getreten zu fühlen. Sei doch lieber froh, dass er uns so einfach reinlässt.«

Peter tastete nach dem Haftbefehl in seiner Jeanstasche und der Pistole, die er heute vorsichtshalber einmal mitgenommen hatte. Schließlich hatten sie es mit einem Mörder zu tun. Die beiden begannen den Aufstieg. Ihre Schritte hallten im Treppenhaus wider.

Inzwischen müsste Julian gemerkt haben, dass ich nicht allein komme, dachte Nadja. Sie hoffte, dass er keine Schwierigkeiten machen würde.

Dann erreichten sie den obersten Treppenabsatz. Julian stand dort in Ledersandalen, zu langen Jeans und einem sehr weit aufgeknöpften Hemd. Man konnte einen guten Teil seiner sorgfältig enthaarten, gebräunten und durchtrainierten Brust sehen. Peter fragte sich, ob er wirklich den ganzen Tag so herumlief oder ob er sich noch schnell umgezogen hatte, als er hörte, dass eine Frau vor der Tür stand.

Julian verzog keine Miene, als er Peter sah. Ein leicht sarkastisches »Na, wieder nüchtern?« konnte er sich jedoch nicht verkneifen. Er gab den beiden Kommissaren die Hand und bat sie, ihre Schuhe auszuziehen. Er habe gerade erst geputzt. Peter runzelte die Stirn, fügte sich jedoch. Julian schob die Schuhe an die Wand und ging ihnen dann voraus.

Auf Socken betraten die Kommissare seine Wohnung, ein ausgebauter Dachboden mit schrägen Wänden und Erkerfenstern. Im Gegensatz zum Treppenhaus war es hier sehr heiß. Das Dach war wohl nicht besonders gut gegen die starke Sonneneinstrahlung gedämmt.

Der vorhandene Raum war geschickt ausgenutzt. Statt kompletter Bücherregale gab es Regalbretter, die einzeln an der Wand angebracht waren, in einer Ecke stand eine Hantelbank mit einem gestreiften Handtuch über der Liegefläche, und ein Paravent trennte das Bett von dem Großraum ab. Peter sah, dass die Schrägwand über dem Bett mit Spiegelfolie beklebt war.

Julian hatte seinen Blick bemerkt und grinste anzüglich: »Das ermöglicht eine besondere Sicht auf die Vorzüge der Damenwelt.«

Oder auf dich selbst, dachte Peter. Er musste unwillkürlich an Patrick Bateman aus dem Thriller »American Psycho« denken, einen Killer, der sehr viel Wert auf sein Aussehen legte und sich ständig selbst im Spiegel bewunderte.

Julian hantierte mittlerweile in der schmalen Küchenzeile herum. Peter räusperte sich und gesellte sich zu Nadja. Sie war an den Schreibtisch getreten, der direkt unter einem der Fenster stand, und musterte die perfekte Ordnung darauf. Das Grundgesetz stand als schön gebundene Ausgabe neben der Bayerischen Verfassung und einem Spanisch-Wörterbuch. Julian war wohl gerade beim Lernen gewesen, denn ein Ordner lag aufgeschlagen da. Peter hatte keinerlei Schwierigkeiten, seine Schrift zu entziffern.

Julian schrieb mit schwarzer Tinte auf reinweiße Blätter. Ein Kunststück, das Peter während seiner vierjährigen Studienzeit niemals zuwege gebracht hatte. Ohne vorgegebene Zeilen oder Kästchen war er verloren. Das Ergebnis war dann schief, holperig und schlicht und einfach nicht entzifferbar. Ein weiterer Grund, diesen Kerl unsympathisch zu finden.

Mittlerweile hatte Julian eine Karaffe mit Wasser, Eiswürfeln und frischen Minzblättern befüllt. Er stellte sie auf den Esstisch und bat die Kommissare, sich zu setzen. Peter griff dankbar nach seinem Glas und trank es in einem Zug aus. Julian schenkte lächelnd nach. Nadja hingegen schien die Hitze nicht das Geringste auszumachen. Wie immer saß sie mit übereinandergeschlagenen Beinen da und wippte sogar ein wenig mit ihrem bestrumpften Fuß.

»Das hier ist ja wahrscheinlich kein reiner Freundschaftsbesuch«, meinte Julian, »obwohl mich das wundert. Ich dachte eigentlich, der Fall ist seit gestern geklärt?«

»Es sind neue Indizien aufgetaucht«, sagte Peter, »über die wir mit Ihnen reden wollen.«

»Neue Indizien?« Julian lehnte sich interessiert nach vorn. »Tatsächlich?«

»Ja, tatsächlich!«, schaltete sich nun Nadja ein. Im Gegensatz zu ihrer entspannten Haltung klang ihre Stimme scharf. Sie fixierte Julian. »Sehen Sie, Herr Kröger, es gab da noch eine kleine Ungereimtheit. Vor seinem Suizid hatte David uns erzählt, dass Connie eines Tages einen großen Strauß roter Rosen geschenkt bekommen hatte. Überbracht von einem Blumenboten, ohne Karte oder sonstigen Vermerk über den Absender. David dachte, die Blumen seien ein Geschenk eines Münchner Verehrers. Doch dem war nicht so. Ich habe mit ihm gesprochen und herausgefunden, dass er nicht einmal Connies Würzburger Adresse hatte. Nun stellt sich uns natürlich die Frage: Wer war der Unbekannte?«

Julian besaß die Dreistigkeit, lächelnd zu fragen: »Ja, wer?«

»Sie«, lächelte Nadja ebenso falsch zurück. »Es gab da ein bestimmtes Treffen des Spanisch-Stammtisches, bei dem Connie erklärte, dass rote Rosen ihre absoluten Lieblingsblumen seien. Und wer war dabei anwesend? Die beiden Señoras Hernandez, Frau Rosa und Sie, Herr Kröger. Dass der Strauß von einer der drei Damen in Auftrag gegeben wurde, kann man wohl ausschließen. Dr. Kattenbach kam an jenem Abend nicht ins Theatercafé, und Fernando war bei den Treffen niemals dabei.«

»Es mag ja durchaus sein, dass ich an diesem Abend dabei war, ich nehme an, Sie haben ausreichend Zeugenaussagen dafür, und ich hätte Ihnen auch verraten können, dass Connie Rosen mochte, wenn Sie mich jemals danach gefragt hätten. Aber warum hätte ich Connie Blumen schicken sollen? Wir kannten uns nicht einmal besonders gut, so intim sind diese Stammtischtreffen nun auch wieder nicht.«

»Das behaupten Sie«, mischte sich Peter ein, »aber gehen wir mal davon aus, dass Sie uns anlügen. Nehmen wir der Einfachheit halber an, dass Connie Ihnen alles andere als gleichgültig war. Dann stellt sich gar nicht mehr nur die Frage, warum Sie ihr

Rosen geschickt haben, dann interessiert mich viel mehr: Warum haben Sie sie umgebracht?«

Julian schüttelte den Kopf. »Nein, Herr Kommissar, damit brauchen Sie mir nicht zu kommen. Ihre Anklage entbehrt jeglicher Logik. Außerdem sind rote Rosen keine ungewöhnlichen Blumen, jeder hätte auf die Idee kommen können, welche zu schicken.«

Peter stand auf. Er begann im Zimmer herumzuschlendern und sprach dabei in einem sanften, fast tröstenden Ton: »Ich will Ihnen eine Geschichte erzählen, ein nettes Märchen, wie es sich tatsächlich zugetragen haben könnte: Es war einmal ein junger, hübscher Prinz, der war verliebt in eine ebenso junge und ebenso hübsche Prinzessin. Doch diese wollte ihn nicht, obwohl er sich alle Mühe gab. Sie war nämlich ihrerseits verliebt in einen depressiven Minnesänger. Doch der Prinz gab nicht auf. Er machte ihr Geschenke, und eines Abends wartete er sogar im nächtlichen Park auf sie, um ihre Gunst zu erringen. Er hatte einen kostbaren Wein dabei, und seine Krone war auf Hochglanz poliert. Doch umsonst: Diesmal sagte die Prinzessin ihm deutlich ins Gesicht, was sie von ihm hielt. Und der Prinz beging einen großen Fehler: Er erschlug die Schöne mit der Weinflasche, denn wenn er sie nicht besitzen konnte, dann sollte sie auch kein anderer haben.«

Julian zeigte keinerlei Regung, als Peter eine kurze Pause einlegte.

»Doch er erschrak über seine Tat. Deshalb schleifte er ihre Leiche zur nächsten Bank und drapierte sie darauf, als wäre sie noch am Leben. Als die tote Prinzessin am nächsten Morgen entdeckt wurde, spielte er den Ahnungslosen. Sein makelloses Äußeres half ihm dabei. Und er hatte noch einmal Glück: Der arme Minnesänger wurde des Mordes verdächtigt und sprang von einer Brücke in den Tod. Nun schien der Prinz gerettet, aber leider hatte er die Rechnung ohne die schlauen Kommissare gemacht.«

Gegen Ende war Peters Stimme lauter geworden. Julian zog die Augenbrauen nach oben: »Sie haben wohl Ihren Beruf verfehlt, Sie hätten besser Groschenromane schreiben sollen.«

»Sie bleiben also dabei?«, fragte Nadja. »Sie behaupten weiterhin, nichts mit dem Gewaltverbrechen zu tun zu haben?«

Julian strich sich über das sorgfältig glatt rasierte Kinn. »Um es noch einmal ganz deutlich zu sagen: Ich habe Connie Lember nicht getötet. Und Sie haben keinerlei Beweise, Sie haben sich da etwas zusammengereimt, damit ich ein Geständnis ablege. Sie scheinen mich für sehr naiv zu halten, ich hätte mehr von Ihnen erwartet.«

Peter sah Nadja an, die ihm zunickte. Die beiden richteten ihre Blicke auf den Jurastudenten, der sein Glas neu füllte und es anhob, um zu trinken. Dann sagte Peter: »Unser hübscher Prinz hatte übrigens auch eine Oma. Eine, wie ich hinzufügen muss, sehr nette alte Dame.«

Es war nur ein kleines, kaum merkliches Wackeln des zu voll geschenkten Glases, aber es genügte, um ein paar Tropfen Wasser zu verschütten. Julian sah es, und er sah auch, dass Peter und Nadja es bemerkt hatten. Abrupt stellte er das Glas zurück auf den Tisch. Er sagte nichts, vielleicht hatte er Angst, auch seine Stimme würde ihn verraten.

Die beiden Kommissare schwiegen ebenfalls. Julians perfekte Fassade hatte vor ihren Augen einen Riss bekommen, und jetzt mussten sie nur noch zusehen, wie sie von Sprüngen durchzogen in sich zusammenstürzte.

Nun war es an Julian, aufzustehen und durch den Raum zu tigern. Er ballte die Fäuste und fragte: »In ihrem Tagebuch, stand da etwas über mich? Irgendetwas?«

Nadja verneinte. »Wenn dem so gewesen wäre, dann wären wir Ihnen sicherlich schon eher auf die Spur gekommen.«

Julian lachte bitter. »Die Sache war ihr also noch nicht einmal wichtig genug, um etwas davon in ihr Notizbuch zu schreiben. In dieses blöde Büchlein schrieb sie doch sonst alles rein, ich habe sie nie ohne gesehen.«

»Sie beide hatten ein Verhältnis?«, fragte Peter nach.

Julian blickte ihn fast schmerzerfüllt an. »Kein Verhältnis, nichts Körperliches, aber wir waren Seelenverwandte, das habe ich gespürt. Deswegen war ich auch so schüchtern ihr gegenüber. Ich konnte sie nicht so behandeln wie die anderen Mädchen. Ich habe mich schlicht und einfach nicht getraut, ihr die Wahrheit zu sagen. Lieber habe ich davon geträumt, wie es werden könnte, wenn sie diesen Loser endlich verlassen würde.«

Das klang überhaupt nicht nach dem Julian, den Nadja bisher kennengelernt hatte. Sein Ego schien sonst um etliches größer als das anderer Leute. Dabei war er gar nicht unbedingt überheblich, er wirkte einfach nur überlegen. Wahrscheinlich war er deshalb bei Männern so unbeliebt, deshalb und wegen seiner auffallenden Attraktivität. Und diese zögerliche Art, die er soeben geschildert hatte, passte überhaupt nicht zu einem Mord.

»Was ist passiert, dass Sie Ihre Meinung dann geändert haben?«, fragte Nadja. »Denn an dem Abend nach dem letzten Spanisch-Stammtisch haben Sie Connie doch aus einem bestimmten Grund im Park abgepasst, oder nicht?«

Julian war vor seinem Bett stehen geblieben und betrachtete sich augenscheinlich im Spiegel. Während er seinen Hemdkragen richtete, erzählte er beinahe beiläufig: »Das war Alinas Schuld.«

Bei der Erwähnung von Connies kleiner Schwester runzelte Peter verwirrt die Stirn. Er fragte sich, ob Julian versuchte, sie auf irgendwelche Abwege zu führen.

»Ich hatte die Kleine schon ein-, zweimal gesehen, wenn Connie sie zum Stammtisch mitbrachte«, fuhr Julian fort. »Am Montag vor einer Woche traf ich sie dann zufällig in der Stadt. Sie erzählte, dass sie von der Mathenachhilfe käme oder so ähnlich. Sie war ganz aufgeregt, als wir uns unterhielten, das merkte ich. Kleine Mädchen finden mich immer toll.«

Peter biss sich auf die Lippen, er war wütend auf sich selbst, dass er diesen Zusammenhang übersehen hatte. Dabei hatte Alina ihm bei der kurzen Begegnung in der Musikhochschule noch von Julian vorgeschwärmt. Er ahnte, worauf das hinauslaufen würde.

»Ich lud sie zu einem Eis ein. Alina war überglücklich, sie hat deshalb sogar ihren Zug verpasst, aber das war ihr ganz egal. Wir plauderten ein wenig, und dann lenkte ich das Gespräch auf das Thema, das mich eigentlich interessierte: Connie und ihre Beziehung mit David. Die beiden Schwestern scheinen sich nicht allzu gut verstanden zu haben, ich schätze, Alina war eifersüchtig auf die ältere Schwester. Jedenfalls erzählte sie mir, dass Connie ihren Freund vor einigen Monaten angelogen habe. Dass sie Zeugin eines Streites gewesen sei und Connie wohl heimlich ein Wochenende mit einem anderen Mann verbracht hätte. Zumindest vermutete sie das.«

Julian schien endlich mit seinem Kragen Frieden geschlossen zu haben und widmete sich jetzt seiner Frisur. Er holte einen Kamm aus seiner Hosentasche und besprühte ihn mit Haarspray, bevor er ihn einsetzte.

Peter rümpfte angewidert die Nase. »Das stinkt ja widerlich, was tun Sie da überhaupt?«

»Vermutlich werden Sie mich verhaften, wenn ich Ihnen alles erzählt habe. Und Sie können ja wohl kaum von mir verlangen, dass ich aussehe wie Struwwelpeter, wenn ich das Haus verlasse«, erklärte Julian ungerührt.

Peter tastete vorsichtig nach seiner Waffe. Dieser Mann war noch verrückter, als er sowieso schon vermutet hatte. Und seine arrogante Coolness war offensichtlich auch wiedergekehrt.

Nadja schien sich darüber zu amüsieren. Sie wies Julian lediglich darauf hin, dass sein Scheitel am Hinterkopf nicht ganz gerade sei, und fasste zusammen: »Sie haben also von Alina gehört, dass es in Connies Beziehung kriselte. Und das hat Sie dann dazu bewogen, ihr nun endlich Ihre eigenen Gefühle zu gestehen?«

Julian nickte. »Ich war so glücklich, als ich das hörte. David war mir immer unantastbar vorgekommen. Er hüllte sich in seine Verletzlichkeit wie in eine Kuscheldecke und band Connie damit an sich. Sie machte alles mit, obwohl er kaum Zeit für sie hatte, sie vernachlässigte und mit seiner Lebenseinstellung überhaupt nicht zu ihr passte. Connie war eigentlich ein lebensfroher Mensch, aber in Davids Nähe mutierte sie zur aufopferungsvollen Heiligen. Und nun schien sie mit ihrer Rolle doch nicht zufrieden zu sein, betrog ihn vielleicht sogar.« Er glättete auch das letzte Härchen.

»Ich traute mich also endlich, selbst die Initiative zu ergreifen. Zuerst schickte ich einen ganzen Strauß roter Rosen. Ich dachte, sie würde verstehen, dass er von mir kommt, aber sie hat nichts davon erwähnt. Vielleicht war sie auch nur zu schüchtern. Dann kam ich auf die Idee, etwas ganz Besonderes für sie zu arrangieren. Ein nächtliches Picknick im Ringpark. Ich hatte alles in meinen Rucksack gepackt: Häppchen, Kuchen, gekochte Eier, Tee in der Thermoskanne, Picknickdecke, Kerzen und einen richtig guten Wein. Aber das mit dem Wein wissen Sie ja schon.« Sein Blick verfinsterte sich, doch auf Nadjas Aufforderung hin setzte er seinen Bericht fort.

»Leider war Connie an dem Abend nicht ganz gesund. Sie sagte schon zu Beginn des Stammtischtreffens, dass sie nicht allzu lange bleiben würde, und da ich sie überraschen wollte, erklärte auch ich, wegen meiner Prüfung früh gehen zu müssen. Ich brach vor zehn Uhr auf und wartete im Park auf einer Bank. Die Picknickdecke und das ganze Zeug hatte ich ein wenig abseits sorgfältig vorbereitet. Als sie kam, konnte ich sie tatsächlich überreden, mit an den Überraschungsplatz zu kommen. Ich hatte sogar ein spanisches Liebesgedicht auswendig gelernt und fing an, es aufzusagen. Doch von da an lief alles falsch. Sie freute sich kein bisschen, sie wollte mir nicht einmal zuhören. Sie sagte, sie sei krank und müsse ins Bett. Ich sah, dass sie Angst hatte. Also hielt ich sie am Arm fest, um sie dazu zu bringen, mich anzuhören.«

Julian hatte den Kamm in die Hand genommen und schloss die Finger so fest darum, dass einige Zähne splitterten. Er hob die Plastikteile vom Boden auf und warf sie in den Abfall.

»Ich sagte ihr, dass David sie nicht verdient habe, dass sie mit ihm niemals glücklich werden könne. Ich zog sie zu der Picknickdecke und zeigte ihr den Wein, den ich für sie mitgebracht hatte. Doch sie hatte überhaupt kein Verständnis, wollte einfach nur weg. Und ich erkannte, dass ich mich in ihr getäuscht hatte. In ihrer Angst war sie kindisch und erbärmlich, und ich war maßlos enttäuscht. Ich ließ sie los, und sie rannte weg, stolperte, fiel hin, und als sie wieder auf die Beine kam, schlug ich mit der Flasche zu. Dann habe ich abgewartet, ob sie noch einmal aufwacht. Aber sie hat bald aufgehört zu atmen.«

Julian blickte die beiden Kommissare an, als erwarte er Verständnis. Tatsächlich fiel es Nadja schwer, in ihm den kalten, gefühllosen Mörder zu sehen, für den sie ihn seit dem Gespräch mit Señora Hernandez gehalten hatte. Um sich abzulenken, fragte sie rasch: »Und wie war das nun mit dem Einbruch in die WG der Mädchen?«

»Als Connie tot war und ich sie an die Bank gebunden hatte, durchsuchte ich ihre Tasche. Das Handy warf ich später in den Main, doch das Notizbuch hatte sie aus irgendeinem Grund nicht dabei. Wie gesagt, ich wusste nicht, ob sie nicht etwas von mir hineingeschrieben hatte, und wollte auf Nummer sicher gehen. Ich besuchte abends eine Kommilitonin und schlief mit ihr, das hatte ich geplant, um es Ihnen bei der Befragung zu erzählen und von dem späteren Geschehen abzulenken. Dann schaute ich tatsächlich bei meiner Omi vorbei, unterhielt mich mit ihr und tat so, als ginge ich in das Gästezimmer, um zu schlafen. Später schlich ich mich raus und fuhr mit dem Fahrrad in die Stadt hinunter. Ich zog mich um und setzte eine Skimaske auf, damit nicht aus Versehen ein Haar von mir auf dem Boden landen würde. Handschuhe hatte ich dabei.«

Julian berichtete in aller Sachlichkeit von seiner wohlgeplanten Aktion.

»Ich verschaffte mir mit dem Dietrich Zugang zur Wohnung. Sophie war nicht zu Hause, ihre Zimmertür stand offen, aber Julia war ein Unsicherheitsfaktor. Da ich das Tagebuch nicht fand, aber klar war, dass mein nächtlicher Besuch wohl kaum unbemerkt bleiben würde, inszenierte ich ein Ablenkungsmanöver und tat so, als wäre ich auch hinter Julia her. Sie muss sich tierisch erschrocken haben, als ich gegen ihre Tür hämmerte. Später, als das Notizbuch dann tatsächlich gefunden wurde, erwartete ich jeden Moment, festgenommen zu werden. Doch es schien ja eher David zu belasten.«

Nadja wandte sich zu Peter um: »Noch Fragen?«

»Nein. Auf dem Präsidium müssen wir das sowieso alles noch einmal durchkauen. Und vor dem Ermittlungsrichter darf er sich ja auch noch äußern. Wird ein langer Tag heute.«

Julian grinste Nadja an. »Immerhin dürfen Sie ihn mit mir verbringen.«

»Männer mit Handschellen sind eigentlich nicht so mein

Ding«, erklärte sie und trat hinter ihn, um ihm ebendiese anzulegen.

***

Es war Nacht geworden. Peter und Nadja saßen auf einem kleinen Mäuerchen an der Mainpromenade und betrachteten die Lichter der Stadt, die sich im dunklen Flusswasser spiegelten. Nadja hatte sich eine Wolljacke um die Schultern gelegt, doch eigentlich empfand sie die vom Main heraufsteigende Kühle als angenehm. Sie hatte das Gefühl, klarer denken zu können, die Ereignisse der letzten Tage und Wochen mit anderen Augen zu sehen.

»Wie können Menschen nur so miteinander umgehen?«, fragte sie, »dass am Ende nur Leid und Lüge, nur Hass und Enttäuschung bleiben?«

Peter sah sie an. In seinen Pupillen spiegelte sich der träge dahinfließende Strom. »Sprichst du von unserem Fall oder von André Krönig und dir?«

Nadjas Schultern sackten herab. »Ich wusste, dass du es merken würdest. Und es tut mir leid, dass wir nicht eher darüber gesprochen haben. Bei diesem Fall war ich nicht immer voll bei der Sache, meine privaten Probleme haben mich abgelenkt.«

»Du hättest nichts besser machen können, warum die Selbstvorwürfe?«

Nadja legte den Kopf in den Nacken und starrte hinauf zu den Sternen. »David«, sagte sie. »Ich bin nicht sicher, aber vielleicht wäre ich unter anderen Umständen eher darauf gekommen, wer der Täter ist, dann hätte David sich nicht umgebracht.«

Peter folgte ihrem Blick. Er deutete auf einen besonders hellen Stern, der genau über ihnen prangte: »Da ist David, wobei, nein, das ist der Polarstern, aber der da daneben, das ist ganz sicher David!«

Nadja musste lächeln. Peter nahm das als gutes Zeichen und fuhr fort: »David war ein Melancholiker. Connies Tod hat ihn aus der Bahn geworfen. Er glaubte wohl, so nicht mehr weiterleben zu können. Wenn du Julian einen Tag eher verhaftet hättest, hätte das gar nichts geändert. David wollte sterben, er wollte bei Connie sein.«

Nadja rieb die Hände ineinander, wie um sie zu wärmen. Peter griff danach und hielt sie in den seinen fest. »Du bist nicht Lady Macbeth, du musst dich nicht schuldig fühlen«, erklärte er.

Nadja lächelte unter Tränen. »Warum bist du nur so schrecklich gebildet! Erklär mir auf der Stelle, was das bedeutet, sonst schubse ich dich ins Wasser.«

Peter lachte. »Also bitte, das Lady-Macbeth-Syndrom ist ja wohl jedem Hobby-Psychologen bekannt. Lady Macbeth überredet in Shakespeares Drama ihren Mann, den König zu töten, damit er selbst einer ziemlich schwammigen Prophezeiung zufolge neuer König werden kann. Später überkommen sie jedoch Schuldgefühle, sodass sie eine Art Zwangsstörung entwickelt. Sie reibt und wäscht ihre Hände immer wieder, um sie von dem Blut zu befreien, das daran klebt.«

»Die arme Frau«, sagte Nadja und betrachtete ihre eigenen Hände.

Peter verzog das Gesicht. »Na ja, so würde ich das nun nicht gerade sagen, die Lady ist eine eiskalte Intrigantin, Mitleid ist da eher nicht angebracht.«

»Aber sie hat es doch auch ihrem Mann zuliebe getan, oder nicht? Ich glaube, der Mann ist der wahre Bösewicht.«

Peter seufzte. »Nadja, jetzt hör doch auf, um den heißen Brei herumzureden, du kannst mir erzählen, was zwischen Krönig und dir passiert ist, oder du kannst es lassen. Aber ich merke doch, wie es dich belastet.«

Nadja wickelte sich enger in ihren Pulli. »Wir hatten etwas miteinander, und ich dachte, es sei ernst. Aber es hat sich herausgestellt, dass zwischen uns nichts Ernsthaftes möglich ist. Er ist … anders, als ich gedacht hatte, ganz anders. Es war ziemlich schlimm, das herauszufinden.«

Sie schluckte, dann fügte sie hinzu: »Ich kann dir nicht mehr sagen, ich will auch gar nicht mehr daran denken. Nur ist es seitdem schwierig, ihn in meiner Nähe zu haben. Das ist der Grund, warum ich unbedingt aus Nürnberg wegwollte. Aber jetzt ist er hier plötzlich aufgetaucht und kann es wegen der blöden

Kooperationsidee jederzeit wieder tun. Ich weiß nicht, wie das weitergehen soll.«

Peter rutschte neben sie und legte den Arm um ihre Schulter. Nadja lehnte den Kopf an ihn. Sie schwiegen und schauten auf den Main hinunter.

»Du wirst sehen, es wird jeden Tag ein bisschen weniger wehtun«, tröstete Peter sie. »Und wenn es gar nicht mehr geht, dann kommst du zu mir, und ich hau dem Kerl eins auf die Nase. Oder wir überreden Lars Nauke, ihm jede Woche eine Ladung Schoko-Eclairs zu backen. Das überlebt niemand lange.«

Nadja kicherte. »Lass das Nauke besser nicht hören, er ist so stolz auf seine Backwaren.«

Der ruhige, nächtliche Main roch nach Neuanfang.

NEUN WOCHEN ZUVOR …

Als Nadja die Augen aufschlug, wusste sie zunächst nicht, wo sie sich befand. Doch als sie sich im Bett herumdrehte und sich umblickte, überkam sie ein überwältigendes Glücksgefühl. Dort neben ihr lag André, noch schlafend. Er hatte einen Arm um das Kopfkissen geschlungen, der andere war in Nadjas Richtung ausgestreckt. Er atmete ganz tief und gleichmäßig, das Gesicht war so entspannt, wie sie es in wachem Zustand noch nie bei ihm gesehen hatte. Vorsichtig beugte Nadja sich zu ihm hinüber, hauchte ihm einen Kuss auf die Wange und angelte ihren Slip unter der Bettdecke hervor. Dann stand sie leise auf, wickelte sich in Andrés Morgenmantel, der an einem Haken neben der Tür hing, und schlich aus dem Zimmer. Sie wollte Rührei mit Speck machen und ihm ein Überraschungsfrühstück ans Bett servieren. Das hatte er sich nach der gestrigen Nacht mehr als verdient.

Auf nackten Füßen lief sie die Treppe hinunter in die Küche, schaltete den Herd ein und stellte eine Pfanne mit etwas Öl darauf. Dann unterzog sie den Kühlschrankinhalt einer genauen Musterung und legte einen Bund Schnittlauch, fünf Eier und geräucherten Schinken auf die Arbeitsplatte. Nadja war keine herausragende Köchin, aber sie war gut darin, einfache Gerichte so zuzubereiten, dass sie nach wesentlich mehr aussahen. Mit ein wenig grünem Kräuterzeug drauf und schön auf dem Teller arrangiert, würde auch ihre Eierspeise nach Haute Cuisine aussehen.

Während Eier und Schinken in der Pfanne brutzelten, schnitt Nadja einige Scheiben Brot ab und bestrich sie mit Butter. Dann verteilte sie das Rührei auf zwei Teller, streute ein wenig Salz, Pfeffer und Schnittlauch darüber und drapierte den lecker duftenden Speck drum herum. Nun fehlte nur noch etwas zu trinken. Um Kaffee aufzusetzen, fehlte ihr jetzt die Geduld, aber André hatte sicherlich irgendwo Orangensaft oder sonstige Fruchtsäfte. Im Kühlschrank hatte sie nichts davon gesehen, also mussten sie wohl in der Speisekammer lagern.

Nadja verließ die Küche und öffnete aufs Geratewohl eine andere Tür. Das war anscheinend Andrés Arbeitszimmer, die Wände waren hinter all den mit Aktenordnern gefüllten Regalen kaum mehr sichtbar. Hier gab es sicher keinen Orangensaft. Sie schloss die Tür wieder und öffnete die nächste. Auch hier verbarg sich keine Speisekammer, der große Raum war vielmehr liebevoll mit bunten Vorhängen, hellen Möbeln und einem mit Büchern bedeckten Schreibtisch eingerichtet. Und vor diesem Schreibtisch saß eine Frau. Rasch zog Nadja den Bademantel enger um sich.

Die Fremde drehte den Kopf und blickte Nadja interessiert an: »Guten Morgen«, sagte sie, »suchen Sie etwas?«

»Äh ja, den Orangensaft«, antwortete sie verdutzt.

»Der ist in der Speisekammer, zwei Türen weiter links«, antwortete die Frau. Sie hatte dunkelblondes Haar, das ihr weich auf die Schultern fiel, und ein intelligentes Gesicht. Nadja war sich sicher, sie noch nie zuvor gesehen zu haben.

Die Fremde drückte sich mit den Armen vom Tisch ab und drehte sich ganz zu Nadja herum. Erst jetzt bemerkte sie, dass die Frau in einem Rollstuhl saß. Sie kam auf Nadja zugerollt und musterte sie von oben bis unten.

»André scheint seinem Geschmack treu zu bleiben«, erklärte die Frau schließlich, »groß, schlank, sportlich und unter dem Bademantel vermutlich nackt? Normalerweise bringt er seine Flittchen ja nicht hierher, er ist sehr rücksichtsvoll, aber es ist interessant, mal eine aus der Nähe zu sehen.«

Nadja räusperte sich verwirrt. »Es ist nicht so, wie Sie denken, ich meine es ernst mit André, ich liebe ihn. Ich bin mir bewusst, dass ich jetzt nicht gerade den besten Eindruck auf Sie mache. Wenn ich gewusst hätte, dass hier noch jemand wohnt, hätte ich mir etwas angezogen. Sind Sie Andrés Schwester?«

Die Frau lächelte ein Lächeln, das eigentlich keines war. »Seine Schwester? Nein, das kann man nun nicht gerade behaupten. Und es ist schön, dass es Ihnen ernst mit ihm ist, aber ich wiederum kann Ihnen versichern, dass es ihm nicht ernst mit Ihnen ist. Ich bin Amelia, Andrés Lebensgefährtin.«

Das konnte nicht stimmen. André war Single, sonst hätte sie sich nie mit ihm eingelassen. Keiner von den Kollegen hatte jemals eine Freundin erwähnt, schon gar keine, die im Rollstuhl saß. Vielleicht hatte diese Frau nicht nur eine körperliche Behinderung, sondern auch eine psychische Macke.

Vorsichtig sagte Nadja: »Ich weiß nicht, was Sie damit bezwecken wollen. Wenn André eine Lebensgefährtin hätte, wäre ich ja nicht hier. Aber anscheinend gefällt Ihnen das nicht. Diese Situation ist mir sehr unangenehm. Ich wusste nicht, dass Sie hier wohnen, sonst hätte ich keinen Schinken gebraten, und ich hätte nicht irgendwelche Türen geöffnet, als sei das Haus mein Eigentum. Es tut mir leid, aber das alles ist kein Grund, eine derartige Geschichte zu erfinden. Das ist doch lächerlich.«

Amelia blickte sie fast ein wenig mitleidig an. »Er hat Ihnen also gar nichts von mir erzählt?«, fragte sie.

Nadja schüttelte stumm den Kopf. Ihr lag eine patzige Antwort auf der Zunge, aber sie hielt sich zurück. Die selbstbewusste Überlegenheit der anderen Frau verunsicherte sie.

Amelia deutete auf einen Sessel und bat Nadja, sich zu setzen. »Sonst bekommen Sie noch kalte Füße, wenn Sie hier länger so rumstehen. Und außerdem mag ich es nicht, immer zu den Leuten aufsehen zu müssen«, erklärte sie.

Nadja folgte der Aufforderung und zog die Füße unter ihren Körper, um sie zu wärmen. Amelia reichte ihr eine karierte Wolldecke, die Nadja über sich breitete. Eine Weile blickten sich die Frauen stumm an. Nadja lagen einige Fragen auf der Zunge, aber sie wusste nicht, wie sie beginnen sollte.

Schließlich ergriff Amelia das Wort: »Verzeihen Sie mir, dass ich vorhin so unhöflich war. Es ist manchmal schwierig für mich, mit dem konfrontiert zu werden, was ich selbst einmal war, aber nun nicht mehr bin. Am besten ist es wohl, wenn ich Ihnen alles von Anfang an erzähle.«

Nadja fragte sich, was sie jetzt zu hören bekommen würde. Sicher nichts, was ihr gefiel, und sicher nichts, was der Wahrheit entsprach. Warum saß sie überhaupt hier und ließ sich darauf ein? Warum ging sie nicht wieder hoch zu André, brachte ihm Rührei und Speck und kuschelte sich neben ihm ins warme Bett?

Aber es musste ja irgendeinen Grund geben, warum diese Frau hier war und warum André nichts von seiner Mitbewohnerin erzählt hatte. Er hätte ausreichend Gelegenheit gehabt, das zu erwähnen. Schließlich kannten sie sich nun schon eine ganze Weile, auch wenn sie zuvor noch niemals bei ihm zu Hause gewesen war. Nadja konnte den Argwohn nicht verdrängen, dass sie hier einer Geschichte auf der Spur war, die André ihr bewusst verheimlicht hatte. Das warf kein besonders gutes Licht auf ihn.

Amelia war zum Schreibtisch zurückgerollt und hatte ein gerahmtes Foto hervorgeholt. Ein deutlich jüngerer André mit Dreitagebart grinste sie an. In seinem Arm hielt er eine blonde Schönheit, eindeutig Amelia, die sich an ihn schmiegte, die Hand besitzergreifend auf seine Brust gelegt. Nadja blickte auf und sah Amelias blaue Augen fest auf sich gerichtet. Sie spürte eine merkwürdige Kälte im Magen.

»André und ich kennen uns schon seit zwanzig Jahren, ich war die beste Freundin seiner Cousine«, begann Amelia. »Wir studierten alle drei in München, und André und ich verliebten uns. Wir zogen zusammen, er begann seine Karriere bei der Polizei, ich arbeitete als Journalistin. Irgendwann wollten wir auch heiraten und Kinder bekommen, aber wir dachten, das hätte noch Zeit. Doch dann änderte sich alles. Steffi – das war der Name von Andrés Cousine – und ich hatten einen Autounfall. Sie starb noch in derselben Nacht, doch ich überlebte schwer verletzt. Seit zwölf Jahren bin ich jetzt querschnittsgelähmt, zu nicht viel nütze. Zuerst war ich verbittert, wollte niemanden sehen, am allerwenigsten André. Aber er gab nicht auf. Er hat dieses Haus gekauft, weil das Erdgeschoss absolut behindertenfreundlich ist. Und oben hat er sein eigenes Reich. Hier komme ich gut zurecht. Zum Glück kann ich mir die Blasenkatheter selbst legen, für alles andere kommt jeden Tag ein mobiler Pflegedienst.«

»Sie behaupten also, dass Sie seit Jahren mit André zusammenleben?«, fragte Nadja ungläubig, »und er hält das geheim, weil … ja, warum sollte er das tun?«

Amelia runzelte die Stirn. »Nun tun Sie doch nicht so. Wären Sie etwa mit ihm ins Bett gegangen, wenn Sie gewusst hätten, dass er eine arme, behinderte Freundin zu Hause hat? Er hat Bedürfnisse, das verstehe ich ja auch.«

»Bedürfnisse? Und Sie haben Verständnis dafür?«, fragte Nadja.

Eine Welle aus Zorn und Schmerz überrollte sie. Dieser Mann, den Amelia da schilderte, hatte nichts mit dem Mann gemein, den Nadja liebte. Sie stand auf und warf die Decke über den Sessel. Dann reichte sie Amelia die Hand. »Ich wünsche Ihnen alles Gute!«

Als sie das Zimmer verließ, rief die Frau im Rollstuhl ihr nach: »Sie haben Mitleid mit mir, nicht wahr? Sie denken, wie erbärmlich: lieber gar keinen Mann als einen, der mich betrügt. Aber wissen Sie, mit wem er jeden Tag zu Abend isst? Das bin ich. Ich bin es, mit der er über seine Arbeit spricht, über seine Sorgen, über alles. Ich bin es, mit der er in den Urlaub fährt, und ich bin es, die ihn streichelt, wenn er vor dem Fernseher einschläft. Nicht Sie oder eine von den anderen Frauen. Sie sind austauschbar, ich bin es nicht.«

Nadja schloss die Tür hinter sich. Sie atmete tief durch, ging zurück in die Küche und schritt mit dem Tablett in der Hand die Treppe hinauf. Als sie die Tür zum Schlafzimmer mit dem Fuß aufstieß, blickte sie direkt in Andrés glücklich lächelndes Gesicht. Er saß aufrecht im Bett, hatte die Decke um sich gebreitet und begrüßte sie mit einem schelmischen: »Guten Morgen, meine Amazone! Ich muss schon sagen, du hast mich gestern ganz schön fertiggemacht. Eine kleine Stärkung kann ich gebrauchen.«

Bis zu diesem Moment hatte Nadja nicht gewusst, was sie sagen oder tun sollte, wenn sie ihm gegenüberstand, aber jetzt kannte sie nur eine Reaktion. Sie drehte das Tablett und kippte den Inhalt über ihn. André schrie erschrocken auf, als sein nackter Oberkörper von einem Teller getroffen wurde und Rührei mit Speck auf seinem Bauch landete. Fassungslos starrte er auf seine zornesbebende Oberkommissarin, die ihn anschrie: »Da hast du deine kleine Stärkung! Fass mich bloß nie wieder an, du Mistkerl!«

Endlich schien André zu verstehen, was mit Nadja los war. »Amelia«, sagte er und fasste sich an die Stirn. »Wir haben eigentlich die Abmachung, dass sie in ihrem Zimmer bleibt, wenn ich Besuch habe.«

Nadja begann ihre Kleidungsstücke zusammenzusammeln, die im ganzen Zimmer verstreut lagen. »Oh nein, sie trifft keine Schuld, sie saß brav in ihrem Zimmer und wollte deiner

Trieberfüllung keineswegs im Wege stehen. Aber ich habe unglücklicherweise den Orangensaft gesucht, um dir ein besonders leckeres Frühstück ans Bett zu bringen.«

André versuchte sich das Essen notdürftig vom Körper zu wischen und krabbelte unter der Bettdecke hervor. »Nadja, ich bitte dich«, flehte er, »lass uns in Ruhe darüber reden. Ich weiß, dass ich dir von Amelia hätte erzählen sollen, aber ich hatte Angst, dass du mir dann gar keine Chance gibst. Ich werde sie verlassen, ich hätte es schon lange tun sollen, aber ich fühle mich verantwortlich für sie. Sie hat doch nur mich.«

Nadja warf den Morgenmantel aufs Bett und begann sich anzuziehen. Von André abgewandt sagte sie: »Ich habe dir vertraut, ich dachte, du meinst es ernst mit uns. Aber in Wirklichkeit bist du ein triebgesteuertes Arschloch und, noch viel schlimmer, ein Feigling! Wann hättest du es mir denn erzählt? Nach ein paar Monaten ›Beziehung‹? Hättest du mir so ganz nebenbei gesagt: ›Ach übrigens, Schatz, ich habe eigentlich schon eine Freundin, aber sie sitzt im Rollstuhl und zählt deshalb nicht so‹? Hätten wir uns dann mit Amelia zusammen an den Tisch gesetzt und Blutsbrüderschaft geschworen?«

Nadja konnte nicht mehr weitersprechen, sie wusste, dass sie gleich zu weinen beginnen würde, und wollte auf keinen Fall, dass André sah, wie verletzt sie war.

Er war aufgestanden und stand nun völlig nackt neben ihr. Dann griff er nach ihrer Hand. Nadja blickte ihn an, sein Gesicht verschwamm vor ihren Augen, als die Tränen zu fließen begannen. Er streichelte ihren Handrücken und sagte leise: »Nadja, ich liebe dich. Ich will mir ein neues Leben mit dir aufbauen. Bitte geh nicht, gib uns noch eine Chance!«

Nadja entriss ihm ihre Hand. An der Tür wandte sie sich noch einmal um. »Nein, André, unsere Geschichte ist hier zu Ende.«

Danksagung

Zuallererst möchte ich meinen unglaublich motivierenden, aufmerksamen und ausdauernden Probelesern Barbara Mäderer, Ruth Faul-Huber, Melissa Hill, Julia Wohlfart, Julia Billmeyer, Paul Stapor, Franz Mäderer und Nis Hauke Hansen danken. Ohne euer Interesse und eure wiederholten Nachfragen, wann denn das nächste Kapitel fertig ist, säße ich wahrscheinlich immer noch am Schreibtisch. An diejenigen unter euch, die irgendwann angefangen haben, aus meinem Manuskript zu zitieren und über die Figuren zu reden wie über alte Freunde: Das mag etwas verrückt sein, freut mich aber ungemein, weiter so!

Ein großes Dankeschön geht zudem an

… Polizeirat Michael Dencinger, Polizeioberkommissar Baumgärtner und alle Mitarbeiter der Kriminalpolizeiinspektion Würzburg, die sich so bereitwillig meinen Fragen gestellt haben. Trotz der vielen interessanten Infos habe ich mir einige literarische Freiheiten herausgenommen. Beispielsweise gibt es in der Kriminalpolizeiinspektion Würzburg keine Kantine, und die Kernermittlungsteams in einem Mordfall sind meist größer als von mir dargestellt. Der Personaleinsatz hängt je nach Ermittlung vom Spurenaufkommen ab. Auch die Zusammenarbeit des K1 mit dem K7, der Spurensicherung, nimmt bei regulären Ermittlungen einen viel höheren Stellenwert ein.

… Prof. Dr. med. Michael Bohnert für den Einblick in den Alltag eines Rechtsmediziners und Rebekah Hill für medizinische Beratung.

… Hilla Czinczoll, meine Lektorin bei Emons, die den Korrekturfinger auf die wunden Punkte gelegt und die Geschichte damit druckreif gemacht hat.

… Hans Meyer und Rainer Huth für die spontane Dialektberatung.

… Britta Jürgs, die Chefin des wunderbaren AvivA Verlags in Berlin, bei der ich das erste Mal Verlagsluft schnuppern durfte.

… Melissa Hill, mit der man stundenlang über Figurencharakterisierung, Erzählperspektive und Fallhöhe diskutieren kann. Ich habe selten einen Menschen mit so viel Begeisterung fürs Schreiben getroffen.

… Renee Gewinner für die zahlreichen köstlichen Mahlzeiten während der Schaffensphase (Schreiben macht hungrig!) und an Eva Mathe für die Versorgung mit Kaffee und die vielen literatur- und geschichtswissenschaftlichen Diskussionen, die mir eine stete Quelle der Inspiration sind.

… Ruth Faul-Huber, deren Begeisterung mir gedankliche und reale Türen geöffnet hat.

… Eva und Andreas Stapor für Rechercheausflüge, warme Decken an kalten Tagen und die herzlichste Gastfreundschaft.

… Paul Stapor für die Bereitschaft, Handlungsverläufe, Figurenzeichnung und Spannungsaufbau zu jedem Zeitpunkt mit mir zu diskutieren und dabei nie die Geduld zu verlieren. Deine Zuversicht und deine Unterstützung sind ein Segen – jeden Tag aufs Neue.

… Wolfgang Mäderer, der mir in jeder Lebenslage mit Rat und Tat zur Seite steht und der immer an mich geglaubt hat.